Um verão revelador

Jennifer Weiner

Um verão revelador

TRADUÇÃO
ALEXANDRE BOIDE

Rio de Janeiro, 2024

Título original: Big Summer
Copyright © 2020 by Jennifer Weiner. All rights reserved.

Todos os personagens neste livro são fictícios. Qualquer semelhança com pessoas vivas ou mortas é mera coincidência.

Direitos de edição da obra em língua portuguesa no Brasil adquiridos pela Editora HR LTDA. Todos os direitos reservados. Nenhuma parte desta obra pode ser apropriada e estocada em sistema de banco de dados ou processo similar, em qualquer forma ou meio, seja eletrônico, de fotocópia, gravação etc., sem a permissão do detentor do copyright.

Direitos exclusivos de publicação em língua portuguesa cedidos pela Harlequin Enterprises II B.V./S.À.R.L para Editora HR Ltda.

A Harlequin é um selo da HarperCollins Brasil.

Contatos: Rua da Quitanda, 86, sala 601A — Centro — 20091-005
Rio de Janeiro — RJ
Tel.: (21) 3175-1030

Edição: *Julia Barreto*
Copidesque: *Gabriela Araújo*
Revisão: *Ingrid Romão e Julia Páteo*
Ilustração de capa: *Bron Payne/Always Brainstorming 2020.*
Design de capa: *Siobhan Hooper – LBBG*
Adaptação de capa: *Beatriz Cardeal*
Diagramação: *Abreu's System*

Publisher: *Samuel Coto*
Editora-executiva: *Alice Mello*

CIP-Brasil. Catalogação na Publicação
Sindicato Nacional dos Editores de Livros, RJ

W444v
    Weiner, Jennifer
        Um verão revelador / Jennifer Weiner ; tradução Alexandre Boide. – 1. ed. – Rio de Janeiro : Harlequin, 2024.
        368 p. ; 23 cm.

        Tradução de: Big summer
        ISBN 978-65-5970-326-5

        1. Romance americano. I. Boide, Alexandre. II. Título.

23-86810   CDD: 813
                            CDU: 82-31(73)

Gabriela Faray Ferreira Lopes – Bibliotecária – CRB-7/6643

Para Meghan Burnett

Ninguém escutou o homem morto,
Muito embora se pusesse a lamentar:
Eu estava bem mais ao longe do que pensavam,
E não a acenar, sim a me afogar.

Pobre rapaz, sempre gostou de ludíbrios
E agora está morto.
Devia ter feito muito frio e seu coração não aguentou,
disseram de pronto.

Oh, não não não, sempre fez muito frio
(Amiúde, o morto se punha a lamentar)
Passei a vida toda muito ao longe,
E não a acenar, sim a me afogar.

— "Não a acenar, sim a me afogar", de Stevie Smith
(Tradução de João A. Rodrigues)

Prólogo

1994

N a segunda semana de setembro, os arredores da península de Cabo Cod estavam praticamente desertos. Os turistas haviam juntado tudo e voltado para casa. As ruas estavam vazias; as praias esplendorosas, abandonadas. Era uma pena: em setembro, a água do mar enfim estava quentinha o bastante para o nado, principalmente se o mês de agosto tivesse sido quente, e as trilhas que cortavam as dunas, os brejos cheios de cranberries e os pés de mirtilo escondidos pelo caminho, os lugares onde os homens circulavam atrás de mulheres na alta temporada estavam vazios, e as frutas silvestres até caíam de maduras. Ela e Aidan enchiam os bolsos, colhendo também ameixas-de-praia no caminho entre a orla e o chalé. Cada um levava um balde de metal, e iam dizendo "Plink! Plank! Plunk!", como a heroína do livro infantil *Blueberries for Sal*, quando cada ameixa fazia barulho ao bater no fundo do balde.

"Você vai perder a cabeça naquele lugar", seu pai tinha dito quando Christina pediu para usar o chalé de férias no alto da duna em Truro. É tudo muito vazio. Uma solidão danada. Ninguém por perto, nada para fazer. Mas ele não negara. À medida que as primeiras semanas e meses foram passando, Christina começou a gostar do isolamento e do silêncio, do sol baixo do fim da tarde que aquecia as tábuas do piso onde seu gato laranja dormia.

Com os veranistas voltando para casa, ela podia estacionar à vontade na rua do comércio quando ia com Aidan a Provincetown. Se o garoto se comportasse bem no mercado, ela comprava para ele um sorvete de casquinha ou uma *malassada* na Padaria Portuguesa. Christina já conhecia o chalé nos mínimos detalhes: a maneira como as portas dilatavam quando chovia, os estalos das vigas do telhado quando assentavam à noite. Quando caíam os temporais mais pesados, podia sair para o deque e ficar observando os raios pipocarem na baía de Cabo Cod, deixando a chuva escorrer pelo rosto enquanto imaginava que estava na proa de um navio, ela e seu pequeno, sozinhos em mares tempestuosos.

Às vezes, era assim que se sentia. Sua mãe tinha morrido; as irmãs e o irmão, todos no mínimo dez anos mais velhos, eram como desconhecidos que só via nas festas de fim de ano; e o pai a princípio tinha ficado intrigado quando Christina pedira o chalé, e depois furioso quando descobriu o motivo.

"Papai, estou grávida", contara ela.

O rosto dele ficara pálido, e depois se enchera de manchas vermelhas que não pareciam nada saudáveis, e ele mexera a boca em silêncio enquanto a encarava.

"E vou ter o bebê. E criar sozinha", continuara ela.

Quando ele começou a esbravejar, exigindo saber de quem era a criança, Christina respondera simplesmente:

"É minha."

Ele gritara com ela, lançando cuspe para todos os lados, teimando em saber para qual homem ela havia aberto as pernas, exigindo descobrir quem havia se beneficiado do comportamento de puta de sua filha. Seu pai a ofendera de todas as maneiras esperadas, e também de algumas que a surpreenderam. "Você partiu meu coração", apelara ele, mas ela se mantivera em silêncio, mesmo diante dos gritos e ameaças. No fim, ele acabou cedendo, como Christina sabia que aconteceria.

"Tudo bem. Pode ir. Que você seja feliz por lá", foi o que ele resmungara ao entregar as chaves e uma lista de telefones que incluíam o do caseiro, o do encanador, o do coletor de lixo e o do cara que fazia a manutenção da caldeira. Ela continuara em Boston até o parto e, assim que os pontos cicatrizaram, partiu com seu bebê para Truro, dirigindo pela rodovia 6 até se tornar uma estrada estreita e sinuosa, atravessando a ponte em Sandwich, passando por Hyannis, Dennis e Brewster, Harwich e Orleans, Eastham e Wellfleet até entrar na cidadezinha na qual estava indo morar e pegar um caminho de terra batida que terminava na elevação onde ficava o chalé. Tivera medo de que Aidan fosse ficar impaciente ou chorar na viagem, mas ele havia ficado sentadinho, acordado, na cadeirinha do carro, observador como uma coruja velha e sábia, mantendo os olhos abertos enquanto eles chacoalhavam pela tortuosa rota de acesso e paravam no gramado diante da casinha onde morariam.

"Chegamos", anunciara ela, pegando no colo o bebê, que tinha apenas 3 semanas de idade, mas parecia entender.

O chalé não era luxuoso. Era um imóvel de veraneio, sem aquecimento central, com telas rasgadas na janela, nada de lava-louças na cozinha e só um chuveiro móvel na banheira para se lavar; um lugar com lençóis puídos, guardanapos de pano que não combinavam, armários de cozinha com canecas lascadas de segunda mão e copos comprados em bazares, nada parecido com as mansões grandiosas que os ricaços que recentemente tinham descoberto a existência de Truro haviam começado a construir no alto das dunas. Christina não se incomodava, adorava aquele caráter imperfeito. O estilo despojado era exatamente do que precisava depois de sair de Nova York. Apesar dos alertas do pai, tinha feito amizades, pessoas que a ajudaram a instalar o isolamento nas paredes e a ensinaram a usar lã de aço para preencher as frestas onde as famílias de camundongos se instalavam no inverno. Comprou aquecedores elétricos, espalhou tapetes de algodão sobre as tábuas rangentes do piso, providenciou cobertores pesados de lã. Encontrou novas maneiras de adquirir as coisas de que necessitava, trocando os tomates que cultivava por potes de mel e pilhas de lenha, escrevendo votos de casamento em troca de uma manta de caxemira, revisando um anúncio de classificados em troca de um vaso de flores azul. Christina transformara o chalé de férias em um lar, e criara uma vida cheia de pequenas rotinas para ela e o filho. Mingau de aveia no café da manhã, com o mel despejado do dispensador; um picolé de cereja do Jams depois de um dia de praia; três histórias antes de dormir, duas de livros e uma inventada.

Naquela noite, depois que Aidan dormiu, Christina se enrolou em um xale de caxemira com franjas, se serviu de uma taça de vinho e saiu descalça para o deque, para ouvir o barulho do vento. Quando escurecia, a brisa que vinha do mar ficava mais forte e fria. Tinha feito uns vinte graus naquela tarde, o que ainda era quente o bastante para um banho de mar, mas o vento avisava que o inverno já estava chegando.

Ela voltou para dentro, atravessando a cozinha apertada e as fileiras de potes de vidro que tinha passado a manhã enchendo quando Aidan estava na pré-escola, guardando os tomates, as ervilhas e os picles que cultivava; a sala de estar, com as prateleiras de livros tortas repletas de edições baratas, desbotadas e inchadas por causa da umidade, além das cestas de vime onde ficavam os Legos e os blocos de montar de Aidan. Sua escrivaninha, uma das poucas antiguidades úteis que vieram com o imóvel, ficava em um canto, com seu notebook fechado no centro da mesa, abandonado sob um pôster antigo e emoldurado de Paris.

Foi ao quarto verificar se Aidan estava mesmo dormindo, aproximando-se para acariciar a curva da sua bochecha com o polegar. Ele havia acabado de fazer 4 anos, e já estava começando a perder as formas arredondadas de bebê que a incentivavam a apertá-lo como se fosse um pão recém-saído do forno. Ainda assim, a pele do rosto dele continuava macia como da primeira vez que ela o pegara no colo. *Meu tesouro*, pensou, os olhos se enchendo de lágrimas. Logo depois de Aidan nascer, com Christina prestes a entrar em parafuso por causa da solidão e dos hormônios, quando os pontos da cesariana doíam e seus seios vazavam toda vez que ele chorava, tudo a levava às lágrimas, inclusive sua situação. Principalmente isso. "Foi uma escolha sua", o pai de Aidan dizia nas poucas ocasiões em que ia visitá-los. "Você tinha opções." Era verdade. Ela tinha feito tudo de forma consciente, tentando enxergar o copo sempre meio cheio, e não meio vazio, e dizendo a si mesma que ter consigo parte do marido de outra era melhor do que não ter homem algum. Quando descobriu que estava grávida, fora como ganhar um presente inesperado, como um milagre. Quem viraria as costas para todas as possibilidades trazidas por uma nova vida, ou para a oportunidade de transformar a própria?

Em uma determinada ocasião, quando Christina ainda estava com o pai de Aidan, ele falara que largaria a esposa para ficar com ela. Ela se permitiu imaginar em detalhes a vida que teriam, uma vida grandiosa e descarada em Nova York, mas àquela altura, com o filho já com 4 anos, essa fantasia tinha ficado para trás fazia tempos. Nunca havia acreditado nele; não de verdade. No fundo, no espaço em que era honesta consigo mesma, sempre soube qual era a realidade. Ele queria uma escapada, uma diversão, um casinho… nada de longo prazo. E jamais abandonaria a esposa, e o dinheiro dela.

Mas Caroline tinha Aidan. Seu príncipe, sua joia preciosa, a alegria de seu coração. Mesmo se estivesse passando fome na rua, ela seria feliz. Para presenteá-la, Aidan levava margaridas e cenouras-bravas entre as mãos gordinhas, além de conchinhas do mar ainda cheias de areia balançando e se chocando contra o fundo do balde. Aidan lhe dava beijos macios e melados no rosto depois do café da manhã, e a chamava de mamãe linda.

Algum dia, ela voltaria a Nova York e juntaria as peças da vida que tinha deixado para trás. Encontraria suas antigas editoras e tentaria vender novas histórias, retomaria o contato com velhas amizades, e Aidan estudaria por lá. Talvez se apaixonasse de novo, talvez não. Mas, apesar de no fim nunca ter tido a vida glamourosa de mulher rica com que sonhara na infância, pelo menos poderia ter uma que a fizesse feliz.

Christina se agachou e começou a cantar:

— "Blackbird, singing in the dead of night; take these broken wings and learn to fly; all your life, you were only waiting for this moment to arise."*

Sua história estava quase no fim, mas, naquela noite, ela não fazia ideia disso. Naquela noite, sentada no quarto escuro do filho, com o xale em volta dos ombros, escutando o vento gemer nos cantos do chalé, o que pensou foi: *Eu nunca imaginei que seria tão feliz. Tudo aconteceu exatamente como tinha que ser.*

---

* Letra da música "Blackbird": "Melro cantando na calada da noite/ Pegue essas asas quebradas e aprenda a voar/ Toda a sua vida/ Você somente aguardou o momento de alçar voo". [N. E.]

Parte Um

Um

2018

— Aimeudeus, *desculpa*. Eu me atrasei muito?

Leela Thakoon entrou correndo no café com a bolsa transversal na altura do quadril, capas protetoras de roupa penduradas no braço direito e uma expressão constrangida. Com o cabelo tingido em uma mistura de prateado e lilás, preso em um rabo de cavalo alto, o rosto redondo, a estatura miudinha e o chamativo batom vermelho, tinha a mesma aparência das fotos no Instagram, só que um pouco mais velha e um pouco mais cansada, o que eu supunha acontecer com qualquer ser humano que precisasse circular pelo mundo sem os benefícios dos filtros.

— Você não está atrasada. Fui eu que cheguei mais cedo — respondi, apertando sua mão.

Para mim, não havia nada pior do que chegar a um compromisso apressada, suando e ofegante. Além do desconforto físico, havia a consciência de que com isso eu confirmava os piores estereótipos atribuídos a mulheres gordas: "preguiçosa", "molenga", "incapaz de subir uma escada sem perder o fôlego".

Naquele dia eu queria mostrar meu melhor, então me exercitei às seis da manhã e descansei por uma hora, pois minha desagradável experiência já tinha me mostrado que, para cada hora de atividade física, eu precisava de trinta minutos para parar de suar. Cheguei ao café escolhido por Leela vinte minutos antes, para poder dar uma olhada no lugar, escolher o melhor assento e tentar projetar uma aura de competência, cabeça fria e autocontrole; *#corredefrila*, pensei. Mas, se conseguisse fechar aquela colaboração, isso significaria que meus ganhos como influenciadora digital superariam os rendimentos de meu emprego de doze horas por semana como babá, e talvez até mais do que o perfil de minha cachorra estava rendendo. Ainda não conseguiria me sustentar com o trabalho na internet, porém estaria mais perto desse objetivo. Na aula de ioga daquela manhã, quando estabelecemos nossa determinação para o dia, pensei: *Por favor. Por favor, que isso aconteça. Por favor, que dê tudo certo.*

— Quer beber alguma coisa? — ofereci.

Minha bebida preferida de verão, café gelado com um pouco de leite e bastante gelo, já estava diante de mim na mesa.

— Não, valeu — respondeu Leela, tirando a garrafa de água ecologicamente correta da bolsa, abrindo a tampa e dando um gole.

Ah, bem, pensei. Mas pelo menos meu café fora servido em um copo de vidro, e não de plástico.

— É tão *bom* conhecer você.

Leela pôs as roupas em cima de uma cadeira, ajeitou o cabelo já arrumado e se sentou, cruzando as pernas e abrindo um sorriso radiante para mim. Ela vestia um short cáqui largo, com cintura alta e um cinto apertado em volta da cintura fina, e uma blusinha branca com mangas dólmã que deixavam os braços magros expostos. A pele bronzeada, de um tom mais escuro que a minha quando ficava queimada, brilhava por causa do sol que ela provavelmente tinha tomado em uma viagenzinha ao Taiti ou Oahu. Tinha também um lenço de um vermelho-vivo no pescoço, preso com um broche grande e adornado. Parecia um pequeno elfo andrógino, ou como se alguém tivesse brandido uma varinha mágica e proclamado: "Um visual de escoteiro, mas bonita, fofinha e fashion". Com certeza alguma peça daquele look tinha sido comprada em um brechó que eu nunca descobriria, outra em um site que eu nunca encontraria, outra fora criada por estilistas de quem eu nunca tinha ouvido falar, feita em tamanhos que jamais caberiam em mim e mais cara que meu aluguel. O preço cheio, não só a metade que eu pagava.

Leela abriu a garrafa e me analisou, sem pressa. Dei um gole no café e tentei não parecer constrangida, respirando fundo para controlar a insegurança que sentia sempre que estava diante de alguém tão bonita e estilosa quanto Leela Thakoon. Eu estava vestida com um de meus looks de verão favoritos, uma bata amarelo-clara de linho que ia até a cintura por cima de uma camiseta branca lisa de manga curta, legging verde-oliva com botões nas bainhas e plataformas bege. Meus acessórios eram um colar comprido de plástico estampado no estilo casco de tartaruga, brincos dourados grandes de argola e óculos escuros enormes. Meu cabelo castanho estava preso no alto da cabeça em um coque que eu esperava que parecesse simples e casual, embora tivesse me exigido vinte minutos e três produtos diferentes para ficar no lugar. A maquiagem era bem simples: só uma base hidratante para uniformizar minha pele branca levemente bronzeada, rímel e um brilho labial cor-de-rosa. Era um look que dizia: "Eu me dei ao trabalho, mas só um pouco". Em outros tempos, eu usava roupas que me escondiam, com uma paleta de cores limitada ao preto e algumas eventuais escapadas mais aventureiras para o azul-marinho. Hoje em dia, porém, minha paleta se expandia para cores e roupas que não eram pesadas e largas, que delineavam minha silhueta e faziam com que eu me sentisse bem. Toda manhã, fotografava e postava meu Look do Dia (LDD) no Instagram e em meu blog, *Pensando grande*, marcando estilistas ou lugares onde eu tinha comprado as peças. Arrumava o cabelo e a maquiagem para fazer as fotos, principalmente se estivesse com roupas que tinha ganhado ou, melhor ainda, que estava sendo paga para usar. Isso havia exigido uma boa dose de gastos com cortes, tinturas e escovas, além de idas à Sephora e várias horas investidas em tutoriais de maquiagem no YouTube até que eu encontrasse uma rotina que pudesse executar sozinha. Fora um investimento, e eu esperava um bom retorno.

 Até então, os indicadores vinham sendo positivos.

 — Ai, meu Deus, olha só *você* — falou Leela, batendo palminhas, encantada. Suas unhas não estavam pintadas, e foram cortadas em um formato ovalado. Algumas pareciam desgastadas e roídas nas pontas. — Você está tão *fofis*!

 Retribuí o sorriso (teria sido impossível não fazer isso) e fiquei me perguntando se era aquilo mesmo que ela pensava. Pela minha experiência, limitada mas crescente, o povo da moda tendia a ser dramático e exagerado, com elogios hiperbólicos e nem sempre sinceros.

— Então, o que você quer saber sobre a coleção? — perguntou ela, pegando um caderno Moleskine, uma caneta tinteiro e um vidrinho de tinta na bolsa, e colocando tudo ao lado da garrafa de água.

Tentei não ficar olhando muito para seus gestos. Eu até tinha perguntas sobre as roupas, e sobre a relação de colaboração que estabeleceríamos, mas o que realmente me interessava era saber mais sobre a própria Leela. Eu sabia que ela tinha mais ou menos minha idade, havia feito alguns trabalhos como modelo e atriz e depois começado a fazer consultoria de estilo de algumas amigas ricas e desocupadas. Essas amigas a apresentaram a celebridades, e Leela começara a trabalhar para elas também. Em poucos anos, acumulara mais de cem mil amizades e fãs nas redes sociais, que seguiam seu feed para ver fotos de pessoas bonitas usando roupas bonitas em lugares bonitos de diversos continentes. Quando anunciara o lançamento de sua linha de roupas, Leela já contava com um público cativo e potenciais consumidoras, pessoas que viam suas clientes deitadas na proa de um iate com um biquíni de crochê comprado em uma praia no Brasil, ou desfilando pelo tapete vermelho usando um vestido com pedrarias num padrão exclusivo bordado à mão, ou então com roupas leves de linho, distribuindo livros infantis para crianças sorridentes em vilarejos pobres do mundo todo.

Quando lançara sua marca, que recebeu o nome de Leef, ela fizera questão de dizer que sua coleção teria "tamanhos inclusivos". Leela não queria vender roupas para mulheres que se encaixavam nos padrões da moda e depois fazer um agrado para as gordas com uma coleção--cápsula lançada fora de época ou, pior ainda, ignorar completamente nossa existência. E o melhor de tudo era que, nos vídeos que eu tinha visto e no release de imprensa que havia lido no site, ela parecera ser sincera ao dizer: "Não é justo relegar todo um grupo de mulheres apenas a sapatos, bolsas e echarpes porque quem detém o poder decidiu que elas são grandes ou pequenas demais para usar as roupas". *Amém, irmã*, eu pensara. "Minhas roupas são para todas as mulheres. Para todas nós." Soava promissor, mas eu também sabia que era um tanto clichê. Nos últimos tempos, estilistas que preferiam morrer a engordar cinco quilos, que preferiam fazer roupas para cachorros de madame em vez de pessoas gordas, sabiam como dizer as platitudes mais aceitáveis e fazer os acenos corretos para o público. Eu precisaria medir por mim mesma o nível de sinceridade de Leela.

— O que fez você se interessar por moda? — perguntei.

— Ah, levou um tempinho — respondeu Leela, abrindo um sorriso encantador. — Eu sempre me interessei por... autoexpressão, por assim dizer. Se eu soubesse escrever, seria escritora. Se tivesse talento artístico, seria pintora ou escultora. E, obviamente, meus pais ainda estão decepcionados por eu não ter feito faculdade de medicina.

Vi uma breve expressão de tristeza, ou raiva, ou alguma coisa além do humor malicioso surgir em suas belas feições, mas desapareceu tão depressa que não foi possível nem determinar o que era, dando lugar a um novo sorriso.

— Para mim o ensino médio foi meio que uma merda. Sabe né, aquele lance com as "meninas malvadas". Demorei um tempo para superar, mas sobrevivi. E então descobri que sei como combinar roupas. Sei pegar uma camiseta de dez dólares e usar com uma saia de dois mil e fazer parecer que foi tudo pensado como parte de um todo.

Concordei com a cabeça, como se eu também tivesse saias de dois mil dólares no armário para combinar com outras coisas e fazer parecer que foi tudo pensado como parte do todo.

— Então comecei a trabalhar como consultora de estilo. E o que descobri — contou ela, erguendo os ombros e se ajeitando na cadeira — foi que nós mulheres ainda não temos todas as opções que merecemos. — Leela levantou o dedo coberto de anéis dourados tão finos que pareciam fios de tecido. — Se você não estiver dentro dos padrões da moda, não vai encontrar nenhuma roupa que sirva. — Mais dedos se ergueram em seguida. — Se tiver mobilidade reduzida, nem sempre encontra peças sem ganchinhos, botões e zíperes. Se for muito novinha, ou não puder gastar muito, ou então quiser roupas produzidas de forma ética, fabricadas por pessoas que ganham um salário decente... Eu não quero que nenhuma mulher tenha que fazer concessões. — Os olhos dela brilhavam com uma expressão fervorosa. — Ninguém deveria ser obrigada a escolher entre ficar bonita ou explorar a miséria alheia.

Mais uma vez me vi balançando a cabeça, sentindo uma pontada de arrependimento por todas as peças de *fast-fashion* que já tinha comprado em lugares como Old Navy e H&M.

— Quando comecei a analisar o que havia de disponível, ficou óbvio para mim: eu queria desenhar minhas próprias roupas — continuou Leela. — Eu sei, e aposto que você também, o quanto é incrível criar um look que simplesmente... — Ela fez uma pausa, levando as pontas dos dedos aos lábios e beijando, um gesto clichê que, quando ela fazia, por algum motivo, parecia charmoso. — Simplesmente funciona, sabe como é?

Assenti, porque sabia mesmo. Quando começara a procurar roupas que me serviam e que vestiam bem no corpo que eu tinha, em vez de naquele que eu gostaria de ter, descobri exatamente como era o sentimento que Leela Thakoon estava descrevendo.

— Acho que todo mundo merece se sentir assim. Não importa se a pessoa não se encaixa nos moldes da loira alta, magra e de cabelo liso. Não importa se alguém tem sardas, ou rugas, ou pé grande, ou se tem um tamanho de calça e outro totalmente diferente de blusa. — Ela levou a mão ao coração, como se estivesse prestando um juramento à moda inclusiva. — Todas nós merecemos ficar bonitas.

Leela me olhou bem nos olhos, e confirmei com a cabeça, surpresa ao perceber que eu estava contendo as lágrimas. Em geral, eu tinha dificuldade de sentir empatia por uma mulher cujo maior problema ao comprar roupas era que tudo era grande demais. Sempre era possível cortar e refazer a bainha de calças e camisas, e ajustar vestidos. Dava inclusive para comprar peças na seção juvenil, onde tudo era mais barato, mas se alguém fosse gorda não havia muito o que se pudesse fazer se os tamanhos de uma determinada marca não chegassem nem perto do da pessoa. Mesmo assim, considerei louvável a iniciativa de Leela de evocar uma sensação de pertencimento, de ressaltar que mesmo mulheres magras e lindas que viajavam o mundo inteiro e tinham amigas famosas nem sempre se encaixavam no que o mundo considerava "belo".

— Então foi por isso! — Ela abriu um sorriso radiante e perguntou: — O que mais você gostaria de saber?

Sorri de volta e fiz a pergunta um tanto vaga que usava para encerrar aquele tipo de conversa:

— Tem mais alguma coisa que você acha que eu preciso saber?

Havia, sim.

— Bom, para começo de conversa, eu não trabalho com itens produzidos às custas da exploração de mão de obra barata — explicou Leela. — Todas as peças são fabricadas aqui nos Estados Unidos, por trabalhadores sindicalizados que ganham um salário decente.

— Isso é fantástico.

— Nós usamos matéria-prima natural e sustentável, na maior parte algodão, mistos de algodão e linho, e fibra de bambu. Tecidos projetados para absorver o suor e a umidade e suportar quinhentas idas à máquina de lavar. — Ela fez uma pausa, esperando meu sinal de concordância. — Reciclamos tudo o que podemos. Temos um programa que dá descontos em peças novas para quem traz uma usada. Nossos sistemas de fabricação e de distribuição foram pensados para gerar a menor pegada de carbono possível, e com metas anuais de redução.

— Isso também é ótimo — comentei, e, apesar do ceticismo costumeiro, me peguei mais uma vez impressionada.

— E, lógico, nossa empresa é liderada por mulheres, com uma estrutura administrativa não hierarquizada. — Ela abriu um sorrisinho contente e cativante. — Na verdade, no momento somos só eu e minha assistente, então fica fácil, mas quando crescermos vou manter isso. Somos pequenininhas, mas quando expandirmos a produção, e isso não é só uma possibilidade, é uma certeza, vamos continuar sendo o mais inclusivas possível. Estou falando de raça, gênero, idade, etnia e tamanho. Quero fazer roupas para todas.

— Isso é sensacional — elogiei com sinceridade.

— E o melhor de tudo — continuou ela, debruçando-se na mesa e apertando meu braço sem autorização — é que são peças *voluptuosas*.

Leela ficou de pé, pegou as roupas e as estendeu para mim.

— Vá em frente. Pode experimentar.

— Como assim? Agora?

— Por favor. Seria uma honra — disse ela, ampliando ainda mais o sorriso.

Por sorte, o café tinha um banheiro espaçoso, com papel de parede estilo William Morris na parede, sabonete caro, hidratante para as mãos e uma vela com aroma de verbena queimando em uma mesa de madeira reaproveitada ao lado da pia. Pendurei a capa protetora em um gancho no lado de dentro da porta. *Voluptuosas*, pensei, perplexa. Parecia uma nova forma disfarçada de dizer "gorda", como *rubenesca*. Mas tudo bem. Um gesto bem-intencionado de simpatia e inclusão era preferível às grosserias que marcaram minha vida durante tanto tempo.

Abri o zíper da capa. De acordo com o material promocional da marca, cada peça da coleção-cápsula tinha sido batizada em homenagem a uma mulher que fez parte da vida de Leela. Todas foram projetadas para poderem ser combinadas, e podiam ser usadas em looks mais formais ou informais, uma coleção para "manter a mulher profissional sempre bem-vestida, seja no local de trabalho ou na noite, sete dias por semana". Era o sonho impossível. De acordo com minha limitada experiência, não era assim que as roupas funcionavam. Uma calça de ginástica continuava sendo uma calça de ginástica, mesmo que eu a usasse com um blazer por cima; um vestido de madrinha de casamento não virava outra coisa mesmo sendo encurtado ou tingido ou usado com um cardigã para uma ida ao supermercado.

Mas disse a mim mesma para manter a mente aberta enquanto tirava o primeiro cabide da capa e dava uma sacudida no vestido. Tinha um corte em A, mangas três quartos e era cinturado logo abaixo do busto. O tecido era um misto de algodão e alguma coisa sintética e elástica, com uma textura macia, leve e arejada, mas com peso suficiente para um bom caimento. E, o melhor de tudo, era azul-marinho com bolinhas brancas. Eu adorava estampas *petit-pois*.

Despi-me, passei o vestido pela cabeça, fechei os olhos e deixei o tecido cair sobre os ombros, passando pelos seios e quadril, se desenrolando com um ruído sedoso. Quando me virei para o espelho, prendi a respiração.

Para todas as mulheres (ou talvez só para as gordas, ou talvez só para mim), existe um momento logo depois de vestir uma roupa nova, depois de abotoar os botões e subir o zíper, mas antes de olhar como a peça tinha ficado no corpo... ou melhor, como o corpo da pessoa tinha ficado na peça. Um momento que é só sensação, o tecido tocando a pele, a peça se ajustando a sua forma, a percepção de que a cintura não pinica ou que os punhos têm o comprimento certo, um instante de completa fé, de esperança pura e absoluta de que *aquele* vestido, *aquela* blusa, *aquela* saia vai transformar a pessoa, fazê-la parecer bonita e simétrica, digna de ser amada, ou respeitada, ou qualquer que seja seu maior desejo. É quase religiosa essa fé, essa crença de que uma peça de seda, brim ou jérsei pode disfarçar defeitos, ressaltar qualidades e tornar alguém invisível e visível ao mesmo tempo, apenas mais uma mulher como tantas outras no mundo; uma mulher que merece conseguir o que quer.

Abri os olhos, dei uma ajeitada na saia e me olhei no espelho.

Vi minha pele brilhar em um tom rosado contra o tecido azul-marinho, e o busto fluir com graciosidade sem ficar espremido. A gola em V expunha um leve indício de decote; a cintura se estreitava na parte mais fina de meu corpo; e a saia, com um pequeno babado na bainha em que eu não reparara a princípio, terminava logo abaixo dos joelhos. As mangas eram justas, mas sem serem desconfortáveis... Eu conseguia erguer e abaixar os braços, e estendê-los para um abraço, e os punhos se ajustavam entre os cotovelos e os pulsos, formando um truque visual que fazia meus braços parecerem longos, assim como a saia alongava minhas pernas.

Eu me virei de um lado ao outro, analisando o vestido, e o caimento em mim, em todos os ângulos que o espelho me proporcionava. Já era capaz de imaginar que ficaria bem com meu chamativo colar de pérolas falsas, ou minha delicada gargantilha de ametistas, com o cabelo preso em um coque, ou alisado com uma escova. *E também seria possível usá-lo com sapatos baixos*, pensei. Ou com Espadrilles, Anabelas ou *stilettos*... ou no trabalho, com tênis e um cardigã... ou em um encontro, com salto alto e um colar... ou simplesmente para ir ao parque, sentar-se em um banco e beber um café. Como Leela prometera, o tecido era arejado. O vestido se movia junto comigo, não pinicava, restringia ou apertava. Realçava meus atributos, o que não significava que me deixava mais magra, nem diferente, e sim permitia que a melhor versão de mim mesma aparecesse. A roupa fez eu me sentir bem, endireitar um pouco a postura. E... Passei as mãos pelas laterais do corpo. Bolsos. Tinha até bolsos.

— Uma raridade — murmurei.

— Toc, toc! — chamou Leela, com a voz animada. — Já pode sair!

Dei uma última olhada no espelho antes de sair do banheiro. Sob a iluminação do café, o vestido ficava ainda mais bonito, e era possível observar os pequenos detalhes, os franzidos discretos na parte de cima, o pequeno arco na base do decote, o ornamento em zigue-zague nos punhos.

— Então, o que você achou?

Pensei em tentar esconder o jogo. Pensei em me mostrar empolgada como o povo da moda costumava ser. No fim, resolvi ser sincera:

— Incrível. É o meu novo vestido favorito.

Ela bateu palminhas, com a animação evidente no rosto bonito.

— Que alegria! Esse vestido, que se chama Jane, é a peça-chave da coleção. E temos calças... e uma camisa... — Ela juntou as mãos e as levou ao coração. — Você experimenta para mim? Por favorzinho? Eu só vi tudo na modelo que usamos nas provas. É a minha primeira chance de, sabe como é, ver as peças no mundo real.

Concordei. E, para minha felicidade, todas as peças eram igualmente confortáveis, realçavam as partes certas do corpo e eram confeccionadas com o mesmo capricho do vestido Jane. A calça Pamela, de cintura alta e pernas largas, era chique, mas não antiquada, não tinha nada a ver com aquele tipo de pantalona que as vovós usavam quando saíam de férias; a camisa branca, chamada Kesha, tinha recorte princesa e um sistema de fechos inteligente projetado para não deixar nenhuma abertura quando a pessoa se sentasse. Em geral eu detestava blazers, porque me faziam parecer quadrada e mais ou menos da largura de uma geladeira, mas o Nidia tinha um corte mais longo nas costas e era confeccionado em um tecido de algodão misto bem flexível, com detalhes bonitos em zíper nas mangas e um tom de ameixa perfeito.

A última peça na sacola era um traje de banho chamado Darcy. Quando peguei o cabide, engoli em seco. Roupas de banho provavelmente sempre seriam uma coisa complicada para mim. Mesmo depois de tanto tempo, e de tanto esforço para aprender a amar meu corpo (ou pelo menos aceitar as partes de que não gostava), ainda morria de vergonha da celulite espalhada pelas coxas, da carne molenga na parte debaixo dos braços e da curvatura da barriga.

Aquele maiô era em um estilo meio vintage. Tinha uma saia, mas não daquelas pesadas que desciam até o joelho e que eu lembrava de ver minha mãe usar nas raras vezes em que vestia trajes de banho, e sim um babado que cobria apenas a parte mais larga das coxas. *Você consegue*, eu me encorajei, vestindo o maiô por cima da calcinha e do sutiã e ajustando as alças.

Depois de respirar fundo mais uma vez, eu me olhei no espelho. Lá estavam minhas coxas, tão brancas que pareciam brilhar sob a luz fraca. E as estrias, as dobrinhas de gordura nas costas e o volume na barriga. Fechei os olhos, sacudi a cabeça e pensei comigo mesma: *Um corpo é só um corpo.*

— Daphne — chamou Leela. — Está tudo bem?

Não respondi. *Respire fundo*, instruí a mim mesma. *Levante a cabeça.* Passei um batom vermelho e calcei as sandálias Anabela. Forcei a mim mesma a sorrir. Por fim, olhei de novo e, dessa vez, em vez de celulite e dobrinhas, vi uma mulher com cabelo brilhoso e lábios vermelhos; uma mulher que mergulharia de cabeça aonde quer que fosse e ainda sorriria para as câmeras, vivendo a vida abertamente, desfrutando de seu direito ao mundo como qualquer outra.

Fixando esse pensamento, abri a porta. Leela, toda saltitante a cada uma das revelações anteriores, dessa vez ficou totalmente imóvel. Suas mãos, que estavam apertadas junto ao peito, caíram para as laterais do corpo.

— Ah — falou ela, bem baixinho. — Ah.

— É perfeito — confirmei, fungando.

— Perfeito — repetiu ela, também fungando, e assim eu soube que, além do maiô e das roupas que sempre sonhei, também tinha conseguido um trabalho.

Depois de vestir de novo minhas roupas, voltei para a mesa. Leela estendeu a mão, com um sorriso enorme no rosto.

— Eu adoraria contratar você com exclusividade, para ser a cara, e o corpo, da Leef Fashion.

Sua mão era quente, o aperto, firme, o olhar, direto e o sorriso, radiante.

— E eu adoraria aceitar. É que...

Leela olhou para mim, com uma expressão sem reservas e cheia de expectativas.

— Por que eu? — questionei. — Quer dizer, por que não alguém, sabe como é, maior?

Com o perdão do trocadilho, acrescentei em pensamento, ficando vermelha.

Leela inclinou a cabeça por um instante, em silêncio, com o cabelo prateado caindo sobre o rosto.

— Eu considero que elaborar uma campanha é como criar um look — explicou ela por fim. — Você tira uma peça daqui, outra dali. E tudo precisa combinar. Quando pensei em quem combinaria com a marca, imaginei alguém como você, que está só começando. Quero fazer coisas incríveis com gente que admiro, alguém que ainda está no início de sua trajetória. Uma pessoa de verdade — acrescentou ela.
— Bem, o mais de verdade possível, considerando as redes sociais. E você é assim, Daphne. É isso que o público adora em você, e o motivo para ter tantas seguidoras. Desde o primeiro vídeo, em que fez o review daquele programa de exercícios... BodyBest?

— BestBody — murmurei.

Aquilo tinha sido inacreditável. A empresa me mandou o programa de exercícios, uma brochura de sessenta dólares cheia de exortações do tipo: "Prepare seu corpo para a praia agora mesmo", "Seja uma gostosona" e "Nada que você coma pode ser tão bom quanto se sentir forte", com imagens de modelos com corpos esculturais, barriga tanquinho e infindáveis fotos de pernas para demonstrar os movimentos. Fiz o programa completo, de doze semanas. Filmei a mim mesma fazendo agachamento com saltos e burpees, apesar de ficar toda vermelha e suada, com partes de meu corpo balançando e tremendo nas escaladas de montanha ou nos saltos estrelas (nenhuma das modelos tinha gordura suficiente no corpo para que algo balançasse ou saltasse). Minha avaliação, feita com palavras cuidadosas, comentava tanto sobre a dificuldade dos exercícios quanto sobre a linguagem agressiva.

"As pesquisas demonstram que humilhar pessoas gordas para estimulá-las a emagrecer não funciona. E, cá para nós, se funcionasse, a essa altura a maioria das mulheres gordas provavelmente já teria desaparecido", eu escrevera.

— Você tem essa autenticidade que as pessoas admiram. É que você é... — Ela inclinou a cabeça de novo. — Assumidamente você. As pessoas se sentem como se fossem suas amigas — elucidou Leela, me olhando bem nos olhos. — Você vai longe, Daphne, e quero nós duas juntas nessa jornada. — Então estendeu a mão. — E aí, o que me diz?

Eu me forcei a sorrir. Estava contente com o elogio, com essa confiança de que eu chegaria longe. Ainda estava pensando na minha avaliação do BestBody e no fato de que aquele programa de exercícios me levou às lágrimas, com tanta raiva de mim mesma que senti vontade de enfiar uma faca nas coxas e na barriga. Isso eu não escrevera, lógico. Ninguém gostaria de ler uma coisa tão visceral. O grande truque na internet, conforme aprendi, não era ser assumidamente você mesma, sem filtro algum; era parecer que estava sendo. Era injetar nas postagens a dose certa de vida real... o que significava, lógico, nunca ser de fato verdadeira. Quanto mais seguidores conseguia, mais eu pensava nessa contradição; quanto mais meus seguidores me elogiavam por ser destemida e autêntica, menos destemida e autêntica eu me considerava na vida real.

Leela ainda estava me observando, um retrato de olhos esperançosos e cabelo prateado, então apertei sua mão.

— Eu topo.

Ela sorriu e ficou toda saltitante, como uma duende feliz porque ganhou um aumento do Papai Noel. Depois do aperto de mãos, começamos a discutir os termos da contratação: quanto ela pagaria por uma determinada quantidade de fotos e vídeos postados em um certo período e em quais plataformas. Conversamos sobre o melhor horário para postar e os cenários prediletos das pessoas.

— Fotos com fundos coloridos, paredes com texturas ou murais são ótimas, mas o povo da moda adora vídeos — acrescentou Leela, com a seriedade de uma sacerdotisa explicando um ritual de extrema importância. — O pessoal quer ver as roupas em movimento.

— Entendi — falei, quase me contorcendo de tanta impaciência.

Estava com pressa para encerrar aquele dia, voltar para casa, mostrar as roupas para minha colega de apartamento, ver como combinavam com meus sapatos e acessórios, pensar nos melhores looks que trariam à tona as melhores qualidades das peças.

— Ah, e imagens ao ar livre são melhores do que em ambientes fechados, lógico. Você vai fazer algo de especial esse verão? — perguntou Leela. — Alguma viagem marcada?

Respirei fundo e tentei manter uma expressão neutra.

— Tenho um casamento para ir em Cabo Cod. Você conhece Drue Cavanaugh?

Leela mordeu o lábio inferior com os dentes brancos e perfeitos.

— Ela é a filha, né? De Robert Cavanaugh? A que vai se casar com o cara do *Solteiras à procura*?

— Ela mesma. Nós nos conhecemos na época do colégio, e eu fui convidada para o casamento.

Leela bateu palminhas, com um sorrisão no rosto.

— Perfeito. Absolutamente perfeito.

Dois

Eu tinha algumas horas de bobeira antes de começar o dia de trabalho, então fui caminhando pela Park Avenue, em meio aos trabalhadores e turistas, passando pelos apartamentos e butiques caríssimos antes de entrar no Central Park. Estava empolgada... *Eu vou ter um monte de novos fãs e seguidores!* Mas então fiquei apavorada... Eu vou ter um monte de novos fãs e seguidores! Mais atenção significava mais gente me inspecionando e desdenhando. Isso era verdade para qualquer mulher na internet, e talvez ainda mais para mim. Mulheres gordas atraíam um tipo específico de troll virtual. As pessoas indignadas com o corpo de tal mulher nunca perdiam uma oportunidade de expressar isso, e essa aversão ainda vinha disfarçada de preocupação: "Você não liga para sua saúde? Não está nem aí?".

Quando ergui os olhos, não fiquei surpresa ao constatar que meus pés tinham me levado de volta ao lugar onde tudo começara. Durante o dia, as janelas do Dive 75 ficavam às escuras, e as portas, trancadas. Não parecia ser nada de especial, mas, de certa forma, era o lugar onde eu tinha nascido. Onde vivi minha maior vergonha e meu maior triunfo.

Fiquei olhando para a porta por um bom tempo. Então saquei o celular, abri o Instagram, fui para a seção de stories, virei a câmera para meu rosto e apertei o botão para fazer uma live.

— Olá, meninas! — Virei o rosto para a câmera capturar meu melhor lado e contraí o braço para que não ficasse molenga quando eu acenasse. — E meninos! Sei que vocês estão aí também!

Eu tinha seguidores homens, mas não muitos. E desconfiava de que fossem não exatamente fãs, e sim um bando de tarados, mas talvez fosse só uma teima minha.

— Vamos ver se vocês reconhecem este lugar.

Levantei o celular para mostrar o letreiro do bar, e logo comecei a ver os emojis com coraçõezinhos, joinhas e aplausos começarem a subir pela tela, além dos comentários "aimeudeus", "você voltou aí" e "rainha!" enquanto as fãs reagiam em tempo real.

— Sim, esse é o bar onde tudo aconteceu. — Vi mais emojis de aplausos, fogos de artifício, serpentinas e confetes aparecerem. — E tem coisa boa por vir. Tenho uma notícia incrível. Ainda não posso contar, mas posso garantir para vocês que abraçar a sinceridade, não esconder nada, ser verdadeira e descobrir como me amar, ou pelo menos me tolerar, com o corpo que eu tenho foi a melhor decisão da minha vida.

Sorri quando vi os corações vermelhos e os chapeuzinhos de festas, além de comentários como "eu te amo" e "você é minha heroína".

— Para quem não conhece a história, é só ir até minha bio, clicar no link para meu canal no YouTube e ver o primeiro vídeo que postei lá. Não tem como errar.

Continuei com um sorriso no rosto enquanto relembrava a noite em que tudo mudara: a noite naquele mesmo bar em que decidi parar de ser uma menina que vivia de dieta e começar a ser uma mulher.

***

Tudo começou quando topei sair para dançar com minhas amigas. Isso seria normal para qualquer garota de 19 anos em Nova York, que estava em casa para o recesso de primavera com bastante tempo livre e uma identidade falsa aceitável, mas para mim cada uma dessas coisas (barzinho, amigas, dançar) era uma façanha, uma pequena vitória sobre a voz que vivia em minha cabeça desde os 6 anos de idade, e que me dizia que eu era uma gorda repulsiva que não merecia ser amada, que não merecia ter amizades, que não merecia ter uma vida social, nem ao menos ser vista em público; que uma menina com um corpo como o meu não merecia se divertir.

Na maior parte das vezes, eu dava ouvidos a essa voz. Usava roupas que escondiam meu corpo, tinha aprendido todas as artimanhas possíveis para passar despercebida. Eu me acostumei com os olhos revirados e as bufadas que via e ouvia (ou pelo menos achava que via e ouvia) quando me sentava ao lado de alguém no ônibus ou, pior ainda, ao andar pelo corredor de um avião. Dominei todos os truques existentes para ocupar o mínimo de espaço necessário e não reclamar de nada. Nos dois anos anteriores, o primeiro e o segundo de faculdade, eu vinha saindo com um cara, Ronald Himmelfarb. Ronald (ou, como eu o chamava em segredo, Reles Ron) era o típico bonzinho, um garoto alto e magro com uma pele clarinha como leite desnatado. Tinha um rosto sem graça e um corpo que parecia frágil, com os ombros estreitos. Estava estudando ciência da computação, um assunto sobre o qual eu não sabia nada e não me despertava a menor curiosidade, por mais que tentasse prestar atenção quando ele falava a respeito. Não sentia nenhuma atração por Ron, mas ele era o único cara que demonstrara interesse em mim. Eu não tinha opções, e a cavalo dado não se olhava os dentes.

Durante muito tempo, minha vida seguia um padrão. Eu passava a maior parte do meu tempo livre fazendo atividades físicas, contando calorias ou seguindo a dieta dos pontos, e pesando o que comia, tentando desesperadamente me transformar, encontrar a mulher magra que devia existir em algum lugar dentro de mim. A única atividade que não envolvia emagrecer eram os trabalhos manuais. Minha mãe era artista e professora de artes e, ao longo dos anos, com sua ajuda e também praticando sozinha, eu tinha aprendido a tricotar e crochetar, a bordar, a fazer découpage e tudo o mais que era possível saber para produzir artesanato. A feltragem com agulha era minha atividade favorita: eu ficava espetando um monte de lã por um tempão, e cada estocada servia para descontar um pouco da raiva que sentia (além disso, manter-se em movimento queimava calorias). Aos 16 anos, criei uma lojinha online na Etsy para vender cachecóis, bolsas, casas de passarinho decoradas, pombinhas e girafas de lã, além de um blog, um perfil no Instagram e um canal no YouTube para mostrar meu trabalho para as poucas pessoas interessadas em ver. Nunca mostrava meu corpo nem meu rosto. Eu dizia a mim mesma: *vou mostrar assim que eu perder dez quilos.* Doze. Vinte. Vinte e cinco. Assim que eu conseguir comprar nas lojas normais e não precisar usar nenhuma peça extragrande; só quando não tiver vergonha de usar um short ou uma regata ou um maiô. Só então eu poderia dançar. Nadar. Ir à praia. Poderia fazer ioga, andar de avião, viajar o mundo. Instalar aplicativos de encontros e sair para conhecer gente nova. Mas, naquela noite, estava me sentindo tão cansada de esperar, de me esconder, que deixei a garota que considerava ser minha melhor amiga me convencer a sair com ela para beber e dançar.

Eu me vesti com capricho, usando minha calça jeans preta favorita e uma blusa preta um tanto decotada, na esperança de que o preto me fizesse parecer mais magra e que o vislumbre dos peitos distraísse algum interessado a ponto de ele não reparar no resto do corpo. Os anos de prática haviam me ensinado a fazer escova, alisar o cabelo castanho e passar maquiagem sem nem precisar me olhar no espelho. Meu sutiã apertado tinha uma armação de arame; meus sapatos, um salto baixo. Coloquei um short modelador por baixo da calça e tinha feito contornos para disfarçar as bochechas com um efeito sombreado. Estava me sentindo aceitável (não exatamente bem, só aceitável mesmo) quando encontrei minha melhor amiga, Drue, e as amigas dela, Ainsley e Avery, na calçada. As três exclamaram a aprovação do look:

— Daphne, você está uma gata! — comentou Drue.

Drue estava lindíssima, lógico, como uma modelo da Fashion Week, com saltos de sola vermelha acrescentando mais sete centímetros a sua altura, leggings de couro marcando as coxas bem torneadas e uma blusa de lã cinza curta que mostrava um pouquinho do abdome definido.

Havia uma fila na porta do Dive 75, que Drue ignorou, indo direto até o segurança e cochichando alguma coisa no ouvido dele. Eu estava com a identidade falsa na mão suada, mas ele nem pediu para ver quando nos colocou para dentro.

Encontramos uma mesa com quatro banquinhos altos no canto do bar. Drue pediu uma rodada de *lemon drops*.

— Os primeiros, e últimos, drinques que vou ter que pagar hoje — anunciou ela, com uma piscadinha.

O *lemon drop* não estava lista de coquetéis de baixo valor calórico que eu tinha memorizado naquela tarde, mas bebi o meu de bom grado. A vodca estava geladíssima, e o drinque era uma mistura do azedo do limão com o doce dos grãos de açúcar ao redor da taça, que fizeram "crac" contra meus dentes quando bebi. Era um lugar escuro e aconchegante, com assentos de cabine e sofás mais ao fundo, onde as pessoas comiam nachos e jogavam Banco Imobiliário e Connect 4. O primeiro drinque levou ao segundo, e ao terceiro. Com minhas amigas ao lado e a música tocando, estava me sentindo alegre e relaxada, tão à vontade quanto uma garota com arame espremendo os seios e um elástico poderoso comprimindo a cintura e as pernas conseguiria ficar. Foi quando Drue murmurou:

— Daphne, não olhe agora, mas acho que tem alguém de olho em você.

Eu me virei de imediato, esquadrinhando a escuridão.

— Não é para olhar! — avisou Drue, me dando um soquinho de brincadeira e rindo.

À nossa direita havia uma mesa com quatro caras, e um deles, um ruivinho de pulôver azul-escuro e rosto sardento, estava de fato me olhando. Atrás de mim, Drue acenou.

— Lake! Lake Spencer! Ai, meu Deus!

— Você conhece ele? — perguntei enquanto os caras vinham até nós, arrastando as cadeiras e juntando a mesa com a nossa.

Drue cumprimentou o cara.

— Lake é amigo de Trip, meu irmão. Lake, essa é a Daphne, uma das minhas melhores amigas.

— Oi — falei.

— Oi — respondeu Lake, apontando com o queixo para minha taça vazia. — Quer mais um desse?

Pensei naquele poema atribuído a Dorothy Parker: "Gosto de tomar um martíni/ Dois ainda caem bem/ Com três acabo embaixo da mesa/ Com quatro acabo embaixo de alguém".

— Quero — respondi, me sentindo destemida, e Drue assentiu, aprovando minha atitude.

O cara sumiu de vista, e Drue passou o braço por meus ombros.

— Ele gostou de você — cochichou ela em meu ouvido, em um tom nada discreto.

— Ele acabou de me conhecer — contrapus.

— Mas antes já estava olhando — disse Drue, então soluçou. — Ele está a fim de você. Está na cara. Quando ele voltar, chame-o para dançar!

Fiz uma careta. Do outro lado da mesa, Ainsley e Avery estavam conversando com dois caras, enquanto outros dois olhavam para Drue, evidentemente ansiosos para ela terminar de falar comigo e dar atenção a eles. Então Lake voltou, trazendo minha bebida. Dei um gole e desci do banquinho, em um gesto que torci para ter parecido elegante, ou no mínimo não como uma foca adestrada descendo da plataforma depois de ganhar uma sardinha. A música estava tão alta que fazia meus ossos vibrarem.

— Quer dançar? — gritei para ele, que fez um sinal de positivo com a mão e abriu um sorriso.

Na pista de dança, não demorei a descobrir que, para Lake, dançar era o equivalente a ficar pulando em um ritmo sem nenhuma relação com a batida da música. *Pois, bem*, pensei enquanto trocávamos informações pessoais aos berros. Descobri que ele estava no último ano de faculdade, era estudante de filosofia da Williams College e que passava as férias de verão com a família nos Hamptons, perto da casa da família de Drue e que, além de ser amigo de Trip, a irmã de Lake tinha feito o baile de debutante com Drue. A pele de Lake era bem branquinha sob as manchas sardentas; o nariz era bem reto, com narinas largas. O cabelo ruivo era grosso, áspero e cheio de redemoinhos, do tipo que era impossível manter no lugar, por mais bem pensado que fosse o corte, e quando seu rosto relaxava assumia uma expressão que parecia quase um sorrisinho presunçoso. Não era um cara bonito. Mas quem era eu para julgar? Ele parecia interessado em conversar comigo, e não vi sua atenção se desviar em nenhum momento para as meninas bonitas que também estavam na pista. Nós dançamos e conversamos (ou melhor, na maior parte do tempo, Lake falou e eu escutei), e fiquei me perguntando o que aconteceria quando chegasse a hora de fechar e o barman gritasse: "Vocês não precisam ir para casa, só não podem mais ficar aqui!".

— Me dá licença só um minutinho — pediu Lake, com um sorriso. — Eu preciso tirar água do joelho.

Nunca gostei muito dessa expressão, "tirar água do joelho", mas deixei passar. Lake se afastou, mas seu perfume ficou no ar, um aroma com um toque de especiarias que me fez lembrar de um dia quando eu ainda era escoteira. Minha mãe tinha me inscrito na tropa local depois de notar, com uma boa dose de atraso, que eu vinha passando tempo demais pintando, tricotando e lendo, em vez de brincar com as crianças da minha idade. "Só experimente, Daphne, de repente você faz novas amizades!", foi o argumento dela. O encontro da tropa acontecia em um apartamento no Upper West Side. Doze meninas sentadas em uma roda no chão da sala de estar espetando cravos-da-índia em laranjas para fazer sachês aromáticos para o Dia das Mães. Gostei da experiência, principalmente quando a líder da tropa elogiou o padrão de espirais que fiz na minha laranja. Tentei ignorar os olhares, os cochichos e as risadinhas das outras escoteiras. Quando o encontro acabou, a líder abriu a porta do apartamento e as escoteiras saíram para o corredor, às gargalhadas, e correram para o elevador. "Libertem Willy!", foi o que uma delas gritou, fazendo referência ao filme da baleia. Não tive coragem de olhar para trás para ver se a líder ainda estava lá e se tinha ouvido aquilo. Quando voltei para casa, avisei minha mãe que não queria ir mais. "Foi chato", justifiquei. Antes de ir dormir naquela noite, lavei as mãos várias vezes, com a água tão quente que quase queimou minha pele, para tirar o cheiro de cravo-da-índia dos dedos e não precisar me lembrar da dor horrível que estava sentindo por dentro, uma sensação pesada como se eu tivesse engolido pedras, aquele aperto no peito que acompanhava a sensação de não ser querida.

Voltei para a mesa, e Drue me segurou pelo braço.

— Ah, nossa, ele gostou mesmo de você! — gritou ela, fazendo uma dancinha.

Foi um tanto incômodo ela parecer tão surpresa por alguém ter demonstrado interesse em mim, mas fiquei contente mesmo assim, e achei graça em seu jeito escandaloso, como sempre.

— Ele é um gatinho! — acrescentou Ainsley.

— E um cara mais velho! — gritou Drue. — Vamos lá no banheiro retocar a maquiagem.

Nós quatro fomos até lá de braços dados. Eu estava vermelha, agradavelmente afetada pelo álcool e me sentindo quase bonita com aquela calça e aquele decote. Fiz o que precisava fazer, lavei as mãos, conferi o batom e deixei Ainsley e Avery se arrumando diante do espelho.

Quando saí para o corredor, à minha direita estavam o balcão do bar e a pista de dança, àquela altura repleta de corpos em movimento ao som da mesma batida grave, e, à esquerda, uma porta sinalizada como SAÍDA DE EMERGÊNCIA... além de Drue e Lake. Meus sentidos tinham acabado de registrar a presença dos dois juntos quando ouvi a palavra "canhão" e vi Drue sacudindo a cabeça em sinal negativo.

— Cara, você não tem espelho em casa, não? — esbravejou ela. — Você queria o quê, uma Kardashian?

Lake estava com os ombros caídos e murmurou alguma coisa que não consegui entender. Drue balançou a cabeça de novo, parecendo irritada.

— Eu mandei uma foto dela. E avisei você. Vamos parar de ser frouxo.

Ela deu um soco no ombro dele, mas não de brincadeira, para machucar mesmo.

"Canhão." Eu sabia o que essa palavra significava naquele contexto. Não uma arma de guerra, e sim uma garota feia, que um voluntário fazia o sacrifício de encarar para conceder aos companheiros de luta um caminho livre para o verdadeiro objetivo: as meninas bonitas.

Senti o corpo começar a tremer, transbordando de vergonha. Ainda conseguia ouvir Ainsley e Avery conversando, mas era como se elas estivessem debaixo d'água, falando com vozes ecoantes e indistintas. *Mas eu perdi dez quilos!*, uma vozinha choramingona murmurava dentro de minha cabeça. Mas, obviamente, não era o bastante, nem nunca seria. Eu poderia ter perdido dez, vinte, cinquenta quilos. Nem assim eu seria vista como alguém que merecia estar no grupinho de Drue Cavanaugh.

Fechei os olhos e pensei em ir para casa, sentindo o ar frio da noite esfriar meu rosto quente na caminhada. Sem acender a luz, iria até a cozinha, pegaria um pote de sorvete no freezer e um pacote de pretzels no armário e comeria tudo no escuro. Deixaria a doçura cremosa e a crocância salgadinha me preencherem, afastando a dor e a vergonha e me empanturrando a tal ponto que não sobraria espaço para nada; nem para a raiva, nem para o constrangimento, nem para qualquer outra coisa. *Ben & Jerry, estão aí dois homens que nunca vão me decepcionar*, pensei, vislumbrando a marca do sorvete.

Mas então me detive.

Eu me detive e pensei: *O que foi que fiz de errado?* Por acaso estou prejudicando alguém aqui? É isso o que mereço por ter a coragem de sair de casa, para dançar e tentar me divertir? Eu sou gorda. Isso é verdade. Mas sou uma boa pessoa. Sou gentil e divertida; sou generosa; tento tratar os outros do jeito como gostaria de ser tratada. Sou esforçada. Uma boa filha. Uma boa amiga.

Estava listando o restante de minhas boas qualidades quando Lake e Drue me viram. Percebi a surpresa no rosto de Lake, e abri um sorriso tranquilizador. Ele retribuiu o gesto e me pegou pela mão, me levando para a pista de dança. Quando chegamos lá, o DJ começou a tocar uma música lenta, com uma letra que falava sobre anjos, fogo e amor eterno. Lake pôs a mão em meu ombro, em um gesto inseguro. Senti que ele precisou se forçar a colocar a outra entre minha cintura e meu sutiã. Imaginei o que se passava por sua cabeça. *Certo. Só um pouquinho. Não vai ser tão ruim assim. Provavelmente meio molenga. Quente e balançante, como um colchão d'água.* Ele me encarou com os grandes olhos castanhos e abriu um sorriso afetuoso, que poderia até passar por um gesto carinhoso e promissor. E talvez tenha sido a bebida, além da vergonha e da noção de que Drue estava envolvida naquilo, mas decidi que daquela vez (pelo menos daquela vez) não engoliria sapo com um sorrisinho no rosto.

Olhei para as próprias pernas, grossas e fortes, as pernas que me conduziam por quilômetros de calçadas nova-iorquinas todos os dias, que me impulsionaram durante horas em esteiras, elípticos e bicicletas ergométricas e realizaram centenas de agachamentos, *lunges*, chutes e várias aulas de aeróbica, boxe e barre ao longo dos anos. *Perna, esse é*

Lake, pensei, levantando o pé direito e abaixando com força nos dedos do pé dele.

Lake arregalou os olhos e abriu a boca. Então gritou, um berro agudo de menininha.

— Sua gorda escrota! — gritou ele. — Você *esmagou* meu pé!

A música parou. Ou, pelo menos, em minha lembrança foi assim. Em minha imaginação, ouvi o som de uma agulha raspando no disco, e depois o silêncio absoluto. Todos os olhares se voltaram para ele, que pulava com o pé esquerdo, segurando o direito e me encarando com a cara fechada... e todas as atenções se voltaram para mim quando comecei a falar.

— Quer saber? — falei. — Eu sou gorda mesmo. Mas isso não significa que você pode me tratar como lixo.

Minha voz estava trêmula. As mãos, geladas, a boca, seca, o coração batendo três vezes mais rápido, com todas as células do corpo gritando: *Fuja daqui, para bem longe, as pessoas estão olhando, estão vendo tudo.* Mas dessa vez não dei ouvidos. Continuei firme. Coloquei as mãos na cintura e joguei o cabelo para o lado. Como se fosse uma personagem em um filme (a melhor amiga gorda e irreverente que tem seu breve momento sob os holofotes), passei a mão pelo pescoço, pelos seios, pelo quadril e pelas coxas.

— Você não merece nada disso — continuei. — Não merece alguém como eu.

— *Uuh* — gracejou alguém.

— É isso aí, gata! — gritou outra pessoa.

E alguém, provavelmente o barman, começou a aplaudir. Primeiro foi só uma pessoa, depois mais uma, e mais uma, até parecer que o bar inteiro estava aplaudindo, batendo palmas para mim e rindo dele. Foi quando percebi que uma das garotas na pista de dança estava com o celular na mão, me filmando. Meu coração foi parar na boca de novo, como se eu estivesse no alto de uma montanha-russa e percebesse que não estava presa ao assento. *O que está feito, está feito*, pensei e, com o máximo de dignidade possível, saí andando pela pista de dança na direção da porta e depois noite adentro.

Quando estava na metade do quarteirão, Drue me alcançou.

— Ei — gritou ela.

Não me virei. Ela me pegou pelo ombro e me puxou para me obrigar a encará-la.

— Ei! Que que foi aquilo, cacete?

— Me diz você — retruquei, me desvencilhando de sua mão.

— Olha, me desculpa. Eu só estava tentando te fazer um favor.

Arregalei os olhos.

— E eu tenho que fazer o quê, agradecer?

Drue pareceu em choque. Provavelmente porque eu nunca a havia confrontado dessa maneira, nem reclamado sobre a forma como ela me tratava, muito menos pisado de propósito no pé de um cara aleatório.

— Eu não pedi sua ajuda para nada — falei, virando as costas.

Ela puxou meu ombro outra vez, me encarando com o rosto bonito espumando de raiva sob a luz do poste.

— Mas você precisava. Está namorando um cara de quem nem gosta, e isso depois de passar todos os anos de colégio sem beijar ninguém.

— E daí?

— E daí que ou você é gay, o que já cheguei a cogitar, ou é apaixonada por mim...

Fiz um som de escárnio.

— Ou precisa de um empurrãozinho — continuou Drue.

— Se você queria me ajudar — respondi, trincando os dentes —, podia ter me consultado primeiro.

— Para quê? — rebateu Drue. — Você teria recusado.

— E, se era para fazer isso mesmo assim — continuei —, pelo menos poderia ser com alguém que não é um babaca.

— Bom, eu não tinha exatamente um monte de opções para escolher! — respondeu Drue, aos gritos. — Você por acaso acha que tem uma fila de caras querendo sair com uma... — Ela parou de falar.

Mas era tarde demais.

— Uma o quê? — questionei. — Uma gorda? Uma garota que não tem uma herança milionária? Que não tem um pai na capa da *Forbes*?

Ela apertou os lábios e se manteve em silêncio.

— Eu não preciso de caridade — falei. A adrenalina ainda corria forte em minha corrente sanguínea, mas a exaustão e minha velha amiga vergonha também estavam presentes. — Já cansei de você. Só me deixe em paz.

Virei as costas e saí andando na direção de casa. Depois de uns dez passos, ouvi Drue gritar:

— Nós ficamos com dó de você, só isso!

Essas palavras me atingiram como uma facada nas costas. Lá estava a verdade de que eu sempre desconfiara, finalmente vindo à tona. Senti o corpo ficar tenso, meus ombros se encolhendo, mas preferi não me virar.

— Você é só uma gorda qualquer. Só conseguiu entrar no Lathrop porque famílias como a minha dão dinheiro para o colégio, para gente como você poder estudar lá.

Minhas bochechas arderam de vergonha, e cerrei as mãos, mas não havia o que discutir. Eu não tinha como rebater. Era mesmo gorda. E estudei no Lathrop porque tinha uma bolsa de estudos. A família dela era rica, a minha não. Em comparação com ela, eu era mesmo só uma qualquer.

— É sorte sua alguém como eu dar bola para alguém como você! — berrou Drue.

Ah, mas você bem que se beneficiava disso também, pensei. Ela me dava atenção... pelo menos em parte. Em troca, eu escrevia seus trabalhos de escola, revisava suas lições de casa, guardava seus segredos. Ouvia o falatório infindável sobre garotos e roupas e quais garotos prefeririam vê-la vestida com quais roupas; eu dava cobertura quando ela matava aula ou aparecia no colégio de ressaca e sem condições de fazer nada.

Mas não falei nada disso. Não respondi nem olhei para trás. Só continuei andando. Por alguns quarteirões, pensei que ela fosse atrás de mim pedir desculpas, dizer que eu era sua melhor amiga, que não era aquilo que pensava de mim. Mantive os ouvidos alertas para o som de saltos pisoteando a calçada. Mas Drue não apareceu.

A algumas quadras de casa, senti o celular começar a vibrar no bolso. Ignorei as notificações, sentindo o estômago embrulhar, imaginando um vídeo meu gritando com aquele cara sendo passado de mensagem em mensagem, sendo compartilhado no Facebook e no Twitter. Senti o rosto ficar quente, e o açúcar e o álcool se revolveram no estômago.

Parecia que meu sangue estava em chamas, meu corpo queimando de vergonha e raiva, e também algo mais, algo diferente, algo que demorei quase a caminhada de trinta minutos inteira para reconhecer como orgulho, e talvez até uma sensação de ter feito a coisa certa. Para o bem ou para o mal, eu havia encontrado minha voz.

Entrei, sorrateira, no apartamento de meus pais. Em vez de ir à cozinha, fui para o quarto sem acender as luzes, me deslocando sem problemas no escuro. Só lá acendi a luz e olhei ao redor do quarto como se o estivesse vendo pela primeira vez.

Minha mesa de artesanato, que eu tinha encontrado na rua, levado para casa com a ajuda de meu pai, desmontado, lixado e pintado num tom de marfim, ficava encostada em uma das paredes. Um vaso de cerâmica azul-cobalto com margaridas laranja pintadas à mão ocupava o centro do móvel; uma cadeira de madeira pintada por mim, com uma almofada que eu costurara usando um retalho de tecido Marimekko estampado em rosa-choque e laranja, ficava diante da mesa. Observei o vaso, as flores, o tapete de fibra natural sobre o piso de madeira, o abajur de metal polido aceso no canto, e imaginei uma pessoa desconhecida vendo aquilo e me considerando uma garota de sorte por ter um lugar tão bonito só para mim. Sempre torci para um dia conhecer um homem que soubesse apreciar essa habilidade; que me elogiasse, que me dissesse que eu era criativa, que tinha um bom olho, que havia transformado nossa casa em um lugar colorido e aconchegante, que meu toque deixava tudo mais bonito.

Tirei o short modelador, me livrando do tecido de compressão e jogando no lixo. O sutiã com arame foi em seguida. Vesti uma blusa de alcinha, uma calcinha enorme de malha no melhor estilo vovó, e a calça de pijama mais confortável. No banheiro, prendi o cabelo com um frufru e removi a maquiagem. De volta ao quarto, sentei-me diante do notebook e digitei as palavras "aceitação corporal" no mecanismo de busca.

Centenas de links surgiram na tela: matérias, blogs, perfis no Twitter com nomes como @SuaAmigaGorda, @nutricionistagorda e @FeministaPlusSize, além de sites sobre saúde para todos os tamanhos, contas de positividade corporal no Instagram, looks do dia com garotas de coxas grossas e os pneuzinhos aparecendo no Snapchat. Tudo o que eu tentava esconder estava ali, escancarado. Garotas gordas, algumas do mesmo tamanho que eu, outras mais magras, outras mais gordas, de biquíni ou lingerie, em posições de ioga, em navios de cruzeiro, em praias e na capa da edição de trajes de banho da *Sports Illustrated*.

Meus dedos estavam congelados no teclado, o coração, disparado. Pensei: *Isso é uma porta. Você pode fechá-la e ficar aqui, do lado de fora, sozinha, ou pode entrar e se juntar a essas pessoas.*

Fechei os olhos e preparei as mãos. Se me perguntassem quem eu era naquela manhã, teria dito algo sobre ser uma universitária, uma aspirante a artista, a filha ou a amiga de alguém, uma fã de livros de romance e de feltragem com agulha, buldogues franceses e quadrinhos da Linda Barry. Mas, se fosse sincera, teria que dizer: *Sou uma pessoa que faz dieta*. Acordava todo dia pensando no que poderia comer e no quanto precisaria me exercitar para queimar as calorias; ia me deitar à noite me sentindo culpada por ter exagerado na primeira parte e negligenciado a segunda, prometendo a mim mesma que no dia seguinte seria diferente. Mas, naquele momento, sentada à mesa, concluí que já estava cansada daquilo. Eu comeria para ficar bem nutrida, me exercitaria para me sentir forte e saudável, abandonaria a ideia de ser magra, e, de uma vez por todas, viveria a vida com o corpo que tinha. E também decidi que deixaria de carregar cinquenta quilos de peso morto nas costas, o que significava nunca mais falar com Drue Lathrop Cavanaugh.

As coisas não foram fáceis nos meus primeiros dias de gorda assumida.

Deitada na cama na manhã seguinte à noite no bar, me lembrei de uma frase de um dos sites de saúde para todos os tamanhos que tinha lido na noite anterior: "Pergunte o que seu corpo quer". Mas como meu corpo poderia saber? Fazia muito tempo que eu não comia alguma coisa só porque sentia vontade.

— Beleza — falei para mim mesma.

Ouvi meus pais conversando na cozinha, em um tom de voz baixo. Dava para sentir o cheiro do café que meu pai bebia com leite e minha mãe, puro, e do pão de grãos germinados na torradeira. Fiquei me sentindo uma boba, mas então pensei em meu pai. Às vezes, à noite, quando estávamos vendo TV, ele falava com a própria barriga como se fosse um bichinho de estimação, dando um tapinha na altura do estômago e perguntando: "Que tal uma pipoquinha? Ou outra cerveja?". Isso me ajudou. *Certo, corpo. O que você quer para o café da manhã?*

Por um bom tempo, não houve reação alguma. Percebi que estava entrando em pânico, e comecei a respirar bem fundo e devagar até um pensamento surgir em minha cabeça: *bolo de banana.* Eu queria uma bela fatia de um bolo de banana quentinho, com nozes e gotas de chocolate, e um copo de leite para acompanhar. Logo em seguida, vieram as palavras *de jeito nenhum.* Um bolo de banana levava ovos, manteiga, gotas de chocolate, nozes, iogurte integral, farinha de trigo refinada e uma xícara e meia de açúcar. Era uma sobremesa. E uma que eu não comia fazia anos... e, se começasse a comer, não sabia se conseguiria parar.

Voltei ao notebook e abri a matéria que tinha lido por alto. "Não precisa ter medo de se sentir fora de controle... como se, assim que começar a comer alguma coisa que antes era 'proibida', você não fosse mais conseguir parar. Isso pode até ser verdade nas primeiras vezes em que você reintroduzir uma 'porcaria' em sua dieta. Nosso conselho é que os alimentos sejam consumidos sem pressa e com consciência, saboreando cada pedacinho, escutando seu corpo, comendo o que você quer, parando quando sentir que a fome está saciada."

Encontrei uma receita na internet. Troquei de roupa. Na cozinha, meu pai estava tentando fazer as palavras cruzadas do jornal com a ajuda de minha mãe. Enquanto pegava uma sacola de pano de armário, eu o ouvi perguntar:

— Uma palavra de sete letras para a localização dos restos mortais de Noé?

— Eu vou ao mercado — avisei a eles.

— Isso não tem sete letras — respondeu meu pai.

— Ha, ha, ha.

Pensei que estivesse falando normalmente, mas vi quando ele trocou um olhar com minha mãe antes de se virar para mim.

— Está tudo bem? — perguntou ele.

— Tudo ótimo — respondi.

— Aproveite e traga cominho, que acabou — pediu ele, acenando com a mão em despedida.

— Tome cuidado — recomendou minha mãe, como sempre fazia quando um de nós saía de casa.

Fui andando até o Whole Foods na esquina da rua 92 com a Columbus. Comprei o cominho para meu pai, ovos, manteiga, iogurte grego, gotas de chocolate e as bananas mais maduras que encontrei. De volta à cozinha, com meus pais olhando sem dizer nada, derreti a manteiga, quebrei os ovos e despejei as colheradas de iogurte em um copo de medida. Depois amassei as bananas em um saco plástico, dourei as nozes no forno, misturei tudo e despejei em uma forma de pão.

Enquanto o bolo estava no forno, relaxei no sofá e abri as mensagens no celular. A de Darshini, outra amiga do colégio, foi a primeira. Vi isso ontem de noite, ela havia escrito. Você está bem? Senti um desconforto se instalar na barriga, um aperto no peito, um tremor nos joelhos. Meu coração disparou de tal forma que eu conseguia sentir os ossos do tórax tremerem. Era um link do YouTube. Quando cliquei, lá estava eu, em toda minha gloriosa fúria, vestida de preto, roliça e com um queixo triplo. "Garota gorda SURTA" era o título.

Senti vontade de gritar e jogar o celular na parede, como se tivesse me queimado, e devo ter emitido algum som porque, quando ergui os olhos, meus pais estavam me olhando.

— Desculpa — falei. — Está tudo bem.

Vi que eles trocaram mais um olhar, se comunicando naquela espécie de código Morse conjugal. Minha mãe apertou os lábios, e meu pai pegou o celular. Prendi a respiração e me voltei para a tela, para meu próprio rosto. O vídeo já tinha treze mil visualizações. E, para minha surpresa e susto, oito mil joinhas.

Não faça isso, pensei, mas não consegui me segurar. Com o coração na boca, rolei a tela para a seção de comentários.

Baleia encalhada, era o primeiro. Bem, isso era de se esperar. E eu gostava de baleias! Eram elegantes e majestosas!

Eu comeria, foi o comentário seguinte.

É só empanar na farinha e escolher a parte mais molhadinha, um engraçadinho escreveu como resposta. Fiz uma careta, sentindo o estômago se embrulhar conforme ia rolando a tela.

Isso MESMO gata, era outro comentário. Eu bem que queria ter coragem de dar um corte desses em um cara assim.

Eu também, a mulher logo abaixo escreveu.

Mais uma aqui.

O timer do forno apitou. Ergui os olhos e vi que meu pai ainda estava fazendo as palavras cruzadas e minha mãe tinha passado para a seção de classificados imobiliários.

— Um milhão e duzentos por um apartamento estilo estúdio! — exclamou ela, balançando a cabeça.

O mundo continuava o mesmo; a casa não tinha desmoronado sobre minha cabeça. O sol aparecera normalmente de manhã e desapareceria de novo à noite.

Depois de calçar luvas térmicas de silicone, peguei a assadeira que tinha colocado embaixo da forma de pão, para o caso de respingar. Era uma assadeira que eu costumava usar para assar abobrinha com cebola, pimentão e tomate, e às vezes, como um agrado ocasional, batatas cortadas bem fininhas. Fiquei me perguntando para que a usaria naquelas novas circunstâncias enquanto punha o bolo de banana em cima do fogão. Meu celular apitou. Fui ver se era Darshi de novo, ou Ron ou Drue, que até então não haviam se manifestado. O remetente que apareceu na tela foi PAI, e a mensagem dizia: Estou orgulhoso. Senti os olhos se encherem de lágrimas ao levantar a cabeça para fazer um sinal de positivo para ele.

Pensei em pesquisar textos sobre como lidar com humilhações públicas e exposição negativa na internet; era uma coisa que já havia acontecido com um monte de gente, com certeza alguém já teria escrito um guia para superar o problema. Em vez disso, me obriguei a fazer um exercício de relaxamento que minha professora de ioga tinha me ensinado muitos anos antes. *Cite cinco coisas que consegue ver*. Minha mãe, meu pai, a mesa da sala de jantar, o jornal, o bolo de banana. *Cite quatro coisas que consegue tocar*. A pele do braço, o tecido do estofamento da cadeira da mesa de jantar, o tampo de madeira da mesa da cozinha, o chão. As três coisas que eu conseguia ouvir eram o barulho dos carros na Riverside Drive, a caneta de meu pai arranhando a página do jornal e as batidas de meu coração, que ainda ressoavam em meus ouvidos. E sentia o cheiro do bolo de banana e de meu suor azedo por causa da ansiedade.

Eu conhecia a internet bem o bastante para saber que essas coisas nunca duravam muito, que a indignação contra, digamos, um colunista do *New York Times* que reagiu de forma exagerada a um pequeno insulto poderia ser redirecionada para uma empresa de cosméticos cujas bases "cor de pele" só serviam para mulheres brancas, e então para um atleta profissional que usou um termo racista em um tuíte aos 15 anos de idade. Era como um enxame sempre em busca do próximo artista, ator ou rede de fast-food problemática, e ninguém permanecia em evidência, nem cancelado, para sempre.

Isso não vai durar muito, pensei comigo mesma. Não é uma coisa real. O real é o que consigo ver, tocar e cheirar. O que existe aqui são só pixels, transmitidos de forma invisível pelo ar, em boa parte gerados por robôs e pessoas desconhecidas que eu nunca encontraria na vida real.

Voltei ao YouTube, onde 83 comentários haviam sido publicados desde a última vez que eu tinha olhado. Ignorando tudo aquilo, baixei o vídeo e subi em meu próprio canal. Eu vinha usando um avatar como imagem nas redes sociais fazia três anos, um desenho de duas agulhas de tricô espetadas em um novelo de lã magenta. Apaguei a imagem e a substituí por uma captura de tela do vídeo comigo de boca aberta, mão estendida e dedo apontado para o carinha despeitado, uma pose universal de mulher pê da vida. Meu primeiro pensamento foi: *Dá para ver minha papada*. Mas o que me ocorreu logo em seguida foi: *Mas eu pareço corajosa. E pelo menos meu cabelo está bonito*.

Abri a seção da biografia. Embaixo de *Daphne Berg, Univ. Vanderbilt, nascida em NYC, fã de artesanato*, acrescentei *uma gorda que não aceita desaforo*, e as hashtags #nãosouobrigada e #eusouassim. Troquei o nome do blog de *Cantinho de artesanato da Daphne* para *Pensando grande*.

O bolo de banana já tinha esfriado quando o toquei. Cortei uma fatia grossa e servi em meu prato favorito, um branco com um padrão de flores azuis. Peguei um garfo na gaveta de talheres, dobrei um guardanapo de tecido, coloquei na mesa e me sentei. Em seguida desdobrei o guardanapo e espalhei pelo colo. Usei o garfo para pegar um pedaço generoso da fatia de bolo e fechei os olhos ao levá-lo à boca, soltando um gemido de satisfação enquanto mastigava, saboreando, sentindo as texturas, o calor, o chocolate derretido, a crocância das nozes, a maciez tenra das bananas e da manteiga. Comi a fatia toda e usei a lateral do garfo para raspar as migalhas do prato.

Três

Depois de terminar a live, pendurei a capa protetora de roupas no braço e saí da frente daquele bar sem olhar para trás. Na rua 86, peguei o ônibus para a avenida Madison. Cinco minutos depois, estava diante do colégio Saint David, justamente quando a aglomeração de babás e mães (e um ou outro pai) estava chegando ao auge. Com cinco minutos ainda de sobra, abri o Instagram. Minha gravação já tinha milhares de visualizações, centenas de curtidas e dezenas de comentários. Tão linda, digitou @curvilineaconfiante. Cliquei duas vezes para curtir o que ela falou. De onde é essa camisa?, quis saber @Joelle1983. É da Macy, mas já tem uns quatro anos. Acho que na Old Navy tem uma parecida, vou conferir depois!, digitei. "Alimentar as feras", era assim que eu me referia a esses momentos. Não que minhas seguidoras fossem animais, mas era bem cansativo ficar disponível online por tanto tempo, clicando e curtindo e respondendo, interagindo para que o algoritmo notasse meu nível de engajamento e me colocasse no topo do feed quando as pessoas abriam o aplicativo, porque assim eu poderia ser seguida por mais gente e cobrar mais por postagens com parcerias comerciais.

Curtir, curtir, comentar; comentar, comentar, curtir. Fui lendo meio por cima as reações até encontrar uma que chamou minha atenção: Eu sou adolescente. Como faço para ser corajosa como você?

Parei um pouco para pensar, com o celular na mão e os olhos voltados para o céu, lembrando a mim mesma que essa suposta adolescente podia ser um homem de 68 anos que morava no porão da casa da mãe e estava só me trolando. Porém, disse a mim mesma que, independentemente de quem tivesse feito a pergunta, minha resposta não seria realmente para ela (ou ele)... seria para todo mundo que lesse. E alguma dessas pessoas poderia muito bem ser uma adolescente gorda, uma garota como eu fui um dia, querendo saber como criar a coragem que ela achava que eu tinha.

Resisti a um impulso de digitar um rápido e superficial "Quando estiver sem coragem, é só fingir que tem!", o que era mais ou menos a verdade, no fim das contas. Eu não era uma pessoa corajosa a cada minuto de cada dia, nem ao menos na maioria dos minutos da maioria dos dias... mas quase sempre sabia agir como se fosse. E quase todo mundo acreditava. Mas que bem faria para essa garota hipotética saber que alguém que ela respeitava estava só fingindo?

Copiei a mensagem e colei no arquivo de esboços para pensar melhor mais tarde, e nesse momento o sinal tocou e dezenas de meninos de calça cáqui e blazer azul saíram correndo na direção das respectivas pessoas que foram buscá-los. Guardei minha fonte de renda extra no bolso, e meu trabalho de verdade começou.

Três anos antes, o casal Snitzer (a dra. Elise e o dr. Mark) me contrataram para cuidar de seus filhos, Isabel e Ian, por quatro horas diárias depois da escola. Eu pegava as crianças na escola, ia para a casas deles, servia um lanche, ajudava na lição e as levava para seus diversos outros compromissos. Izzie tinha treinos de hóquei no gelo, visitas marcadas à casa das amigas e festas de aniversário; Ian fazia terapia. Izzie fazia parte de um clube de corrida e cantava em um coral. Ian tinha consultas com o alergista. Izzie era uma menina meiga e extrovertida, mas Ian era meu favorito. Ele me lembrava de mim.

Naquela tarde, como sempre, Ian foi um dos últimos a sair da escola. Segundo sua mãe contara, ele tinha nascido semanas mais cedo que o previsto, com pouco mais de dois quilos, e foi um bebê miudinho e atormentado pelas cólicas. Quando cresceu, virou um menino magricelo, pálido e com um nariz sempre vermelho de tanto limpar e assoar, e olhos azul-claros com frequência lacrimejantes e irritados. Em seus tempos de bebê, sua mãe engrossava seu purê de ervilha e cenoura com azeite de oliva e manteiga, para acrescentar algumas calorias a mais e ajudá-lo a crescer. Ele tomava injeções de vitaminas e fazia terapia de exposição; tinha até um mantra para recitar antes de comer derivados de trigo e laticínios. Tudo isso ajudou, mas Ian ainda sofria com as alergias respiratórias e de pele, além de ser pequeno para a idade. Como na maioria dos dias, o garoto estava sendo esmagado pelo peso de uma mochila que provavelmente pesava mais que ele.

— Nós temos um tempinho para comer alguma coisa? — perguntou ele, enquanto usava o dedo indicador para afrouxar o nó da gravata, um gesto incongruentemente adulto que sempre me divertia quando era executado por um menino de 8 anos.

Olhei no celular. Tínhamos quinze minutos para percorrer os dois quarteirões até a rua 91 Leste para chegar na hora certa de buscar Izzie na Spence.

— Só se for bem rapidinho.

Ian assentiu.

— Tudo bem.

— Como foi seu dia?

Ian soltou um suspiro.

— Hoje teve educação física, e eu fui escolhido por último de novo.

— Putz, cara.

Ian revirou os olhos diante de minha tentativa de soar descolada, mas vi um sorrisinho se esboçando nos cantos de sua boca.

— Mas, falando sério. Não acredito que ainda fazem isso nas escolas. Deixar os alunos escolherem os times.

Ele olhou para mim.

— Você também já foi escolhida por último?

— Humm, se eu *sempre* era escolhida por último? — perguntei num tom leve. *Melhor não entrar nessa*, pensei comigo mesma. Se me deixasse levar pelas lembranças dos horrores da aula de educação física, começaria a chorar antes de chegar à esquina. — O que você quer comer hoje?

— Croissant de chocolate da Sarabeth's — respondeu ele sem titubear. — Você está tentando mudar de assunto?

Ian era um menino esperto.

— Pode ter certeza.

— As outras crianças pegavam no seu pé quando estava no terceiro ano?

— Às vezes. Mas quer saber? Eu sobrevivi. E você também vai. E provavelmente o melhor período da vida desses tontos que pegam no seu pé vai ser a época do colégio, enquanto você ainda vai ter muitos e muitos anos para brilhar.

Ian sorriu ao ouvir isso. Fiquei me perguntando quando ele descobriria que alguns daqueles cretininhos que se divertiam humilhando os outros continuavam fazendo isso pelo resto da vida, e que alguns deles viravam adultos ainda mais cretinos, e ainda por cima ricos e bem-sucedidos, e que a balança da justiça nem sempre se equilibrava no fim das contas.

Fomos andando até a Sarabeth's. A atendente atrás do balcão sorriu ao ver Ian.

— O de sempre? — perguntou ela.

Ian assentiu.

— Isso, por favor.

— Você já virou um freguês conhecido aqui! — exclamei.

Ele revirou os olhos, mas ficou todo satisfeito ao ser reconhecido, estufando um pouco o peito enquanto olhava ao redor, para ver se alguém tinha escutado. *Todo mundo gosta de ser notado*, pensei, e guardei essa observação para usar mais tarde em uma postagem no Instagram.

— Quem tratava você mal? — questionou Ian quando encontramos uma mesa para nos sentar. — Era aquela moça? A que apareceu lá em casa?

Peguei o lenço umedecido hipoalergênico com aroma de lavanda na bolsa.

— Para as mãos.

Ian limpou as mãos e começou a comer.

— Era ela, né? — A voz dele soou chateada, mesmo depois de ter dado uma mordida na massa folhada com chocolate. — Aposto que ela era a primeira a ser escolhida.

— Está aí uma aposta que você ganharia.

Eu preferiria que Ian e Izzie nunca tivessem conhecido Drue, que minha antiga melhor amiga nunca tivesse arrastado meus patrões e seus filhos para nosso drama particular. Mas, como a própria Drue falara, eu não tinha lhe dado muita opção. Ignorara os e-mails e as mensagens que ela mandara para meu celular, cujo número ela tinha conseguido nas associações de ex-alunos de nosso colégio. Eu não tinha visualizado as mensagens diretas que ela havia me enviado no Instagram, no Facebook e no Twitter, e joguei no lixo sem abrir a carta que recebera pelo correio. Quando ela deixara um recado para meus pais me avisarem que queria falar comigo, eu respondera apenas "Obrigada por me avisarem". E, apesar de saber que ambos estavam morrendo de curiosidade para saber o que tinha acontecido entre nós duas, eles não insistiram no assunto, e não fizeram perguntas nem sondagens.

No fim, depois de não ter mais a quem recorrer, Drue fizera uma tentativa com os Snitzer. A dra. Elise, como fiquei sabendo mais tarde, fazia parte do conselho curador de um dos museus apoiados pelo grupo Jovens Apoiadores, do qual Drue era membra, e aceitara de bom grado promover o reencontro entre duas amigas de longa data. E até recrutara a ajuda de Ian e Izzie.

— Nós temos uma grande surpresa para você! — disse Izzie certa tarde, me obrigando a me sentar enquanto Ian vendava meus olhos com ar solene.

Cada um me segurou por uma das mãos, e eles me conduziram até a cozinha. Senti o cheiro de chocolate enquanto me ajudavam a me sentar à mesa.

— Surpresa! — gritaram eles.

Removi a venda e vi um bolo com cobertura na mesa, com velas acesas e tudo.

— Não é meu aniversário — falei, confusa.

— Não é essa a surpresa! — exclamou Izzie, empolgada.

Ela e Ian foram até o hall de entrada. Um instante depois, apareceu a imponente e linda figura, com sapatos de salto bege e um blazer azul-marinho que provavelmente custava mais que meu salário semanal, que era Drue Cavanaugh. Minha antiga melhor amiga.

— Oi, Daphne! — cumprimentou ela, como se tivéssemos nos visto quinze minutos antes nos armários dos corredores do colégio Lathrop no fim do dia letivo, em vez de seis anos antes, em uma calçada de um bar, depois de uma briga.

Fiquei só olhando para ela.

— Sopre as velinhas — disse Drue. — Faça um desejo.

Como se tivesse sido hipnotizada, me curvei para a frente e soprei as velas, mas sem fazer desejo nenhum. Minha mente estava paralisada, o que era bem desconcertante.

— É sua amiga! — exclamou Ian. — Sua amiga da escola! Ela queria fazer uma surpresa para você!

— Você está surpresa? — perguntou Izzie, dançando ao meu redor com seu tutu de tule.

Eu mal conseguia respirar, mal conseguia falar.

— Estou. É, estou. Ei, que tal os dois pestinhas deixarem nós duas conversarmos um pouco?

As crianças, aplacadas por fatias de bolo e copos de leite, foram para a sala para meia hora extra de TV naquele dia. Drue pegou um pedacinho de nada do bolo.

— Obrigada, Josie — falou ela, dispensando a presença da cozinheira dos Snitzer num tom amigável, mas impessoal, de alguém que passara a vida inteira dando ordens.

Josie balançou a cabeça e se retirou.

E assim ficamos só nós duas.

Senti que era capaz de perceber uma mudança no ar, uma alteração na atmosfera que indicava a seriedade daquele momento. *Cite cinco coisas que consegue ver.* A geladeira, minha mão na mesa, minha camisa preta, a geladeira de inox, o cabelo com luzes de Drue. Ainda sentia o cheiro do bolo feito por Josie, com aromas agradáveis de chocolate, manteiga e baunilha, e ouvia Izzie e Ian discutindo sobre o que assistir, mas tudo isso parecia distante demais naquele momento. Era como se estivéssemos em uma bolha, minha antiga amiga e eu, flutuando juntas pelo ar, separadas do mundo. Só nós duas.

— O que você está fazendo aqui? — questionei.

Drue tirou o blazer. Por baixo, estava usando uma camisa de seda marfim, com botões de madrepérola nos punhos e um laço no colarinho, além de uma calça azul-marinho de cintura alta, pernas largas e corte impecável. Os brincos eram de pérola, cada uma cercada por pequenos diamantes cintilantes, e o cabelo estava preso em um coque frouxo na nuca. *#LookDeTrabalho*, provavelmente tinha sido a hashtag usada caso o tivesse postado no que ela chamava de Sextas da Moda em seu perfil do Instagram. Eu fazia de tudo para me esquivar da presença online de Drue, assim como havia feito na vida real, mas não era fácil. Principalmente depois que o *New York Times* a incluíra em um grupo de jovens profissionais em ascensão que vinham sendo bem-sucedidas no uso das redes sociais para alavancar a carreira. "Com seu tom leve mas centrado, e sua mistura equilibrada de filantropia, dicas Girl Boss e moda, Drue Cavanaugh, da Cavanaugh Corporation, se tornou leitura obrigatória para jovens que desejam arrasar no visual enquanto conquistam o mundo", dizia a matéria, citando uma executiva do mercado de publicidade que elogiava Drue por ter inserido um toque feminino jovem e revigorante ao aspecto sisudo da antiquada marca de sua família.

Drue puxou uma cadeira e se sentou.

— Preciso conversar com você.

Em vez de me sentar também, olhei para ela do outro lado da mesa e respondi:

— Acho que não temos mais nada para dizer uma à outra.

— Por favor, Daphne. Sei que você ainda está brava comigo, mas não pode me ouvir só um minutinho? Por favor?

Continuei a encará-la pelo que me pareceu um longo tempo. Suas feições continuavam perfeitas, seu cabelo ainda reluzente; ela ainda era chique, linda e impecável. Senti um antigo e familiar desejo de proximidade, e me lembrei da facilidade com que Drue me arrastara para sua órbita com a promessa tácita de que, estando perto dela, e fazendo o que ela mandasse, meu status se elevaria por associação.

Eu poderia ter um visual como o seu, a beleza, o poder e a confiança que vinham junto com tudo isso.

— Por favor — repetiu ela, com a voz ficando embargada.

Ou talvez nem tanta confiança assim, pensei. Eu me sentei e empurrei o prato vazio para longe de mim. Não conseguiria comer nem se estivesse com vontade. Meu apetite tinha sumido em um instante.

— Você tem cinco minutos — avisei, curta e grossa. — Eu tenho mais o que fazer.

Drue cruzou os braços e começou a remexer o bolo com o garfo.

— Você me arruma um copo d'água?

Lá vamos nós, pensei enquanto ia pegar um copo. Eu também estava com sede, mas não podia beber um gole d'água sequer com Drue, assim como Perséfone não se permitiu comer nem uma semente de romã quando estava no inferno. Uma água viraria um café, depois uma taça de vinho, e então uma garrafa, e eu a convidaria para conhecer minha casa. Ela manteria minha taça sempre cheia, e eu contaria tudo o que ela quisesse saber e não negaria nenhum de seus pedidos. Era possível sentir seu poder de atração, persistente como a maré, como as ondas tentando puxar você quando está de pé na beira da água com os pés cravados na areia.

Coloquei o copo diante dela na mesa com tanta força que até derramei um pouco do líquido.

— Por que você veio aqui?

Drue suspirou. Sob a luz do entardecer, estava ainda mais bonita do que era na época de colégio, como uma pérola polida até seu brilho máximo, mas continuava inquieta, passando as mãos nas coxas, batendo o pé no chão. *Isso é nervosismo*, pensei. E em seguida: *Ótimo*.

— E então?

Em vez de responder, Drue estendeu o braço, posicionando a mão de uma forma que tornava impossível ignorar a aliança com um diamante enorme em seu dedo.

— Eu vou me casar — contou ela. — Com Stuart Lowe.

Só olhei para ela, sem dizer nada. Porque eu já sabia, lógico. Podia não seguir Drue nas redes sociais, mas vivia em um mundo onde ainda existiam os jornais, blogs de fofoca e a revista *People*, e em todos esses lugares o casamento dela era um assunto incontornável. Drue estava noiva do protagonista da mais recente temporada de *Solteiras à procura*, um reality show de namoro em que, ao longo de doze semanas, um solteiro cobiçado conhecia um grupo de dezoito mulheres, com quem ia a diferentes lugares (a maioria escolhida por sua disposição a pagar pela exposição na emissora) e, depois de reduzir suas opções a duas moças de sorte, pedia uma delas em casamento no episódio final. Oito meses antes, Stuart Lowe tinha colocado uma aliança no dedo da "vencedora", uma loirinha com voz de criança que trabalhava como babá em Minnesota e se chamava Corina Bailey. Dois meses depois, dera um pé na bunda dela, e se justificara dizendo que ainda era apaixonado por sua namorada dos tempos de faculdade: Drue Lathrop Cavanaugh.

Portanto, sim, eu sabia. Mas o que Drue queria de mim? Queria comemorar a ocasião comigo? Que eu soltasse gritinhos de felicidade, desse pulinhos de alegria, como se aquela fosse a melhor notícia que já tinha recebido na vida? Como se ela ainda fosse minha amiga, e como se eu ainda me importasse com ela?

— Meus parabéns — respondi, mantendo a voz neutra.

— Ei — disse Drue. Ela estendeu os dedos para acariciar meu antebraço. Eu me afastei de seu toque. — Estou adorando ver como você está se saindo bem. Sério mesmo.

Dei de ombros.

— Não acredito que Jessamyn Stanley segue minha melhor amiga dos tempos de colégio — comentou Drue.

Jessamyn Stanley era uma professora *plus-size* de ioga, uma mulher negra com cabelos curtinhos que posava para fotos com top esportivo e calça de ginástica, às vezes fumava maconha diante das câmeras... o exato oposto de todas as instrutoras de ioga que conheci em meus anos fazendo regime. Fiquei contentíssima ao descobrir que ela existia, e também Mina Valerio, uma atleta também negra que corria ultramaratonas com um corpo bem parecido com o meu, ainda mais quando elas me seguiram de volta.

— E Tess Holliday! — continuou Drue. — E Lola Dalton!

Tess Holliday era uma supermodelo *plus-size*; Lola Dalton era uma comediante que inclusive havia retuitado um vídeo meu falando que, para mulheres gordas, encontrar um top de ginástica era tão cansativo quanto um treino na academia.

— Como vai a Darshi? — perguntou ela, num tom todo animado, como se nós três tivéssemos sido grandes amigas.

Como se Darshi não tivesse sido um dos alvos preferidos das maldades dela naquela época.

— Ela está ótima. Terminando a dissertação de doutorado na Columbia, aliás. Nós somos colegas de apartamento.

— Uau. Que máximo.

— O que você quer de mim, Drue? — Para minha satisfação, minha voz não soou antipática, e sim como a de alguém que conduzia uma transação de negócios.

Ela esfregou as mãos nas coxas de novo e alisou o cabelo, o que me permitiu mais um vislumbre de sua aliança.

— Eu preciso de gente — disse ela, bem baixinho. — Para ir ao meu casamento.

Mantive a expressão neutra e fixei o olhar em um ponto acima de sua cabeça enquanto a ouvia falar.

— Meu noivo... ele tem tantos amigos... Vão ter, tipo, oito padrinhos, e eu não tenho tanta gente assim. Não tenho ninguém, na verdade.

A voz dela falhou. Seu peito se contraiu. Seus olhos se encheram de lágrimas.

Virei a cabeça para o outro lado.

— E a duplinha entojadinha?

Drue fez um gesto discreto e familiar, que eu já tinha visto dezenas de vezes, sempre relacionado a um cara com quem estivesse saindo, um virar de pulso que significava: "Ele já era". Mas continuei olhando para ela, que soltou um suspiro.

— Ainsley está em Tóquio, a trabalho — contou ela. — E Avery não está interessada.

Tem alguma história por trás disso, pensei, enquanto Drue respirava fundo e soltava o ar com força.

— Eu não sou perfeita — prosseguiu ela. — Sei muito bem disso. E sinto sua falta. — Seus olhos brilharam com algo parecido a um indício de sinceridade. — Nunca mais encontrei uma amiga como você.

Drue tentou sorrir, mas, ao ver minha expressão impassível, desistiu. Abaixando a cabeça, explicou:

— O casamento vai ter cobertura de imprensa. Vamos aparecer na *Vogue*, na *Town & Country* e talvez até em uma coluna no *New York Times*. E vai ser um vexame se eu estiver sozinha no altar.

Seus olhos se encheram de mais lágrimas.

— Você não tem ninguém mesmo? — ouvi minha voz perguntar.

— Tenho duas primas, e uma delas está grávida. — Drue fez um gesto com as mãos para mostrar uma barriga enorme. — Ela talvez não esteja em condições de ir ao casamento. E minha assistente também disse que topava. Stuart tem uma irmã também, e convidei uma colega de faculdade e uma da pós. Elas aceitaram. Provavelmente porque eu disse que pago as passagens.

E está querendo o quê, que eu fique com dó de você?, pensei. Como se tivesse ouvido meus pensamentos, Drue começou a chorar de verdade.

— Eu não fui uma boa pessoa. Talvez nem saiba como ser. E sei que não mereço seu perdão. O que fiz foi péssimo, mas não tenho mais ninguém, e você era a única... — Ela engoliu em seco, secou as lágrimas e me encarou com os olhos vermelhos. — Você era a única pessoa que gostava de mim sem nenhum outro interesse. — Com uma voz acanhada, que não era nem um pouco sua cara, ela pediu: — Você pode ir ao meu casamento? Por favor?

Cerrei as mãos com força, cravando as unhas nas palmas, e a encarei de uma forma que esperava que comunicasse minha absoluta incredulidade com a ideia de que eu poderia sequer cogitar participar de seu casamento. Drue abaixou a cabeça e se inclinou para a frente, aproximando-se o bastante para eu sentir o cheiro de seu perfume e seu xampu, ambos bem familiares, que me transportaram imediatamente para o refeitório do Lathrop, e o quarto dela, onde eu dormira tantas noites no colchão extra de sua bicama. Havia um quarto de hóspedes, lógico, mas quando passava a noite lá nós acabávamos dormindo no mesmo quarto.

— Daphne, eu sei que fui péssima com você. Estou fazendo terapia. — Seus lábios começaram a tremer. — Provavelmente sou a primeira pessoa dos dois lados da minha família a fazer isso. — Sua risada soou amargurada, de um jeito que eu nunca tinha ouvido. — Pessoas brancas endinheiradas não fazem terapia. Só enchem a cara e traem os cônjuges. — Mais um suspiro. — A época do colégio foi uma fase difícil para mim, e acabei descontando isso em outras pessoas.

Parte minha queria saber mais detalhes, tentar entender o que ela estava me contando. Eu tinha várias perguntas, mas resolvi ficar quieta e me precaver para não confiar nela, para não reabrir essa porta e acabar saindo magoada de novo.

— Meus pais não estão felizes juntos faz muito tempo. Não sei nem se chegaram a ser algum dia, mas na época de ensino médio, estava tudo… — Ela balançou a cabeça. — A coisa estava feia. Meu pai passava meses em viagens de negócios e, quando voltava, eles tinham brigas homéricas, aos berros. — Drue pegou o garfo, pegou um pedacinho de bolo e amassou com os dentes do talher. — Meu pai tinha casos extraconjugais. E não eram poucos. Você lembra que nós íamos para Cabo Cod nas férias de verão, e de repente paramos?

— Pensei que fosse por causa da mansão que seu pai comprou nos Hamptons.

Ela se esforçou para abrir um meio-sorriso.

— Sabe por que nós compramos aquela casa? Os pais da minha mãe avisaram para ele que nós não podíamos continuar indo para Cabo Cod.

Drue ficou esperando até que eu finalmente perguntasse:

— Por quê?

— Porque a cada verão meu pai dormia com uma *au pair* ou babá diferente de alguma família passando as férias por lá, e minha avó enfim se cansou disso. — Ela levou uma das mãos ao cabelo, mexendo no garfo com a outra, e cruzou as pernas de novo sob a mesa. — Meus pais não fizeram um acordo pré-nupcial. Então, em caso de separação, meu pai ia querer uma parte do dinheiro que minha mãe tinha antes do casamento. Teria sido uma disputa feia e caríssima para os dois, então acho que eles decidiram, sabe como é, segurar a onda e seguir vivendo. — Drue passou os braços em torno dos próprios ombros. — Foi horrível.

— Por que você nunca me contou isso?

Ela fez uma careta.

— Lembra do que aconteceu com Todd Larson?

Fiz que sim com a cabeça. Todd tinha sido nosso colega no Lathrop. O pai dele foi vereador da cidade durante um bom tempo, até seu nome aparecer entre a lista das figuras de destaque que frequentavam um bordel em Washington.

— E com Libby Ross?

Assenti mais uma vez. A mãe de Libby descobriu que foi traída pelo marido ao analisar as leituras do Fitbid dele e perceber que a taxa de batimentos cardíacos tinha se acelerado de forma suspeita durante as três noites em que ele dissera ter passado em Des Moines para o funeral de uma tia-avó. Quando o fato viera à tona, em meio às longas e conflituosas audiências de divórcio, os sites de fofocas exploraram o escândalo por vários dias.

— Eu não conseguia conversar sobre isso. Nem mesmo com você.

— Você acha que eu teria contado para alguém? — Meu tom de voz soou incrédulo.

— Durante toda a minha vida, meus pais me disseram para não confiar em ninguém que não fosse da família.

Revirei os olhos.

— Você não era da máfia nem nada do tipo.

Drue não respondeu, então continuei:

— Certo, então você estava em uma fase complicada. Seus pais estavam brigando. Muita gente enfrenta brigas em casa, ou divórcios. Você acha que isso justifica a forma como me tratou?

— Não — disse ela, e seus ombros despencaram. — Mas é o que dizem por aí. Pessoas magoadas magoam as outras.

— Quem diz isso?

— Sei lá. — A voz dela saiu triste e acanhada. — Minha terapeuta? A Oprah?

Soltei um risinho de deboche.

— Como estamos proclamando citações, que tal esta aqui: "Me engane uma vez, culpa sua; me engane duas vezes, culpa minha"?

Eu queria que ela fosse embora; que saísse do meu local de trabalho, que parasse de me ligar, de me mandar mensagens, de me escrever, que parasse de tentar manter contato. Só queria ser deixada em paz. Mas então, sem ser solicitada, minha mente evocou uma imagem: nós duas, na época do sétimo ano, de pijama, em uma manhã de segunda-feira em dezembro. Eu tinha dormido em sua casa no domingo, e por volta da meia-noite havia começado a nevar, uma tempestade de início de inverno que ocasionara o cancelamento das aulas em todas as escolas. Acordamos e vimos a cidade coberta por um manto branco imaculado. As ruas estavam vazias. Estava tudo tranquilo e silencioso.

"Eu bem que queria um chocolate quente", comentara Drue.

Abigay, a cozinheira da família, tinha saído mais cedo no dia anterior, para chegar em casa para cuidar dos filhos enquanto o metrô ainda estava funcionando. Quando perguntei onde Abigay morava, Drue deu de ombros e falou: "Queens. Bronx. Um lugar desse tipo."

"Nós mesmas podemos fazer um chocolate quente", sugeri.

Drue foi procurar na cozinha e voltou dizendo: "Não tem achocolatado."

Mas então encontrei cacau em pó, açúcar e leite e fiz tudo do zero, e ela ficou impressionadíssima, como se tivesse sido um truque de mágica. Levamos as canecas para o sofá perto da janela e ficamos lá sentadas, olhando para a rua vazia, vendo a neve cair. Os pais dela deviam estar em algum lugar da casa, mas nenhum dos dois apareceu para quebrar o silêncio. Havia uma árvore de Natal (um pinheiro de verdade, e não de plástico) na sala de estar dos Cavanaugh, perfumando o ar com o cheiro da floresta. Eu me lembrava das luzinhas piscando pelos galhos verdejantes, do sabor do chocolate quente na língua, e como estava contente, empolgadíssima por ter a companhia de Drue naquele lindo dia de inverno. Recortamos flocos de neve de papel laminado dourado e prateado, e vimos seis episódios de *Buffy, a caça-vampiros*. No fim da tarde, confessei que era a fim de Ryan Donegan, um dos meninos mais bonitos do nono ano. Na segunda aula do dia seguinte, Ryan tinha ido até mim no corredor e falara, na frente de pelo menos seis colegas de sala nossos:

"Desculpa, Daphne, mas eu gosto de você só como amiga."

Quando eu fui tirar satisfação com Drue, ela dera de ombros, respondendo:

"Você nunca ia ter coragem de contar para ele. Então fiz isso por você. Qual é o problema?"

Depois disso, ela parara de falar comigo, como se minha irritação fosse totalmente descabida, como se a culpa fosse minha.

Não, pensei. *De jeito nenhum*. Sem chance que eu a deixaria se aproximar de mim de novo. Mas em seguida um outro pernoite na casa dela me veio à mente. Eu era mais velha, devia ter uns 14 anos, e tinha acordado no meio da noite com vontade de fazer xixi. Em vez de usar o banheiro da suíte de Drue e correr o risco de acordá-la, eu tinha saído do quarto e estivera andando na ponta dos pés pelo corredor quando ouvi uma voz alta e grossa perguntar: "Quem é você?".

Parei de andar, paralisada e apavorada, e fui me virando na direção da porta aberta. Na semipenumbra, conseguia discernir a forma de um homem atrás da escrivaninha. Havia um copo e uma garrafa à sua frente. Mesmo à distância, era possível sentir o cheiro do álcool.

"Daphne Berg. Amiga de Drue."

"Quê? Fale mais alto!"

Com uma voz trêmula, falei meu nome de novo. O homem repetiu o que eu disse com uma vozinha infantilizada em falsete:

"Daphne Berg. Amiga de Drue." Como falava com uma voz arrastada, as duas palavras últimas ficaram quase irreconhecíveis. "Muito bem, eu sou o pai de Drue. Ou pelo menos foi o que me disseram." Ele soltou um rugido que supostamente era uma risada. "O que você acha disso?"

Eu não sabia ao certo o que dizer, nem se deveria responder àquela pergunta. Robert Cavanaugh era um figurão: rico, poderoso, um homem que tinha acesso ao presidente dos Estados Unidos e do Sistema de Reserva Federal, segundo Drue, quem sempre dava um jeito de citá-lo nas conversas. "Meu pai diz isso, meu pai acha aquilo. Meu pai diz que uma renda mínima garantida é uma péssima ideia", ela falou um dia na aula de história contemporânea, ou então mencionava coisas do tipo: "Meu pai acha que o primeiro-ministro de Israel é meio babaca". Drue também tinha me contado sobre seus planos de trabalhar com ele na Cavanaugh Corporation depois que se formasse em Harvard, em que o pai também estudara. Mas, apesar de ser uma figura tão presente na vida de minha amiga, aquela era a primeira vez que eu via o pai de Drue, três anos depois de iniciarmos nossa amizade.

Ele estreitou os olhos na minha direção em meio à escuridão com cheiro de uísque. Por fim, depois de uma pausa que pareceu infinita, fez um aceno com a mão para mim, evidentemente me dispensando. Voltei correndo pelo corredor, esquecendo até da vontade de ir ao banheiro.

Na manhã seguinte, quando acordei, Drue estava diante do espelho da penteadeira, passando delineador nos olhos, e aquela lembrança tinha assumido a forma de um pesadelo.

"Acho que vi seu pai ontem de noite", comentei.

Da minha cama no chão, percebi que o corpo dela entrou em alerta máxima ao ouvir as palavras "seu pai", com os ombros ficando tensos. Sem se virar, Drue desviou os olhos de mim. Sua voz parecia tranquila quando respondeu: "Ele deve ter chegado tarde. Estava no Japão".

No entanto, percebi que seu pé começou a balançar e bater no carpete. Pensei em meu pai, um professor de inglês do ensino médio, barbudo, barrigudo e sempre tão gentil. Se ele tivesse dado um susto em Drue no meio da noite, pediria desculpas e talvez até esquentasse uma caneca de leite para ela e lhe oferecesse alguma coisa para comer.

Todo esse histórico se desenrolava em minha mente na cozinha dos Snitzer com Drue sentada à minha frente, esperando por uma resposta. Eu ainda sentia a mesma raiva, as feridas abertas como se tivessem sido infligidas no dia anterior. Ainda ouvia sua voz desdenhando de mim (*Nós ficamos com dó de você, só isso!*) e me lembrava do quanto eu ficara magoada, muito mais do que quando aquele cara me chamara de gorda escrota. E o que pensei foi: *Que Deus me ajude, se ela tentar ganhar algum crédito por isso, se me disser que se não fosse por sua causa aquela noite nunca teria acontecido, o vídeo nunca teria viralizado e eu não seria uma influenciadora, vou jogar uma tigela em sua cabeça*. Meu estômago se revirou, e senti um amargor na boca. As palavras estavam lá, na ponta da língua: *Você acabou com minha vida*. Quando abri a boca para falar, um outro pensamento me ocorreu: *Acabou mesmo?*

Ela tinha mesmo acabado com minha vida?

Eu era uma jovem mulher com um bom emprego, uma boa formação, com o apoio de uma família e de um grupo de amigos, tanto na internet como na vida real. Uma mulher que dividia um apartamento bacana de dois quartos com uma amiga, uma amiga de verdade, e ganhava o suficiente para pagar as contas e comprar quase tudo o que queria (dentro dos limites do razoável); uma mulher com uma cachorra fofa e uma família atenciosa, um pouquinho de fama e boas perspectivas de futuro. A época do colégio tinha sido uma droga, lógico, mas não era aquele o caso para quase todo mundo? Talvez eu pudesse ser maior que tudo isso (*Ha-ha-ha*, pensei, mas logo em seguida me arrependi, me perguntando se algum dia perderia o hábito de me autodepreciar). Talvez pudesse perdoá-la. Talvez fosse o melhor a fazer, um presente para mim mesma. Eu poderia deixar de odiar Drue Cavanaugh. Remover esse fardo que eu carregava nas costas.

— Eu sinto saudade de você, de verdade — disse Drue, com a voz baixinha. — E, não importa qual seja sua decisão, se quiser ou não me perdoar, queria pedir desculpas pessoalmente. Tratei você muito mal, e me arrependo disso.

Eu me virei na direção de nosso reflexo na geladeira de inox, Drue toda confiante com suas roupas de alta-costura, eu toda ansiosa com meu look de loja de departamento. Ao longo dos anos, tinha imaginado diversos cenários para nosso reencontro em minha mente. Nenhum deles acontecia daquele jeito.

— Olha. — Drue alisou o joelho por cima da calça e se levantou, abrindo um sorriso trêmulo para mim. — Você pode pelo menos pensar a respeito, por favor? Não consigo imaginar meu casamento sem você presente.

Fechei os olhos, só por um segundo.

— Acho que não tenho como fingir que tudo o que aconteceu simplesmente... — Fiz um gesto com a mão. — Puff, sumiu, só porque você pediu desculpas. Vou precisar de mais tempo para isso.

— O casamento é só em junho.

Aquele empenho todo dela em me convencer quase me ganhou, o desespero visível sob a fachada reluzente. Eu já estive assim desesperada em uma época da vida, ansiosa para ser aceita, e para Drue e suas amigas me tratarem como uma igual. Poder ser uma delas, fazer parte do grupinho e encarar o mundo sabendo que tinha um lugar ao seu lado, sabendo que eu também era alguém importante.

— Preciso de um tempo para pensar — comecei a explicar.

— Eu posso pagar — rebateu Drue.

Fiquei olhando para ela, boquiaberta. Drue tentou sorrir, mas seus lábios tremiam, e suas mãos se contorciam na altura da cintura.

— Quer dizer, eu sei que você está se saindo bem. Muito bem. Mas um extra é sempre bem-vindo para todo mundo, né?

Respirei fundo. Aquela era outra coisa que não tinha aparecido em nenhuma versão imaginada de um reencontro com Drue: eu sentindo pena dela. E eu estava (era obrigada admitir) pensando no Instagram e em uma forma de lucrar com o que ela estava oferecendo. Sabia por experiência própria que fotos em praias, ou em qualquer cenário peculiar, principalmente se parecesse um lugar exclusivo, atraía cliques, curtidas e tráfego. Uma foto bonita de traje de banho? Ótimo. Uma foto bonita com esse mesmo traje de banho em uma linda praia? Melhor ainda. E se a praia fosse em Portofino ou St. Barth, um lugar de acesso restrito aos super-ricos e famosos, onde os meros mortais não eram permitidos? Melhor impossível.

Era uma ideia tentadora. Eu sabia que Drue não desistiria. Caso sua investida sobre meus patrões não funcionasse, em seguida ela apelaria para meus pais. Ou mandaria instalar um outdoor na Times Square. Suspirei, e Drue deve ter ouvido no suspiro uma rendição, ou visto isso na expressão em meu rosto. Ela sorriu para mim, abrindo os braços, mas logo em seguida mudou de ideia e pegou o celular.

— Uma foto! — gritou ela. — Nós precisamos de uma foto!

Lógico que sim. Eu tinha acabado de dizer que não estava tudo bem entre nós, que ainda era preciso fazer um esforço para superar certas coisas, mas sabia que ela postaria uma foto que faria parecer que nunca existiu um rompimento, como se nunca tivesse me traído nem me magoado, como se tivéssemos feito parte da vida uma da outra esse tempo todo. No espaço, não tinha como ninguém ouvir que você gritava; na internet, não tinha como ninguém saber que você mentia.

Um minuto depois, Drue já tinha tirado, editado, cortado, aplicado um filtro e postado uma foto de nós duas. Estava com o braço sobre meus ombros, e o rosto colado ao alto da minha cabeça, com sorrisos no rosto das duas. "Minha melhor amiga e madrinha de casamento!", foi o que ela escreveu. Fiquei me sentindo incomodada, irritada e com uma certeza cada vez maior de que estava sendo usada, mas ao sentir seu braço sobre mim, e o cheiro familiar de seu xampu, spray fixador e perfume, aquele antigo orgulho também voltou, como se eu tivesse tirado nota máxima em uma prova para a qual nem tinha estudado, ou beijado um cara que era muita areia para o meu caminhãozinho. A atenção de Drue sempre teve esse efeito em mim. Como se eu tivesse conquistado uma coisa valiosa, contrariando todas as probabilidades. Como se eu tivesse conseguido algo que a princípio jamais poderia ser meu.

Quando voltei para casa naquela noite, já havia ganhado mais duas mil seguidoras. Talvez aquilo acabasse sendo uma coisa boa, falei a mim mesma, sentindo uma estranha combinação de náusea e esperança, empolgação e desespero. Estava empolgada com o casamento e a reaproximação de Drue. Decepcionada comigo mesma por tê-la admitido de volta em minha vida tão depressa, quase sem nenhuma resistência, além de frustrada por ter permitido que Drue espalhasse aquela mentira para o mundo postando uma foto que era só sorrisos, a versão da realidade mais conveniente para ela. Já estava até temendo pelo momento em que precisaria contar a amigas e familiares que havia permitido que Drue voltasse a fazer parte de minha vida. E, acima de tudo, estava contente por Drue ainda me querer por perto, por minha amiga e eu estarmos juntas de novo.

~~~~~~

Depois que a última migalha do croissant de chocolate foi devorada, Ian e eu fomos buscar Izzie, uma menina de 10 anos alegre, com bochechas rosadas e corpinho arredondado, e a levamos para o treino de hóquei. No Gristedes, comprei tudo o que estava na lista de mercado dos Snitzer: feijão preto, alho, chalotas, uma caixa de leite de amêndoas, maçãs e quatro filés de salmão. Na lavanderia, busquei os vestidos da dra. Elise e as camisas do dr. Mark. Na farmácia, peguei o refil para a bombinha de asma de Ian. Ele carregou o remédio e uma das sacolas do supermercado; eu levei a outra e as roupas e, juntos, fomos caminhando até o apartamento dos Snitzer, na rua 89 Leste.

— Posso perguntar uma coisa? — disse Ian quando entramos no saguão do prédio.

Era hora do jantar. Identifiquei isso pelo movimento de entregadores de restaurantes à espera do elevador de serviço, levando sacolas plásticas com cheiro de curry, ou gengibre e alho, ou gordura quente e carne grelhada. Ian havia me dito que os moradores do condomínio tinham feito uma votação que vetava o uso do elevador social por entregadores. No meu entendimento, o que incomodava os condôminos não era tanto o cheiro dos pratos típicos estrangeiros e sim a visão de jovens com traços característicos desses países no mesmo recinto.

— Pode, sim.

O corpo de Ian pareceu murchar.

— Lembra que falei para você de Brody Holcomb?

Confirmei com a cabeça. Brody Holcomb era o babaca da turma, que já tinha se encrencado por alegar ter ouvido errado a explicação da professora sobre Ian ter uma alergia a nozes e amendoim depois de espalhar para todo mundo que ele tinha alergia no bigulim. Realmente, uma mente brilhante.

— Os pais dele foram chamados na escola depois disso. E o pai dele é igualzinho a Brody! Todo grandalhão e... — Ian fez um gesto com a mão em torno do rosto e do corpo, que entendi como uma forma de dizer que era um homem *bonitão e poderoso*. — Na escola, dizem que "isso passa". Mas e se Brody nunca mudar? E se for igual ao pai quando crescer?

Pensei no que poderia responder enquanto Ian entrava no elevador que nos levaria ao andar dos Snitzer. A idade de 8 anos me parecia precoce demais para entender como o mundo funcionava. Por outro lado, Ian era um menino inteligente. E, além da inteligência, demonstrava também sabedoria. *Uma alma antiga*, como sua mãe costumava dizer.

— Às vezes as coisas mudam, sim — falei, cautelosa. — E às vezes para melhor.

Pensei em mim mesma, em meus anos de colégio Lathrop, e como eu quisera que tudo fosse diferente. Pensei em Drue, ponderando se ela havia mesmo mudado.

— E tem outra coisa também — continuei, pondo a mão no ombro magrinho de Ian e apertando de leve. — Mesmo se as coisas não melhorarem, existe a internet para você fazer parecer que está tudo bem.

Quatro

—Pessoal, temos uma aluna nova na turma a partir de hoje!

Era o primeiro dia de aula no sexto ano do colégio Lathrop, tido como uma das melhores escolas particulares da cidade e, não por coincidência, onde meu pai estudara e onde atualmente lecionava inglês para os alunos do segundo e terceiro ano do ensino médio. Meus pais tinham tentado me matricular no Lathrop logo no jardim de infância. Participei de uma brincadeira e uma entrevista e fui aceita, mas o auxílio financeiro que o colégio oferecia para os filhos dos professores não era dos melhores. Tentaram de novo quando eu estava no quarto ano, e enfrentaram o mesmo problema. Na terceira vez, enfim deu tudo certo.

Na noite anterior, me certifiquei de que minha jardineira jeans curta favorita estivesse lavada, e minha camiseta azul-clara, impecável. Eu tinha um tênis da Nike novinho, branco com a logomarca em azul, comprado em uma liquidação da Foot Locker. Tinha alisado o cabelo e o prendido em um rabo de cavalo, e minha mãe me emprestara brincos dourados com contas turquesa. Minha mãe também havia tirado uma foto minha com as roupas escolhidas com tanto capricho, segurando com um sorriso apreensivo um cartaz que ela pintara em aquarela: "Primeiro dia de aula no Colégio Lathrop!". A fotografia deve ter ido imediatamente para a página dela no Facebook, rendendo exclamações de admiração e curtidas de minhas tias, tios, avó e todas as amigas de minha mãe.

Meus joelhos tremeram quando me levantei para que a srta. Reyes, a professora, pudesse me apresentar.

— Esta é nossa nova colega: Daphne Berg.

Sorri, como tinha ensaiado em casa, pensando: *Tomara que gostem de mim. Tomara que alguém queira ser meu amigo.* Eu não tivera muitas amizades na escola pública onde estudara antes. Passara a maior parte do meu tempo livre com livros, ou então tesouras, papel e uma pistola de cola quente, e não com outras crianças. Na maioria das vezes, isso não me incomodava, mas às vezes me sentia sozinha, e sabia que meus pais estavam preocupados com essa falta de convivência. Foi um dos motivos para insistirem tanto em me colocar no Lathrop.

— Seja bem-vinda, Daphne — complementou a professora.

Todos os alunos interromperam suas conversas para me olhar, mas Drue Cavanaugh foi a primeira pessoa que vi de verdade. Ela estava sentada bem no meio da sala, na primeira carteira, usando uma calça jeans justa com rasgos estilosos na coxa e no joelho. A camiseta cinza folgada tinha um aspecto de maciez que a malha de algodão só ganhava depois de uma centena de passagens pela máquina de lavar. Por cima dela, usava uma camisa xadrez preta e branca. Seu rosto era perfeitamente oval, e a pele, de um branco cremoso com subtons de dourado, salpicada de sardas. O nariz era fino e bem desenhado; os lábios, cheios e rosados; o cabelo loiro liso e reluzente estava preso em um coque propositalmente desarrumado. Usava argolas prateadas nas orelhas, e uma gargantilha de veludo no pescoço. Pude perceber de imediato que minha roupa, meu cabelo e os brincos tinham sido uma escolha totalmente errada, que era a aparência dela que eu queria ter, um visual que irradiava beleza sem esforço, estilosa e descolada. Senti o rosto ficar vermelho de vergonha, mas, para minha incredulidade, a menina bonita estava sorrindo para mim, batendo na cadeira vazia ao lado da sua.

— Daphne pode se sentar aqui — disse ela.

A srta. Reyes concordou, e me acomodei no assento.

— Obrigada — murmurei.

— Eu sou Drue — falou ela, soletrando a grafia. — É um nome antigo de família. Vem de Drummond, acredite se quiser. Se eu fosse menino, acho que os meus pais iam me chamar de Drum.

Ela torceu o nariz de um jeito encantador, e sorri para ela, me sentindo cativada. Em seguida ela passou a mão no cabelo e voltou à conversa que estivera tendo com a menina do outro lado. Quando o sinal tocou, ela juntou as coisas e saiu sem me dizer nada, deixando apenas o rastro do cheiro de seu xampu caro atrás de si.

Que estranho, pensei. Só a vi de novo na hora do almoço, quando ela foi até o lugar onde eu estava no refeitório, paralisada, tentando decidir se comprava um pedaço de pizza ou comia o lanche que meu pai tinha preparado para mim.

— Oi, Daphne? É Daphne, né?

Assenti, e ela perguntou em seguida:

— Você tem dinheiro? — Ela fez uma careta antes de complementar: — Eu estou lisa.

Sentindo o rosto quente de satisfação, contentíssima por ela ter se lembrado de meu nome, me comprometi a ficar com o lanche que trouxera e enfiei a mão no bolso para pegar os cinco dólares que minha mãe tinha me dado, só por precaução, caso ninguém mais do sexto ano tivesse levado almoço de casa.

— Obrigada! — disse ela, toda simpática, antes de virar as costas e sair andando.

Enquanto eu a observava, uma garota com óculos redondos e cabelo escuro cacheado se aproximou de mim.

— Ela te deu um fora?

— Ah, não — respondi, apesar de estar me dando conta de que era exatamente isso o que acontecera. — Não, ela só precisava de dinheiro.

A outra menina soltou um riso de deboche, mas sem nenhuma hostilidade aparente.

— Ha. Essa é boa.

Ela tinha a pele marrom, olhos castanhos bem grandes e sobrancelhas grossas e arqueadas, e usava uma calça jeans e tênis, além de um *kurta* azul-claro que parecia de seda. Sua boca exibia o brilho metálico do aparelho nos dentes; as lentes dos óculos refletiam a luz. Eu era alta para minha idade, e ela, baixa, com quadril estreito e peito liso. Sua cabeça batia em meus ombros.

— Como assim? — perguntei.

A garota piscou algumas vezes, confusa.

— Drue Cavanaugh? Drue *Lathrop* Cavanaugh?

Fiquei só olhando para ela. Minha nova companheira balançou a cabeça, lamentando minha ignorância.

— Se Drue tivesse mesmo esquecido de trazer dinheiro, o que aliás eu duvido, poderia pegar o que quisesse mesmo assim — explicou ela. — Foi a família da mãe dela que fundou a escola.

— Obrigada por me avisar — eu me obriguei a dizer, mas não me senti grata, e sim irritada.

Talvez não houvesse sido sua intenção, mas essa menina tinha feito com que eu me sentisse uma estúpida.

— Não se preocupa com isso. Ela é uma babaca. Sou Darshini Shah, mas meus amigos me chamam de Darshi. Você pode vir se sentar com a gente, se quiser.

Ela apontou para uma mesa em um canto. Já tinham outras pessoas sentadas lá. Uma das meninas tinha a pele bem branquinha, um rabo de cavalo frisado e uma constelação de espinhas que cobria quase toda a testa. Dois meninos, um negro e um amarelo, estavam com um tabuleiro de xadrez, no meio de uma partida. *Esse é meu pessoal*, pensei, resignada.

Fui com Darshi. Estávamos quase lá quando ouvi Drue chamar meu nome de uma mesa bem no centro do refeitório, onde estava sentada com duas meninas vestidas iguais a ela.

— Daphne? Ei, Daphne! Você não vai vir se sentar com a gente?

Parei e me virei. Atrás de mim, senti que Darshi estava me esperando.

— Vou me sentar aqui mesmo — respondi. — Mas amanhã de repente posso me sentar com vocês.

Uma estranha expressão, de surpresa e raiva misturadas com divertimento, surgiu no rosto de Drue. As duas meninas à mesa eram mais fáceis de compreender. Elas estavam chocadas.

Por um momento, senti que o refeitório inteiro estava olhando para nós. Foi quando Drue se levantou elegantemente do banco.

— Então eu vou aí me sentar com você!

Ela fez um aceno de cabeça para as outras meninas, que, depois de trocarem olhares contrariados, também pegaram as bandejas e seguiram Drue até a mesa de Darshi. Acabei ficando com Drue de um lado e Darshi do outro, e as garotas da mesa de Drue à nossa frente.

Darshi me apresentou à menina de cabelo enrolado, que se chamava Frankie, e aos enxadristas, David e Joon Woo Pak. Drue me apresentou a suas amigas, Ainsley e Avery. As duas pareciam cópias imperfeitas de Drue. Uma tinha cabelo loiro e a outra, castanho, mas ambas usavam coques altos casuais idênticos e vestiam variações do look de Drue: jeans de lavagem escura, camisetas vintage e botas Doc Martens. O rosto de Ainsley era comprido e retangular como um caixão; Avery era estrábica e tinha cabelo fino. As duas faziam Drue parecer ainda mais bonita, como um diamante de lapidação perfeita ladeado por dois brilhantes menores e menos valiosos. Fiquei me perguntando, com um certo desconforto, se essa era a função das duas e, caso fosse, qual poderia ser a minha.

Os amigos de Darshi estavam almoçando comida de verdade, mas Drue, Ainsley e Avery tinham diante de si só Cocas Diet e pratos de salada: alface com pedaços de imitação de bacon, alguns grãos de bico e nenhum indício de molho. Isso me fez lembrar do atum seco com alface que minha avó me amolara para comer no verão que passara comigo, quando eu tinha 6 anos e meus pais foram trabalhar em um acampamento de férias no Maine. *É isso o que as meninas daqui comem?*, eu me perguntei. Obviamente, nem todas: Frankie tinha pegado um cheeseburguer, e Darshi abriu um pote com uma pasta marrom-clara de grão de bico com arroz.

Abri a mochila lisa de nylon roxo, que eu havia passado a semana inteira bordando com estrelas e espirais com linhas na cor laranja, azul-turquesa e índigo.

— Ah, o que você trouxe? — perguntou Drue, se inclinando para olhar.

Envergonhada, abri o saco com meu lanche e fui tirando o que meu pai tinha preparado. Havia um Tupperware cheio de torradas com sementes de papoula cobertas de cream cheese, complementadas com fatias de salmão defumado e pepino. Também havia um saquinho cheio de uma mistura caseira de uvas-passas douradas, cranberries secos, nozes e flocos de coco, além de um pote com cenouras picadas com um copinho de molho de iogurte com endro, um ovo cozido com a quantidade perfeita de sal e pimenta enrolado em papel-manteiga, duas tangerinas e meia dúzia de Hershey's Kisses.

— Chocolate! — exclamou Drue, logo pegando um. Tinha tudo para ser uma atitude incômoda, mas o jeito divertido e furtivo como ela pegou só um chocolate embrulhado em papel-alumínio foi, na verdade, encantador. — Belo almoço.

Senti que devia uma explicação para ela.

— Quando eu era pequena, adorava *Pão e geléia para Frances* — contei. — Vocês conhecem esse livro?

Ainsley piscou algumas vezes, sem entender nada. Avery deu de ombros. Darshi falou:

— É aquele com os texugos, né?

— Ah, eu lembro! — disse Drue. — Ela só quer comer pão com geleia no almoço, então é obrigada pela mãe a comer a mesma coisa em todas as refeições, certo?

— Isso mesmo — respondi, contentíssima por compartilhar alguma coisa em comum com Drue. — Minha parte favorita é quando o livro conta tudo o que os outros texugos levam para comer na escola. Então meu pai me preparou isso. Ele falou que é um almoço de texugo.

Ainsley se inclinou para o lado e cochichou alguma coisa no ouvido de Avery, que deu uma risadinha. Ainsley abriu um sorrisinho. Drue ignorou as duas.

— Que sorte a sua — comentou Drue. — Nossa. Acho que meu pai nem sabe onde fica a cozinha lá de casa. Ele só me entrega umas notas de cem quando aparece em casa e nós dois por acaso estamos acordados no mesmo horário.

— Seu pai trabalha à noite? — perguntei.

Era a única explicação para ele não estar acordado no mesmo horário que a filha.

Ainsley deu uma risadinha. Avery revirou os olhos.

— Ha! — exclamou Drue. Ela sorriu, parecendo estar se divertindo, da mesma maneira que eu imaginava que olharia para uma criatura insignificante que conseguisse me surpreender, um camundongo fazendo truques de mágica, ou um golden retriever ficando de pé sobre as patas traseiras e começando a cantar. — Não. Ele vive viajando. A trabalho.

— A Cavanaugh Corporation, já ouviu falar? — adicionou Ainsley.

— É da família dela.

Drue deu um tapinha no ombro de Ainsley.

— Não tem problema não saber.

Só que tinha sim, foi o que me dei conta. Senti que deveria saber que uma garota com o sobrenome Cavanaugh só podia ser a herdeira da grande corporação dos Cavanaugh, assim como, de alguma forma, também deveria ter dado um jeito de descobrir que fora a família da mãe dela a fundar a escola.

Drue pegou uma tangerina minha sem pedir permissão. Darshi me lançou um olhar de canto de olho como quem dizia: "Está vendo?". Fiquei observando enquanto Drue descascava a fruta em uma espiral única e contínua, antes de se virar para Ainsley e perguntar:

— E então, você acabou indo naquela coisa?

Ainsley deu uma risadinha. Avery enrolou uma mecha de cabelo no dedo e a aproximou do rosto para ver se tinha alguma ponta dupla. As três começaram uma conversa sobre uma festa no feriado do Dia do Trabalho na casa de alguém, rindo e remexendo nas saladas, ignorando a mim e todo o restante da mesa.

Enquanto Drue e as amigas batiam papo, davam risadinhas e espalhavam a comida no prato, respondi às perguntas de Darshi sobre minha antiga escola e fui fazendo força para comer tudo o que meu pai preparara para mim, sem sentir o gosto de nada. No fundo da lancheira, havia um bilhete. Eu me virei para guardá-lo no bolso, mas por algum motivo Drue, que estivera conversando com Avery, de repente se voltou para mim outra vez.

— O que é isso?

— Nada — respondi, amassando o bilhete que dizia "sua mãe e eu estamos orgulhosos e amamos muito você" até não sobrar nada além de uma bolinha minúscula, que enfiei lá no fundo do bolso quando o sinal tocou.

Drue, Avery e Ainsley se levantaram em um movimento simultâneo, pegando as bandejas e saindo na direção das lixeiras. Fui atrás para jogar o lixo fora e seguir sozinha para minha aula seguinte.

No caminho da educação física, minha última aula do dia, Darshi Shah me puxou pelo braço.

— Preciso te contar uma coisa.

— O quê?

Ela me levou para uma sala vazia da turma de espanhol, a julgar pelos pôsteres de Sevilha e Barcelona nas paredes e a conjugação do verbo "ir" na lousa digital. Jogando os cachos para o lado, Darshi falou:

— Drue Cavanaugh não presta.

— Como assim?

— Ela usa as pessoas. Vai fazer você pensar que é sua amiga, mas não é. — Darshi tirou os óculos para recolocá-los em seguida. — Ela fez isso com Vera Babson no quarto ano, e com Vandana Goyal no quinto, e depois comigo.

Dei uma boa olhada em Darshi, com seus óculos e seu aparelho nos dentes, seu tênis sem marca e seu cabelo desordenado. Pensei em Drue e nas amigas, com os penteados bacanas, as roupas bonitas. Eu me lembrei de uma coisa que meu pai tinha me dito nas férias de verão, quando estávamos conversando sobre meu novo colégio. "As amizades que você fizer no Lathrop vão ser para a vida toda."

— Beleza — respondi. — Obrigada por me avisar.

— Você acha que é mentira minha. — O tom de voz de Darshi soou resignado, e sua expressão, desanimada.

— Não! — falei, tentando parecer sincera.

— Então espera só para ver — disse ela, e o último sinal tocou.

Em minha antiga escola, as trocas de aula eram marcadas por sirenes que faziam a escola parecer uma prisão. No Lathrop, eram sinos de verdade.

— Beleza — repeti em um tom de voz bem alto e cordial. — Beleza, mais uma vez, obrigada.

Fui me afastando às pressas pelo corredor, na direção dos apitos e dos guinchos das solas dos tênis arrastando no piso de madeira... e lá estava Drue, com a camiseta do colégio Lathrop e um short branco de algodão, esperando por mim na entrada do vestiário feminino, que tinha o piso nas cores da escola, azul e branco, claraboias no teto, armários de madeira e cabines de chuveiro com cortinas.

— Oi! — cumprimentou ela, toda animada, fazendo uma espécie de dancinha.

Reparei que suas pernas eram lisas e bronzeadas, sem nenhuma casca de ferida, cicatriz ou pelos sem raspar. As minhas tinham estrias rosadas ao redor do joelho e no alto das coxas, e eu sabia, mesmo sem olhar, que devia ter deixado passar algum pedaço das pernas sem raspar enquanto tomava banho de manhã.

— Você quer ser minha dupla? Por favor? Eu sou muito ruim de vôlei.

Ela abriu um sorriso deslumbrante, que percebi que não tinha como não retribuir.

— Meninas! — gritou a srta. Abbott, enquanto eu vestia às pressas o uniforme de educação física. — Para a quadra agora, por favor!

Drue segurou minha mão e me puxou para lá.

— Daphne vai ser minha dupla — anunciou ela, me puxando para junto de si, para sua zona de proteção, aprovação e tudo o mais que aquilo significasse.

Cinco

Às sete da noite, depois que os Snitzer chegaram em casa e as crianças estavam tomando banho para jantar, peguei o metrô de volta para o apartamento que dividia com Darshi quase no limite de Morningside Heights, não muito longe do lugar onde cresci. Darshi e eu mantivemos contato durante a faculdade, principalmente depois da briga no bar. Depois de dois anos de eu ter voltado para casa, Darshini retornou para fazer a pós-graduação em Nova York, e decidimos encontrar um lugar para morarmos juntas. Os contatos de minha mãe com a comunidade artística, sempre bem-informada sobre boas barganhas, possibilitaram que víssemos o imóvel um dia antes de ser anunciado no mercado, e assim conseguimos um apartamento decente de dois dormitórios em uma vizinhança não muito disputada, num prédio sem elevador, com quartos minúsculos em um formato esquisito, mas também uma cozinha de bom tamanho, uma lareira à lenha — para minha satisfação — e silêncio — para a satisfação de Darshi. Ao longo dos anos, fomos transformando aquele lugar em nosso lar.

Apoiei a sacola de roupas no braço e comecei a subir a escada. Era terça-feira, uma noite em que Darshi não tinha aula nem hora extra no trabalho. Normalmente, eu estaria ansiosa para nosso ritual semanal de delivery e lixo televisivo em formato de reality shows, mas só conseguia sentir medo. Fazia mais de uma semana que vinha guardando um segredo. E aquela seria a noite em que eu contaria à Darshi que Drue Cavanaugh estava de volta a minha vida... e, por extensão, à dela.

Assim que passei pela porta, minha cachorra Bingo começou a rodear minhas pernas, girando o corpinho robusto como se falasse em seu idioma: "Você voltou! Você voltou! Você voltou!".

Bingo estava comigo desde pouco depois do vídeo da briga no bar. Eu estivera caminhando pela Broadway, sem nenhum destino em mente, principalmente porque circular pelo mundo real me lembrava que a vida online era em grande parte uma ilusão... ou pelo menos não tão real quanto parecia. *A maioria das pessoas que estava comentando sobre meu visual e meu corpo era composta de desconhecidos*, eu pensava enquanto andava. Algumas nem sequer eram pessoas de verdade.

Meu pai estava no trabalho; o recesso de primavera do Lathrop não coincidia com o meu. Minha mãe passava a maior parte do dia em casa, dando aula de artes à tarde e à noite. A essa altura eu já tinha contado a ela sobre o vídeo, mas não o que Drue fizera, e ela andava me paparicando como se eu fosse frágil, lançando olhares lacrimosos de pena em minha direção, perguntando se eu queria um chazinho ou uma canja de galinha, ou oferecendo o vale-presente que ganhou de mim no Dia das Mães para fazer uma massagem. ("Você acha mesmo que ter uma pessoa desconhecida pegando no meu corpo vai me ajudar?", quase retruquei.)

Era melhor ficar longe de casa. Então eu fazia longas caminhadas ao acaso, às vezes passando uma hora ou duas em uma livraria ou um museu antes de voltar. Naquela tarde, estava indo para casa quando passei por um pet shop na rua Broadway e vi um cartaz na vitrine: Leve uma amiga para casa.

Fiquei analisando o cartaz. Eu tinha acabado de perder uma, naquela noite no bar. Evidentemente estava precisando de outra. Nosso prédio permitia animais de estimação, mas mesmo assim nunca havíamos tido um. A sra. Adelson, que morava no fim do corredor, teve diversos cães highlanders terriers, e os Johnson, do quinto andar, um pequeno chihuahua com um latido alto e estridente.

A cadela na vitrine tinha o corpo atarracado com peito largo, além da cauda enrolada, tipo um pug ou buldogue francês, mas, no lugar da cara achatada e enrugada, havia um focinho curto e orelhinhas levantadas que se viraram em minha direção quando me aproximei. Sua pelagem era malhada, de um castanho-avermelhado com manchas marrom-escuras, e os olhos, grandes e castanhos. Segundo o cartaz, tinha acabado de ser castrada, e estava vestida com uma roupinha de tricô vermelha e com um cone ao redor do pescoço para não lamber os pontos da cirurgia. Enquanto eu olhava através do vidro, ela mastigava sem muito entusiasmo um brinquedo de pano que prendia entre as patas dianteiras. A folha colada na gaiola de acrílico que ela ocupava a identificava como uma "pug/terrier?", e dizia o seguinte: "Olá, meu nome é BINGO. Eu fui encontrada vagando pelas ruas na Geórgia. Sou uma menina meiga e tímida que veio para o norte em busca de um lar definitivo. Pareço um pouco assustada, mas posso ser uma amiga fiel quando conhecer você melhor! Por favor, entre para me conhecer!".

Quando abri a porta de sua gaiola, Bingo se levantou, deu uma boa farejada em meus dedos e permitiu que lhe fizesse um carinho. Quando parei, ela cutucou minha mão com o focinho: "Eu disse que era para parar?". Comecei a coçá-la atrás das orelhas, e ela suspirou, estremecendo de satisfação. Seus olhos escuros pareciam tristes (*Eu vi umas coisas que não gostaria*, era a impressão que transmitiam), mas ela parecia bem à vontade em minha companhia. E uma matéria que eu tinha lido naquela manhã dizia que a maneira mais rápida de superar um sofrimento era fazendo trabalho voluntário, doando dinheiro ou tempo a algo, fazendo uma boa ação ou ajudando alguém necessitado. Talvez eu não tivesse como ajudar alguém naquele momento, mas podia fazer alguma coisa.

Trinta minutos e uma longa entrevista depois, eu tinha uma cama de cachorro, suplementos vitamínicos veterinários, brinquedos de mastigar, sacolinhas de cocô, três quilos e meio de ração orgânica na mochila e Bingo, presa à coleira, trotando comportadinha ao meu lado. Ela se encolhia quando ouvia barulhos altos ou via homens grandes e, quando o caminhão do lixo chegou à rua, se enfiou entre os meus pés e não queria mais andar, então fui obrigada a pegá-la no colo e carregá-la pelo restante do quarteirão, presa debaixo do braço como uma bola de futebol americano.

"Não vá se acostumando com isso", avisei, colocando-a no chão depois que o caminhão do lixo foi embora. Na rua 101, expliquei que estávamos quase em casa: "Então faça o que tiver que fazer aqui mesmo".

Bingo pareceu ter me entendido, se agachou e depois começou a jogar terra com movimentos vigorosos sobre o que havia deixado para trás. Limpei a sujeira e subi com ela para o apartamento.

"Você arrumou uma cachorrinha?", perguntou minha mãe. Depois de uma rápida olhada para mim, ela se abaixou para conhecer Bingo. "Olá, lindinha!"

Bingo fez um tour pelo apartamento, dando uma boa farejada no tapete, nos pés dos móveis e investigando embaixo do sofá. Depois de deixar minha mãe coçá-la atrás das orelhas, pulou no sofá, deu três voltas em torno de si mesma e dormiu com um suspiro de satisfação.

Deu tudo certo. Na volta às aulas, quando alguém me perguntava "como foi seu recesso?", eu podia responder "adotei uma cachorrinha", em vez de "um vídeo meu viralizou porque um cara me chamou de gorda e eu dei um pisão no pé dele". Bingo se revelou uma ótima companheira, meiga, amigável, tranquila e extremamente fotogênica. Meus pais cuidavam dela como se fossem sua neta. Minha mãe fazia roupinhas de tricô e crochê; meu pai usava a air fryer para fazer petiscos de carne desidratada.

— Acabei de passear com ela — gritou Darshi da sala enquanto Bingo corria de um lado ao outro do apartamento.

Depois de terminar o exercício, ela se deitou aos meus pés, arfando, com a língua para fora enquanto me lançava o melhor olhar de pidona possível. Enquanto eu remexia na caixa de petiscos Alpine Yum-Yums, o rabo de Bingo começou a balançar freneticamente, e seus olhos brilharam em expectativa.

— O que você acha? Comida tailandesa ou birmanesa? — perguntou Darshi. — Ou vamos continuar a escalar o Monte Mahima?

No mês anterior, Charag, o irmão de Darshi, tinha se casado. Foi uma celebração com seis eventos e três dias de duração, que culminou em um baile em Nova Jersey. A festa teve horas e horas de dança; no começo só garba, mas, depois da meia-noite, o DJ começou a tocar Beyoncé e Demi Lovato. O farto bufê vegetariano continuou sendo reabastecido a noite toda, e a mãe de Darshi fez plantão na porta, entregando para cada convidado que saía uma boa quantidade de comida devidamente embalada e etiquetada pelos funcionários. Durante semanas depois do casamento, nos entupimos de *dhokla*, *shrikhand* e três tipos diferentes de *dal*, e ainda mal tínhamos começado a escavar a superfície do estoque de comida que Darshi começara a chamar de Monte Mahima, em homenagem à cunhada.

Decidimos esquentar um pouco de *khadi* e pedir rolinhos primavera e panquecas de amendoim.

Joguei um petisco para Bingo e fui até meu quarto, peguei a câmera no tripé preso à moldura da porta e tirei seis fotos minhas segurando a sacola de roupas. Escolhi a que saiu melhor, cortei, apliquei meu filtro favorito e acrescentei a legenda que tinha escrito no trajeto de volta para casa: Querem saber o que está na sacola? Amores, ainda não posso contar para vocês o que vem aí, mas é algo (com o devido trocadilho) ENORME. Tem muita coisa grande acontecendo, e sou muito grata a cada uma de vocês que estão me acompanhando nesta jornada. Sei que já ouviram isso antes, mas nunca pensei que estaria onde estou agora, postando fotos minhas para o mundo inteiro ver. Considerava meu corpo inaceitável, achava que precisava ser escondido. É isso o que o mundo diz para nós, né? Mas agora, talvez, se um grande número de nós resolver mostrar como somos, postando sobre nossas vidas bem-sucedidas, corridas, caóticas e lindas, nossas filhas não precisem engolir as mesmas mentiras.

Acrescentei as hashtags mais apropriadas (#visibilidadegorda, #belezaplussize, #celebreseutamanho, #estiloplussize, #padrãoéocrlh e, minha favorita, #meucorponãoéumaofensa). Marquei as marcas da base em meu rosto, do delineador nos lábios, da cor de cereja na boca, além da bata, da legging e dos sapatos, tentando não me sentir culpada e ciente de que estava me apoiando mais nas partes "bem-sucedidas" e "lindas" de minha vida do que nas "corridas" e "caóticas". *Amanhã*, prometi a mim mesma. No dia seguinte eu postaria alguma coisa um pouco mais verdadeira: uma foto minha sem maquiagem fazendo exercícios, ou uma imagem sem filtro de minhas pernas com calça de ioga.

Abri uma foto de Bingo pulando para pedir mais um Yum-Yum e postei no perfil dela no Instagram antes de voltar para a sala, que Darshi e eu tínhamos decorado com coisas compradas na Craigslist ou doadas por familiares: um sofá antigo do qual meus pais quiseram se desfazer; uma mesinha de centro de vidro da casa dos Shah. Juntas, minha mãe e eu revestimos as paredes com papéis de *scrapbook*, criando um padrão de dourados cintilantes e verde-claros, e fiz découpage em umas bandejas baratas da Ikea com pedaços de papel de parede velhos e papel de presente. A *jharokha* de madeira que Darshi ganhara da avó tinha um lugar de destaque na parede voltada para o sul ("Foi um presente de casamento! Do Rajastão!", anunciara a *nani ma* de Darshi com orgulho, enquanto o irmão e o pai dela sofriam para colocar a pesadíssima peça entalhada no lugar). Na cozinha, a panela de pressão que a mãe dela tinha comprado ficava ao lado do forninho elétrico. "Assim você pode fazer *idli*", a dra. Shah havia dito, balançando a cabeça como se fosse uma coisa óbvia, e Darshi assentira com um sorriso, esperando a mãe virar de costas para articular as palavras "Não posso, não". Minha mesa de artesanato ficava na parede mais distante, com uma pilha de caixas de madeira em vários estágios de acabamento, que eu chamava de caixinhas de memórias. Cada uma era decorada com fotografias, cartões-postais antigos, papel de parede ou de presente, ou imagens de livros infantis antigos, e enviadas para as pessoas que pagavam até cem dólares no Etsy por um presente único e personalizado.

— Como vai o pequeno Snitzer? — perguntou Darshi enquanto eu me sentava no sofá com Bingo ao meu lado.

O aparelho nos dentes de Darshi havia sido retirado no oitavo ano, e no ano seguinte ela trocara os óculos por lentes de contatos. Ainda tinha os cachos, mas agora bem arrumados e tratados com óleo de argan para manter o brilho, chegando até o meio das costas. Ainda era miudinha, mas o quadril estreito se tornara curvilíneo, e o peito não era mais liso. Na faculdade, Darshi se assumira como bissexual, mas só para os amigos mais próximos e o irmão mais velho. Fazia seis meses que estava namorando uma mulher chamada Carmen, que conhecera em uma festa organizada pela Associação de LGBTQIAPN+

e Aliados da Universidade Columbia, mas ainda não havia contado aos pais sobre o relacionamento nem a identidade sexual. Sua ideia era terminar a dissertação primeiro. "Assim as coisas se equilibram", foi como ela justificara, usando as mãos para representar uma balança. "Uma namorada de um lado, um doutorado do outro."

Argumentei que seus pais não se incomodariam, que a amavam de qualquer maneira e ficariam felizes por ela ter encontrado alguém com quem construir uma vida. Darshi soltara um risinho de deboche ao ouvir isso. "Que fofo você pensar assim", respondera.

Sentada no sofá, comecei a coçar as orelhas de Bingo.

— Ian está bem. E adivinha só? Fechei aquela parceria com a Leef!

— Parabéns! — exclamou ela. — Agora me mostre as roupas!

Voltei ao quarto e coloquei o vestido Jane, depois a calça Pamela, a camisa Kesha com o blazer Nidia e, por fim, o maiô Darcy. Dei voltinhas, fiz poses enquanto Darshi aplaudia e assobiava e tirei umas fotos para usar quando a campanha começasse. A maioria das influenciadoras que eu conhecia tinha companheiros, maridos ou caras que se referiam a si mesmos, e sem ironia, como "namorados de Instagram", que não se incomodavam em interromper uma noite a dois ou um piquenique no parque para tirar fotos de seis looks diferentes. Já eu só podia contar com meu tripé, minha mãe e Darshi.

Depois de pendurar tudo nos cabides e fechar as capas protetoras, vesti meu pijama favorito, de seda cor de vinho e estampa caxemira, que tinha comprado em um brechó no Upper East Side e que talvez pertencera a algum figurão idoso de Wall Street, que o trajava enquanto bebia uísque e fumava charuto depois de um longo dia explorando o proletariado. Darshi, com uma calça de moletom azul e uma camiseta do colégio Lathrop, nos serviu de uma taça de vinho.

— Um brinde à Daphne. Que seja só a primeira de muitas coisas maravilhosas.

Nós bebemos e, quando a comida chegou, enchemos os pratos e assistimos *Solteiras à procura*. Ou melhor, Darshi assistiu, criticando e debochando, enquanto eu mantinha os olhos na tela prestando atenção apenas em parte às maquinações das jovens que tentavam cair nas graças de um solteiro bonitão chamado Kyle; a outra parte da minha mente estava concentrada em encontrar uma forma de contar à Darshi sobre o convite do casamento.

Na terceira semana do sexto ano no Lathrop, Darshi e eu já tínhamos estabelecido uma relação agradável de amizade. Na maior parte dos dias, eu me sentava com ela e seus amigos na hora do almoço e saíamos juntas fora da escola também, procurando roupas para comprar no bazar da Housing Works ou perambulando pela livraria Barnes & Noble da rua 86. Nós duas gostávamos de ler, apesar de eu gostar mais de mistérios e histórias românticas, enquanto Darshi adorava terror e relatos de crimes reais. Ela morava com os pais e os dois irmãos em uma casa de dois andares, quatro quartos e fachada de tijolinhos em Whitestone, no Queens, que contava ainda com um quintal e uma garagem para dois carros. Eu passava a noite lá, e ela dormia na minha casa também. Darshi e eu nos dávamos bem, mas ela sempre soube que vinha depois de Drue Cavanaugh. Uma ou duas vezes por semana, Drue gritava "Daphne! Vem se sentar aqui comigo!", e eu ia sem nenhuma hesitação. Sabia que Drue não era uma amiga de verdade e que deveria desistir da ideia de tentar fazer parte de sua turma, mas não conseguia evitar.

Durante o sexto ano, o restante do ensino fundamental e muito além, continuei amiga de Darshi, mas era controlada por Drue. Passei a frequentar o apartamento dos Cavanaugh no Upper East Side, com janelas do chão ao teto e vistas panorâmicas da cidade, do rio Hudson e do Central Park. Conheci Abigay, a cozinheira dos Cavanaugh, que tinha bochechas sardentas, uma falha entre os dentes da frente visível quando ela falava e sorria e que sabia preparar qualquer prato possível e imaginável. "O que desejam, senhoritas?", era o que ela perguntava com seu melodioso sotaque jamaicano quando Drue e eu aparecíamos na cozinha. (Drue jogava a mochila ao lado da porta, o que me faria levar uma bela bronca se tentasse reproduzir o gesto em casa.) Na primeira vez que eu ouvira essa pergunta, pedira maçã e manteiga de amendoim. Drue soltara o cabelo do coque e logo o prendera de novo.

"Que tal uns *gougères*?", pedira ela.

Abigay tinha apertado os lábios carnudos e assentira. Em pouco tempo, o cheiro de uma massa amanteigada com queijo assando no forno começou a se espalhar pela casa.

"O que são *gougères*?", eu perguntara à Drue.

Ela dera de ombros e respondera: "Sei lá. Eu vi esse nome em um livro".

Em retribuição a essa generosidade, aos convites e aos lanchinhos, além da chance de me sentar em sua mesa na hora do almoço, eu passava recados para os paqueras de Drue e punha um fim na coisa quando ela enjoava deles, ficava de vigia quando Drue roubava mercadorias na Saks e na Barneys, e escrevia seus trabalhos de inglês com base em uma ideia genérica do que ela gostaria de escrever, ideia essa que ela geralmente recitava para mim enquanto se esparramava na cama, olhando para o teto. E, em todas as vezes, depois de alguns dias me dando atenção, Drue passava a me ignorar, fingindo que nem me via, como se eu não existisse mais.

Nunca tinha ouvido a palavra "gaslighting", mas sabia que Drue era capaz de me fazer acreditar que eu tinha perdido a cabeça, e não podia confiar no que meus próprios olhos e ouvidos me diziam. Também sabia que, em todos os sentidos, meu lugar era com Darshi, Frankie Fogelson, David Johnson e Joon Woo Pak. Os alunos inteligentes, sonhadores e criativos, os desajustados, os Nerds. Eles eram generosos, confiáveis e receptivos. Mas nenhum deles era tão atraente, interessante ou divertido quanto Drue. Ela me deixava furiosa e ressentida, fazia com que eu duvidasse de mim mesma e às vezes até me odiasse, mas também era capaz de tornar cada dia uma aventura. Para cada vez que Drue me dava um gelo, me ignorando na sala de aula ou no refeitório, havia um dia em que ela me segurava pelo braço no corredor e sussurrava em tom urgente em meu ouvido sobre os detalhes de seus planos para a noite ou o fim de semana, pedindo ajuda, conselhos, querendo saber como lidar com dois meninos que gostavam dela, ou precisando de mim para revisar seu trabalho de história. Precisando de mim.

Em um sábado à noite, ela me surpreendeu:

— Ei, eu posso participar de uma dessas aventuras gastronômicas com você e seu pai?

Gelei, porque tinha me sentido um tanto ridícula quando contara à Drue sobre nossas aventuras: meu pai e eu líamos os jornais, os blogs e revistas sobre gastronomia, procurando por coisas que nunca havíamos experimentado. Nossas andanças nos levaram aos cinco distritos nova-iorquinos, onde comemos *tamales*, arroz japonês servido em folhas de lótus, tofu birmanês, frango frito filipino, *draniki* russo, *pierogis* poloneses, *khinkali* georgiano e guiozas com recheio de pé de porco picado e temperado. Eu já tinha comido cabrito assado, pé de galinha, leitão, *dumplings* para sopa e macarrão chinês, ovo de pato fermentado, carne de jacaré, canguru grelhado, durião, inhame-roxo e jaca.

A única regra era experimentar um lugar novo a cada domingo. Meu pai escolhia o restaurante. Minha função era planejar o melhor transporte para chegar lá, ler sobre o país ou região cuja culinária conheceríamos e localizar uma livraria, biblioteca ou café por perto, onde poderíamos nos sentar e ler depois da refeição, e talvez comer sobremesa.

Darshi se juntara a nós algumas vezes, e inclusive nos apresentara aos lugares favoritos de sua família em Jackson Heights, mas ainda assim me senti meio boba falando sobre nossos domingos (uma tarde com o papai!), que provavelmente pareceriam um tanto infantis para uma garota que experimentara maconha no oitavo ano e perdera a virgindade no nono. Contudo, Drue me escutara com uma expressão atenciosa e sincera. E me fizera perguntas: "Qual foi a coisa mais esquisita que você comeu?", "Do que você mais gostou?", "São só você e seu pai, o dia todo?".

Eu tinha respondido que ela seria bem-vinda se quisesse ir conosco, mas sem a menor esperança de que fosse aceitar. Porém, naquela manhã gelada de outubro, ela tocou nossa campainha bem cedo e cheia de animação. Seu rosto brilhava entre o cachecol rosa de caxemira e o gorro com pompom também rosa.

— Então, qual é o plano?

Em vez de conhecer um lugar novo, meu pai e eu concordamos em abrir uma exceção e levar Drue a um restaurante conhecido e um de nossos favoritos, um lugar que servia uma culinária peculiar e que não era tão desafiadora nem estranha a ponto de fazê-la passar fome. Pegamos o trem E para Jackson Heights e saímos andando pelas ruas cheias de letreiros em espanhol e punjabi, anunciando DVDs e cartões telefônicos, depilação com linha de sobrancelha e banhos espirituais, até chegarmos ao Himalayan Yak na avenida Roosevelt. As paredes eram cobertas de flâmulas de orações e painéis de madeira entalhada, e todas as mesas estavam ocupadas. Eu sabia que Drue não estava acostumada a esperar nem a frequentar restaurantes que não funcionavam com sistema de reservas, mas ela se manteve paciente e calada, sem sair do meu lado até nos sentarmos, e uma garçonete com o cabelo lustroso preso em um rabo de cavalo apareceu para encher nossos copos com água. Meu pai abaixou a cabeça de leve e murmurou um "Namastê".

— Ele faz isso em todo lugar — murmurei para Drue, sentindo uma mistura de vergonha e orgulho.

Pensei que ela fosse achar cafona meu pai se esforçar para aprender como fazer uma saudação educada na língua de fosse lá qual o país ou a região onde foram criados os pratos que comeríamos. "É uma forma de mostrar respeito", foi como ele me explicara.

— Meu pai disse que nos Estados Unidos todo mundo precisa falar inglês — comentou Drue, um tanto insegura.

De todas as muitas vezes que eu a tinha visto mencionar o pai, aquela era a primeira em que ela não estava toda inflada de orgulho.

— Ele não é o único a pensar assim, de forma alguma — respondeu meu pai, falando em um tom tranquilo. — Pessoalmente, eu considero uma forma de mostrar respeito.

Vi os olhos de Drue se arregalarem com a entrada: *bhutan* de cabrito, um prato com intestinos, fígado, coração e rins fritos, servido com pimentão verde, cebola, tomate e especiarias.

Meu pai pediu *dumplings* de carne de porco chamados *momo*, pargo-vermelho frito, acelga chinesa salteada, linguiça de iaque, *thali* de cabrito, *naan* de alho e, para sobremesa, uma espécie de pudim de arroz de consistência firme chamado *kheer*. Drue olhou ao redor, com os olhos arregalados, primeiro para os demais clientes, depois para a comida. Fiquei com medo de que ela não quisesse comer nada; àquela altura, já a tinha ouvido cochichando e rindo com Ainsley e Avery sobre as lentilhas que Darshi às vezes levava para comer no almoço, dizendo que comida indiana parecia cocô de bebê, mas Drue me surpreendeu, corajosamente experimentando tudo, até o iaque, enquanto meu pai contava histórias de seus alunos ao longo dos anos: a menina que imprimira o trabalho final direto da internet e nem se dera ao trabalho de apagar a logomarca do site no cabeçalho, o garoto que achara que as pessoas deveriam se vestir de forma inversamente proporcional a quanto tinham estudado e chegara para fazer a prova com um fraque alugado.

Depois de comermos até não aguentar mais, pedimos para embalar o que sobrou e pegamos o trem G para o Brooklyn. Eu sabia que essa era a única linha que não passava por Manhattan, mas Drue talvez não. Naquela tarde, o vagão estava cheio de passageiros de maioria não branca, com apenas meia dúzia de hippies e um punhado de velhinhos poloneses. Percebi que ela ficou olhando ao redor, mas, se algum pensamento discriminatório estava passando por sua mente, Drue não os compartilhou comigo.

Fomos até a Sahadi, a loja favorita de artigos do Oriente Médio de meu pai, na avenida Atlantic. Drue e eu circulamos por corredores com jarros de vidro da altura de nossos joelhos contendo toda variedade possível de nozes: pistaches, amendoins, amêndoas, castanhas de caju, torradas salgadas ou sem sal, com ou sem casca. No balcão, os clientes pegavam senhas, e um homem de feições árabes sobrenaturalmente tranquilo com um belo bigode anotava os pedidos, enquanto duas mulheres colocavam o homus, o *baba ghanoush* e os quibes em sacolas plásticas. Drue inclusive pediu duzentos gramas de sementes de abóboras e murmurou um agradecimento quando meu pai falou: "É por minha conta". Depois que pagamos, levamos as sacolas para um restaurante chamado Tripoli, onde nos sentamos, bebemos chá e comemos fatias de baclavá encharcadas de mel. Meu pai começou a fazer as palavras cruzadas do jornal de domingo, eu peguei um livro de mistério da Agatha Christie para ler e Drue, que tinha ido preparada, começou a folhear a edição mais recente da *Vogue*. Na hora de ir embora, Drue recusou educadamente a ideia de ir de metrô, pegou o celular e solicitou o serviço de carros da empresa do pai.

— Quer levar alguma coisa para casa? — perguntei, erguendo as sacolas das sobras de comida tibetana para ela.

Drue abriu um sorriso amargurado.

— Não consigo nem imaginar a reação da minha mãe se encontrasse alguma coisa frita na geladeira. Meus pais...

Ela parecia disposta a dizer mais coisas, porém nesse momento um carro preto virou a esquina e parou no meio-fio.

Drue abriu a porta e então me surpreendeu com um abraço apertado.

— Foi o melhor dia da minha vida — disse ela.

Antes que eu pudesse responder, ou verificar se era algum tipo de ironia, ela fechou a porta e o carro arrancou, me deixando com as sacolas de comida na mão e um sentimento desconcertante e triste.

Quando chegamos em casa, meu pai guardou as coisas na cozinha, rearranjando na geladeira as almôndegas suecas e a carne assada que tinha preparado durante a semana para abrir espaço para as pastas e os quibes.

— Ainda bem que Drue foi com a gente. — A cabeça de meu pai ainda estava enfiada dentro da geladeira. Não consegui ver a expressão em seu rosto quando ele falou: — Acho que ela estava com fome.

Até parece, pensei.

— A família dela tem uma chef que prepara qualquer coisa que eles quiserem.

— É, você me contou.

Meu pai fechou a geladeira, limpou as mãos em um pano de prato e começou a abrir os cadernos do *New York Times* na mesa para ler. Fui para meu quarto trabalhar na aquarela que vinha pintando para o aniversário de minha mãe e pensar em minha amiga, e como as pessoas poderiam ter fome de coisas que não eram comida.

Achei que na segunda-feira havia uma chance enorme de ela me ignorar. Não faria diferença. Eu ainda ia querer ser sua amiga, porque Drue era tudo o que eu desejava ser. Era bonita, divertida, glamourosa; uma brisa fresca de requinte, enquanto eu era um tufão de árdua provação. Queria muito que ela fosse minha amiga e compartilhasse comigo seus segredos; queria ser bonita por associação, se não pudesse ser de verdade. Queria receber sua gentileza intermitente e qualquer que fosse a dose de atenção que quisesse me dar. Queria ser como ela e, se não pudesse, pelo menos tê-la ao meu lado. O que ela quisesse de mim, eu daria. O que Drue precisasse que fosse feito, eu faria.

───── ∼∼∼∼∼ ─────

Quando o programa terminou, Darshi foi guardar o que sobrou da comida. Lavei a louça e levei Bingo para o último passeio do dia, abrindo o Instagram para curtir dezenas de comentários enquanto ela fazia xixi. Aquela pergunta ("Como faço para ser corajosa como você?") continuava à espera de uma resposta, e eu ainda não tinha uma. *Para mulheres brancas é mais fácil*, pensei enquanto subia para o apartamento, sabendo que, não importava o que as pessoas pensassem de meu corpo, pelo menos isso não vinha acompanhado das preconcepções que a cor de minha pele poderia suscitar.

Encontrei Darshi na cozinha, com uma caneca de *chai* nas mãos. Tinha retirado as lentes de contato e colocado os óculos grandes de armação redonda que eu desconfiava serem uma relíquia dos tempos de escola. Quanto mais eu procrastinasse, mais difícil ficaria contar a verdade, e mais base ela teria para me acusar de esconder essa informação. Por isso resolvi dizer de uma vez:

— Então, olha só. — Darshi inclinou a cabeça. Respirei fundo e, de um fôlego só, contei: — Drue Cavanaugh apareceu na casa dos Snitzer na semana passada. Ela pediu desculpas para mim. Vai se casar em junho, e me pediu para ser uma das madrinhas. E eu aceitei.

Por um momento, Darshi ficou só olhando para mim.

— Não acredito — respondeu ela, por fim.

Senti um aperto no coração. Evidentemente, aquela conversa não seria fácil.

— Ela está desesperada — expliquei.

— Imagino.

— Ela não tem amigas.

Darshi soltou um sonzinho de deboche.

— Está me dizendo que ela não arrumou substitutas para nós na faculdade? Garotas que pudesse usar e jogar fora?

— Devem existir algumas — respondi. — Mas Drue disse que fez terapia. — Isso rendeu mais um sonzinho e um revirar de olhos. — Ela está desesperada mesmo. Me ofereceu até dinheiro.

Darshi pôs a caneca na bancada e cruzou os braços.

— Isso não chega a ser surpresa.

— Como assim?

— A Cavanaugh Corporation está em maus lençóis.

Ela foi pisando duro até onde estava a bolsa de ombro, sacou o celular e abriu uma matéria da Bloomberg News. "CAVANAUGH CORP DEVE SE DESFAZER DE PROPRIEDADE PROBLEMÁTICA NA QUINTA AVENIDA." Passei os olhos por alguns trechos do texto, lendo em voz alta.

— A Cavanaugh Corporation adquiriu o arranha-céu na esquina da rua 53 com a Quinta Avenida dois anos atrás, para ser a joia da coroa de seu portfólio imobiliário... blá-blá-blá... Dois grandes inquilinos desocuparam os andares, e mais um está de saída... o que é relação LTV?

— É o que eles chamam de razão empréstimo-valor —respondeu Darshi com rispidez. — Os aluguéis precisam cobrir a maior porcentagem possível do custo do financiamento. Isso não está acontecendo.

— E dívida em reestruturação? Isso não parece nada bom.

— E não é. Na prática, a empresa pagou caro demais pela propriedade e agora não consegue nem vender, nem alugar. — Ela olhou bem para mim. — Ouvi dizer que os bancos vão parar de conceder crédito a eles. Se Drue está oferecendo dinheiro para conseguir madrinhas de casamento, então espero que ela tenha conseguido um bom preço.

Respirei fundo, dobrando os dedos dos pés dentro dos sapatos, relembrando os argumentos que tinha ensaiado mentalmente.
— Você não acha que as pessoas podem mudar?
— As pessoas? Sim. Drue? Não. Drue Lathrop não é como as outras pessoas. Sempre mostrou exatamente o que era. O que é.
Darshi foi até a porta para pegar o notebook e a bolsa, deixando um rastro de cheiro de condicionador de coco atrás de si. Sua calça fazia barulho enquanto ela andava. Fui atrás, acompanhada de Bingo.
— Você não daria nem uma chance para ela? Não ia querer ser a pessoa madura da situação? — A tensão nos ombros de Darshi, além de seu silêncio, eram resposta o suficiente. — Olha, eu não estou negando que ela foi péssima. Mas se tivesse a visto...
Darshi se virou e levantou uma das mãos, com a palma para mim, como uma policial de trânsito dando uma ordem de parada.
— Eu conheço Drue muito bem. E há mais tempo que você. Ela foi minha amiga primeiro. — Seu tom de voz parecia calmo e racional enquanto ela se sentava no sofá, dobrando os punhos da blusa. — Eu conheço vocês duas muito bem, aliás. Drue Cavanaugh tem uma influência sobre você. Ela é sua criptonita. — A voz de Darshi soava perigosamente suave. — Você pode até ser a hashtag mulher poderosa na internet. E até na vida real, às vezes. Mas escute bem o que estou dizendo. Ela vai te magoar. E eu estou cansada de ser jogada para escanteio por causa dela. Se ela foder sua cabeça de novo, eu não vou mais ficar do seu lado para juntar os cacos.
Foi nesse momento que percebi o quanto ela estava levando aquilo a sério. Eu praguejava de vez em quando, gritando um "filha da puta" quando a cola quente queimava meus dedos, ou um "mas que cacete" quando encontrava minha manta de caxemira recém-chegada da lavanderia na caminha de Bingo. Mas Darshi não.
— Ela não vai fazer isso. — Eu estava tentando convencer a mim mesma, além de Darshi. — Porque eu não vou deixar.
Darshi tirou os óculos, soltou o ar pela boca em uma das lentes e começou a limpá-la com a manga da blusa.
— Drue pode até não ter mudado, mas eu sim — continuei. — Não sou a mesma pessoa que era no colégio. Certo?

Darshi começou a limpar a outra lente.

— Certo? — perguntei de novo. E, antes que ela pudesse responder, ou me desmentir, comecei a argumentar: — Estou mais confiante. Mais segura. Mais à vontade comigo mesma. E o que eu posto no Instagram não é só pose. — *Só um exagero considerável em relação a minha realidade.* — Agora eu sei quem sou, e sei o que quero. Não vou ser...

— Enfeitiçada? — perguntou minha amiga sem levantar os olhos.

— Iludida?

— Usada.

Darshi me deu uma longa encarada antes de recolocar os óculos, ajeitando bem as hastes nas orelhas. Fiquei me perguntando qual era sua verdadeira preocupação: que Drue me magoasse de novo ou que me afastasse dela.

— Ei — falei, mantendo um tom de voz suave. — Olha só. Eu não dei ouvidos quando você tentou me avisar da primeira vez. Mas agora estou levando a sério. — Darshi não respondeu. — Só porque topei fazer isso, não quer dizer que esqueci do que ela fez comigo. E, para dizer a verdade, se eu conseguir perdoar Drue, vai ser mais por mim do que por ela, certo? Não é isso que as pessoas dizem?

Darshi franziu a testa.

— Quem é que diz isso?

Dei de ombros, ouvindo a voz de Drue em minha mente. *Sei lá. Minha terapeuta? A Oprah?*

— As pessoas em geral. E olha só, existem coisas piores do que passar um fim de semana cercada de padrinhos de casamento gatos. Esqueceu que a maior parte das transas que tive foram com Reles Ron?

Darshi sorriu ao ouvir a menção a meu ex-namorado, conforme eu esperava, antes de fechar a cara de novo. Ela abaixou as mangas da blusa e pegou a caneca. Sem olhar para mim, falou:

— Você pode fazer o que quiser. Por sua conta e risco.

— Por minha conta e risco — repeti.

Darshi se levantou, foi até o quarto e fechou a porta quase sem fazer barulho. Bingo, que estava sentada aos meus pés, me lançou um olhar esperançoso, percebendo que a conversa tinha acabado e que, para simbolizar isso, eu poderia estar disposta a presenteá-la com um ossinho Busy Stick, ou um petisco Alpine Yum-Yum. Sua cauda curta e balançante se arrastava ruidosamente no chão.

— Vamos lá — chamei.

Quando fui pegar a caixa de petiscos, Darshi abriu a porta.

— E eu quero distância dela — avisou minha amiga, articulando muito bem cada palavra, em um tom duro. — Você pode fazer o que quiser, mas eu não respondo por mim se precisar olhar para a cara de Drue Cavanaugh de novo.

— Tudo bem — respondi. — Não vou envolver você em nada. Prometo.

Por um instante, ela ficou em silêncio.

— Posso perguntar uma coisa?

— Lógico.

Ela se calou de novo, e por tanto tempo que pareceu ter desistido.

— Valeu a pena? — perguntou ela por fim.

Se valeu a pena? Desde que tínhamos começado a dividir o apartamento, Darshi quase nunca perguntava sobre Drue, e eu também não falava muita coisa, pressupondo que ela não estivesse interessada em saber. Obviamente, eu estava enganada. Parte dela queria saber melhor os detalhes, entender o que eu tinha que faltava nela. A resposta mais óbvia seria um "Não, de jeito nenhum", balançando a cabeça com firmeza, abrindo um sorriso desconsolado e soltando um lamento em alto e bom som sobre como Drue me tratara mal, sobre como eu me comportara de forma ridícula e fútil, e uma afirmação de que Darshi era minha melhor amiga de verdade.

Mas isso não seria sincero. E, se Darshi queria ouvir a verdade, era o que eu diria.

— Nem sempre — respondi. — Nem na maior parte do tempo, inclusive. Não quando ela me ignorava, ou me colocava para fazer os trabalhos sujos. Ou, sabe como é, quando me humilhava na internet.

Estremeci, me lembrando de uma vez que, quando eu usara uma infeliz blusa de lã, toda branca e felpuda, Drue postara uma foto minha ao lado de uma imagem de uma lhama. "Por que você está tão brava?", questionara ela quando liguei pedindo para que apagasse aquilo. "É engraçado! Você não consegue lidar com uma brincadeira?".

— Mas às vezes...

Eu me lembrei de quando, no último ano de colégio, Drue decretou um Dia de Ferris Bueller. Nós tínhamos visto *Curtindo a vida adoidado* na noite anterior e, quando o filme terminara, Drue olhara para mim e abrira um sorriso que era sinônimo de aventura e perigo.

"Nós vamos fazer isso também", declarara ela.

"O quê? Matar aula?"

"Matar aula e fazer o que der na telha."

"Eu não vou entrar em um balão de desfile comemorativo."

E nem precisa, minha mente venenosa sussurrou. *Você já é praticamente do tamanho de um.*

Drue já estava com o celular na mão.

"De repente até podemos ir a um desfile comemorativo. Se eu souber onde vai ter um."

"Então, quem vai ser Sloane?"

Drue estava sem namorado na época, o que significava que havia dois ou três garotos, no Lathrop e outros lugares, disputando esse posto. Eu, obviamente, nunca tinha nem beijado ninguém. Reles Ron ainda levaria alguns anos para aparecer em minha vida.

"Nada de Sloane", respondeu Drue, apoiando o celular no queixo e sorrindo para mim. "Sem garotos desta vez. Só nós duas."

Eu tinha ligado para meus pais para avisar que dormiria na casa de Drue e, na manhã seguinte, depois que ela tinha saído para ir ao Lathrop, eu telefonara outra vez dizendo que estava resfriada e ficaria lá no quarto de hóspedes, tomando a canja de galinha que Abigay prepararia para mim.

"Melhoras", disse minha mãe.

Senti uma pontada de culpa por enganá-la, mas foi superada pela perspectiva de viver uma aventura com minha amiga.

Uma hora depois, usei o telefone dos Cavanaugh e liguei para a secretaria do colégio, fingindo ser a mãe dela, cujo sotaque do Upper East Side tanto eu como Drue tínhamos aprendido a imitar fazia tempo.

"A tia-avó de Drue, Eleanor, faleceu", informei à recepcionista. "Nosso motorista vai passar para pegá-la às dez horas na frente do colégio."

Em vez de questionamentos, o que ouvi foi uma engolida em seco e um "sim, senhora". Com certeza todos os funcionários conheciam a história, e a generosidade, da família de Drue para com o Colégio Lathrop. Felizmente, ninguém se interessou muito pelo estado de saúde de suas tias-avós. Às quinze para as dez, entrei em um carro (tinha solicitado um SUV, para o caso de alguém da escola acompanhá-la até a porta) e peguei Drue na calçada.

"Por que não simplesmente fingir que nós duas estamos doentes?", questionei.

"Ah, até daria certo", falou ela, "mas perderia o espírito do filme."

Fomos ao Guggenheim e almoçamos em um restaurante chique, com a ideia de espiar o livro de reservas e fingirmos ser outra pessoa, como Ferris tinha feito, só que as reservas ficavam registradas em um iPad, então não foi possível fazer isso. Os pais de Drue tinham uma banheira de hidromassagem para umas quatro pessoas, mas, em vez de irmos para sua casa, Drue decretou que encerraríamos o dia no spa Elizabeth Arden, onde fiz minha primeira massagem e limpeza de pele. Vestimos roupões e passamos uma hora na sala de relaxamento, rindo e fofocando, bebendo chá de hortelã com os pés mergulhados em bacias de água quente com pétalas de rosas. Drue me contou uma história sobre a tia-avó Letitia, cujo amado minipoodle morrera em uma visita à casa dos Cavanaugh no Natal.

"Tia Letitia ficou inconsolável. Nós falamos que cuidaríamos de tudo, mas não conseguimos falar com nenhum veterinário da cidade. Meu pai queria embrulhar Jasper em um saco de lixo e pôr na lixeira, mas minha mãe não deixou."

"Então o que vocês fizeram?"

"Trip estava passando o recesso de fim de ano da faculdade em casa, então pegamos o cooler dele, enchemos de gelo para que Jasper, sabe como é, não começasse a se decompor." Ela torceu o nariz de um jeito muito fofo ao se lembrar. "Era para ele ficar lá só até as clínicas veterinárias reabrirem. Teria dado tudo certo, mas então os amigos estúpidos do meu irmão apareceram para convidar Trip para uma festa e não perceberam que o cooler estava pesado porque tinha um cachorro morto lá dentro, e não cerveja. Só descobriram quando estavam na metade do caminho para os Hamptons."

Sorri ao me recordar dessa história. E ainda estava com um sorriso no rosto quando vi a expressão desconfiada de Darshi.

— Às vezes era incrível.

Os olhos de Darshi pareceram ficar mais suaves.

— Ah, sim — murmurou ela baixinho. — Sempre achei que devia ser mesmo.

Seis

—D aphne!
Coloquei um sorriso no rosto e me virei na direção do cara de ombros largos e bronzeado de surfista e da baixinha de cabelo escuro ao seu lado. A festa de noivado de Drue e Stuart tinha começado vinte minutos antes. A convidada de honra tinha ido me buscar na casa dos Snitzer depois de meu expediente, e a essa altura nós mal tínhamos dado cinco passos porta adentro. Limpei a mão discretamente na saia enquanto o casal vinha em minha direção. Estava usando meu vestido Jane e sandálias de camurça que me davam alguns centímetros e já estavam começando a fazer meus pés doerem. Drue, com um vestido de paetês prateados que a fazia parecer um raio lunar com braços, pernas e rosto, estava atrás de mim, fazendo comentários sussurrados e com cheiro de champanhe em meu ouvido.

— Beleza, aquele é meu irmão, a primeira tentativa dos meus pais que deu errado, e minha cunhada, Caitlin, que é boa demais para ele.

Drue parou de falar assim que seu irmão chegou ao alcance dos ouvidos e abraçou Caitlin. Eu me lembrava vagamente de Trip, tendo-o visto de passagem no apartamento dos Cavanaugh, mas ele pareceu me reconhecer.

— Que bom ver você — cumprimentou ele, me abraçando.

— Mal posso esperar para irmos a Cabo Cod! — comentou sua esposa.

— Eu nunca fui, mas estou animada para conhecer — respondi.

Fazia menos de um mês que Drue havia se reaproximado, mas ela não perdera tempo em me reintegrar a sua vida, me marcando nas redes sociais ou me incluindo nas tarefas das madrinhas. Até então, já houvera um brunch com a noiva, um jantar no Indochine com o noivo e seus pais e três coquetéis, culminando no atual, em que Drue e Stuart estavam recebendo as pessoas em sua cobertura novinha em folha na vizinhança que antes era chamada de Spanish Harlem e agora estava sendo rebatizada como Carnegie Hill.

Mal tive tempo para respirar fundo e ajeitar o vestido antes que um velhinho calvo com dentes brancos e alinhados demais para não ser uma dentadura fosse até nós.

— Tio Mel — murmurou Trip, assumindo o lugar de Drue. — Ele... hã, Drue, como você descreveria Mel?

— Como um tarado — respondeu ela.

Em seguida, se virou para abrir seu sorriso deslumbrante para o tio Mel, que falou:

— Ora, quem é essa jovenzinha linda?

Então ele me envolveu pela cintura com os braços e afundou o rosto em meus seios.

Drue deu uma risadinha. Trip também. Olhei feio para os dois, antes de me voltar para a careca bronzeada e com manchas de idade de Mel, sem saber o que fazer.

— Essa é Daphne — apresentou Drue, pondo a mão no ombro dele e, com um gesto gentil, porém firme, afastando-o de mim. — Minha melhor amiga no Lathrop e minha madrinha de casamento.

— Daphne. É um prazer — disse Mel, dando mais uma boa olhada em meu decote e estendendo a mão.

Quando ele se afastou, consegui respirar e dar um gole em minha água com gás antes que mais uma onda de amigos e parentes fosse para cima de mim. De uma vez só, conheci uma tia, um tio e seus filhos, dois amigos de Harvard e um colega da Cavanaugh Corporation.

— Está tudo bem? — perguntou Drue depois que eles se foram.

Ela estava usando uma pulseira de ouro no pulso direito e brincos de pérolas e diamantes nas orelhas. O cabelo descia como uma cascata dourada com toques de bronze até o meio das costas, e a maquiagem era dramática, com uma sombra dourada e um pó iluminador brilhando nas bochechas e na testa.

— Tudo bem — respondi, ajeitando o próprio cabelo e olhando ao redor.

O sr. Cavanaugh estava no bar, falando com outros homens de meia-idade de terno escuro, e a sra. Cavanaugh, perto das janelas com vista para a extremidade norte do Central Park. Durante toda a noite, eu tinha visto os dois circulando pelo apartamento, se movimentando com destreza pelo espaço sem chegarem perto um do outro.

"Como estão as coisas entre os dois?", eu tinha perguntado a Drue no Uber, na volta para casa depois do jantar no Indochine.

Ela tinha apertado os lábios, logo depois desmanchando a careta para não borrar o batom, porém eu pude ver que sua perna começara a balançar enquanto o dedão do pé batia no carpete do carro.

"Acho que eles decidiram viver cada um sua vida e aparecer juntos só para manter as aparências quando for preciso."

Que maravilha, pensei, lembrando de meus pais. Minha mãe pegava uma cerveja gelada na geladeira assim que ouvia a porta do elevador se abrir, para entregar a meu pai quando ele passasse pela porta; e meu pai se sentava com os pés dela no colo enquanto assistiam aos seriados policiais britânicos de que tanto gostavam. Lembrei deles dançando juntos na cozinha, ao som de um velho R&B, com os braços dele a envolvendo pela cintura, o rosto dela colado no ombro dele. Os dois nunca haviam passado uma noite separados, como faziam questão de dizer, desde meu nascimento, quando minha mãe, ao entrar no hospital, o mandara para casa para que ele pudesse ter uma última noite de sono.

— Então, você acha que eu vou ter uma chance de conversar com o homem do momento? — perguntei a Drue, que estava na ponta dos pés para observar os convidados.

Até então, não havia acontecido. Mesmo depois de tantos coquetéis, o máximo que eu tinha socializado com Stuart fora com uma troca de cumprimentos.

— Não sei onde ele está agora — respondeu Drue. — Ah, mas Corina Bailey está ali! Vamos lá dar um oi.

— Espere aí, como é?

Corina, como eu e todos os demais telespectadores sabíamos, era a ex-noiva de Stuart, a quem ele pedira em casamento na TV, em um episódio final de temporada acompanhado por cinco milhões de pessoas. Foi Corina quem ele dispensou para ficar com Drue. Pelo que eu sabia, por meio de uma matéria da US Weekly, uma Corina de coração partido estava tentando se estabelecer como uma DJ celebridade em Los Angeles (mas, em sites como esse, todas as pessoas recém-solteiras eram descritas como alguém com o coração partido).

— Você convidou a ex de Stuart para a festa?

— E para o casamento.

Diante de minha expressão de choque, Drue pareceu ainda mais satisfeita consigo mesma do que de costume.

— Nós somos todos adultos aqui, Daphne. Stuart e Corina passaram por uma experiência bastante intensa juntos. Eles ainda são amigos.

— Uau. — Levei os dedos às têmporas e abri a mão, simulando uma explosão. — Tô passada. Então, Corina é daquele jeito que aparecia na TV?

Drue soltou uma risadinha de deboche.

— De jeito nenhum. Em primeiro lugar, acho que ela consegue de fato falar como uma pessoa adulta, se estiver a fim. Além disso... — Drue fez uma pausa para pensar. — Bem. Ela não é o que as pessoas pensam. E não é minha amiga, longe disso. Mas, se continuar aparecendo, é uma boa exposição. A revista *People* provavelmente vai escrever alguma coisa. Pode sair uma foto também.

— Entendi.

Deixei a taça na mesa perto da porta, ao lado de uma tigela chinesa com estampa em azul e branco que provavelmente era uma antiguidade caríssima. Uma pessoa do bufê imediatamente apareceu para levar a taça embora. Ouvi a música do trio de jazz na sala ao lado, o tilintar dos talheres, o som do gelo e da bebida nas coqueteleiras, os gritos de "Gordy! Que bom ver você, cara!" e "Marcus! Quanto tempo!". Ouvi tapinhas nas costas e o som de beijinhos no ar; senti o cheiro de *cremini arancini*, figos recheados com bacon e sopa de abóbora sendo servida em copos de shots, com uma colherada de *crème fraîche* e um toque de cebolinha. Os aromas deveriam ser deliciosos, mas eu estava tão nervosa que acabaram revirando meu estômago.

Nesse momento, mãos masculinas cobriram os olhos de Drue. Ela gritou "Stuart!" e se virou. Lá estava Stuart Lowe, ainda mais bonitão (ainda que um pouco mais baixo) pessoalmente do que na TV. Drue deu um longo beijo nele, sob aplausos, tilintar de taças, assobios e o grito de alguns caras: "O lugar disso é no quarto!". Quando ela o soltou, ele me deu um abraço bem mais protocolar e um belo sorriso.

— Daphne. Que bom rever você.

Stuart Lowe estava vestido com um terno cinza-escuro com leves riscas de giz, uma camisa branca e uma gravata azul e laranja. Os punhos da camisa tinham suas iniciais bordadas, as abotoaduras eram de ouro e os dentes tinham a mesma cor dos de todos os demais participantes de reality shows que já vi, um tom que passei a chamar mentalmente de "branco televisivo". Estava com um braço sobre os ombros de Drue, que o encarava com um olhar de adoração e encanto que me pareceu fingido, uma suspeita que só se fortaleceu quando ela pegou o celular, estendeu o braço e tirou uma selfie dos dois.

Stuart fingiu que tentava tirar o aparelho da mão dela e se virou para mim, com um sorriso.

— Então, Drue me contou bastante da sua arte.

— Ah — falei, discretamente secando o suor das mãos na saia outra vez. — É muita generosidade dela. É só artesanato, na verdade.

— Daphne é uma influenciadora — afirmou Drue, numa voz cheia de orgulho, passando o braço ao redor de mim e me apertando.

Stuart me apresentou a sua irmã, Arden, que também reconheci do programa, uma vez que ela aparecera no episódio da visita à cidade natal. Arden tinha os mesmos olhos e cabelo escuro do irmão, mas, enquanto a beleza dele era do estilo galã de matinê, ela tinha um rostinho mais de coelha, com lábios finos, dentes da frente grandes, sorriso mostrando as gengivas e queixo pontudo. Evidentemente, Stuart havia pegado o que havia de melhor na genética dos Lowe, e Arden ainda precisaria se submeter às injeções dos tratamentos de beleza as quais muitas nova-iorquinas recorriam para transformar seus rostos.

— Então, como funciona isso de ser influenciadora? — perguntou Arden.

Eu não sabia se ela estava interessada de fato ou apenas sendo educada, mas respondi do mesmo jeito:

— Bom, você começa com alguma plataforma online, como um canal no YouTube ou um blog — expliquei.

Arden continuou acenando com a cabeça enquanto eu contava como criara o blog e conseguira patrocínios para começar a ganhar algum dinheiro e roupas de cortesia das marcas, ou links para poder escolher o que quisesse em seus sites, além de um cupom de desconto para minhas seguidoras.

— Quanto você ganha por venda? — questionou Arden.

— Não muito — contei. — Principalmente considerando o tempo investido para criar o look, fotografar com as roupas, escrever a respeito, promover e compilar as estatísticas para mandar para a marca quando a campanha termina.

Enquanto eu falava, o casal Lowe se aproximou. A sra. Lowe tinha cabelo castanho na altura dos ombros e o mesmo sorriso de lábios finos de Arden; o sr. Lowe não era muito alto, assim como Stuart, e tinha uma cicatriz ao estilo Frankenstein ao redor da careca.

— Transplante de cabelo — comentou ele, bem-humorado, dando um tapinha nos novos fios que começavam a crescer. — O médico garantiu que vão estar no ponto para o grande dia.

Concluí que aquela era minha deixa.

— Com licença — falei, e fui dar uma volta pelo lugar onde Drue e Stu construiriam a vida juntos.

O apartamento era lindo, com os muitos móveis feitos sob medida e os pisos lustrosos, decorado em tons elegantes de bege, cinza-claro e creme, com toques de dourado e azul-marinho. Observei as bancadas de granito e mármore, os papéis de parede texturizados, os armários de cozinha com vidro nas portas e as fotografias em preto e branco emolduradas que Drue tinha me contado que ela e Stuart tinham começado a colecionar. A atração principal da sala de jantar era um lustre moderno com tubos de aço inoxidável e oito bocais de vidro fosco nas extremidades. Parecia um polvo elétrico, e eu sabia que tinha custado mais de cinco mil dólares, porque Drue me contara.

Quanto aos convidados, pensei amargamente, pareciam o resultado de experimentos bem-sucedidos de eugenia, compostos de alguns membros do que Darshi chamava de Clube do Esperma Sortudo. As mulheres eram todas magras; os homens, todos em forma; todos tinham dentes perfeitos, cabelos reluzentes e usavam roupas caras e lindas. Alguns dos caras, como o tio Mel, demonstravam a idade que tinham, porém a maioria das pessoas parecia ter apertado o botão de pausa aos 50, e seu rosto passou os anos seguintes ficando mais esticado e redondo, não flácido e enrugado. Fiquei puxando a bainha do vestido enquanto o sentimento de inferioridade e a vergonha me envolviam como um manto bem familiar. Precisei me esforçar para manter a postura e me aproximar da parede para continuar observando os presentes.

Vi o pai de Drue fazendo sala com uma bebida cor de âmbar na mão. Ainda era bonito e não tinha cabelo branco, a imagem mais representativa possível do executivo bem-sucedido de terno, que provavelmente fora feito sob medida. Mas, quando pediu licença às pessoas com quem estava conversando e foi até o bar, os ombros pendendo para baixo e a maneira como caminhava pelo piso de mogno maciço sugeriam uma resignação exausta, em vez da alegria de um pai da noiva orgulhoso. Parecia um homem em um encontro de negócios de que não gostava, em vez de alguém celebrando o grande dia da filha. Mais de uma vez, eu o vi olhar no relógio de pulso de ouro enquanto esperava pela bebida, ou se balançar para a frente e para trás sem parar, como se estivesse ansioso para ir embora logo. E vi os olhos de Drue o seguindo, mesmo quando estava conversando com alguém; parecia estar esperando ser notada por ele, elogiada, parabenizada, ou talvez ao menos receber o mínimo de atenção.

Lily Cavanaugh estava sentada em um sofá do outro lado da sala, com uma saia de tafetá de um verde-petróleo reluzente e uma blusa de jérsei preta de gola canoa que exibia suas clavículas. Se o sr. Cavanaugh parecia impaciente, ela parecia apenas entediada, com o olhar passeando da estante de livros para a lareira, do carrinho de bebidas antigo para a arte abstrata nas paredes com uma expressão que parecia dizer "Não tem nada aqui que eu não tenha visto antes". Quando me viu, seus olhos pararam de vagar ao redor. Ela exclamou meu nome ("Daphne!") com a voz rouca, atravessando a sala e segurando minha mão entre as suas. Seu cabelo estava preso em um penteado intricado; os lábios eram tão cheios e reluzentes que pareciam duas salsichinhas cintilantes presas à parte inferior de seu rosto. Seu cheiro era igual ao que eu me lembrava da época de colégio: um perfume forte e almiscarado misturado com cigarro. O tom de voz tinha o mesmo toque aristocrático; o queixo fino permanecia o mesmo, e a forma de levantar a cabeça continuava imperiosa como sempre. Drue me contou que, na faculdade, Lily Cavanaugh tinha cavalgado tanto nos cavalos, em competições de hipismo, quanto no pai de Drue, para seu arrependimento. "Ela deveria ter se atido aos cavalos", Drue costumava dizer.

— Você está linda — falou a mulher para mim.

— Ah, obrigada, sra. Cavanaugh — respondi. — Que bom ver a senhora de novo. — Tentei não pensar demais em qual poderia ser a opinião daquela mulher assustadoramente chique e magra sobre minha aparência. — Você deve estar muito feliz por Drue.

Ela abriu um sorriso frágil e disse:

— Então.

Fiquei sem saber se era o começo de uma resposta mais elaborada ou sua única resposta, mas não tive a chance de descobrir, porque, logo em seguida, Drue estava me segurando pelo braço.

— *Mére*, vou roubar Daphne de você um minutinho. Ela precisa conhecer as outras madrinhas!

Drue me puxou para outra sala (uma com uma TV de tela grande disfarçada como uma pintura, pendurada acima de uma lareira) e me apresentou à Minerva, uma mulher baixinha com o cabelo bem puxado para trás. Minerva falava com um leve sotaque que não consegui identificar de onde era. Sua pele era lisinha e cremosa, os olhos, angulados, grandes e castanhos, e a maquiagem carregadíssima, com contornos fortes nas bochechas e sobrancelhas grossas e pretas que se estendiam tão além das originais que imaginei que, se a visse de cara lavada, eu não a reconheceria.

— Minerva faz maravilhas com a pele. Seu salão foi eleito um dos melhores da cidade pela revista *New York*!

— E Drue é minha melhor cliente — retrucou Minerva.

Uma madrinha-esteticista, pensei, um tanto atordoada. Obviamente, ora!

Conheci Natalie, a assistente de Drue, uma linda jovem de pele escura e reluzente, lábios grossos pintados de vermelho e uma coroa de cachos emoldurando o rosto que acrescentava uns dez centímetros a sua altura. Natalie usava braceletes de ouro nos dois pulsos e brincos também do mesmo material nas orelhas.

— Você precisa ver o Instagram da Natalie — comentou Drue. — Ela faz um lance steampunk afrofuturista. É incrível!

Conheci a prima Pat, que estava grávida, e a prima Clair, que havia acabado de ter um bebê. Elas me lembraram Ainsley e Avery na época do colégio; duas cópias pálidas e imperfeitas de Drue, com diferentes versões de suas feições e cabelo. A prima Pat parecia prestes a dar à luz; "Faltam oito semanas", contou ela, com um sorriso tenso e uma expressão sugerindo que eu não era a primeira convidada a perguntar isso. A prima Clair tinha o olhar preocupado e exausto que eu esperava ver no rosto de uma mãe de recém-nascido. Elas abriram sorrisos cansados para Drue e me cumprimentaram com apertos de mão frouxos.

— E venha conhecer Corina!

Drue me levou até uma mulher de cabelo loiro com um vestido esvoaçante bege com rendas cor de creme. Corina era miudinha, talvez um pouco mais de um metro e meio, com lábios em formato de botão de rosa e olhos grandes azul-claros. Parte do cabelo estava presa em uma trança estreita que descia pela curvatura da cabeça. O restante estava solto, e chegava até o meio das costas. Ela parecia ter vindo de um outro mundo, como uma princesa de conto de fadas, com o olhar sonhador e aquele cabelo tão claro que parecia até prateado sob a luz.

— Oi, querida — cumprimentou Drue, se abaixando para abraçá-la.

— Oi, fofa — respondeu Corina, com a voz sussurrada de que eu me lembrava do programa. — Obrigada pelo convite. — Ela olhou ao redor, com os olhos brilhando e uma expressão de satisfação. — Nova York é incrível. A Grande Maçã. Nem acredito que estou aqui!

— É sua primeira visita à cidade? — perguntei.
— Desde o programa, sim.
— Ah, é mesmo — murmurei.

O elenco de *Solteiras à procura* tinha passado um fim de semana prolongado na cidade. Uma das participantes (que não foi Corina) havia sido escolhida para um Encontro dos Sonhos: um passeio de charrete pelo Central Park, seguido de um jantar no restaurante que pagara pelo privilégio da exposição proporcionada pelo programa. As demais ficaram no hotel, formando e reconfigurando alianças e fofocando em frente às câmeras.

— Você não saiu muito daquela vez, né?

Ela negou com a cabeça, balançando o cabelo prateado.

— Eu estou bem contente de estar aqui. E empolgada! Quero ver a Estátua da Liberdade... o Empire State... e a Times Square...

Por cima de sua cabeça, Drue e eu trocamos o olhar típico dos nova-iorquinos quando ouvem essas coisas.

— E fazer uma reunião com uma agente! — complementou Corina.

Sua voz soou aguda e ofegante, como se estivesse imitando uma criancinha.

— Para os trabalhos de DJ? — perguntei.

— Para o Instagram! — elucidou ela, arregalando os olhos. — Já tem uma empresa de chás dietéticos querendo fazer uma colaboração. E uma de cintas modeladoras!

— Bom para você — comentou Drue, revirando os olhos mais uma vez por cima da cabeça de Corina.

Eu me forcei a sorrir. Obviamente, todos os participantes de reality shows se tornavam figuras cobiçadas nas redes sociais. Lógico que Corina tinha empresas fazendo fila para contratá-la. Lógico que eu precisaria sofrer humilhações e vexames para conseguir pôr um pezinho no mar da internet, enquanto loirinhas magras e bonitas recebiam fama e fortuna de bandeja, junto com um pote de chá dietético e uma cinta modeladora. Lógico.

A vergonha, a inveja e a raiva motivada pela sensação de impotência tomaram conta de mim. Respirei fundo para recuperar o foco. Cite cinco coisas que consegue ver. *Gente rica, gente rica, gente rica, gente rica e eu*, pensei, abrindo um sorriso.

Depois que Corina se afastou e tomou a direção do bar, Drue me puxou para um canto, onde nos sentamos em uma chaise longue de veludo azul.

— Então, o que achou de Stuart?

O que eu poderia dizer?

— Ele parece ótimo. Muito simpático e inteligente.

Drue me lançou um olhar frustrado e carinhoso ao mesmo tempo.

— Só isso?

— Bom, nós nunca nem conversamos, na verdade.

Ela revirou os olhos.

— Conversar sobre o quê? Ele é bonito, famoso, estudou em Harvard. E está montando um negócio incrível. — Drue endireitou a postura, levantou o queixo e juntou as mãos na cintura. — Vou resumir tudo em duas palavras — anunciou, com um sorrisinho no canto da boca. — Smoothies e cérebro.

Fiquei sem reação.

— Ele vai fabricar smoothies que são bons para o cérebro! Com ingredientes orgânicos, para aprimorar o desempenho das funções mentais.

— Então não são smoothies feitos de cérebros, certo?

Drue negou com a cabeça.

— Não, nada disso. Só leite de amêndoa e óleo de canabidiol. Ácido fólico. Manganês. Só coisa que faz bem!

Stuart apareceu correndo. Estava sorrindo, mas com uma expressão ligeiramente alarmada.

— Você está fazendo os meus smoothies parecerem uma bobagem?

— Não estou fazendo parecer nada! — respondeu Drue, enlaçando-o pela cintura e apoiando a cabeça em seu ombro. — Estou tentando fazer uma descrição completa e factual.

— Falando desse jeito, parece bobagem — disse Stuart, em parte para mim, em parte para si mesmo. Seu sorriso cedeu um pouco. — Mas não é, temos pesquisadores sérios na equipe. Está cientificamente comprovado que são ingredientes que aprimoram o desempenho.

— O desempenho mental, não sexual — ressaltou Drue, dando uma cutucada de leve nele. — Talvez em um ano ou dois, nós possamos entrar nessa.

O sorriso de Stuart exibiu os dentes. Ele deu um apertão nela que pareceu doer.

— Smoothies para o sexo! — exclamei. Minha voz soou alta demais, amigável demais, escandalosa demais. — Minha nossa. O futuro chegou.

— Pode ter certeza.

Stuart olhou para um lugar atrás de mim, na direção da porta, e seu rosto se iluminou quando viu alguém.

— Brett! — gritou ele. — Venha aqui, cara!

Brett foi voando até Stuart, com os braços abertos. Enquanto os dois davam tapinhas nas costas um do outro, senti um aperto no peito, como se alguém tivesse me deitado no chão e apoiado uma bigorna em cima de minhas costelas. Eu me encolhi toda, lancei um olhar de desespero à Drue, me levantei às pressas e falei:

— Acho que preciso de mais uma bebida.

Fui até o bar com passos apressados e a cabeça baixa, com Drue logo atrás de mim.

— Que foi? — perguntou Drue. — O que aconteceu? Você conhece Brett?

Se eu conheço Brett? Perto do fim do ano anterior, eu finalmente tinha criado coragem e baixado um aplicativo de encontros, um que apresentava as pessoas a amigos de seus amigos. Não alimentei grandes esperanças, mas o tempo estava esfriando, e a época de festas estava chegando. Fiquei me imaginando em um passeio no Central Park sob árvores com folhas vívidas, de mãos dadas com um homem sem rosto, ou levando alguém para casa para passar o Chanucá e apresentar a meus pais. Então tentei a sorte. Postei uma foto de rosto, que mostrava todo meu corpo, e era uma em que eu estava ao lado de outras mulheres, caso um match em potencial quisesse ter um parâmetro de comparação. Depois de descartar adjetivos como "cheinha", *"plus-size"*, "curvilínea" e "rubenesca", usei a palavra "gorda" como parte de minha descrição. Brett e eu passamos o número de nossos celulares um para o outro, trocamos mensagens por três dias e fizemos chamadas de voz em outros dois, em conversas que começaram superficiais ("Onde você mora? Trabalha com quê?") e foram se tornando mais pessoais, chegando quase ao nível picante. Quando nos sentimos prontos para um encontro cara a cara, ele já me chamava de *Daph*, eu sabia o nome de seus pais, de seu cachorro na infância, de seu livro e time favoritos, além da história de seu mais recente relacionamento. Ele também parecia bem mais impressionante — e animado — do que meu pretendente anterior, cuja melhor qualidade, segundo Darshi, era passar despercebido a ponto de ninguém nem ao menos notar sua presença.

Na noite em que íamos nos encontrar para beber alguma coisa, eu estava certa de que ele era O Cara, o pote de ouro no fim de meu arco-íris, o homem com quem me casaria ou, pelo menos, teria uma vida sexual ativa e satisfatória. Usei um cupom que tinha para fazer uma escova e um penteado, e dei dez dólares a mais para a garota colar um par de cílios postiços sobre os meus, algo que só consigo fazer sozinha em mais ou menos metade das tentativas. Estava com um de meus vestidos preferidos, um de estilo regata com caimento justo e um belo tom de fúcsia. Cheguei mais cedo ao bar e me instalei em uma mesinha alta para dois, sentada com uma postura impecável, com os joelhos apontados para um lado e a cabeça para o outro, porque tinha lido uma modelo declarar que, quanto mais desconfortável fosse a posição, mais natural a pessoa parecia. Meu batom estava perfeito, e os cachos ainda no lugar. Quando Brett entrou, com a calça de um terno azul-marinho, camisa azul-clara e segurando o paletó com dois dedos em cima do ombro, senti o coração disparar. Nossos olhares se encontraram. Eu acenei. Ele sorriu.

— Você deve ser a Daphne — falou ele.

— Devo ser.

Pessoalmente, ele parecia um pouco mais velho que nas fotos, com cabelo mais ralo e dentes menos brancos, mas quem era eu para reclamar? Ele era o cara com quem tinha conversado até a hora de dormir na noite anterior, deitada na cama com o celular na orelha.

Ele deu uma boa olhada em mim... ou pelo menos nas partes que era possível ver.

— Vou pegar uma cerveja. Você vai querer beber o quê?

Aquele era o ano em que o drinque da moda era o Spritz, então foi esse meu pedido. Observei suas costas enquanto ia até o balcão, e a careca que vi brilhar sob as lâmpadas mais fortes do bar não fazia parte de minhas fantasias. Vi quando ele passou direto pelo bartender, pelas pessoas sentadas junto ao balcão, seguindo na direção da hostess. Vi quando ele passou direto por ela. Vi quando ele saiu porta afora.

Por um momento, fiquei atordoada, entorpecida, triste, envergonhada. Furiosa também. Pensei em me levantar e ir atrás dele, alcançá-lo na calçada e perguntar que porra era aquela. Eu tinha um bom condicionamento físico, não teria problemas em alcançá-lo. Só que eu sabia o que havia acontecido. Ele pensou que sabia qual era minha aparência e não se incomodou, mas quando me viu pessoalmente concluiu que eu estava abaixo de suas expectativas. Além disso, eu não poderia criar o hábito de confrontar caras em bares, em um mundo em que quase todos filmavam tudo o que viam e postavam na internet. Uma vez, podia ser interessante. Duas, já virava um padrão. Não conseguiria escrever a respeito em meu blog ou falar nos meus stories no Instagram. Não enquanto ainda estivesse tão chateada. Aquilo doeu. E ninguém queria ver verdades nuas e cruas no feed, a não ser que viessem com uma historinha para elevar o moral ou algum tipo de lição: *e foi assim que aprendi que homens superficiais e mesquinhos não servem para mim*, ou *foi assim que aprendi que, se tivesse mais amor-próprio, não faria diferença se um babaca qualquer do Tinder não quisesse nada comigo*. Talvez eu até pudesse fazer isso dali a alguns dias, pensei enquanto tirava os cílios postiços e começava a longa caminhada para casa.

Na sala de estar de Drue, olhei por cima do ombro para me certificar de que Brett ainda estava entretido com alguma coisa e não tinha me visto. Drue estava me encarando, e me dei conta de que ainda não havia respondido a sua pergunta.

— Não — falei. — Pensei que conhecesse aquele cara, mas ele me lembrou outra pessoa, só isso. Um primeiro encontro que acabou em fiasco.

Ela soltou um suspiro de empatia e deu um tapinha em meu braço antes de ser chamada pela mãe com um tom imperioso. Fui para a janela e lá fiquei, tentando me recompor, me perguntando o que havia naquele apartamento, naquela festa, naquelas pessoas que me deixava tão tensa. Mesmo antes da chegada de Brett, eu já estava descontente e desconfortável. Seria por causa de Drue e de sua companhia de novo depois de tantos anos? Ou seria porque ela estava se casando, enquanto eu ainda era solteira? Ou seria porque era linda, e eu... *tinha um outro tipo de beleza*, me obriguei a pensar. Dei mais um gole na água, respirei fundo de novo. Olhei pela janela para a rua e então finalmente me dei conta. Era compreensível que eu não tivesse percebido logo de cara. Aquele quarteirão estava diferente. Antes, havia uma igreja católica com uma fachada austera de pedra escura e uma bodega na esquina, com uma loja de perucas e um salão de manicure ao lado. Era no porão da igreja que aconteciam os encontros dos Vigilantes do Peso, que eu frequentara quase vinte anos antes, no verão que eu passara com minha avó.

O colégio Lathrop pagava bons salários, mas não a ponto de meus pais não precisarem fazer trabalhos eventuais no verão para ganhar uma renda extra. Quando eu tinha 6 anos, os dois foram contratados para um acampamento de férias no Maine. Meu pai seria o diretor de esportes aquáticos e ensinaria às crianças a andar de caiaque e canoa. ("Você sabe andar de caiaque e canoa?", eu perguntara, e meu pai, criado nas ruas do Brooklyn, simplesmente sorrira e dissera: "Eu aprendo".) Enquanto ele estivesse na água, minha mãe cuidaria do programa de artes e trabalhos manuais. Eles teriam direito a alimentação e alojamento em um chalé privativo, além de um bom pagamento. O único problema era que eu ainda não tinha idade para ser inscrita como acampante nem para ficar sozinha no chalé deles. Por isso, eles convidaram a mãe da minha mãe para ir de Connecticut a Nova York e cuidar de mim nas férias.

"Daphne e eu vamos nos divertir muito!", garantira minha avó.

Não abri a boca. Eu não podia falar para meus pais que a vovó me dava medo. Enquanto minha mãe e minha avó paterna eram amáveis, carinhosas e cheirosas, minha avó materna era sisuda e magricela, tinha bafo de café velho e nem um pingo da gentileza ou da inclinação de minha mãe para com pães e bolos. Seu cabelo grisalho era cortado curtinho, e os olhos, aumentados pelos óculos de leitura, pareciam ovos poché. Minha mãe usava roupas coloridas e largas: camisas, saias longas com bainhas roçando no chão ou aventais com os bolsos cheios de fitas e botões, pedaços de enfeites, brincos, além das chaves de casa, moedas e caramelos. Minha avó paterna andava com uma sacola de pano enorme da *New Yorker*, com um chaveiro barulhento, o celular, o carregador e o livro da biblioteca que estivesse lendo, um livro reserva para o caso de terminar aquele e um sanduíche amassado de manteiga de amendoim com geleia de damasco, para o caso de uma de nós duas ficar com fome. Minha avó materna usava camisas brancas impecáveis e calças sociais pretas sem um amarrotado nem bolsos, levando consigo apenas uma bolsinha de mão também impecável.

Antes que a vovó chegasse, minha mãe se sentou em minha cama para conversar comigo.

— Sua avó ama você — começou ela. — Você sabe disso, não sabe?

Assenti, mas pensando que, se a pessoa fosse realmente amada por alguém, não precisaria ouvir aquele tipo de lembrete. Minha avó me mandava presentes de Chanucá e de aniversário, me beijava no rosto e me abraçava para me cumprimentar ao chegar ou partir, mas os abraços e os presentes pareciam vir de um senso de obrigação. Eu achava que não era o tipo de neta que ela queria, uma menina miudinha, arrumadinha e bonita com quem ir assistir ao *Quebra-Nozes* ou levar para tomar um chá no Plaza. Naquelas férias de verão, meu cabelo chegava à cintura e vivia embaraçado. Meus joelhos e cotovelos viviam esfolados, eu era alta demais para minha idade e redonda como meus pais. Minha avó materna não parecia apreciar minha companhia da mesma forma que minha avó paterna, quando íamos visitá-la no Arizona ou quando ela ia a nossa casa passar as festas de fim de ano. Ela mantinha um banquinho na cozinha para eu usar para alcançar as coisas quando estivesse lá e me deixava dormir em sua cama à noite.

Minha mãe me puxou para junto de si.

— Se sentir saudade de nós... ou se sua avó fizer alguma coisa que deixe você chateada...

Fiquei em silêncio, vendo minha mãe tirar um quadradinho de papel cor-de-rosa do bolso e usar uma tachinha para prendê-lo no quadro de cortiça acima de minha escrivaninha, que costumava ser ocupado com pinturas e desenhos.

— Nosso número é esse — falou ela, amenizando o tom de voz e voltando a soar mais como a mãe que eu conhecia. — Vamos ligar toda noite. Mas você pode telefonar para nós, se precisar. A qualquer hora. Aconteça o que for.

Na manhã seguinte, minha avó chegou, com uma mala preta, brincos de ouro em formato de nó e uma pulseira em forma de corrente de ouro. As unhas tinham sido feitas recentemente, com um corte ovalado e pontudo de um tom rosa-salmão.

— Daphne! — exclamou ela, contorcendo a boca em um sorriso.

Vovó me abraçou, me segurando com força com um dos braços enquanto com o outro fazia um gesto na direção da porta para meus pais.

— Não precisam se preocupar com nada. Daphne e eu vamos aproveitar bastante!

Fui para a janela para ver meus pais colocarem no carro as bolsas de viagem e a sacola de pano cheia de edições da *New Yorker* que meu pai pretendia ler. Ele fechou a tampa do porta-malas. Minha mãe me mandou um último beijo. Depois disso eles saíram pela Riverside Drive a caminho da avenida Henry Hudson. Vi a mão de minha mãe despontando da janela e acenando para mim até eles virarem a esquina e sumirem das vistas. Então fiquei sozinha com minha avó.

Ela me olhou de cima a baixo. Seu tom de voz era animado, mas sua linguagem corporal era rígida.

— Vamos fazer algumas mudanças por aqui — avisou minha avó, se abaixando para olhar no armário debaixo da pia e pegando um saco de lixo.

Na minha frente, ela abriu a geladeira e jogou no lixo um pacote de pão de forma, um pote de sour cream, três tabletes de manteiga e um Tupperware com massa de cookies com gotas de chocolate (às vezes minha mãe assava dois cookies para cada um depois do jantar, e às vezes me deixava comer uma colherada de massa como sobremesa).

O que restava de uma garrafa de suco de laranja foi para o ralo, junto com o leite para o café.

— Suco é puro açúcar. E alimentos brancos não prestam — decretou minha avó. — São basicamente veneno.

Veneno?, pensei. Meus pais não me dariam veneno! Mas fiquei em silêncio enquanto ela saqueava a despensa, descartando embalagens de açúcar e farinha, a caixa de biscoitos, os cereais que eu gostava de comer de manhã e as bolachas salgadas que eu comia com queijo e uma maçã no lanche da tarde.

— Carboidratos processados — explicou ela, sacudindo a embalagem em um tom de acusação.

— E isso é ruim?

Minha avó afirmou que sim, e ainda falou mais algumas coisas sobre gordura hidrogenada e adição de açúcar. Por fim, começou a mexer na escrivaninha de minha mãe até que, murmurando um "*A-há*", encontrou o estoque de barras de chocolate Toblerone e Cadbury que ela dividia comigo às vezes quando ficávamos vendo TV à noite. Foi tudo para o lixo.

Durante a meia hora seguinte, minha avó vasculhou o apartamento, abrindo todas as gavetas e armários, cantarolando alguma musiquinha sem ritmo enquanto descartava as coisas. Pensei em tentar resgatar um chocolate, mas, quando a ideia passou por minha cabeça, ela já estava amarrando o saco.

— Você e eu vamos comer direito enquanto seus pais estiverem fora — informou ela. — Espere para ver o que eles vão achar quando virem você na volta! Vão ficar muito felizes!

Foi a primeira vez que ouvi que havia alguma coisa errada com minha aparência; a primeira pista que meu corpo era incômodo e, por algum motivo, problemático. Eu sabia que era maior que as outras crianças, mas até então nunca tinha me dado conta de que ser "grande" poderia ser algo ruim.

No jantar daquela noite, minha avó preparou um salmão grelhado com limão, e brócolis de acompanhamento. Quando meu pai fazia salmão, era marinado em molho de soja, alho e um pouco de xarope de bordo, e quando me davam brócolis serviam junto um pires com molho ranch, que tinha ido pelo ralo, junto com o xarope de bordo, e aquele salmão estava desagradavelmente seco em cima e gosmento do lado de dentro. Fiquei só remexendo a comida e espalhando pelo prato, na esperança de que minha avó percebesse que eu ainda estava com fome. Em vez disso, ela me lançou um olhar de aprovação.

— Coma só até se sentir saciada, e então pare! — recomendou ela. — O exercício mais importante para a perda de peso é o de se afastar da mesa. Quer ver?

Eu não queria. Queria chorar e depois tomar uma tigela de sorvete. Mas minha avó estava me encarando com um olhar cheio de expectativa, então assenti. Ela pôs as mãos nas bordas da mesa e pegou impulso para se levantar.

— Está vendo? Você usa a mesa para *se afastar*!

Senti um aperto no coração.

— E agora, a sobremesa — anunciou ela.

Por um instante, houve uma pontada de esperança. Talvez fôssemos descer para nos sentarmos nos degraus da calçada e esperar pela musiquinha do caminhão de sorvete. Talvez vovó tivesse jogado fora os biscoitos doces porque não queria comer coisas compradas prontas no supermercado. Talvez preferisse preparar algo em casa, como minha outra avó!

Em vez disso, ela enfiou a mão na bolsa e tirou um quadradinho de chocolate embrulhado em papel alumínio.

— Deixe derreter na boca. Saboreie bem — instruiu ela, mas engoli tudo em uma só bocada e olhei no relógio.

Passava um pouco das sete da noite.

Meu estômago roncou, e minha avó estreitou os olhos para mim, como se eu tivesse feito o barulho de propósito.

— Vamos dar uma caminhada — propôs ela.

E lá fomos nós. Andamos até a Broadway e seguimos em frente, passando pela mercearia chinesa e o restaurante coreano que fazia as melhores asinhas de frango, além da loja de lámen e a sorveteria. Minha avó não parou para nada, nem para olhar as vitrines. Continuou com um passo vigoroso, fazendo um movimento pendular com os braços, andando tão depressa que mal tinha tempo de ver onde estava. A cada quarteirão, mais ou menos, olhava no relógio, até finalmente dizer:

— Pronto! Quarenta e cinco minutos!

Quando voltamos ao apartamento, enquanto minha avó tomava banho, vasculhei a despensa e todas as prateleiras da geladeira, mas não consegui encontrar nenhuma coisa gostosa. Tinha um pacote de pão integral que eu podia usar para fazer torradas, mas eu só gostava de torradas com açúcar e canela por cima, ou com geleia de damasco e manteiga, e minha avó tinha descartado tudo isso menos a canela, que não dava para comer sozinha.

Na conversa com meus pais ao telefone, falei que os amava e que estava tudo bem.

Fui para a cama com a barriga doendo de fome e solidão. Quando acordei na manhã seguinte, senti o cheiro de café vindo da cozinha, um aroma gostoso e familiar. Talvez tivesse sido só um pesadelo, pensei, e quando ouvi minha avó gritar "hora do café da manhã!", pulei da cama, fui ao banheiro, me lavei e corri para a mesa, onde encontrei um ovo poché, uma torrada sem nada em cima, uma laranja e um copo d'água. Engoli o ovo, a laranja e a maior parte da torrada. Minha avó fazia tudo sem pressa, bebendo devagar e dando mordidinhas na torrada enquanto lançava olhares para mim até que, com a crosta que restava da minha, comi do mesmo jeito que ela antes de ir para o quarto pintar.

No almoço comemos atum, só que misturado com limão em vez de maionese, e aipo cortado fininho e servido com alface e outra torrada. Depois do almoço, minha avó me levou ao ponto de ônibus, e tomamos o caminho da piscina do Riverbank Park. Ela pareceu ficar tensa quando viu as crianças brincando com os regadores automáticos. Dava para ouvir os gritos em inglês, espanhol e outras línguas que não reconheci. Percebi quando minha avó prendeu bem a bolsa e a sacola de pano sob o cotovelo, mas talvez fosse só para me desencorajar de pedir dinheiro quando passamos pela lanchonete perto do rinque de patinação e senti o cheiro de batata frita. Quando chegamos à piscina, minha avó ficou de pé junto ao alambrado enquanto eu tirava a camiseta e o short.

— Nade algumas voltas na piscina — sugeriu ela.

Não tive coragem de dizer que normalmente o que eu fazia na piscina era brincar de Marco Polo com as outras crianças, ou mergulhar e ficar balançando o corpo lá no fundo até subir à superfície, fingindo que era uma sereia. No ônibus de volta, ela disse:

— Trouxe um lanchinho para você!

Daquela vez, nem criei esperanças, então não me decepcionei quando ela me deu um saco plástico com uma dúzia de amêndoas e uma ameixa. O jantar foi o mesmo do dia anterior, mas com peito de frango em vez de salmão e, no lugar do quadradinho de chocolate, ganhei dois biscoitos SnackWell's de um marrom cor de terra e formato oval de sobremesa. A textura era parecida com a de giz, e aquilo era tão doce que senti meu rosto se contorcer inteiro.

— Está vendo? Zero gramas de gordura? — disse minha avó, batendo com o dedo na caixa.

Deixei um bocado de frango e duas arvorezinhas de brócolis no prato, por sugestão dela.

— Sempre deixe comida no prato — recomendou minha avó.

— Por quê?

— Para mostrar que a comida não tem nenhum poder sobre você. Que quem está no controle é você, não seu apetite.

Eu nunca tinha pensado em meu apetite como algo separado de mim mesma, algo que precisava ser domado.

— E como faço para ficar no controle? — perguntei.

Minha avó mandou que eu me afastasse da mesa e abriu um sorriso que era como tudo nela: fino. Ela apertou os lábios até formarem uma linha quase invisível.

— É só se acostumar a sentir fome — explicou ela. — Você não vai morrer por isso, eu garanto. — Ela ajeitou a calça no quadril fino. — Se sentir fome, isso quer dizer que você está se saindo bem.

Naquela noite, quando fui para a cama com a barriga doendo, falei a mim mesma: *isso quer dizer que estou me saindo bem*. Não serviu muito como consolo. Nas noites seguintes, eu me deitava debaixo da colcha que minha mãe havia feito para mim e imaginava as comidas de que gostava: as panquecas de meu pai, recém-saídas da frigideira, com uma colher de manteiga em cima e fios de xarope de bordo. Um cachorro-quente do Sabrett's que estalava quando eu mordia e enchia minha boca com um sumo saboroso com um toque de alho. Um bolo de cenoura com nozes e passas, com uma cobertura grossa de cream cheese, ou a torta crocante de maçã que minha mãe preparava depois de irmos colher as frutas direto do pé em um pomar em Nova Jersey.

Por cinco dias, suportei as refeições espartanas, as porções de passarinho, a natação, as caminhadas e o exercício de me levantar da mesa com fome. No sábado de manhã, minha avó e eu pegamos um ônibus para o que se revelou ser uma reunião dos Vigilantes do Peso no porão de uma igreja.

— Eu sou uma participante vitalícia — revelou minha avó, com orgulho, entregando um papel dobrado do tamanho de um envelope para uma mulher atrás do balcão e entrando em um cubículo atrás de uma cortina para se pesar de cabeça erguida.

Sentamo-nos em cadeiras dobráveis de metal, e olhei ao redor. O lugar estava cheio de mulheres, umas cinquenta ou sessenta, e apenas três homens. Algumas eram brancas, outras negras, outras marrons. Algumas estavam só um pouquinho mais gordas, enquanto outras estavam tão enormes que mal cabiam nas cadeiras, que rangiam e estremeciam sob elas, e algumas não pareciam nem um pouco gordas, e foram essas as que me passaram a pior sensação. Fiquei me perguntando se até mesmo as mulheres magras ainda consideravam o próprio apetite um sofrimento e precisavam ir a um lugar como aquele para conseguir ajuda.

A mulher ao meu lado murmurou um pedido de desculpas enquanto se ajeitava na cadeira. Não entendi por que a pessoa que organizou aquilo não providenciou cadeiras maiores e mais confortáveis, ou pelo menos não as deixou mais distantes umas das outras, em vez de aglomeradas daquela maneira. Depois concluí que talvez a ideia fosse mesmo ressaltar o desconforto e a vergonha, para que as mulheres se sentissem constrangidas e esse constrangimento as fizesse parar de comer. A mulher ao meu lado era negra, com uma pele não muito escura e tranças que chegavam até os ombros, e as duas atrás de nós conversavam baixinho em espanhol. Apesar de minha avó aparentemente não se sentir à vontade com pessoas não brancas quando as encontrava na piscina ou em nossa vizinhança, parecia bem à vontade ali.

Quem presidiu à reunião foi uma mulher negra mais velha chamada Valerie, que tinha a pele sardenta e avermelhada e cabelo curto e cacheado que era mais comprido de um lado que do outro (depois de algumas semanas indo aos encontros, ouvi minha avó cochichar com outra participante sobre a peruca de Valerie, e foi só então que percebi que aqueles cachos não eram naturais). As sobrancelhas dela eram finas e arqueadas, e seu corpo era alto e magro, com um tronco espichado. O pescoço era comprido e fino, com uma leve papada sob o queixo, a única parte dela que parecia carnuda. A voz de Valerie era uma maravilha. Podia alternar de um leve sussurro para um murmúrio íntimo e então um grito de advertência, mantendo a plateia vidrada, silenciando-a com pouco esforço. Ela me lembrava o reverendo C. L. Franklin, que ouvi em um CD da Aretha Franklin que meus pais tinham em casa. Ela falava naquela mesma cadência de pregação religiosa, encorajando as mais fracas, parabenizando as mais fortes, recebendo de braços abertos as desgarradas de volta ao grupo e comemorando junto com as mulheres que cumpriram as metas de perda de peso.

Valerie começava todas as reuniões mostrando uma fotografia ampliada de si mesma. Com um vestido de cetim, o cabelo preto um pouco na altura do queixo e batom vermelho nos lábios, mal parecia ser a mesma pessoa. Os seios e a barriga se projetavam para a frente, e os quadris eram tão largos que pareciam prestes a arrebentar as costuras do vestido. Ela estava com um sorriso aberto no rosto e um prato de papelão cheio de comida nas mãos. Só Valerie estava visível na imagem, mas, reparando bem, era possível ver o braço de um homem em um canto da foto. Às vezes, eu deixava a mente divagar enquanto Valerie falava, imaginando se aquela mão era de um pai, ou um irmão, ou um namorado, alguém que amara Valerie quando ela estivera daquele tamanho.

— Essa era eu — começava ela, com um tom de voz sério e baixo. — Pois é! Era mesmo! — dizia Valerie, como se alguém tivesse expressado alguma dúvida em voz alta, e seu tom ia se tornando cada vez mais alto enquanto entoava a ladainha. — Eu tinha 26 anos. Pesava mais de *cento e trinta quilos*. Obesidade *mórbida*. Pré-*diabetes*. *Apneia do sono*. Não conseguia subir um lance de escada sem parar para recuperar o fôlego.

A essa altura, as mulheres já estavam balançando a cabeça junto com ela, todas ouvindo com a máxima atenção, mesmo aquelas que tinham escutado a mesma coisa na semana anterior e na outra também. Então Valerie baixava o tom de voz.

— Tentei de tudo. Dieta da fruta. Da sopa. Os produtos da Slim Fast. Se eu liguei para aquelas linhas diretas de perda de peso? Podem apostar. E então... — Ela fazia uma pausa, com a mão erguida, contemplando toda a sala, fazendo contato visual com diferentes participantes. — Então descobri este programa. E este programa... — Mais uma pausa. Valerie levava a mão ao coração e dizia: — Este programa me devolveu minha vida.

Eu nunca tinha ido à igreja, mas imaginava que devia ser uma coisa parecida com os Vigilantes do Peso, com rituais e repetições, confissões e perdões, além de exortações para se manter firme ao longo da semana. Achava legal, isso de as mulheres parecerem querer ajudar umas às outras. Quando Valerie cedia a palavra para quem quisesse falar, dizendo "Senhoras, agora quero ouvir sobre seus triunfos e suas tentações", alguém começava a falar de uma festa que estava por vir, uma viagem de negócios, ou que alguém levou um bolo de aniversário para o trabalho, e todas se ofereciam para ajudar.

— Todo mundo sabe que estou de dieta! — reclamou a mulher do bolo de aniversário. — E eu não podia deixar de comer! Não podia fazer essa desfeita!

Eu ouvia as soluções propostas pelas outras Vigilantes do peso: "Diga que tem alergias alimentares! Pegue uma fatia, diga que vai comer mais tarde e jogue fora!". Fiquei me perguntando se ser adulto era isto: viver em uma negação permanente que exigia uma força de vontade sem limites. Mas depois tratei de pensar em um tipo de emprego que eu poderia conseguir em que as pessoas levassem bolo de aniversário para o trabalho.

Depois de uma semana e meia de privações, tive a brilhante ideia de falar para minha avó que ia brincar com os gatos dos DiNardo no andar de cima.

— Volte antes da hora de dormir — avisou ela, acrescentando o adoçante no café. — E vá de escada, não de elevador.

Subi dois degraus por vez até o quinto andar e me apresentei, vermelha e ofegante, para a sra. DiNardo, que pareceu surpresa ao me ver. Eu tinha ajudado a cuidar de Muffin e Mittens antes, quando a família saíra de férias. Minha mãe punha ração nas tigelas, trocava a água e limpava a caixa de areia, enquanto eu fazia carinho nos gatos, pelo menos o tanto que aqueles dois persas ariscos permitissem, mas nunca tinha ido lá vê-los quando os DiNardo estavam em casa.

— Como estão as coisas? Está com saudade de seus pais? — perguntou a sra. DiNardo.

Fiz que sim com a cabeça, coçando Muffin (ou talvez Mittens) atrás das orelhas. Esperei até a sra. DiNardo voltar a assistir ao *Dançando com as estrelas* antes de abrir discretamente a porta da despensa. Encontrei um saco pela metade de marshmallows e uma barra de chocolate meio amargo e enfiei no bolso da blusa de moletom que eu vestira já com a ideia do furto em mente. Na geladeira, encontrei alguns pães de cachorro-quente e acrescentei ao estoque. Brinquei com o gato por mais alguns minutos antes de me levantar.

— Boa noite, sra. DiNardo! — gritei.

Eu me senti mal por ter roubado comida, mas certamente os DiNardo tinham condições de repor o que levei. No quarto andar, enfiei quatro marshmallows na boca e depois um pão de cachorro-quente. Escondi o restante debaixo do colchão, e passei a complementar meus cafés da manhã de um mísero ovo e meus almoços de atum seco com alguns marshmallows ou um quadrado do chocolate, que era amargo a ponto de provocar calafrios.

Todo sábado de manhã, antes de irmos para os Vigilantes do Peso, minha avó me pesava.

— O truque para ficar saudável é evitar qualquer ganho de peso, para começo de conversa — explicava ela, enquanto eu subia na balança do banheiro só com a roupa de baixo e camisola. — Nunca ultrapassei três quilos a mais do que o peso com que me casei — continuou minha avó, encolhendo as bochechas e se virando de um lado para o outro, se olhando no espelho do banheiro e fazendo a mesma série de poses que eu tinha visto minha mãe executar mais de mil vezes. — Eu me peso toda manhã e, quando vejo o ponteiro subir, começo a cortar na mesma hora.

Cortar de onde?, pensei. Eliminando o único quadradinho de chocolate que se permitia comer uma noite ou outra? Reduzindo o lanche da tarde de doze amêndoas para seis? Do que mais ela poderia se privar?

— Muitas mulheres da minha idade ficam relaxadas — lamentou minha avó em um sábado depois do encontro.

Essa frase chamou minha atenção de imediato. Enquanto ela continuava a falar, imaginei o que seria isso: mulheres desabotoando a calça e abrindo o zíper do vestido, atacando mesas cheias de bolo de cenoura e torta de maçã, com os seios balançando, a carne mole da parte debaixo do braço sacudindo, a gordura das coxas ondulando enquanto elas corriam na direção de rios de manteiga, planícies de carne vermelha, montanhas de purê de batata, sorvete e bolo de aniversário.

Nunca vou me esquecer do olhar da minha mãe naquela tarde quente de agosto em que meus pais voltaram para casa: primeiro choque, depois tristeza e então o que pareceu uma fagulha de inveja que logo se transformou em empatia, que por sua vez virou raiva.

— Ah — murmurou ela ao abrir os braços.

Senti seu calor e sua maciez junto ao meu corpo, seu cheiro misturado com os aromas pouco familiares de repelente e protetor solar.

— E o seu pai, não ganha abraço? — perguntou ele, tentando sorrir enquanto eu o abraçava, mas com a testa franzida e os lábios meio esbranquiçados em torno da boca.

Ajudei os dois a subir com as bagagens para o apartamento, onde minha avó estava sentada na cozinha.

— Jerry! — exclamou minha avó, sorrindo ao se levantar e ajeitando o tecido da calça social sobre os quadris. — Como foram as coisas no Maine?

— No Maine foi tudo bem — respondeu ele. — Mas, Denise…

Como se não o tivesse ouvido, minha avó interrompeu:

— Daphne não está uma maravilha? — Em seguida, baixando o tom de voz, ela falou: — Pensei em mandar uma foto, mas nós queríamos que fosse uma surpresa.

A essa altura, minha mãe e eu também já estávamos lá em cima. Ainda segurando a bolsa de viagem, com um tom de voz assustadoramente calmo, ela disse:

— Mãe. Nós conversamos sobre isso.

— Que foi? — retrucou minha avó, levantando as mãos espalmadas, com um olhar exagerado de inocência no rosto. — O que foi que eu fiz? Por acaso é um crime querer que minha neta seja saudável?

— Daphne, vá para o quarto, por favor — pediu meu pai.

Atravessei o corredor com passos apressados e fechei a porta do quarto. Parte de mim não queria escutar, mas uma outra, que tinha mais força, era incapaz de resistir. Encostei a orelha na fresta entre a porta e a parede e escutei uma briga a três que ocorreu principalmente em sussurros, entremeada por um ou outro grito.

Ouvi minha avó sibilando para minha mãe:

— Você, mais que qualquer pessoa, deveria saber como é difícil perder peso depois de engordar.

E meu pai grunhindo:

— Você não tinha direito de fazer uma coisa dessas com Daphne.

— Ah, para você é fácil falar — retrucou minha avó. — Você não faz ideia do que é ser uma mulher gorda. Nem imagina.

Fechei os olhos. Minha avó tinha sido gorda? Ou estava falando de minha mãe? Eu estava destinada a ser gorda, assim como minha mãe? O que isso tinha de ruim?

Coloquei o travesseiro sobre os ouvidos quando a gritaria começou, e minha avó berrou com meu pai:

— Você não ajuda em nada a situação com essas suas excursões gastronômicas.

E meu pai gritando de volta:

— Eu não quero que ela odeie o próprio corpo! Já não basta o quanto você atormentou a vida da sua própria filha? Agora quer fazer a mesma coisa com a filha dela também?

Eu estava deitada na cama quando ouvi o som da porta batendo e depois os passos do meu pai no corredor. Seu rosto estava vermelho, e o cabelo, despenteado, mas seu tom de voz foi gentil, e sua mão estava quente quando segurou a minha.

— Que tal sairmos para dar uma volta? — sugeriu ele.

Fomos até o Ben & Jerry's na rua 104, onde pedi o sundae com calda quente e o sorvete de menta com chocolate com que eu vinha sonhando desde a chegada de minha avó. Meu pai me contou histórias sobre a viagem ao Maine: o acampante que finalmente aprendeu a nadar depois de perder o medo de enfiar a cabeça na água, os outros que se perderam andando de canoa no meio de um temporal. Por fim, ele falou:

— Como foram as coisas com sua avó?

— Eu fiquei com muita fome — respondi.

A essa altura, a colher já estava raspando no vidro da taça, porque eu não queria desperdiçar nada da calda quente, que tinha devorado em um instante, apesar de ouvir em minha cabeça a voz de minha avó dizendo que açúcar era veneno, e Valerie, dos Vigilantes do Peso, falando que pesara mais de cento e trinta quilos e que isso fora terrível.

— Ela só me deixava comer, tipo, um pedacinho de chocolate de sobremesa. E jogou fora toda a manteiga e as coisas com açúcar.

— Ela não deveria ter feito isso — retrucou meu pai. — Não faz nenhum sentido restringir a alimentação de uma menina em fase de crescimento. — Ele pôs a mão em meu ombro e apertou de leve. — Você está bem do jeitinho que está. Existem corpos de todos os formatos e tamanhos. Não deixe ninguém fazer você sentir que não é esse o caso.

Eu queria acreditar nele, mas a essa altura, lógico, o estrago já estava feito.

~

No apartamento de Drue e Stuart, com a festa ainda rolando atrás de mim e Brett em algum lugar por ali, terminei de beber a água, voltei para o bar, pedi uma dose de tequila e virei de uma vez só, sentindo a garganta queimar, e também os olhos. *Vou morrer sozinha*, pensei. Queria ir para casa, de volta a meu ninho de segurança, e me sentar com Bingo e Darshi no sofá, ou talvez até ir para a casa de meus pais, longe de toda aquela gente bonita que, só por estar vivendo e respirando, fazia com que eu me sentisse inadequada, ao mesmo tempo enorme e minúscula.

Saí do apartamento e chamei o elevador, mas nesse momento ouvi uma voz masculina em um canto escuro no fim do corredor.

Prendi a respiração e fiquei só escutando. Era Stuart, com a cabeça virada para a parede, protegendo com o corpo a pessoa com quem estava conversando, que não consegui ver.

— Vai dar tudo certo — eu o ouvi dizer. — Prometo.

O elevador apitou ao chegar. Stuart se virou. Rapidamente, antes que ele pudesse me ver, entrei, apertando várias vezes o botão até as portas se fecharem. Enquanto descia, pensei na impaciência e na inquietação do sr. Cavanaugh, nos lábios inchados da sra. Cavanaugh e no transplante capilar do sr. Lowe. Quantos convidados daquela festa estariam fingindo alguma coisa: confiança, amizade, talvez até amor? Quantos teriam segundas intenções, fama ou dinheiro, ou a simples proximidade com alguém que tivesse as duas coisas? Pensei nas primas, me perguntando se Drue teria pagado as passagens e a hospedagem das duas, ou feito contribuições generosas para a reserva financeira da faculdade dos filhos delas. Eu me lembrei da assistente lindíssima, ponderando que talvez ela tivesse ganhado um aumento na época em que os convites para "marcar a data na agenda" foram enviados e Drue a recrutara para ser uma de suas madrinhas. Fui andando na direção da escuridão da rua me sentindo incomodada, infeliz, com um pouco de inveja, mas também com um pouco de náusea. Eram sensações bem familiares, corriqueiras como o ato de respirar. Drue Cavanaugh sempre fizera eu me sentir assim.

Estava quase na porta quando ouvi Drue me chamando:

— Ei, Daphne! Espere!

Quando me virei, lá estava ela, correndo pelo saguão com seu vestido de luar e os sapatos de salto alto na mão. Depois de constatar que tinha conseguido chamar minha atenção, voltou a calçar os sapatos, caprichou na postura e declamou:

— "Minha mãe e eu chamamos um bando de merdas/ Pra jogar conversa fora…"

Contra a própria vontade, sorri. No Lathrop, o professor de inglês que havia nos feito começar a ler as obras de Philip Larkin com o poema sobre como os pais fodem nossa cabeça também nos apresentara um chamado "Vers de Société", que comparava o sofrimento da solidão ao desconforto da interação social.

— Eu precisava sair de lá — explicou Drue. — Não aguentava mais. Vamos comer batata frita! Com molho!

— Acho que você não pode simplesmente desaparecer da sua festa de noivado — murmurei, sentindo o estômago roncar.

— Quem é que vai me impedir? — Drue deu uma risadinha, e pensei: *É mesmo, quem?* — Além disso — continuou, encostando a cabeça rapidamente no topo da minha, exalando um cheiro de tequila —, eu não suporto essas pessoas.

— Drue, você vai se casar com uma dessas pessoas daqui a algumas semanas.

Ela torceu o nariz. Se eu fizesse esse gesto, ficaria parecendo um coelho com prisão de ventre. Mas no rosto de Drue era um charme.

— Meh — fez ela.

— Meh?

— Bom, não é um "meh" que vale para todos os momentos. — Ela fez um gesto com a mão. — Stuart é legal. Só que, sabe como é, eu preferiria estar comendo batata frita com você.

Como sempre, senti meu coração estúpido ficar quentinho dentro do peito por causa da sensação de estar sendo notada, vista, escolhida; por causa da alegria de ter aquela pessoa maravilhosa, rica e importante me dando atenção.

— Então, vamos? — insistiu ela.

Eu me virei, olhando por cima do ombro, pensando que talvez Stuart fosse aparecer procurando pela noiva, ou que talvez os pais de Drue estivessem atrás dela. Não vi ninguém além de um porteiro que parecia letárgico e semiadormecido atrás de meia dúzia de telas que mostravam as imagens das câmeras de segurança e um casal mais velho (ele de smoking, ela de vestido de gala) chegando de algum evento. E Drue, com o vestido reluzente, o cabelo e as bochechas com um brilho dourado, estava à espera de minha resposta, sorrindo de um jeito que me prometia uma grande aventura.

— "Caro Warlock-Williams: mas é claro" — recitei.

Drue abriu um sorriso e deu um beijo estalado, e talvez embriagado, em minha bochecha antes de segurar minha mão.

— Espere! Espere! — falei, entregando a ela o chinelo que tinha levado na bolsa, para eu mesma usar.

— Você é o máximo — respondeu ela, cheia de gratidão.

Juntas, saímos para a escuridão da rua, com Drue tagarelando sobre o namorado chato de uma das primas, que não postava nada no Instagram além de propaganda política de extrema direita e algumas fotos de seu pequinês velhinho vestindo chapéus e roupinhas temáticas nos feriados.

— É tipo Trump, cachorro, Trump, Trump, alguma cantora de country que ele odeia, algum jogador de futebol americano que ele odeia, e depois mais Trump, e o cachorro de novo, e você sabe que eu *gosto* de cachorros, mas sinceramente...

Eu não estava prestando muita atenção ao falatório, e sim tentando me lembrar do trecho que vinha antes daquele que eu tinha citado, sobre como "sentar junto à lamparina às vezes traz/ Várias coisas, não paz./ Além da luz, o fracasso e o remorso param,/ A sussurrar, *Caro Warlock-Williams: Mas é claro*".*

---

* Na tradução de Alípio Correia de Franca Neto. (N. T.)

Sete

Na terceira sexta-feira de junho, desci da balsa em Provincetown, Massachusetts, a cidade de Cabo Cod mais distante da costa. O ar era fresco e deliciosamente salgado, o céu tinha um tom de azul profundo, ornamentado por algumas nuvens brancas e macias. Um píer se estendia até a água, lanchas e veleiros ondulavam ancorados ou cruzavam as águas de um lado para o outro, com as velas reluzentes balançando com a brisa. As ondas quebravam fracas na praia de areia dourada, e a previsão do tempo apontava mais do mesmo: uma semana de dias de céu aberto e ensolarado, e noites frescas e estreladas. Perfeito. Porque Drue Lathrop Cavanaugh nunca era agraciada com nada abaixo da perfeição.

Ficamos um pouco no píer, com uma integrante da equipe de fotografia contratada por Drue agachada nas tábuas de madeira, tirando fotos com a câmera e, por insistência da noiva, de nós duas com nossos celulares. Eu usara outro vestido da Leef para a viagem, um de seda azul-marinho com cava americana e saia até os joelhos que ondulava de forma encantadora ao vento; era o protótipo de uma peça que ainda não estava em produção. Como acessórios, havia escolhido um chapéu de praia azul-marinho e, com o batom vermelho, estava me sentindo toda náutica, e talvez até produzida demais perto de Drue, que fizera a viagem de short jeans, uma camiseta desbotada do Lathrop e chinelo.

— Vou passar o resto do fim de semana de corpete apertado e salto alto — explicou ela. — Então quero aproveitar enquanto posso.

Um carro nos pegou, junto com as bagagens, na entrada do píer e nos conduziu pelo trajeto de vinte minutos em direção oeste até a cidadezinha de Truro, a vizinha mais próxima de Provincetown, onde Edward Hopper tinha morado e pintado, e onde a família materna de Drue passara os verões por muitas gerações.

— Stuart e eu pensamos em fazer o casamento nos Hamptons, mas isso é tão previsível. E aqui nós temos muito mais liberdade para usar as praias. Espere só para ver a festa de hoje à noite — explicou ela, se remexendo no assento e abrindo um sorriso.

Quinze minutos depois, o carro embicou em uma longa entrada cheia de conchas brancas esmagadas e parou na frente de uma casa moderna rebaixada, com o revestimento externo em telhas de cedro de cor clara. Havia uma piscina e uma banheira de hidromassagem na frente, cercadas por um deque, arbustos de rosas e hortênsias, vasos com marias-sem-vergonha floridas em cor-de-rosa, vermelho e roxo, fileiras de espreguiçadeiras com almofadas azul-escuras e guarda-sóis listrados em azul e branco. Drue me conduziu até a porta, e subimos um lance de escadas.

— Sua suíte, madame — falou ela, abrindo a porta com um floreio.

Entrei.

— Sério? — perguntei, olhando ao redor. — Sério mesmo?

— Lógico! — Ela se aproximou e apertou meus ombros. — Tudo isso é para você.

O quarto era enorme, arejado, com pé-direito alto, piso de uma madeira clara polida até brilhar. A cama *king-size* estava forrada com lençóis azuis e brancos impecáveis e mais travesseiros do que duas pessoas (na verdade, até quatro ou cinco) poderiam precisar. À esquerda da cama, o banheiro ficava atrás de uma porta de vidro fumê com tons de azul, ornamentada com entalhes de madeira para evocar ondas do mar. Atrás da cama, as janelas do chão ao teto davam vista para um deque privativo com um sofá redondo estofado em branco e vasos quadrados transbordando com lavandas e mais hortênsias e, em um dos lados, uma parede de cerca-viva quadrada. Mesmo com a porta de vidro fechada, eu conseguia ouvir o barulho do mar.

— Você adorou? — Drue começou a bater palminhas. — Diga que você adorou.

Devagar, dei uma volta para olhar tudo ao meu redor.

— É maravilhoso!

— E veja só! — Drue me conduziu ao deque, passando por uma porta de madeira pintada de vermelho no meio da cerca-viva. Do outro lado havia uma banheira de hidromassagem cercada por espreguiçadeiras, uma mesa de coquetéis e uma pilha de toalhas brancas macias. — Seu quarto e o meu têm acesso um ao outro. — Ela me deu uma piscadinha. — É só pôr uma meia na maçaneta se estiver acompanhada.

— Até parece.

— Ei, os casamentos fazem o romantismo aflorar nas pessoas! Nunca se sabe.

Eu me virei lentamente, olhando para a praia, depois para a banheira e a mansão onde ficaria.

— É incrível.

— Quero ver você feliz. — Drue passou os braços em torno de mim e me puxou até apoiar o queixo em minha cabeça. — Que bom que você está aqui, que topou fazer parte disso.

Relaxei contra seu corpo, sentindo o cheiro de seu cabelo e seu perfume. "Ela é sua criptonita", ouvi a voz de Darshi dizendo em minha mente, mas, quando Drue sussurrou um "obrigada", abri um sorriso. Talvez ela tivesse mesmo mudado. Talvez eu estivesse fazendo a coisa certa.

Abaixo de nós, a praia fervilhava com a movimentação dos trabalhadores que montavam uma série de tendas. A cerimônia seria em um vinhedo a alguns quilômetros dali, mas o jantar de ensaio daquela noite e as fotografias pré-casamento do dia seguinte seriam na praia. Como não havia hotéis chiques em Truro, além de reservar todos os quartos do melhor hotel de Provincetown, os Cavanaugh alugaram meia dúzia de casas no alto do mesmo penhasco em que ficava a residência de verão da família Lathrop, onde seria a festa e os familiares mais próximos se hospedariam. Cada casa recebera um nome para a ocasião. Drue e eu estávamos na Estrela do Mar, uma mansão de três andares e quatro dormitórios. Nossos quartos ficavam no segundo pavimento, e havia mais dois no térreo, com o maior tendo sido convertido em um spa-salão de beleza-vestiário, com mesas de massagem, espelhos e uma poltrona reclinável com uma máquina

de vapor ao lado, que seria operada pela madrinha de casamento-
-esteticista Minerva. O último piso era uma ampla sala composta de
uma combinação de cozinha-sala de jantar-sala de estar e janelas do
chão ao teto com vista para a praia. O serviço de bufê tinha montado
uma suíte de recepção, que serviria café da manhã, almoço e jantar,
além de lanches entre uma refeição e outra, isso sem mencionar o
open bar vinte e quatro horas por dia.

Stuart e seu pessoal estavam no imóvel ao lado, na casa que recebera
o nome de Brisa do Mar. Os pais e os avós maternos de Drue ficariam
na residência dos Lathrop, Vidro do Mar. Outros participantes e convidados de menor importância seriam acomodados nas casas chamadas
Cepo ao Mar, Estrela Marinha e Água Cristalina (essa última, Drue
me confidenciou, ficava à beira da rodovia U.S. 6 e nem tinha vista
para o mar).

De volta a meu quarto, havia um banco de madeira com assento feito
de fibra natural ao pé da cama *king-size* com um cesto enorme, decorado com fitas e com a mensagem BEM-VINDOS A NOSSO CASAMENTO
no meio, além da hashtag #DRUESTU logo abaixo. Estava lotado de
coisas gostosas, todas cuidadosamente escolhidas por Drue depois
de inúmeras consultas a mim. Havia garrafas de vinho e Prosecco,
pacotes de castanhas defumadas e confeitadas, biscoitos e bolachinhas
salgadas, uma boa variedade de frutas secas, salmão desidratado e patê
de anchova, trufas de chocolate embrulhadas em papel dourado, um
kit para ressaca com ibuprofeno, aspirina, um remédio natural para
dor de cabeça e preservativos ("Caso os amigos de Stuart fiquem muito
assanhados", explicara Drue com uma piscadinha). No banheiro, eu
sabia que haveria sabonetes, esponjas e bombas de banho com as iniciais dos dois gravadas, além de barbeadores, escovas e pasta de dente,
enxaguante bucal, spray e mousse de cabelo, grampos capilares e tudo
o mais que alguém poderia ter esquecido de levar.

— A farmácia mais próxima fica no centrinho de Provincetown —
explicara Drue.

Meus presentes também estavam lá; eu tinha feito sachês perfuma-
dos com lavanda e verbena, amarrados com lacinhos de fita prateada,
com as iniciais de Drue e Stuart bordadas na frente. Um cartão de

material pesado contendo as atividades do fim de semana, com a palavra BEM-VINDOS escrita em letras douradas garrafais no alto, estava incluído na cesta também, entre os palitinhos de queijo e o pacote de damascos secos. Eu o peguei e comecei a ler.

— Tem um aplicativo só para o casamento?

— Lá tem a programação, os mapas, as hashtags e tudo mais. Vamos lá — chamou ela, pegando a garrafa de Prosecco de meu cesto e me puxando para ficar de pé. — A festa começa em três horas! Precisamos nos preparar! Fazer o esquenta!

— Calma! Eu estou baixando o aplicativo — contrapus enquanto Drue me puxava meio de brincadeira para a porta.

A proximidade do mar sempre melhorava meu humor e, em meio ao entusiasmo de Drue, à beleza do cenário e à mala cheia de roupas maravilhosas que eu estava sendo paga para usar, não havia como ficar infeliz.

— Qual é. Você deve conhecer a programação até melhor que eu — falou Drue.

Eu não sabia se aquilo era verdade, mas pelo menos tinha uma boa noção do que aconteceria no fim de semana. Aquela seria a noite do jantar de ensaio, com uma mariscada na praia. Na manhã seguinte, haveria uma aula opcional de ioga sobre pranchas de *stand up paddle*, seguida de um brunch para as mulheres em nossa casa, a Estrela do Mar, e outro para os homens, na Brisa do Mar. Depois disso, faríamos os penteados e as maquiagens e colocaríamos os vestidos. A fotógrafa nos queria na praia às cinco da tarde em ponto, quando o sol começava a pintar o céu com tons de pêssego, tangerina e dourado ("O pôr do sol na extremidade do Cabo é uma coisa mágica!", foi o que Drue tinha me dito, e eu ficara sem graça de mencionar que lera na revista *Scientific American* que o motivo para isso era a nuvem de poluição que soprava da Costa Leste americana para o mar). Às seis e meia, um ônibus nos levaria ao vinhedo. Às sete, um quarteto de cordas começaria a tocar a marcha nupcial, e a cerimônia começaria. Quando terminasse, seria servido um coquetel e um jantar no vinhedo, e haveria um baile por lá que duraria a noite toda, primeiro com música ao vivo, depois ao som de um DJ trazido da Holanda especialmente para a ocasião. Todos os detalhes estavam acertados, inclusive a instalação de um funicular para convidados que estivessem incapacitados ou embriagados demais para subir os quatro lances de escadas que levavam da praia ao fundo das casas.

"Não conte o dinheiro dos outros", minha avó materna costumava dizer. Em geral, eu tentava seguir esse conselho, mas, à medida que o casamento se aproximava, fora quase impossível para mim não fazer uma estimativa de quanto aquilo tudo custaria. O aluguel da casa onde estávamos hospedadas era de dezoito mil dólares por semana. Eu sabia porque tinha pesquisado na internet. Os demais imóveis tinham um custo semelhante. Ainda havia os gastos com alimentação e com os músicos (quarteto de cordas para a cerimônia, uma banda de doze músicos para a festa, DJs famosos trazidos de Los Angeles e do exterior). As floristas e maquiadoras vinham de Nova York. Só o vestido de Drue custara mais que qualquer carro que meus pais já tiveram, e era apenas um dos três que ela usaria na noite do casamento. O evento como um todo poderia acabar consumindo mais de um milhão de dólares. Dinheiro demais em qualquer circunstância, e talvez algo absurdo se Darshi estivesse certa e a Cavanaugh Corporation estivesse mal das pernas.

— Só me deixe pendurar o vestido — pedi, desvencilhando o braço do dela.

Eu queria poder desfazer a mala, conhecer o quarto, responder aos e-mails que lotaram minha caixa de entrada assim que eu logara no Wi-Fi da Estrela do Mar (a senha era "DrueStu2018", porque, óbvio, como não seria?). Também queria conversar com Darshi, que tinha ido a um seminário de economia em Boston naquele fim de semana, no qual jurara que já estivera inscrita antes de Drue reaparecer em nossas vidas. Eu não insisti no assunto, mas fiquei com a impressão de que Darshi só quisera ter um pretexto para estar por perto caso eu precisasse de resgate antes de o fim de semana acabar.

Depois de confirmar que o banheiro, com a banheira independente e o chuveiro ao ar livre, era tão luxuoso quanto o restante da suíte, pendurei as roupas que tinha levado. Ouvi dizer que vc vai aparecer na VOGUE, fora a mensagem que Leela Thakoon tinha me mandado seguida de vários pontos de exclamação e emojis com olhinhos de coração. Eu também tinha ouvido esse boato, e outro de que Drue e Stuart seriam os destaques da coluna social daquela semana no *New York Times*.

— Isso não é pouco, porque um agente figurão do showbiz vai fazer o casamento gay dele amanhã à noite em Aspen — contou Drue.

— Acho que você poderia ter dito só "casamento".

Drue deu um tapinha em meu braço e me serviu uma taça de Prosecco.

— Você é tão fofa — comentou ela. — Nós nos encontramos lá embaixo. Vamos fazer o cabelo.

Depois de retirar da mala o restante das roupas, dei uma boa ajeitada no vestido de madrinha. Graças a Deus, Drue não impusera a mesma roupa a todas as madrinhas. Em vez disso, ela escolhera um tecido (chiffon) e uma paleta de cores, que ia do tom de areia, passando pelo marrom-acinzentado e dourado-claro até o amarelo açafrão, e nos deixara livres para escolher os modelos. Quando eu soubera que todas as madrinhas teriam os vestidos feitos sob medida, perguntara a Leela se estaria interessada em criar algo para mim. Ela aceitou mais do que prontamente e se superou. A silhueta era simples: um decote em coração; alças largas que deixavam os braços e o alto do peito descobertos, mas mantinham o sutiã escondido; um corpete estruturado que envolvia meu tronco dos seios aos quadris, de onde a saia ia se alargando. De alguma forma, Leela tinha conseguido fazer dezenas de preguinhas no tecido dourado e brilhante que transmitiam a ilusão de movimento, então mesmo quando eu estivesse parada o vestido pareceria se agitar com uma brisa.

— Você vai ficar parecendo a Vênus saindo do mar — comentara Leela quando me vira, com as mãos no coração.

Vou parecer Vênus saindo do bufê com comida à vontade, pensei, antes de conseguir me conter. Mas eu não queria passar o tempo todo revivendo o sofrimento que Drue me causara, preferia acreditar que ela estava arrependida de verdade e que poderíamos pôr uma pedra em cima do assunto. Eu queria desfrutar daquele lugar lindo com minha melhor amiga.

Da praia, vinha o som de alguém testando um microfone no palco recém-erguido entre os ruídos das ondas. Uma sensação familiar de animação vibrava em meu peito, um burburinho de expectativa. Quando eu era criança e meus pais me levavam à praia, eu tinha a mesma sensação: de que o trânsito ficava mais lento e eu conseguia sentir, mas não ver, o mar; quando sabia que a hora da diversão estava bem próxima. *Talvez seja maravilhoso*, pensei. *Talvez eu conheça o homem de meus sonhos.* Com a brisa soprando no rosto e meia taça de Prosecco borbulhando dentro de mim, aquela parecia uma noite feita para milagres acontecerem; uma noite feita para se apaixonar.

Oito

Dei uma última ajeitada no vestido de madrinha de casamento, pendurei-o e peguei outra das criações de Leela, um vestido maxi de alças finas que chegava aos pés, de um tom ousado de rosa-choque com estampa floral, que se chamava Daisy. Na suíte de beleza montada no andar de baixo, Drue já estava sentada na cadeira, de olhos fechados, com Minerva cuidando de seu rosto enquanto outra mulher trabalhava em seu cabelo.

— É você? — perguntou Drue, batendo na cadeira ao lado. — Venha cá, vamos ficar bonitas!

Às cinco horas, com a pele devidamente preparada, o cabelo preso e meu novo vestido ondulando em meio à brisa, me coloquei ao lado de Drue para descer a escadaria que dava acesso à praia e à festa.

— Não é incrível? — comentou Drue.

Assenti, realmente sem palavras.

A praia estava transformada, com a areia coberta por diversos tapetes persas em tons vivos de vermelho escarlate e índigo, além de dourado, cobre e creme. Entre os arranjos de tapetes havia fogueiras; contei quatro delas, três queimando e uma sendo acesa por um funcionário uniformizado. Pilhas de cobertores e almofadas bordadas em tons fortes de rosa, turquesa e dourado, algumas com franjas, outras com costuras espelhadas, rodeavam as fogueiras, e havia longas mesas montadas, no estilo bufê, sob as tendas mais atrás. Garçons circulavam com bandejas de bebidas. Parecia que um serralho havia se materializado na areia.

— O bar é ali — indicou Drue, apontando para o centro da praia, onde havia um balcão recém-montado, abastecido e movimentado, com tochas tiki acesas em um semicírculo ao redor. — Ali é onde estão preparando as lagostas e os mariscos — apontou Drue mais uma vez, e vi o pessoal do bufê, com os uniformes brancos, trabalhando a todo o vapor atrás de um biombo, carregando bandejas de comida para uma das mesas de bufê. — Ah, e espere só até ver o resto!

"O resto" eu vi enquanto descíamos para a praia, e era uma cama. Uma cama *king-size* montada sobre um tapete coberto de areia, com uma cabeceira de metal curvada e cercada por todos os lados por um mosquiteiro elegantemente drapeado balançando com a brisa. A roupa de cama era toda branca, das fronhas impecáveis ao edredom cheio de plumas. Uma plaquinha sobre a coberta avisava que era um local "reservado aos noivos". Havia paus de selfie presos a ambos os lados da cama e também nos pés, todos posicionados para proporcionar um ângulo perfeito. Um adesivo colado em um deles lembrava os convidados da hashtag nupcial, #DRUESTU. Reparei também que havia uma hashtag para a fabricante do colchão e outra para a fornecedora das roupas de cama. Quando apontei isso para Drue, ela só deu de ombros.

— Não tem nada de mais. Algumas marcas fizeram umas propostas, e nós pensamos, ora, por que não?

Ah, sim, lógico, pensei, me corroendo de inveja.

Deixamos os sapatos na pilha na base da escadaria, onde já havia dezenas de calçados Docksiders e Havaianas, sapatilhas Prada e chinelos Tory Burch. Enquanto soltava a tira das sandálias, dei uma rápida olhada nas convidadas e constatei que, chocando zero pessoas, eu era a mulher mais gorda da festa. Talvez a pessoa mais gorda da festa, ponto. As pessoas convidadas por Drue (e, ao que parecia, por Stuart Lowe também) eram todas franzinas e pareciam viver apenas de amêndoas salgadas e álcool. Havia câmeras por toda parte, com os profissionais fotógrafos contratados se dividindo entre juntar convidados para fotos posadas e capturar imagens espontâneas, além dos convidados com celulares na mão, aproveitando o cenário deslumbrante para fazer imagens de si mesmos e seus amigos na areia ou perto do mar. A equipe de filmagem, que contava com três pessoas, uma câmera sofisticada e um microfone que captava o som ambiente, gravava as pessoas fotografando a si mesmas.

— Vamos beber alguma coisa.

— Ótima ideia — afirmou Drue.

Eu estava me afastando das câmeras o máximo possível quando ouvi uma voz deslumbrada atrás de mim.

— Não está tudo incrível?

Corina Bailey, a ex-noiva de Stu, tinha se colocado ao nosso lado e observava o cenário com olhos vidrados. Seu cabelo clarinho estava solto. Ela usava um vestido de verão branco de algodão e detalhes em ilhós, preso nos ombros por pedaços finíssimos de fita de cetim.

— É a coisa mais linda que já vi — sussurrou ela com a voz infantil.

Bem diante de meus olhos, ela soltou um suspiro sonhador, levando as mãos ao peito como se fosse rezar.

Drue e eu nos entreolhamos e, em um momento perfeito de telepatia entre melhores amigas, reviramos os olhos. Corina ainda soltou outro longo suspiro antes de sair caminhando pela areia, na direção do mar.

— Ela sequer está deixando pegadas na areia? — perguntei, em parte para mim mesma.

— Não. Está sendo carregada por Jesus. — Drue juntou as mãos, imitando Corina, se curvou e falou com uma voz aguda: — Namastê.

Eu a cutuquei com o cotovelo.

— Você vai para o inferno.

— Ah, com certeza. — Drue deu uma piscadinha. — E, se estiver se perguntando por que Stuart passou de uma toupeira como aquela para alguém maravilhosa como eu, a resposta é que não faço ideia.

Antes que eu pudesse dizer alguma coisa, uma mulher com um coque grisalho gritou um "u-hu!" na direção de Drue.

— Preciso ir — avisou Drue, e foi, saltitante, na direção da mulher.

Eu estava indo para o bar, com a intenção de encontrar um lugar fora do caminho para beber e observar as pessoas, quando ouvi uma voz masculina bem atrás de mim.

— Que tal um drinque criado especialmente para a festa?

Quando me virei, vi um cara sorrindo para mim. Tinha mais ou menos minha idade, com cabelo castanho-claro cacheado, sobrancelhas grossas e escuras, nariz proeminente e rosto simpático, além de ombros largos e pernas ligeiramente arqueadas. Sua bermuda, que já havia sido vermelha, era de um salmão rosado; a camisa branca um tanto gasta estava desabotoada o bastante para revelar os pelos enrolados do peito; sua pele bronzeada sugeria que ele passava muito tempo ao ar livre, no vento e no sol. Não era bonito como um astro do cinema, mas era simpático e parecia sincero. Além disso, eu notei seus bíceps forçando as costuras da camisa. Ele era só um pouco mais alto que eu. Em uma das mãos grandes, segurava duas taças estreitas com um líquido laranja-rosado.

— O que tem aí? — perguntei, como se não soubesse.

Como se Drue e eu não tivéssemos passado uma hora em um sério debate sobre ela se ater aos clássicos ou pedir que um mixologista criasse um coquetel especial para o jantar de ensaio, e se deveria dialogar com o que seria servido após a cerimônia ou poderia partir para uma direção totalmente diferente.

— Acho que são Bellinis — disse ele. — Champanhe e suco de pêssego natural.

Eu sabia que na verdade o nome era Drue com Lowe, e que levava champanhe, néctar de damasco e um toque de limão, mas decidi não dizer nada.

— E está gostoso? — perguntei.

— Está bem doce. — Ele me entregou uma taça. — Mas eu gosto de doce — complementou em seguida, sorrindo e me olhando nos olhos.

Senti o rosto ficar quente quando seus dedos roçaram os meus. *Ai, meu Deus*, pensei. Será que ele achou que eu estava flertando? Então senti as bochechas esquentarem ainda mais quando pensei: *E será que eu estou?*

— Um brinde, então — disse ele. — Sou Nick Andros.

Ele bateu de leve a taça na minha.

— Daphne Berg.

— Amiga da noiva?

— Isso aí.

— Está ficando lá na mansão? — questionou, apontando com o queixo na direção da escada que levava à casa.

— Pois é. É uma coisa impressionante mesmo. Enorme. A maior que já vi!

Ai, meu Deus, pensei, me contorcendo de vergonha. Esse era o problema em ter uma vida social na qual a pessoa do gênero masculino com quem eu passava mais tempo era Ian Snitzer, um menino de 8 anos. Quando falava com um homem de verdade, eu começava a tagarelar como uma tonta.

— É a casa dos Weinberg. — Uma expressão estranha surgiu em seu rosto, mas desapareceu tão depressa que cheguei a duvidar de que tinha mesmo visto algo. Ele virou a bebida, pensou um pouco e disse: — Essa foi uma experiência interessante. — Em seguida, olhou para minha taça, na qual eu tinha dado só um gole. — Mas acho que agora vou pegar uma cerveja. Quer alguma coisa ou vai terminar o seu?

— Eu queria uma água.

Ele estendeu a mão para pegar minha taça.

— Com ou sem gás?

— Sem gás, por favor.

Ele saiu com passos apressados pela areia, e fiquei só observando, apreciando a vista e me sentindo lisonjeada e confusa. Aquele cara estava mesmo interessado em mim? Ou estava usando o bar como uma desculpa do mesmo jeito que Brett tinha feito e eu não o veria mais? Um minuto depois, porém, Nick estava de volta, com um copo d'água e uma garrafa de cerveja.

— O bufê de frutos do mar é absurdo. Tem patas de caranguejo trazidas da Flórida. — Ele sacudiu a cabeça. — Com tanto molusco, mexilhão e ostra bem aqui na baía. Se eu entrasse na água agora, sairia com um balde cheio de mariscos.

— Bom, você conhece a Drue! Ela só aceita o que existe de melhor!

Essa foi a forma sorrateira que encontrei para descobrir se ele conhecia mesmo Drue, se estava do lado da noiva na lista de convidados ou no do noivo. Meu palpite era que devia ser um amigo de Stuart, talvez até um dos padrinhos. O visual combinava: os ombros largos de um jogador de rúgbi, as roupas gastas, mas de marca, esse jeito despreocupado, quase negligente, de quem dizia "minha família sempre foi rica".

Mas eu estava enganada.

— Drue é uma amiga da família — explicou Nick. — Mas não nos vemos há anos. Éramos vizinhos nas férias de verão, minha família tinha uma casa em Truro. Drue e eu aprendemos a velejar juntos em Provincetown.

— Que chique — comentei, imaginando os dois mais novinhos, de camiseta Izod, bermuda cáqui, cinto com baleias bordadas e sapatos Topsiders sobre o convés polido e envernizado de madeira.

Nick sorriu de novo, balançando a cabeça.

— Muito pelo contrário. O lugar chique é o Acampamento Marítimo Cape Cod em Brewster. — Por causa do sotaque, o nome da cidadezinha soou mais como "Brustah". Sorri, encantada, e ele continuou: — O lugar que frequentávamos é o Iate Clube de Provincetown. Uma biboca na rua do Comércio com meia dúzia de botes e barquinhos surrados. Eles cobravam cinquenta pratas pelo verão todo, e ensinavam as pessoas a velejar. Quem frequenta esse clube é mais quem é local. Ou as famílias ricas que vêm para cá há milhares de anos e já ouviram falar do lugar. Esses mandam os filhos para lá.

Ninguém gosta mais de uma pechincha do que os ricos, pensei.

— Cinquenta pratas pelo verão todo? — questionei, achando que devia ter ouvido errado.

Ele confirmou com a cabeça.

— Era só aparecer às nove da manhã e passar o dia todo aprendendo a velejar. Tinha uma hora de almoço, e, se a maré estivesse alta, dava para pegar a bicicleta, ir até o centro da cidade e ficar pulando do píer direto no mar, ou então comer pizza na Spiritus. — A expressão dele ficou nostálgica. — Era o máximo. Eu lembro de andar de bicicleta pelo centrinho me sentindo o dono do mundo.

— E foi lá que você conheceu Drue?

— Foi.

Ele levou a cerveja à boca, inclinando a cabeça para trás enquanto bebia. Fiquei olhando sua garganta se mover sob a pele lisa e bronzeada enquanto ele engolia. Quando terminou, secou a boca e complementou:

— Ela me trancou no depósito uma vez.

— Como é?

Parecendo envergonhado, Nick explicou:

— Drue andava com umas meninas, e a cada semana, mais ou menos, escolhiam alguém para atormentar. Quando chegou minha vez, elas me mandaram em uma loja atrás de um produto que não existia, colocaram caranguejos no meu sapato e inventaram nomes de mareações para eu me confundir todo e levar bomba na prova de piloto. — Ele sorriu ao lembrar. — Bolina e bolina cerrada, popa arrastada, lago aberto, pelas traves...

Confirmei com a cabeça, tentando parecer que tinha alguma ideia do que eram mareações.

— E um dia elas me mandaram buscar um colete salva-vidas e me trancaram dentro do depósito. — Ele balançou a cabeça ao se recordar. — Lá dentro tinha aranha até não poder mais.

— Argh. Parece ser mesmo a cara da Drue.

Ele apoiou o braço na mesa de coquetéis e se inclinou em minha direção.

— Então você é amiga dela?

— Desde o sexto ano do colégio.

— E você vai à cerimônia?

— Sou uma das madrinhas — contei. — Vou estar lá na frente amanhã. Não tem como não me ver.

Principalmente considerando que eu tenho o dobro do tamanho das outras madrinhas, alfinetou minha mente traiçoeira, que mandei se calar e se concentrar no cara gatinho do outro lado da mesa, em seu braço, coberto de pelos castanhos e enrolados, a apenas alguns centímetros do meu.

— Está com fome? — perguntou ele. — As ostras parecem estar boas.

Eu não tinha ideia do que fazia uma ostra parecer boa, mas já estava decidida a seguir aquele cara aonde quer que ele me levasse.

— Adiante, Macduff — respondi.

Nick sorriu e nós fomos até o bufê de frutos do mar. Seu sorriso era meio torto, levantando o lado direito da boca um pouco mais que o esquerdo, e ele sabia andar com elegância na areia. Quando chegamos à mesa, ele me deu um prato e pegou uma das pinças.

— Quer ostras?

— Quero, por favor.

Ouvi a voz de minha avó dentro da cabeça, me dizendo que ostras eram pura proteína, com poucas calorias e quase nada de gordura. Espantei esses pensamentos também, enquanto Nick punha algumas ostras no prato, com as cascas tilintando na porcelana. Em seguida, pegou um copinho prateado de molho e levantou as sobrancelhas em uma pergunta. Assenti e acrescentei mariscos, camarões, uma fatia de limão e um pouquinho de raiz forte no prato. Nick fez um prato para si e me conduziu até uma mesa vazia perto da fogueira mais distante. Espremi o limão em cima da primeira ostra, acrescentei um pouquinho de molho, virei na boca e engoli, soltando um gemido de satisfação ao sentir aquele sabor adocicado com um toque do salgadinho do mar. Nick me lançou um olhar de aprovação.

— Provavelmente você nunca vai comer uma ostra mais fresca que essa.

— Está incrível — concordei e peguei mais uma.

Por um breve instante, me perguntei se ele não seria um daqueles caras que tinha como fetiche alimentar gordas, ou vê-las comendo, mas Nick não estava me olhando de um jeito esquisito, e logo voltou a atenção ao próprio prato. Ele comeu as ostras só com umas gotinhas de limão.

— Então você é de Nova York? — perguntou ele. — Primeira vez em Cabo Cod?

— Isso mesmo.

Passamos alguns minutos comendo e falando de nossos trabalhos e formações. Nick era de Massachusetts, criado em um bairro residencial nos arredores de Boston. Tinha estudado na Universidade de Vermont ("No ensino médio, eu era um ótimo esquiador, mas um aluno bem mais ou menos"), e estava de volta a Boston, trabalhando em um programa que ensinava ioga para crianças de escola primária em situação de vulnerabilidade.

— Sei que parece uma ideia meio riponga — comentou ele, e era exatamente isso o que eu estava pensando. — Mas existem estudos científicos para comprovar que as técnicas de respiração da ioga realmente funcionam. Se você ensinar as crianças a moderar as reações enquanto ainda são pequenas, elas conseguem se sair melhor depois de adultas.

— Que interessante! — falei, me dando conta também de que isso explicava a elegância de seus movimentos. Ele não andava como um homem que passava o dia todo atrás de uma mesa. — Então no verão você está sempre de férias?

Minha mente me proporcionou uma imagem de Nick tomando sol na areia de calção de banho, bronzeado e sem camisa, ou sentado de pernas cruzadas em uma prancha de *stand up paddle*, com as mãos juntas na altura do peito.

— Isso. E é por isso que estou aqui no Cabo. As escolas não têm como pagar muito por nossas aulas, e o pessoal daqui está sempre precisando de gente para trabalhar na alta temporada. Além disso, é onde eu passava as férias na infância. Sou basicamente um salmão, nadando de volta para meu nascedouro.

Sorri, e, ao ouvir um termo como "nascedouro", logo me perguntei se ele gostava de fazer palavras cruzadas.

— Já fui salva-vidas nas praias do Parque Nacional em Chatham e trabalhei em uma bicicletaria em Orleans. Agora no verão estou como imediato em um barco de pesca de aluguel.

Resisti à ideia de fazer uma brincadeirinha sem graça e perguntar se alguém já tinha mordido sua isca, enquanto meu cérebro reconfigurava a imagem. Em vez de Nick deitado na praia, eu o imaginei, ainda bronzeado e sem camisa, só que em vez de remando sobre uma prancha ele estava com uma vara de pesca, com os braços e os peitorais flexionados enquanto girava o molinete.

— Eu sei como é. Meus pais são professores também.

Contei para ele que meu pai trabalhava na escola onde Drue e eu tínhamos estudado, e que minha mãe dava aula de artes onde quer que precisassem, e que nas férias de verão trabalhavam em um acampamento no Maine. Esperei que ele respondesse falando sobre seus pais: seus empregos, seus hobbies, como fora sua vida na infância. Em vez disso, ele direcionou a conversa de volta para minha amiga, a noiva.

— Então, Drue conseguiu deixar de ser péssima?

Coloquei mais um pouco de raiz forte nas últimas duas ostras, ganhando tempo antes de responder:

— Eu diria que é um projeto ainda em andamento. Sabe como é. O objetivo é o progresso, não a perfeição. Um passo para a frente, dois para trás.

Nick apontou com o queixo na direção do noivo, que no momento estava disputando uma partida de futebol de toque com os amigos de fraternidade.

— Parece que ela arrumou um cara legal.

— Eu não conheço Stuart muito bem.

Como as festas nas quais eu comparecera não serviram de muita coisa, o que eu sabia do noivo ainda se baseava em grande parte no que vira na TV e no Google. Sabia que era um bonitão formado em Harvard; sabia que a crítica especializada o considerara um dos melhores solteiros do programa *Solteiras à procura*, o mais propenso a tratar as mulheres que estava conhecendo como pessoas, e não pedaços de carne, o que foi considerado surpreendente, uma vez que os produtores mostravam as garotas de biquíni e em banheiras de hidromassagem em qualquer contexto que pudessem justificar a presença de trajes de banho e água borbulhante.

— Ah. Você é fã do *Solteiras à procura*? — perguntou Nick.

— Sou, sim — falei. — Não vou mentir. E do *Real Housewives* também.

Ele fez uma careta.

— Minha tia também. Ela jura que não assiste, mas, quando a condessa não-sei-das-quantas veio a Provincetown fazer seu número de cabaré, ela quis ingressos para as duas sessões.

Isso levou a uma conversa sobre *Real Housewives* e sobre a tia dele, que também via *RuPaul's Drag Race*, e assistia a todas as drags que iam se apresentar em Provincetown no verão. Nick então me perguntou o que eu estava achando da mansão. Quando comentei o quanto era linda, e que meu quarto tinha um deque privativo com uma banheira de hidromassagem compartilhada, ele se inclinou para mais perto de mim. Por trás do sabonete e amaciante de roupas, seu cheiro era de cerveja e suor, pele quente e protetor solar, a essência do verão.

— Ouvi dizer que os pais de Drue pagaram trinta mil para alugar a casa dos Weinberg por uma semana — comentou ele, baixando o tom de voz.

Até prendi a respiração.

— Como você sabe?

Ele baixou os olhos para a cerveja.

— Eu não deveria me meter nessas fofocas.

— Ah, por favor. Fofoca pela metade não vale — insisti.

— Que tal pegarmos mais ostras primeiro?

Concordei com a cabeça, espremendo o resto do limão sobre a última ostra no prato e virando garganta abaixo. Era firme e adocicada, e a sensação era a de comer um pedacinho do oceano. Soltei um suspiro de satisfação, e Nick sorriu. O sol estava começando a se pôr, pintando o céu de dourado, damasco e rosa-flamingo.

Nick me conduziu de volta para o bufê de frutos do mar, e lá fiz outro prato, então voltamos para perto de uma das fogueiras. A areia tinha sido aplainada e empilhada nas pontas dos tapetes, formando uma espécie de sofá, e as algas haviam sido empurradas contra a duna. Fiquei me perguntando quem fizera aquele trabalho, e quanto devia ter custado para os Cavanaugh.

— Então, me conte como você conheceu Drue. Vocês eram amigas de colégio? — perguntou ele.

Eu me recostei no assento acarpetado, cobrindo as pernas com a saia do vestido, e contei uma versão abreviada da história: tínhamos sido amigas no ensino médio, ficamos sem nos ver por um tempo e retomado o contato pouco tempo antes. Queria voltar às fofocas sobre o casamento ou, melhor ainda, saber mais a seu respeito, porém Nick parecia mais interessado na minha história, e minha vida na cidade, e começou a me perguntar sobre minha rotina como babá/influenciadora do Instagram.

— Cuidar de crianças é uma coisa que eu inclusive já fiz. Mas nunca conheci uma influenciadora.

— Ah, aposto que já.

Eu só tinha tomado uma taça de vinho, um Riesling gelado que combinou perfeitamente com as ostras, além de alguns goles do drinque criado especialmente para a festa. Não deveria ser o suficiente para me deixar tonta, mas foi isso o que aconteceu. Estava me sentindo toda simpática e expansiva, com as articulações e a língua soltas. Eu me inclinei para a frente e murmurei, simulando de brincadeira uma voz ameaçadora:

— Nós estamos por toda parte.
— Posso ver seu perfil?
— Lógico.

Quando peguei o celular, procurei sinais de desdém ou ceticismo em seu rosto, ou algum gesto ou expressão que implicassem dúvida ou descrença de que alguma marca que se prezasse fosse pagar alguma coisa para eu usar suas roupas. Mas só o que vi foi curiosidade.

— Lá vamos nós.

A primeira foto no meu perfil no Instagram era uma que Drue havia tirado de mim na balsa, com o chapéu de praia azul, batom vermelho e óculos escuros com armação de coração. Contra o pano de fundo da amurada pintada de branco da embarcação, o céu azul e a água escura atrás de mim, as cores se destacavam, mas mesmo assim eu havia ajustado o contraste e a saturação da imagem para deixar tudo perfeito antes de postar.

— Bem legal — comentou Nick.
— Isso quer dizer que você vai me seguir?
— Tenho uma confissão a fazer. — Nick baixou o tom de voz e se aproximou de mim, chegando tão perto que sua cabeça quase roçou em minha boca. — Eu não tenho Instagram.

Arregalei os olhos em uma expressão de choque. Ele sorriu.

— Na verdade não tenho nenhuma rede social.

Nesse momento, fiquei horrorizada de verdade.

— Como assim? — Eu me recostei, olhando bem para ele. — Nem Facebook? Nem Twitter? Nada?
— Nadinha — confirmou Nick.
— Quer dizer que você não vai tirar fotos na cama, com a hashtag oficial do casamento? — Balancei a cabeça. — Não sei, não, acho que vão expulsar você daqui.
— Ah, mas fica pior. Até dois anos atrás, nem smartphone eu tinha.

— Quem é você, afinal? — questionei.

Ele deu de ombros.

— Eu nunca entendi para que serve isso tudo. No começo, achei que o Facebook era para, sabe como é... Hã, gente mais velha. E eu não precisava de um perfil para manter contato com meus amigos do colégio e da faculdade, considerando que falava com eles na vida real. Então, quando resolvi entrar, todo mundo já tinha saído e partido para a próxima. — Ele sorriu, remexendo a areia com os pés descalços. — Acho que perdi o timing da coisa. Mas e você? Como funciona essa coisa de influenciadora? Você usa sua conta para promover marcas de roupa?

— Roupa, sapato, maquiagem — respondi. — Aparelhos de ginástica. Monitores cardíacos. Minha cadela promove marcas de petiscos orgânicos. Existe todo um esquema.

— Há quanto tempo você faz isso?

— Ah, alguns anos. — Pigarreei, achando melhor contar logo minha história antes que ele acabasse descobrindo sozinho. — Um vídeo meu viralizou um tempo atrás. Depois disso, algumas marcas me procuraram. E a coisa vem crescendo pouco a pouco desde então.

— E você sempre quis ser, tipo, famosa?

Olhei para ele para ver se estava brincando comigo, mas sua expressão era sincera.

— Eu não sou famosa.

Ele apontou para meu celular.

— Você ganha dinheiro para usar essas roupas e dar esses petiscos para sua cadela. Quem faz isso é gente famosa, não?

Fiz uma careta, pensando na expressão que tanto detestava: "Famosa do Instagram".

— Se é que eu sou famosa, é só dentro de um nicho bem específico, que tem pouquíssima gente. E não é uma questão de ser famosa. É criar uma comunidade, uma conexão com pessoas que gostam das mesmas coisas que a gente — expliquei, dando um gole na bebida.

— E qual é o objetivo? — A voz de Nick continuava agradável, mas sua expressão havia se tornado um pouco mais cautelosa e desconfiada. Ou talvez ele não estivesse entendendo nada mesmo. Talvez os influenciadores digitais ainda não tivessem colonizado Cabo Cod, e aquilo tudo fosse novidade para ele. — Você quer ter um determinado número de seguidores? Atingir certa faixa de renda? Ou só criar uma comunidade?

— Você está parecendo meu pai — falei, em parte para mim mesma.

Meu pai tinha me feito as mesmas perguntas e muitas outras, em geral quando eu pegava o celular no meio de uma refeição, para verificar o alcance de alguma postagem ou responder aos comentários.

— O objetivo — repeti, usando o dedo para desenhar círculos na areia. — Então. O ideal seria ter uma varinha mágica para conseguir tudo o que eu quero, aí o Instagram podia servir só para criar uma comunidade e fazer contatos. Assim eu poderia ganhar tanto quanto as pessoas mais conhecidas, sem precisar aguentar... bom, você sabe, né, tudo o que elas precisam aguentar.

Eu estava me referindo às influenciadoras *plus-size* realmente famosas, e a quantidade de mensagens de ódio que atraíam. Até então, eu só vinha recebendo um ou outro comentário desdenhoso ou cruel, mas sabia que, quanto mais gente atingisse, mais sofreria com esse tipo de coisa.

— Sei lá — continuei. — Talvez eu largue tudo e fique só com os artesanatos e o perfil da Bingo. Ela que ganhe o pão de cada dia.

Naturalmente, isso dirigiu o rumo da conversa para meus artesanatos, e mostrei a ele minha loja na Etsy e depois o perfil de Bingo. Nick me falou sobre seu cachorro na infância, um beagle flatulento chamado Larry, que uivava toda vez que ouvia a porta da geladeira ser aberta. Ele queria outro cachorro algum dia, mas não passava tempo suficiente em casa para dar a atenção que um bichinho de estimação exigiria.

Durante mais meia hora, Nick e eu bebemos vinho gelado e comemos ostra, enquanto o sol mergulhava na direção do mar e a festa ao nosso redor ia ficando mais barulhenta. Descobri que o barco onde ele trabalhava se chamava *Lady Lu*, e que entre as funções de um imediato estavam providenciar as iscas (a maioria das embarcações de aluguel usava arenques), estender as linhas, preparar os anzóis com as iscas, ajudar os clientes a tirar da água as anchovas e os robalos, arrancar o anzol da boca dos peixes, limpá-los e filetá-los para os passageiros levarem para casa.

— Não é barato — falou ele. — Nós cobramos setecentos e cinquenta dólares por metade de um dia, o que cobre as despesas com combustível, equipamento, manutenção e custos com o barco, tudo isso. O capitão Steve tem clientes regulares. Gente que pesca com ele todo ano. Pais e filhos, avôs e avós com os netos. Para alguns deles, principalmente as crianças que pegam o primeiro peixe, é o melhor dia de todo o verão.

— Parece incrível.

Eu conseguia até imaginar: um dia ensolarado, uma garotinha gritando de alegria quando mordiam o anzol, Nick atrás dela ensinando como puxar o peixe para o barco. E também pensei em Nick de pé atrás de mim, com o peito colado às minhas costas, seus braços em volta dos meus.

— É ótimo mesmo — falou ele, assentindo. — Eu adoro ficar ao ar livre, e trabalhos manuais também. Sempre fico triste quando o verão acaba.

Por um momento, me permiti imaginar uma mudança para uma cidadezinha pitoresca em Cabo Cod, onde trabalharia com Nick. Preparando o barco, lavando o convés, ou enrolando cordas, o que fosse preciso. Passando os dias na água, sob o sol, ouvindo os gritos de empolgação das pessoas quando sentissem o puxão de um peixe no anzol. Voltando para o atracadouro no fim da tarde, o vento no cabelo e Nick atrás de mim, com as mãos quentes em meus ombros. Tirando fotos que nunca postaria nem compartilharia, imagens de um dia que seria só nosso.

Nick girava uma casca de ostra no prato distraidamente com o dedo. Parecia um pouco triste.

— Está tudo bem?

— Ah, sim. É que isso trouxe muitas lembranças — contou ele, falando baixinho.

— Você pescava quando era criança?

Ele levantou a cabeça de forma repentina, quase em um sobressalto. Então sorriu.

— Não. Minha família não era disso.

Senti vontade de perguntar mais sobre sua família e os hábitos deles. Queria saber tudo sobre o *Lady Lu*, sobre suas praias favoritas, e como ele gostava de preparar as anchovas, mas naquele momento o sino anunciando que o jantar estava servido começou a tocar.

— Espero que você goste de lagosta — falou Nick, com um sorriso.

Ele estendeu a mão, e eu a segurei, tomando o cuidado de não o deixar sentir muito de meu peso enquanto me levantava. Sua palma era quente e calejada, e pareceu a coisa mais natural do mundo irmos de mãos dadas para a fila do bufê. Variados tons de laranja e dourado tingiam o céu, e o vento estava mais forte, fazendo uma fina camada de areia se erguer pela praia e deixando as ondas do mar cada vez mais espumadas.

— É o momento mágico — murmurei, admirando aquela luz.

Então me lembrei de que não estava ali só para me divertir.

— Ei — falei, sacando o celular. — Você se incomodaria de tirar umas fotos minhas?

— Para o *Insta*? — perguntou ele com um sorrisinho maroto.

— Ei, esse é meu ganha-pão.

Abri o aplicativo da câmera, entreguei o celular para Nick e fui andando para a água, levantando a saia à medida que a água avançava, quente e espumante, em meus joelhos. Senti o repuxo da maré, e a areia erodindo sob meus pés. Senti o cheiro de lagosta, espiga de milho grelhada e um toquezinho de podridão; eram os caranguejos e peixes se decompondo em meio às algas debaixo d'água.

— Vire para lá — orientou Nick, apontando com o queixo.

— Ah, você é meu diretor de arte agora? — perguntei, virando para onde ele havia indicado e sorrindo quando o vento levantou meu cabelo.

— Muito bom — elogiou ele, e vi a noiva se aproximar.

— Ei, Drue! — gritei.

— Aí está você! — exclamou ela, passando correndo por Nick e entrando na água, entrelaçando o braço no meu.

— Um, dois, três — contou Nick.

Sorri, inclinando a cabeça para encostar na de Drue. Senti o corpo dela tremer, como se uma corrente elétrica estivesse atravessando seu corpo. Os olhos dela estavam arregalados.

— Está tudo bem? — perguntei.

— Lógico! — respondeu minha amiga, que devia ter clareado os dentes pouco tempo antes, ou colocado novas facetas dentárias. Seu sorriso sempre tinha sido branquíssimo, mas naquele dia estava quase ofuscante. — Estou muito mais que bem! Vou me casar amanhã!

— Pois é! Eu sei!

Ela passou os braços em torno do próprio corpo. Com os pés afundados até os tornozelos na água, começou a fazer uma dança engraçada, saltitando, balançando os braços, jogando água em mim enquanto Nick gritava para sorrirmos. *Talvez ela não estivesse ansiosa*, pensei comigo mesma. Talvez estivesse só empolgada, eufórica com a chegada de seu grande dia e do início de sua vida com Stuart.

Logo em seguida, Drue me deu um beijo na bochecha.

— Trate de postar essas! — instruiu ela, e saiu correndo para longe.

Quando Nick devolveu meu celular, dei uma olhada nas fotos, prendendo a respiração. Darshi, que até então era minha fotógrafa não oficial para o Instagram, sabia que, se não me fotografasse de cima, eu pareceria ter múltiplos queixos, mas, mesmo sem esse aviso, Nick tinha feito um trabalho aceitável. *Mais do que aceitável*, pensei, olhando para uma das últimas imagens. Drue e eu estávamos rindo, de frente uma para a outra, com as gotas d'água que ela havia chutado à nossa frente. Ríamos com os olhos fechados e a boca aberta, com o cabelo e a pele brilhando em meio àquela luz linda cor de pêssego.

— Ei, ficaram ótimas! — elogiei.

— Fico feliz em ajudar.

Apliquei um filtro rápido à melhor foto e postei com a legenda: "Lindo vestido, linda noite, linda noiva", tomando o cuidado de usar a hashtag do casamento de Drue e de marcar todas as outras relacionadas, como a da Leef. Assim que terminei, Nick me pegou pelo braço e me levou para o bufê. As pessoas estavam formando fila: os homens resplandecentes nas camisas de linho e bermudas estampadas Madras, e as mulheres com vestidos de verão de cores chamativas. Dava para sentir o cheiro de frutos do mar e de lenha queimando, além de perfume e loção pós-barba, vinho, cerveja, champanhe e, por trás de tudo, o odor salgado do mar.

Nick e eu enchemos os pratos com lagosta, marisco e espiga de milho antes de voltarmos para nosso lugar nos tapetes macios diante da fogueira mais distante da festa, em um cantinho que parecia feito sob medida para dois. Comemos, e ele finalmente começou a falar de si mesmo: de quando ele e os primos levaram a avó para jogar bingo em Provincetown, mas sem saber que era um bingo de drag queens, e não tiveram coragem de contar para a velhinha que a mulher de vestido de lantejoulas verdes e sombras nos olhos combinando, que fazia piadas e cantava o número diante da plateia, não era uma aposentada como ela, e ou que nem sequer era uma mulher.

— Acho que o nome já dava uma boa dica.
— E qual era?
— Paula Trazz.

Caí na risada, e ele sorriu. Eu estava gostando de sua companhia, do som de sua voz, de ver suas mãos grandes manipulando com habilidade o quebrador de lagostas, seus dedos removendo toda a carne das patas. Uma mancha de manteiga brilhava em seu queixo, e senti um quentinho na barriga ao imaginar como seria lambê-la para deixá-lo limpinho.

— Guarde espaço para a sobremesa — avisou Nick. — Tem um bufê de sundae também. Com sorvete da Sweet Escape, aqui pertinho. — Ele me contou que a sorveteria fabricava trinta sabores diferentes e que, no ano anterior, ele e os amigos tentaram provar todos. — Estava indo tudo muito bem até chegarmos ao sorbet de figo. Aquilo acabou com a graça. Foi tipo voltar à arrebentação de Ryder Beach.

Ele me ajudou a me levantar de novo, entregou os pratos vazios a um garçom e me conduziu para as mesas, forradas com toalhas brancas, com os atendentes uniformizados a postos com colheres de sorvete nas mãos. Já estava escuro a essa altura, e as fogueiras queimavam alto, com as chamas lançando cinzas acesas no céu estrelado. O vento estava mais forte, e o ar, quase gelado. Os garçons empilhavam cobertores perto da fogueira, além de calças e blusas de moletom com um emblema de coração com os dizeres "Dru&Stu".

— Quer uma blusa? — ofereceu Nick, pegando uma.

— Não, estou tranquila — respondi, acrescentando mais mil dólares à conta com as despesas do casamento.

— E se pegarmos um cobertor? — sugeriu ele.

Ai, meu Deus. Senti vontade de me beliscar para me certificar de que não estava sonhando; que aquele cara bonito, atencioso e bonzinho queria se sentar debaixo de um cobertor comigo. Talvez o universo estivesse tentando compensar o fiasco do ensino médio.

Eu tinha acabado de pegar uma tigela com uma bola de sorvete quando ouvi vozes se exaltando: um homem aos berros e uma mulher tentando acalmá-lo. O vento mudou de direção, e foi possível discernir as palavras:

—... você já me deu no saco, porra! Já estou cansado dessa merda toda!

Virei o pescoço e, longe das fogueiras e perto das dunas escuras, estava o pai de Drue, gesticulando com os braços abertos. Drue estava diante dele, contorcendo as mãos, parecendo querer cavar um buraco na areia e sumir.

— Papai — disse ela em um tom de súplica que eu nunca tinha a ouvido murmurar.

— Não me venha com essa de "papai". Você e sua mãe são tudo farinha do mesmo saco. — Era possível ver o cuspe voando de sua boca enquanto ele gritava, apontando um dedo para a duna e para a casa lá no alto. — Cem mil dólares em aluguel de casa? Dez mil para andar menos de dez quilômetros dentro de um Bentley? — Em seguida, ele apontou para o chão. — Tapetes antigos de seda tecidos à mão para jogar na areia?!

Drue parecia estar chorando.

— Você mesmo disse que queria que estivesse tudo bonito.

— *Bonito* já estaria ótimo. Isso aqui é *ridículo*.

Ele chutou um tapete, furioso.

— Mas eu prometo que...

Drue virou a cabeça e pôs a mão no antebraço do pai. Não ouvi o que ela disse, mas dava para ver que estava oferecendo algo para tentar aplacá-lo, mas não estava funcionando.

— Já chega! — O sr. Cavanaugh parecia furioso, e bêbado. Reconheci aquele modo de enrolar as palavras da vez que eu o encontrara na casa de Drue no meio da noite, na escuridão. — Já chega! — gritou de novo.

— Robert, modere o tom de voz.

Se Drue parecia desesperada e seu pai, revoltado, sua mãe permanecia fria como os vapores de um martíni com gelo. Ela pôs a mão no braço do marido, que se desvencilhou dela com tanta força que a fez cambalear e quase ir ao chão antes de conseguir recuperar o equilíbrio. Drue estremeceu, mas a expressão de sua mãe não mudou.

— Você está dando vexame.

Robert Cavanaugh sacudiu a cabeça.

— Quer saber? Eu achei que isso poderia ser bom. Confiei em você. Um grande erro.

Ele enfiou as mãos nos bolsos, virou as costas e foi subindo as escadas, dois degraus por vez.

Drue ficou paralisada por um momento, com uma expressão chocada e infeliz. Sua mãe disse alguma coisa, e Drue respondeu, mas o vento havia mudado de novo, e não consegui entender nenhuma palavra. Quando Lily pôs a mão no braço da filha, Drue balançou a cabeça, se virou e saiu correndo escada acima atrás do pai.

— Ah, nossa — murmurou Nick.

Seu braço me envolveu e, apesar de estar preocupada com minha amiga, percebi que a sensação daquele toque não me incomodava nem um pouco.

Lily voltou para a luz da fogueira e para os presentes, levantando os braços e abrindo um grande sorriso de boa anfitriã.

— Peço desculpas pelo incômodo — disse ela, batendo palmas duas vezes. — Enfim, quem vai querer sundae e café irlandês?

Alguns dos convidados mais jovens e embriagados gritaram em aprovação. Com um esforço tão palpável que era possível ouvi-lo, os convidados pegaram os talheres e retomaram as conversas, fazendo questão de não olhar para a anfitriã nem para as escadas. Quando dei uma espiada naquela direção, uma mulher que imaginei ser a avó de Drue havia puxado a sra. Cavanaugh de canto e falava com ela de um jeito urgente. Também percebi que vários convidados estavam com os celulares nas mãos, e fiquei me perguntando quantas trocas de mensagens aquela cena não devia ter inspirado.

Meu celular apitou dentro do bolso. Era Darshi. Mande notícias, ela havia escrito. Preciso de fotos. Senti um aperto no coração. Fiquei sem saber o que contar, sem saber se ela se deliciaria com os detalhes do sofrimento de sua rival ou se sentiria pena de Drue. E eu sabia que estava na hora de cumprir um de meus deveres como madrinha, mesmo que isso significasse perder a chance com Nick.

— Vou ver como Drue está — avisei. — Se não nos vermos de novo ainda hoje, espero encontrar você amanhã, no casamento.

Ele voltou a sorrir. Por um instante, pensei que fosse me beijar. Em vez disso, apertou meu antebraço, cravando os dedos em minha pele.

— Vá cuidar de sua amiga — recomendou ele, antes de apontar com o queixo para meu celular. — Se precisar de mais fotos amanhã, é só avisar.

Nove

Passei no bar para pegar um copo de água gelada e duas doses de tequila, e surrupiei uma garrafa de vinho branco de dentro de um balde de gelo na lateral do balcão. Com a água em uma das mãos, os copos de bebida na outra e o vinho embaixo do braço, além de duas taças comprimidas contra o peito, corri escada acima, com a bainha do vestido balançando atrás de mim. Na mansão, a porta do quarto de Drue estava trancada.

— Drue — chamei.

Bati na porta e ouvi o rangido da cama e passos pelo piso de madeira nobre.

— Lá vem a noiva — gritou ela com a voz embargada.

Quando a porta se abriu, vi que Drue tinha chorado ou arrancado toda a maquiagem. Seu cabelo estava preso em um rabo de cavalo, e ela havia trocado o vestido de festa por uma camiseta de Harvard e uma calça de moletom. Os pés estavam descalços, e as joias todas removidas, a não ser pelo enorme anel de noivado. O homem que o tinha dado não estava por perto.

— Certo. A madrinha de casamento chegou com a melhor água gelada do mundo — avisei, mostrando o copo. — Tenho tequila também. E vinho. E posso voltar até o bar e pegar o que mais você quiser. Eu lamento muito... — Fiz uma pausa, pensando no que dizer, e no fim decidi por: — Tudo isso. Você está bem?

Drue ficou olhando para as bebidas. Então seu rosto se contorceu, e ela começou a chorar, soluçando tanto que mal conseguia respirar. Deixei as coisas que tinha trazido em cima da cômoda ao lado da taça de champanhe que Drue devia ter pegado em algum momento e fui abraçá-la, dando tapinhas em suas costas e murmurando coisas como "vai dar tudo certo" e "não se preocupe, está tudo bem". Ela parecia estar tentando dizer alguma coisa, mas só saía a palavra "pai".

— Ei. Respire fundo. Vamos nos sentar.

Eu a coloquei na cama e a deixei chorar abraçada a mim. Quando os soluços diminuíram, ela se deitou na cama de lado, de costas para mim, agarrada ao travesseiro. Coloquei uma manta leve sobre ela e acariciei suas costas com movimentos circulares. Quando sua respiração se acalmou, fui até o banheiro, molhei uma toalha de mão e pressionei em sua testa e rosto.

— Isso é bom. — A voz dela soou pesada e rouca.

— Minha mãe fazia isso quando eu tinha febre.

Drue começou a chorar de novo.

— Eu queria... que minha mãe... — balbuciou ela entre um soluço e outro.

Continuei acariciando suas costas, perguntando-me onde estaria a mãe de Drue, e por que ela decidira que era mais importante garantir o conforto dos convidados a verificar como a própria filha estava. Presumi que o pai de Drue tivesse deixado o local, e me perguntei se ele apareceria no casamento no dia seguinte. Então me perguntei se sequer haveria um casamento no dia seguinte.

Drue respirou fundo, ainda trêmula, e se sentou na cama. Enxugou o rosto com a bainha da camiseta, pegou uma dose de tequila e apontou com o queixo para a outra, então eu a peguei.

— Por dias melhores — brindei.

Ela bateu o copinho no meu. Viramos a bebida de uma vez, e eu lhe entreguei a água.

— Você tem que se hidratar — orientei, e fiquei observando enquanto ela bebia tudo.

Drue deixou o copo de lado e secou a boca com a mão.

— É verdade — disse ela. — Tudo o que ele disse é verdade.

Sua voz soou embargada, e seu rosto estava vermelho e manchado.

— Como assim?

— A questão do dinheiro. — Ela respirou fundo de novo. — Minha mãe quis gastar o máximo possível com o casamento, mas não por minha causa. Como uma retaliação contra ele. Esse é o objetivo de tudo isso. Ela queria desferir um último golpe. Eles estão se divorciando.

— Ah, Drue. Eu sinto muito.

— Pois é. — Ela abaixou a cabeça. — Descobri faz pouco tempo. O tempo inteiro, enquanto organizávamos tudo, escolhíamos as coisas, minha mãe vivia dizendo que eu deveria ter tudo o que quisesse. Que seria meu grande dia, sabe, e que era isso que meu pai queria para mim.

Seu lábio inferior tremia, e os olhos estavam se enchendo de lágrimas de novo. Ela se virou para o outro lado, piscando, jogando o cabelo brilhante por cima do ombro.

— As coisas não andam bem nos negócios de meu pai nos últimos anos, mas eu sempre soube que tinha condições de reembolsar os gastos, por mais caro que o casamento fosse. Tenho um fundo de herança para receber do outro lado da família. Vai passar para minhas mãos quando eu fizer 30 anos ou me casar. — Ela balançou a cabeça, tentando sorrir. — O patriarcado é mesmo uma maravilha. "Você não pode receber o dinheiro até ter idade para tomar as decisões certas, ou até se casar e deixar um homem qualquer decidir tudo em seu lugar." Quer dizer, e se eu me casasse aos 16 anos, com um garoto de 17? — Ela pigarreou. — Enfim. Foi minha mãe quem quis tudo isso. Ela e meu pai se casaram escondidos. Já te contei isso?

Neguei com a cabeça.

— Pois é. Lily engravidou no terceiro ano de faculdade na Sweet Briar. Ela e meu pai se casaram só no civil. Quando estávamos planejando o meu, pensei que fosse por isso a insistência de fazer tanta coisa. Que era uma forma de compensar pelo que ela não teve. Tudo isso, a festa na praia, a decoração, a cama, a comida, o carro... ela escolheu cada detalhe. Ficava me incentivando a mergulhar de cabeça, fazer uma coisa fabulosa, a festa do ano, que meu pai ia querer isso para mim, e eu pensei... — A voz dela falhou. — Pensei que quisesse mesmo. Pensei que ele se importasse. Que finalmente ia se mostrar presente, só para mim. Que veria como tudo ficou incrível, e acharia incrível também. E ficaria orgulhoso de mim. Pela primeira vez na vida.

— Drue. Com certeza seu pai tem orgulho de você. — Eu me lembrei da foto no *New York Times*: os dois no alto do prédio, com a cidade a seus pés. — Como não teria?

Drue soltou uma risadinha amargurada.

— Ele estava com uma ressaca tão brava na nossa formatura do ensino médio que saiu no meio da cerimônia. E nem se deu ao trabalho de aparecer quando eu me formei na... — Ela parou de falar, sacudindo a cabeça. — Não tem importância. São águas passadas. Eu só pensei que ele fosse tentar se comportar no meu casamento, sabe. Ou no mínimo não dar vexame. — Seu lábio inferior tremia. — Só que a questão aqui não somos nem eu e Stuart. É ele. A relação dele com ela. Eu sou só a arma que eles usam para atingir um ao outro.

Ela começou a chorar de novo. Acariciei suas costas e, quando minha amiga se recostou, acomodando a cabeça em meu ombro, eu a abracei com força.

— Você não precisa passar por tudo isso — falei. — Pelo menos não aqui, desse jeito, no meio de uma briga que não é sua. É só adiar e remarcar para seis meses, em outro lugar. Casamentos em destinos peculiares estão muito na moda!

Ela abriu um sorriso triste.

— Está tudo pago. E não é reembolsável. Está todo mundo aqui. Tudo pronto. Enfim. — Ela apontou com a mão para a festa e suspirou de novo, abaixando a cabeça. — Tenho três vestidos. Já contei isso? — Tinha contado, sim, lógico, mas não interrompi. — Um para a cerimônia, um para a festa e um para o pós-festa. Esses vestidos provavelmente custaram mais que... — Balançou a cabeça de novo. — Minha nossa, não sei nem o que pensar. E minha mãe só ficava falando: "Vá em frente, pode fazer o que quiser. É o que seu pai quer para você".

— Você vai estar linda. Deslumbrante. A noiva mais maravilhosa já vista. — Eu a olhei bem nos olhos. — Mas, falando sério, Drue, se não estiver se sentindo à vontade, se achar que você e Stuart ficaram em segundo plano, é direito seu cancelar tudo. Ou adiar. Vou ligar para Darshi. Ela está em Boston. Pode chegar aqui em menos de duas horas. Podemos fugir com você para Bora Bora.

Drue soltou uma risada entre soluços.

— Darshi me odeia.

— Bom, você ficou filmando quando puxaram a calcinha dela para fora da calça e postou o vídeo na página da sala no Facebook — argumentei.

A risada que Drue soltou em seguida foi bem menos chorosa.

— Isso foi péssimo. Acho que preciso pedir desculpas.

— Com certeza precisa. E sei que para Darshi seria importante. Mas não hoje. Hoje, trate de cuidar de você.

Drue me envolveu com os braços bem torneados e me abraçou com força.

— Eu não tenho como agradecer por você estar aqui.

— O prazer é todo meu. E vai ser tudo ótimo. O tempo vai estar perfeito. Vinte e poucos graus, com períodos nublados, uma brisa leve. Sua saia de chiffon vai esvoaçar à vontade, seus cachos vão ficar no lugar, você vai ficar parecendo um anjo. E agora, do que mais você precisa? Mais água? Um analgésico? Seu noivo?

Ela parecia estar prestes a dizer alguma coisa. Estava com a boca aberta, e os olhos fixos nos meus. *Fique aqui comigo*, pensei que fosse ouvir. *Não vá embora*. E eu ficaria, lógico. Porque ela era a noiva. E minha amiga. E estava em um estado que ninguém desejava nem para a pior inimiga. Mas ela fechou a boca, ajeitou o cabelo, levantou a cabeça, e eu vi quando o véu da riqueza e do privilégio foram recolocados no lugar; quando, mais uma vez, ela se tornou a linda e intocável Drue Lathrop Cavanaugh: a garota mais sortuda que já conheci na vida.

— Eu vou ficar bem. Só preciso, tipo, de um sono de beleza. Amanhã tudo vai estar melhor. — Ela tentou sorrir quando me deu um empurrão de brincadeira. — Você deveria ir atrás daquele cara.

— Que cara? — questionei.

— Ah, qual é — disse ela, me cutucando com ainda mais força. — O bonitinho de cabelo enrolado. O que tirou nossa foto. Ele gostou de você. Está na cara.

Por um instante, eu me senti de volta aos tempos de colégio. "Ele gostou de você. Está na cara."

— Qual é o nome dele? — perguntou Drue.

Eu me obriguei a sorrir.

— Nick Andros. Ele disse que vocês aprenderam a velejar juntos.
— No Iate Clube do centrinho — disse ela, com o rosto se iluminando por um instante.
— Você não se lembrava? Ele disse que você e suas amigas o trancaram no depósito uma vez. E que você pôs caranguejos no sapato dele.
Ela deu risada e sacudiu a cabeça.
— Seria bom se só isso bastasse para identificar alguém, mas infelizmente não é. Não sei se você sabe, mas eu era uma menina meio malvada na adolescência.
— Não me diga.
— Mas aposto que a vovó Lathrop se lembra dele. Meu pai disse que ela convidou metade de Cabo Cod. Essa foi, tipo, a reclamação número 37. Pergunte para ela se quiser saber algum podre do cara ou da família dele. Ela deve estar lá no bar.
Nick não tinha dito nada sobre a família estar presente. Por outro lado, eu também não perguntara. De qualquer forma, preferi não ficar interrogando Drue. Principalmente se os dois tivessem tido um casinho em algum momento. Se isso acontecera, eu preferia não saber.
— Seja quem for, ele é uma gracinha. Vai fundo — encorajou ela, me dando um empurrão para me incentivar. — Vejo você de manhã.
— Tem certeza?
— Absoluta.
Quando chegamos à porta, ela me abraçou. Foi um abraço de verdade, e não aquela coisa de mãos nos ombros e corpos afastados que a vi fazendo com os outros convidados na praia.
— Obrigada, Daphne — murmurou Drue em meu ouvido. — Obrigada por ser minha amiga.

~~~~~

Saí do quarto de Drue pelo deque, porque precisava de um pouco de ar fresco. As fogueiras e as luzes da festa se projetavam vividamente contra o céu noturno e a escuridão do mar. Era possível sentir o cheiro de algas e fumaça e ouvir as ondas e os primeiros acordes de uma música da Beyoncé, o que indicava que o DJ já estava no comando do som.

Quando cheguei à metade do deque, ouvi uma voz vinda de um canto escuro.

— Ela está bem?

Soltei um gritinho e dei um pulo de susto, virando-me para tentar distinguir o rosto e o corpo do dono daquela voz.

— Quem está aí?

— Desculpe. — Uma figura emergiu das sombras e foi em minha direção, colocando-se sob a luz. — Eu não queria assustar você.

Mordi o lábio inferior enquanto olhava para o desconhecido. Se por um lado Nick e os amigos do noivo mostravam todos os trejeitos de quem nascera em berço de ouro e se sentia à vontade em qualquer lugar, com a certeza de que não precisavam provar nada para ninguém, que já tinham bem nítido qual era seu lugar no mundo, aquele cara não parecia confiante nem confortável ali. Seu cabelo era grosso e escuro, com um penteado que escondia a testa. Tinha a pele escura, sobrancelhas grossas, rosto estreito e olhos castanhos enormes atrás dos óculos de lentes grossas e armação de plástico.

Do pescoço para baixo, as coisas só pioravam. O peito era estreito, a barriga, flácida, os quadris largos e as pernas, finas como gravetos. Estava usando o mesmo modelo de bermuda de Nick, só que, em vez de desbotada e confortável, de um tom salmão, a sua ainda estava vermelha como um caminhão de bombeiros, com a cintura colocada lá no alto, e tão larga nas pernas que as fazia parecer ainda mais magrinhas. Ele estava sem cinto, o que era um grande erro, com a camisa polo para dentro, outro equívoco grave, e um chumaço de pelos escapando pela gola V. Em vez de descalço, de chinelo ou mocassins, estava calçando (até pisquei algumas vezes para confirmar) sandálias. Tevas. Com meias esportivas brancas até as canelas peludas.

— Drue está bem? — perguntou ele outra vez, com um tom um pouco mais urgente.

— Está, sim — falei. — Você... é amigo dela?

Parecia bem improvável que ele fosse amigo de Drue, muito menos de Stuart.

— Um amigo dela — repetiu ele, e pigarreou. — Sim. Eu trabalho com o sr. Cavanaugh.

— Ah.

Isso pelo menos fazia algum sentido. Imaginei que fosse algum gênio da tecnologia, sem nenhum traquejo social, mas inteligentíssimo.

— Eu vi o que aconteceu... — Ele apontou para a praia. — Fiquei preocupado. Com a noiva.

— Você conhece Drue?

Ele abriu e fechou a boca, negando com a cabeça.

— Não muito bem. Mas mesmo assim. — O homem levou a mão ao peito, e seu pomo-de-adão subiu e desceu quando ele engoliu em seco. — O noivo dela está lá?

— Quando eu saí, não estava.

O desconhecido soltou um suspiro, parecendo incomodado.

— Eu vim trazer isto para ela. — Ele alcançou algo atrás dele e me mostrou um copo d'água. — Mas vi que você já fez isso. Você é a amiga dela do colégio, certo?

— Certo — respondi, sem entender por que alguém que mantinha apenas relações profissionais com o sr. Cavanaugh sabia tanto a respeito de sua filha. Por outro lado, ele não tinha dito nada que não pudesse ser descoberto com uma rápida espiada no perfil de Drue no Instagram. — Enfim. Vejo você no casamento amanhã!

Ele assentiu.

— Sim. Nós nos vemos lá.

Que estranho, pensei. Atravessei o deque e abri a porta do lado de Drue da banheira de hidromassagem. Talvez ele a tivesse visto no trabalho e se apaixonado por ela. Talvez fosse um Romeu apaixonado, que fora lá se torturar vendo a mulher que amava se casar com outro. *Ou talvez*, pensei comigo mesma enquanto abria a porta para meu deque, *fosse só um cara normal e gente boa querendo fazer uma gentileza.*

Quando entrei em meu deque, meu coração disparou. Lá estava Nick Andros, sentado na beirada do sofá com duas doses de bebida na mão.

— Achei que você fosse precisar de uma bebida — falou ele, me entregando um copo.

— Você não faz ideia.

Eu me sentei ao seu lado e bati o copinho no dele antes de virar tudo em um só gole. O uísque fez meus olhos arderem, deixou minha garganta em chamas e meu peito agradavelmente quente.

— Esse lugar é surreal — comentou ele, inclinando a cabeça para observar a casa. — Aposto que eu poderia vir morar em um dos quartos de hóspedes e ninguém nem perceberia minha presença.

— Você e mais uma família de quatro pessoas — comentei.

— Então, o que está rolando? — perguntou, com a expressão preocupada. — Tudo bem com você? E com ela?

Assenti.

— Eu estou bem. Drue, nem tanto.

Ele balançou a cabeça.

— Os casamentos trazem à tona o que existe de pior nas pessoas. Duas primas minhas brigaram porque Ellie queria um casamento só com convidados adultos, e Anne apareceu com o bebê dela. Vestido com um minismoking que ela obviamente tinha comprado especialmente para a ocasião.

— Uau — murmurei.

Decidi não comentar o fato de que Drue não se lembrava dele. Ela estava chateada e talvez tivesse bebido um pouco demais, e ainda tivera a briga. Com certeza a combinação de sentimentos exaltados, álcool e uma lista de quatrocentos convidados poderia explicar a falha na memória.

— Você acha que ainda vai ter casamento amanhã? — questionou ele.

— Ah, com certeza os Lathrop Cavanaugh vão arrumar um jeito de varrer tudo para baixo do tapete. Essas famílias brancas protestantes e tradicionais, sabe como é — comentei, e então, tarde demais, fiquei torcendo para que ele não fizesse parte de uma.

Nick devia ter percebido o que eu estava pensando, porque sorriu e sacudiu a cabeça.

— Sou descendente de portugueses, irlandeses e italianos — contou ele. — Católicos não praticantes. Em todas as reuniões de família, duas coisas estão garantidas: uma lasanha e um quebra-pau. E lasanha no Dia de Ação de Graças, para quem não gosta muito de peru. E lasanha no Natal, para quem, além de peru, também não gosta de tender.

— São meu tipo de gente — falei, abrindo um sorriso.
— Foi muita gentileza sua ter ido conversar com ela.

Ele pôs a mão em meu ombro e apertou de leve, só um breve toque, mas que senti se espalhar por todo meu corpo.

— E então, o que foi aquilo?

— Acho que os pais da noiva estão se desentendendo em alguns pontos em relação ao casamento — respondi, parabenizando a mim mesma.

Se existissem medalhas para o melhor uso de eufemismo, eu provavelmente seria uma séria competidora.

— Stuart estava lá com Drue?

— Não estava.

Decidi não contar nada sobre o esquisitão que estivera esperando no deque do lado de fora do quarto. Eu estava excessivamente desconfiada. Provavelmente era um cara legal, e o mundo precisava de mais gente assim, de mais confiança e menos ceticismo.

Nick apertou os lábios, parecendo pensativo antes de me lançar um olhar com o queixo abaixado e as sobrancelhas erguidas, uma expressão inconfundível de quem tinha um segredo a revelar.

— Que foi? — perguntei.

Ele baixou a cabeça.

— É melhor não falar nada.

— Ah, qual é — reclamei, batendo nele com o quadril de um jeito brincalhão. Foi como bater em uma parede de tijolos. Ele era forte. Grande e forte. — Agora você precisa contar.

— Então... sério mesmo que tem uma banheira de hidromassagem ali?

Sorri, lançando um olhar um tanto malicioso para ele. A não ser que eu estivesse muito enganada, ele estava esperando um convite e, apesar de a perspectiva de entrar em uma banheira de hidromassagem com Nick não fosse má ideia, eu também precisava descobrir um eventual podre relacionado ao noivo.

Ele ficou de pé, pegou minha mão e me levou de volta ao lugar de onde eu tinha vindo, a porta em meio à cerca-viva, a qual ele fechou e trancou atrás de nós. Em seguida, apertou o botão que acionava o motor da banheira, tirou a camisa e a jogou em uma das espreguiçadeiras. A pele de seus ombros parecia tentadoramente macia. Dava para ver sua musculatura e a cintura que se estreitava em um V. O peito estava obscurecido por pelo castanho-escuro, e uma trilha descia para baixo do umbigo e desaparecia sob o cós da bermuda.

Uma mulher mais corajosa (Drue, por exemplo) poderia ter arrancado o vestido e entrado na água de calcinha e sutiã. Eu ainda não era essa mulher.

— Já volto — avisei antes de correr lá para dentro.

Eu estava usando minha confiável cinta modeladora, feita de um material tão firme que levei uns bons dez minutos para tirar. O maiô da Leef, o Darcy, também estava na bagagem, para eu tirar fotos com ele na praia. E havia também um biquíni, que eu só usava na privacidade de meu quarto. Era azul-marinho com bolinhas roxas. A parte de cima era no estilo cava americana, e a de baixo tinha a cintura bem alta e retrô, então era bem discreto. Mesmo assim, ainda era um biquíni, e deixava exposto para o mundo todo parte de minha barriga branca e mole.

É agora ou nunca, pensei, vestindo o biquíni e minha saída de banho branca de renda por cima. Prendi o cabelo com uma presilha, passei um pouco de brilho labial e peguei o celular. Tenho muita coisa para contar, escrevi para Darshi. Uma briga, um cara gato, um desconhecido misterioso, falo mais em breve. Vi os pontinhos indicando que Darshi estava respondendo, mas, em vez de esperar para ler, joguei o celular na cama e saí descalça para entrar na banheira antes que perdesse a coragem.

Nick estava na água e sorriu para mim em meio ao vapor. Engolindo em seco, vi sua camisa e... sua bermuda na espreguiçadeira ao lado. Ele estava nu ali dentro?

— Estou de cueca — avisou ele, como se estivesse lendo meus pensamentos. — Vem cá. A água está ótima.

Com um movimento rápido, que torci para que não tivesse parecido muito desengonçado, tirei a saída de banho, joguei-a no encosto da espreguiçadeira, que julguei estar próxima o bastante para ser alcançada de dentro da água, e entrei na banheira. A água estava deliciosamente quente, e havia álcool suficiente em meu organismo para que eu continuasse me sentindo feliz e expansiva, à vontade comigo mesma e em paz com o mundo. Parte de mim se perguntava por que Nick estava se esforçando tanto para me agradar. Outra parte repreendeu a mim mesma por duvidar de que ele pudesse se interessar por mim. E a parte predominante queria passar as mãos em seus ombros e sentir se aquela pele era macia como parecia.

— Então, me conte — pedi.

— Como é? — perguntou ele, colocando uma das mãos em concha atrás da orelha.

Cheguei mais perto, localizando o contorno de um assento sob a água borbulhante. Nick passou o braço sobre meus ombros, me puxando com delicadeza para junto de si, e aproximei a boca de seu ouvido, sentindo o calor de sua mão em meu ombro e seu hálito quente de cerveja em minha bochecha.

— Stuart era noivo antes de se envolver com Drue, certo?

Assenti.

— De Corina. Do programa na TV.

Por um bom tempo, Nick ficou em silêncio. Eu só ouvia o motor da banheira, o som da água se chocando contra as bordas e o ruído que vinha da praia, com a música sendo trazida junto ao cheiro de fumaça das fogueiras.

— Eu cheguei aqui mais cedo, então tinha um tempinho livre. Fui dar uma caminhada em Corn Hill, onde fica a praia aberta ao público. — Ele apontou com o polegar para a esquerda, indicando para que lado ficava a tal praia. — E vi Stuart com uma garota.

— E não era Drue.

Nick negou com a cabeça. Senti o coração se apertar, pensando em Drue.

— Você sabe quem era?

— Não deu para ver direito. Ela tinha um cabelo bem clarinho.

Corina, pensei.

— Putz — murmurei.

"Corina e Stuart são amigos!", foi o que Drue me dissera. Além disso, a presença dela criava um burburinho. A revista *People* provavelmente escreveria alguma coisa a respeito. Talvez publicasse uma foto.

— O que eles estavam fazendo?

— Conversando, no geral — confidenciou Nick. — Mas bem de perto. Tipo, como se fossem se beijar.

Percebi que eu mal respirava. Estava em choque. Fiquei me sentindo mal por Drue. Mas, além do choque e da empatia, havia uma sensação perversa de satisfação. Ao que parecia, parte de mim se deleitava com a ideia de que Stuart pudesse não amar Drue, a parte de mim que ainda queria ver minha amiga magoada.

— Eu não entendo. Se Stuart ainda é apaixonado por Corina, por que não se casou com ela? A emissora pagaria tudo. Tinha uma data marcada para exibição na TV e tudo mais.

— Vai saber? — Os músculos de Nick se flexionaram quando ele deu de ombros. — Talvez Drue tivesse alguma coisa que ele queira. E que Corina não tem.

— Ai, meu Deus. — Tentei estabilizar a respiração e pensar direito. — Preciso contar para ela. — Olhei para Nick, em busca de uma confirmação. — Eu preciso contar, certo?

Nick ficou em silêncio de novo antes de responder:

— Será que ela já não sabe?

Fiquei de queixo caído. Ele levantou as mãos.

— Não estou dizendo que sim. Mas, se não souber, talvez ela acabe descontando em você, a pessoa dando a notícia?

— Eu não posso deixar minha amiga se casar com um cara que está sendo infiel desde já.

Eu me recostei na borda da banheira. Já conseguia imaginar a cena: Drue, ainda com lágrimas nos olhos, abrindo a porta. Eu, com o cabelo molhado e enrolada em uma toalha, dizendo que o noivo dela tinha sido visto em uma posição comprometedora com a ex. Drue me dizendo que era mentira, que era só uma tentativa de vingança por aquela noite no bar, uma invenção minha para magoá-la. Que eu era uma gorda estúpida e horrorosa e que na verdade ela nunca gostara de mim, só sentira pena, que todo mundo tinha pena de mim.

— Eu não entendo — respondi. — Quer dizer, você conhece Drue. — Nick assentiu, e continuei: — Ela tem tudo. É bonita, rica, herdeira dos negócios da família. Por que se casaria com um cara que não é apaixonado por ela?

— Sei lá. Talvez ela quisesse um determinado tipo de cara. Talvez tivesse um prazo definido na cabeça. Talvez nada mais estivesse funcionando para ela.

Nick encheu as mãos de água e jogou no rosto. Depois pegou mais um pouco e derramou sobre a cabeça, fazendo os cachos grudarem na testa e nas bochechas. Reparei em suas unhas, cortadas bem curtas, e nos pelos finos em seus dedos. Fiquei sem fôlego de novo, e meu coração acelerou.

— Ou talvez pense que Stuart é realmente apaixonado por ela — continuou ele. — Talvez ele venha mentindo mesmo, talvez a esteja enganando esse tempo todo.

— Ah, nossa — falei, afundando na água borbulhante. — O que eu faço? — Minha voz soou triste e baixa. — Coitada da Drue.

Nick estendeu um braço atrás de mim, tateando para pegar a bermuda que tinha deixado na espreguiçadeira. Ele pegou um frasco prateado do bolso, abriu e ofereceu para mim. Dei um gole e senti o uísque deixar um rastro quente em meu peito. Ele bebeu também, jogou a bebida de volta na cadeira e me abraçou de novo, me puxando para perto.

— Acho que o melhor que você pode fazer é oferecer sua amizade — disse ele. — Apoiar as decisões dela e estar presente se tudo for mesmo por água abaixo.

Assenti, sentindo-me desolada.

— Um brinde aos finais felizes.

Nick me pegou pela cintura e me virou para ele, me puxou e me colocou em seu colo, tão próxima de seu rosto que nossos narizes quase se tocaram. Reparei que seus olhos não eram castanhos, eram cor de avelã com toques de verde. Gotas de água brilhavam em sua barba por fazer, sua boca e seu queixo.

— Oi — disse ele bem baixinho.

— Oi — sussurrei de volta.

Senti a respiração se acelerar quando Nick me segurou pela nuca, e tive um momento de gratidão pela água, por tornar meu corpo mais leve quando ele me puxou para si. O toque de seus lábios foi gentil, hesitante de início, mal roçando os meus. Sua boca tinha gosto de uísque e sal. Passei a mão em seu cabelo, enfiando os dedos em seus cachos, sentindo os ossos da cabeça em minha palma, e o beijo ficou mais profundo. A água borbulhante se movia ao nosso redor. O vapor se elevava no ar, nos isolando do mundo, fazendo com que eu sentisse como se estivéssemos em uma caverna só nossa. Os lábios de Nick estavam quentes, e sua língua se movia pela minha boca em lambidas lentas. Era tão bom que fiquei até atordoada. Nick me levou para o centro da banheira, onde a profundidade era maior. Ele se ajoelhou, sem deixar de me abraçar, e foi a coisa mais natural do mundo para mim envolver sua cintura com as pernas. Senti seu peito firme contra o meu, e também outra coisa, substancial e maravilhosamente sólida, roçando em mim.

Daphne Berg, sussurrou minha mente, *você vai mesmo transar com um desconhecido na véspera do casamento de sua melhor amiga? Que coisa mais clichê.* Enquanto isso, as mãos de Nick encontraram o nó da parte de cima de meu biquíni.

— Posso? — murmurou ele.

— Pode.

Ele desamarrou a alça e soltou um suspiro de contentamento quando sentiu meus seios nas mãos. Arqueei as costas para trás enquanto ele apertava um contra o outro, com um toque leve, antes de abaixar a cabeça, passar a ponta da língua ao redor de um mamilo e depois abocanhá-lo com lambidas firmes e caprichadas que me fizerem estremecer e me esfregar ainda mais nele. Nick me manteve paradinha, com as mãos me segurando enquanto fazia a mesma coisa com o outro mamilo, primeiro lambendo, depois mordiscando de leve. Quando ouviu meu suspiro, ele mordeu mais forte, e estremeci com uma sensação que ficava no limiar entre a dor e o prazer.

Eu me inclinei para a frente para beijar de boca aberta a pele salgada entre seu ombro e pescoço. Ele me segurou pelo queixo, levantando meus lábios para os seus, e nos beijamos com ferocidade, meus seios nus comprimidos contra o peito dele, minhas mãos apertando seus ombros.

— Ah — murmurei, quando enfim nos soltamos. — Ah, nossa. — Os olhos de Nick estavam arregalados, as bochechas vermelhas, os lábios inchados, as pupilas escuras no ar saturado de vapor. Ele abriu um sorriso torto. — Pensei que esse casamento fosse ser um tédio.

— Eu também — concordou ele.

Em seguida, pegou minha mão e puxou para debaixo da água, e só soltou quando fiz contato com sua ereção, deixando o que aconteceria a seguir a meu critério. Soltei o ar com força, apreciando esse cuidado. Então o segurei e comecei a esfregá-lo com a mão aberta, movendo o tecido da cueca suavemente contra sua pele. Nick apoiou a mão em minha lombar antes de deslizá-la para apertar minha bunda. Baixei um pouco mais a mão, para segurar suas bolas, deixando as pontas dos dedos roçarem no espacinho logo atrás. Nick grunhiu em meu pescoço. Ele foi enfiando a mão sob o elástico da calcinha do biquíni, e eu estava excitada demais para me preocupar com minha barriga flácida, ou com a possibilidade de ele ver minhas estrias. Sua mão me pressionou bem no meio das pernas, e a boca se moveu de volta para meus seios, enquanto a ponta de seu indicador acariciava o ponto mais sensível de meu corpo. Senti sua barba arranhar minha pele, seus dentes se fechando de leve em meu mamilo, passando a língua em seguida, enquanto ele mantinha a mão totalmente imóvel. Comecei a me esfregar contra ele para indicar o que queria. Ele se afastou para sorrir, e soltei um grunhido de frustração. Foi nesse momento que enfim seus dedos começaram a se mover.

— Ai, Deus.

Estremeci toda, me esfregando em sua mão enquanto ele me acariciava, ofegante, sentindo seus dedos se dobrarem dentro de mim, com a boca colada entre seu pescoço e ombro.

— Daphne — falou ele ao meu ouvido —, você é uma delícia.

Levei a boca à curvatura de sua orelha.

— Quero você dentro de mim — murmurei.

Ele se afastou um pouco para me olhar.

— Você acha... que é seguro? Eu não trouxe camisinha. Não esperava fazer uma nova amizade hoje.

— Na cesta de presentes lá na cama tem algumas.

— Bem pensado.

Nick se inclinou sobre a borda da banheira, estendendo o braço para pegar uma toalha. A água pingava de suas costas e ombros. Naquele ar coberto de vapor, ele parecia uma estátua ganhando vida, com pele sedosa e músculos firmes, pernas esguias e fortes, um traseiro arrebitado e durinho. Vi os contornos de suas costelas e de seu abdome enquanto ele atravessava o deque e ia para o quarto. Quando voltou, de frente para mim, pude notar sua ereção balançando em meio ao ar da noite sem a menor preocupação, e senti um momento de pânico. Fazia mais de dois anos que eu não ficava com um cara, a última vez fora uma transa bastante esquecível com um colega de Darshi, e o que Nick estava mostrando ali era de um tamanho considerável. Ele devia ter percebido que eu estava olhando, porque acariciou a própria ereção de leve antes de colocar a camisinha.

— Vai logo — sussurrei, e ele deu um último puxão no preservativo, com um olhar concentrado, como se estivesse se preparando para uma prova.

Decidi que queria fazê-lo sorrir, fazê-lo arfar e suspirar, assim como ele fizera comigo.

— Vem aqui — chamei.

Nick pulou na água. Fui deslizando até ele e me recostei em seu corpo. Ele me tocou, me acariciando apenas com a pontinha do dedo.

— Nossa — murmurou ele —, você está prontinha.

— Pode vir — falei, e segurei sua ereção protegida.

Ele aguardou, com os olhos grudados nos meus. Respirei fundo, fechei os olhos, e fui abaixando o corpo centímetro por centímetro, até senti-lo todo dentro de mim. "Aposto que você transa como uma gorda", o personagem de Alec Baldwin falou para a personagem neurótica e complexada de Tina Fey na série *30 Rock*. Depois de ouvir isso, sempre que eu transava, essa frase ecoava dentro de minha cabeça: a ideia de que as gordas se empenhavam mais na cama, que os caras esperavam truques pouco convencionais ou uma disposição acima da média para compensar pelos quilos a mais. Eu não conhecia truque nenhum. Só o que tinha era desejo e entusiasmo. Mas Nick parecia satisfeito com isso quando me olhou, segurando meus seios com a quantidade exata de força. Esperei até não conseguir ficar parada por mais nem um segundo. Quando estava me preparando para me mover, ele grunhiu e me segurou pelos quadris, dando estocadas a princípio suaves, e depois mais fortes. Joguei a cabeça para trás para tirar o cabelo molhado do rosto, sentindo-o cada vez mais fundo dentro de mim, com a água se agitando ao nosso redor. Nick me beijou, e deixei de lado a vergonha, ou a preocupação com o barulho que estávamos fazendo, ou as preconcepções sobre como mulheres gordas transavam. Só sentia a água quente nas costas, ouvia os ruídos da movimentação que causávamos e sons suaves da fricção da minha carne molhada com a borracha lubrificada, nossa respiração se acelerando e se tornando mais alta, os suspiros suaves de Nick. Suas mãos deslizaram de meus seios para meus quadris, mas ele me deixou ditar o ritmo, fazer o que eu quisesse para sentir prazer, permitiu que eu o usasse, e só esse pensamento, vendo a expressão em seu rosto enquanto me observava, quase foi suficiente para me levar ao clímax.

Quase, mas não exatamente. Tirei sua mão de meu quadril e a guiei para onde nossos corpos se encontravam. Nick soltou um ruído estrangulado, e seus quadris se elevaram para ele me penetrar mais fundo, enquanto eu levava seus dedos para onde precisava de seu toque.

— Ah! — gritei, sentindo que estava começando.

Ele me apertou com vontade, mudando os quadris de posição e estocando com força e rapidez. Joguei a cabeça para trás ao sentir o clímax me sacudir inteira, soltando gritos de prazer para o céu amplo e escuro.

Acordei pouco depois das cinco da manhã, com a luz do nascer do dia começando a entrar pelas janelas do chão ao teto. Tinha esquecido de baixar as persianas. Tinha esquecido de mandar mensagem para Darshi. Meu celular, que eu tinha esquecido de carregar, estava na mesinha de cabeceira, piscando com um senso de urgência.

Bocejei, tentando ajeitar o cabelo embaraçado, e sorri ao constatar o quanto estava me sentindo bem. A primeira vez tinha sido na banheira de hidromassagem, e a terceira na cama, e entre uma e outra ficamos nos beijando diante das janelas, com Nick empurrando minhas costas contra o vidro frio.

"Nick, nós não podemos fazer isso", eu havia murmurado na hora, porque tinha gente no deque.

Era possível ouvir as vozes das pessoas e o cheiro de charuto.

"Shh", respondera ele, enfiando o rosto em minha nuca e depois começando a descer, beijando meu corpo. "Se você não fizer barulho, podemos, sim."

Mordi a parte de dentro do lábio para não deixar escapar gemidos enquanto ele me lambia, com gestos provocadores e acelerados, tão suaves e graduais que senti vontade de berrar. Nunca pensei que fosse gostar de ser exibicionista, mas a ideia de que havia pessoas bem ali, e uns meros centímetros de vidro separando os convidados do casamento de nossos corpos nus, tinha me feito perder a cabeça, e eu ficara mais do que contente em retribuir o favor assim que minhas pernas pararam de tremer.

Estendi os braços acima da cabeça e soltei um suspiro de felicidade. Nossa, que falta o sexo me fazia! Não só por sentir uma conexão total com outra pessoa, mas por me deixar totalmente à vontade com meu próprio corpo. E, por melhor que tivesse sido o sexo, a melhor parte da noite fora o momento em que acordamos juntos depois da segunda vez, antes da terceira. Nick tinha colado a testa na minha, olhando bem nos meus olhos.

"Oi", murmurara ele, com a voz grave e rouca de sono.

"Oi", eu murmurara de volta.

Ele tinha acariciado meu queixo com o polegar, olhando para mim. O momento não durara muito, mas eu não precisava de muito tempo para criar uma vida inteira de nós dois juntos na mente, desde nosso casamento (uma cerimônia bem menor em Cabo Cod) até nossas vidas trabalhando com aluguel de barcos para pescaria e venda de produtos na Etsy. Eu faria caixinhas de memórias e casas de passarinhos, ele levaria famílias para pescar, e passaríamos todas as noites juntos.

"Você é um amor", sussurrara Nick.

Eu inclinara a cabeça para um beijo, e ele enfiara os dedos em mim.

"Está tudo bem?", perguntara ele ao reparar minha leve careta.

"Tudo, sim." Tinha doído, mas era uma dorzinha gostosa. "Não para."

Eu me virei quando acordei ao amanhecer. O outro lado da cama estava vazio. A fronha do travesseiro estava esticada, e os lençóis e o edredom, bem arrumados, como se ninguém tivesse estado lá.

— Nick — chamei em voz baixa.

Não houve resposta. Levantei-me, enrolei-me no cobertor macio com franjas do pé da cama e espiei no banheiro. Estava vazio. Não havia literalmente nenhum sinal dele; nem roupa, nem sapato, nem toalhas molhadas ou pegadas com tamanho de pé de homem, nem ao menos uma embalagem de camisinha ao lado da cama. Talvez a noite anterior não tivesse acontecido. Talvez eu tivesse inventado tudo. Mas nesse caso eu não estaria com uma mancha vermelha arroxeada no alto do peito, e não estaria deliciosamente dolorida entre as pernas e na parte inferior da barriga.

Deslizei a porta de vidro e saí para o deque, sentindo a brisa contra os ombros descobertos. Seria um lindo dia. O céu já estava tingido de laranja e ferrugem, e me dei conta, com uma pontada de culpa, de que não tínhamos desligado a banheira. As nuvens de vapor ainda se erguiam no ar, e eu ouvia o som do motor sobre o barulho das ondas.

Espiei pela porta na cerca-viva. Havia alguma coisa na água. *Um pássaro*, foi meu primeiro pensamento quando atravessei o deque para me aproximar para ver.

Não era um pássaro. Era Drue. Estava de bruços, vestindo um biquíni, com o cabelo loiro embaraçado na cabeça, balançando na água em meio aos jatos da hidromassagem. Gritei seu nome e segurei seu corpo, e imediatamente senti nela uma rigidez incoerente e desesperadora. Parecia que estava movendo uma boneca, não uma pessoa, quando tentei tirá-la da água.

— Socorro! — gritei, tirando-a da banheira e a colocando no chão do deque, onde me ajoelhei e pressionei o ouvido em seu peito molhado. Não ouvi batimentos. Toquei seu pescoço. Não havia pulsação. — Drue!

Comecei a massagear seu peito, deitei sua cabeça para trás, abri sua boca e tentei me lembrar da aula de primeiros socorros que havia feito tantos anos antes.

— Socorro! — berrei. — Alguém me ajude!

Mas mesmo depois de ouvir as portas se abrindo e as pessoas chegarem correndo ao deque, mesmo quando colei os lábios aos seus e comecei a soprar, eu soube que Drue estava morta. Tudo o que havia dentro dela, tudo de bom e de ruim, tudo o que tornara minha amiga linda e terrível como era… tudo isso deixou de existir.

Parte Dois

Amizade de verão

Dez

— Mais uma vez — pediu ele.
Seu nome era Ryan McMichaels, um detetive do Departamento de Polícia de Truro, um homem branco com seus 50 e poucos anos, olhos azuis acinzentados, um rosto flácido e um corpo quadrado. O cabelo era grisalho, espesso e espetado. Um bigode grosso e bem aparado que parecia uma taturana ficava acima dos lábios finos. As sobrancelhas também eram volumosas, mas rebeldes, cheias de fios soltos escapulindo em todas as direções. Sua pele avermelhada parecia furiosa por ter sido exposta ao sol, ou talvez ele tivesse apenas se barbeado de uma forma especialmente agressiva antes de comparecer à cena do crime. Usava uma gravata vermelha com nó firme no pescoço, uma aliança de ouro na mão esquerda, que capturava a luz do sol enquanto movia os braços e me questionava sobre aquela manhã, me pedindo para contar tudo, do início ao fim, sem deixar nada de fora.

Ainda não eram oito da manhã, menos de três horas depois de eu ter encontrado Drue, então eu ainda estava abalada, apavorada e arrasada. O que tinha acontecido? Onde estava Nick? E por que eu não consegui ouvir nada enquanto minha melhor amiga supostamente se afogava bem diante de minha porta?

As horas seguintes à morte de Drue formavam um grande borrão em minha mente. Eu me lembrava de gritar, de ver as pessoas chegando: Minerva, com um aspecto espectral sob uma camada grossa de creme facial, e um cara da equipe do bufê, com o avental revoando na cintura enquanto corria. Alguém me afastou da banheira e me levou de volta ao quarto. Em algum momento, outra pessoa me levou um café quente.

Também me lembrava de me sentar na cama, a caneca entre as mãos, tremendo como se estivesse imersa em um barril de gelo. Pela janela que dava para a banheira, vi o corpo de Drue ser movido para uma maca enquanto a polícia tirava fotos do local; pelas janelas viradas para a frente da casa, vi a mulher de coque grisalho da noite anterior ajudar a conduzir a sra. Cavanaugh para o banco traseiro de um Escalade, depois entrar no carro também.

Eu me vesti, lavei o rosto, escovei os dentes e enfim reparei no celular, ainda largado em meu lado desfeito da cama. Sem nenhum ânimo, peguei o aparelho e vi as mensagens da noite anterior rolarem na tela. Cadê você?, Darshi perguntara às onze da noite. Preciso de detalhes. Um monte de pontos de interrogação chegou à meia-noite, perguntando sobre um evento que parecia ter ocorrido em uma outra vida. E, à uma da manhã: Se Drue pisar na bola com você, eu acabo com a raça dela. A mensagem vinha acompanhada de emojis de uma noiva, uma faca e uma caveira.

Eu devo ter soltado um arfar de susto. Em seguida apaguei as mensagens às pressas, mesmo sabendo que não faria diferença. As palavras continuavam existindo na nuvem, no éter, para sempre, assim como todas as outras coisas na internet. Minha amiga estava morta, e minha colega de apartamento havia involuntariamente transformado nós duas em suspeitas.

Por fim, Minerva reapareceu em meu quarto.

— A polícia quer conversar com você.

Fiquei de pé.

— Ei — falei com a voz firme e um tom casual —, por acaso você viu um cara chamado Nick por aí?

Ela ficou me encarando sem sequer piscar. Em vez de me responder, fez um gesto para a escada, onde o detetive McMichaels estava à espera. Ele me conduziu pelas salas vazias de estar e de jantar até uma pequena despensa ao lado da cozinha, com uma mesa presa à parede e prateleiras cheias de comida enlatada, caixas de macarrão, e embalagens de açúcar e farinha. Um caldeirão para cozinhar lagosta, que chegava até meus joelhos, estava no chão, junto a um fardo de guardanapos de papel com uma estampa anunciando que, na praia, era sempre hora de beber vinho. Eu me sentei, contei o que aconteceu e repeti tudo. Em resposta, o detetive estava só me olhando, com as sobrancelhas erguidas em expectativa. Em vez de oferecer o relato pela terceira vez, perguntei:

— Já descobriram o que aconteceu? Como ela... — Engoli em seco. — Como ela morreu?

— Ainda é cedo demais para afirmar — respondeu McMichaels.

Sim, verdade, mas eu tinha ouvido o burburinho, antes da chegada da polícia e do isolamento da cena do crime, quando ainda havia gente no deque e eu conseguia ouvir tudo do outro lado da porta de vidro de meu quarto. "Talvez ela tenha bebido, desmaiado e se afogado. Talvez tenha batido a cabeça." Alguém se lembrara da história da filhinha de um jogador de futebol americano que se afogara porque seu cabelo fora sugado e ficara preso no ralo da banheira, e uma outra pessoa mencionara a noiva que ficara paralítica na véspera do casamento, depois de ser empurrada na piscina por uma das madrinhas.

— Se não se importa, eu gostaria de repassar os acontecimentos mais uma vez.

Meus lábios pareciam congelados quando perguntei:

— Isso não foi... uma morte suspeita, né?

Tinha pensado em dizer *não natural*, mas isso não valia para todos os casos em que uma pessoa jovem e saudável morria do nada?

— Por favor, senhorita. Vamos nos ater às perguntas.

— Lógico — respondi.

Contei que Drue e eu tínhamos pegado a balsa em Boston no dia anterior, nos arrumado para o jantar de ensaio durante a tarde e descido juntas quando a festa na praia começara.

— Drue passou a maior parte do tempo circulando entre os convidados. Eu jantei com um deles, um velho amigo de Drue, chamado Nick Andros.

— Então não passou muito tempo com Drue ontem à noite?

Fiz que não com a cabeça.

— Só vi Drue por poucos momentos, aqui e ali. Tiramos fotos juntas — contei, pegando o celular.

— Eu posso ver isso depois — disse o detetive. — Que tal continuar seu relato?

Respirei fundo.

— Nós estávamos começando a sobremesa quando a briga começou.

— Que briga foi essa? — questionou ele com um tom impassível.

— Os pais de Drue estavam brigando — contei. — Lily e Robert Cavanaugh. Foi na praia, perto da escada.

— E a briga foi sobre...?

— Os gastos com o casamento. Quer dizer, eu acho. Pelo que entendi. O pai de Drue estava reclamando aos berros do preço dos tapetes, os que puseram na areia, e das casas alugadas. Drue tentou conversar com o pai, e ele começou a gritar com ela. Disse que ela e a mãe eram farinha do mesmo saco. Ele subiu a escada, e Drue também. Eu peguei umas bebidas e vim atrás dela.

— Que bebidas?

— Duas doses de tequila. Um copo de água gelada. Uma garrafa de vinho.

Ele levantou a sobrancelha.

— Eu não sabia o que ela ia querer — expliquei, esperando não soar na defensiva.

— Você entrou no quarto da srta. Cavanaugh?

— Exatamente.

— E viu o sr. Cavanaugh? Falou com ele?

— Não — falei, me lembrando do alívio que senti quando encontrei Drue sozinha, da relutância diante da ideia de confrontar o pai dela. — Só Drue. Ela estava muito chateada. Disse que tinha ficado sabendo que os pais estavam se divorciando. E a briga era porque o pai achava que o casamento era só mais uma forma de a mãe provocar mais prejuízo para ele.

— Drue deu alguma indicação de quando soube que os pais estavam se divorciando?

— Ela disse que tinha sido uma descoberta recente — respondi. — Que havia acabado de descobrir. Não sei se estava se referindo àquele exato momento, na praia, ou em algum outro dia, mas não fazia muito tempo.

— Então você subiu da praia para ver como ela estava?

Assenti.

— Trazendo bebidas?

Assenti de novo.

— Cada quarto tinha garrafas de água, certo? — questionou e, quando confirmei, ele adicionou: — Por que trazer um copo com água gelada até aqui em cima se havia garrafas à disposição de vocês?

— Sei lá. — Minha voz saiu em um sussurro. — Eu achei que uma água com cubos de gelo e rodelas de limão era melhor, sabe? Mais caprichado. E eu queria oferecer o melhor que pudesse. Para mostrar que me importava com ela.

Pelo que me pareceu um bom tempo, ele ficou me olhando, sem dizer nada, como se estivesse à espera de que eu dissesse: "Fui eu!".

— Continue, por favor — disse ele por fim. — O que aconteceu a seguir?

— Eu tentei acalmá-la. Fiquei com ela no quarto por um tempo, sentada na cama, conversando.

— Sobre?

— Sobre a briga. Os pais dela. O casamento. Perguntei se ela queria adiar, e a resposta foi não. Perguntei se queria minha companhia. Ela falou que não era preciso. Que eu podia ir, que ia ficar tudo bem. — Senti um nó na garganta. — E falou que eu era uma boa amiga.

— Isso foi mais ou menos a que horas?

— Quando estavam servindo a sobremesa. Então umas nove, nove e meia, talvez? Tinha finalmente escurecido.

— A srta. Cavanaugh estava bebendo?

— Na festa? Na verdade, não sei. Como eu disse, ela estava circulando, conversando com os convidados. Não passei muito tempo com ela.

— E no quarto, depois da briga? Ela bebeu alguma coisa que você levou?

Talvez eu estivesse sendo desconfiada, mas senti um tom acusatório em sua voz.

— Nós bebemos uma dose de tequila cada, e a obriguei a tomar a água. Sobre o resto, não sei.

Eu me lembrava de ter visto uma garrafa de champanhe sobre a cômoda, junto com uma taça, mas não vi Drue bebendo, por isso resolvi não mencionar.

— O que aconteceu depois?

A expressão do detetive era impassível, mas era possível sentir que estava me julgando quando voltamos a falar da parte da minha noite que se desenrolou após minha saída do quarto de Drue.

— Quando fui voltar para meu quarto, encontrei um cara.

— Nosso desconhecido sem nome.

Assenti, exausta e triste demais para contrapor o que me soou como ironia.

— Ele se apresentou como alguém que trabalhava com o sr. Cavanaugh e estava preocupado com Drue. Tinha trazido um copo d'água, mas disse que eu cheguei antes.

McMichaels franziu a testa.

— Ele disse de onde conhecia Drue?

— Não. Do trabalho, acho. Enfim, Drue trabalha, ou melhor, trabalhava com o pai. Então, se o cara conhecia o sr. Cavanaugh, podia muito bem conhecer Drue. Do trabalho.

Mais um aceno de cabeça. Mais um batucar de dedos.

— E depois?

— Fui para meu quarto e encontrei Nick me esperando no deque.

— Nick Andros, certo?

— Isso mesmo. Eu e ele entramos na banheira e ficamos conversando por um tempo.

— Sobre?

Abri a boca para responder que Nick tinha me dito que vira o noivo e a ex em uma conversa íntima na praia, mas me calei. Era uma informação dada por terceiros, que eu não sabia nem se era verdadeira. Nick poderia contar essa parte, se apresentar como uma testemunha ocular do fato. Isso se alguém o encontrasse.

— Ah, nada de mais. Sabe como é, só sobre o casamento. O jantar. Que tudo estava incrível.

— Incrível — repetiu McMichaels.

— Isso mesmo.

— E depois?

— Como assim?

— O que aconteceu depois que vocês encerraram a conversa?

Sexo, ora!, senti vontade de gritar, sentindo um calor subir pelo peito. *Fizemos sexo! Três vezes. Ah, sim,* a voz de minha avó que morava em mim murmurou. *Diga para o distinto detetive que transou três vezes com um homem que conhecia fazia menos de três horas e que desapareceu antes de você acordar. Depois é só estender os braços para ser algemada. Torça para as algemas caberem.*

Pigarreei e, com uma voz baixíssima, falei:

— Nós, hã, passamos a noite juntos. Em meu quarto. Em algum momento nós dormimos e, quando acordei, ele não estava mais na cama.

Eu queria continuar falando, me explicar, contar para o detetive McMichaels que nunca tinha feito nada do tipo antes, nem de longe, que só havia dormido com quatro homens a vida toda, e a maioria nem fora grande coisa, mas fechei a boca e esperei pelo restante do interrogatório.

— Eu gostaria de saber mais de seu relacionamento com a falecida — prosseguiu o detetive McMichaels.

A falecida. Eu a estivera abraçando menos de doze horas antes; ainda conseguia sentir aquele último abraço, com cheiro de spray de cabelo e Prosecco, e de seu corpo estremecendo junto ao meu, e agora ela era *a falecida.* Não era possível. Não podia ser verdade.

Segurei com força a caneca de café, com a mão ainda trêmula.

— Drue é... — Pigarreei e engoli em seco. — Drue era uma das minhas amigas de mais longa data. Nós nos conhecemos no sexto ano de colégio.

Ele assentiu.

— E o que você pode me dizer sobre a vida que a srta. Cavanaugh levava em Nova York?

— Eu provavelmente não sou a melhor pessoa para responder isso. Drue e eu nos distanciamos por um tempo. Nos últimos meses, estávamos nos reaproximando e nos conhecendo de novo, já como adultas. — Decidi dizer a verdade, imaginando que, se não fizesse isso, ele ficaria sabendo por outra pessoa e acharia que eu estava tentando despistá-lo. — Fiquei surpresa quando Drue me convidou para participar do casamento. Surpresa, mas feliz.

— Por que a surpresa?

Senti as pernas e braços ficarem dormentes, e meu rosto petrificado. O detetive sabia, ou saberia em breve, que Drue e eu tínhamos voltado a nos falar havia só três meses. Também sabia que seu cadáver fora encontrado boiando em uma banheira de hidromassagem ao lado de meu quarto. Ele sabia que o cara que comprovaria meu álibi tinha desaparecido. Talvez até soubesse das mensagens em meu celular falando sobre matar Drue.

— Olha — falei com a voz baixa, mas graças a Deus, firme. — Fiquei muito feliz por ter sido convidada para o casamento. Fiquei feliz por Drue ainda gostar de mim o suficiente para querer que eu fizesse parte de seu grande dia. E estava feliz por estar aqui. Eu não tinha nenhum motivo para fazer mal algum a ela.

McMichaels me encarou pelo que me pareceu ser uma semana. Prendi a respiração, já esperando que ele me mandasse recomeçar o relato do início, como tinha feito duas vezes antes. Em vez disso, ele se levantou, se virou e estendeu a mão para a prateleira atrás de si, na qual estavam os artigos de cozinha e pilhas de pratos sobressalentes. Ele puxou alguns papéis e os entregou para mim.

— O que é isso? — perguntou.

Comecei pela primeira página, que imitava o estilo de um convite de casamento. "Este é um cordial convite para (patrocinar) o casamento de Drue Cavanaugh e Stuart Lowe", era o que dizia com uma caligrafia toda ornamentada. Havia uma fotografia dos noivos que reconheci do Instagram de Drue. O feliz casal estava diante da Torre Eiffel. A mão de Drue estava estendida para exibir a aliança de noivado, e os braços de Stuart a envolviam, apertando-a junto ao peito. Só que a foto tinha sido editada, com etiquetas de preço saindo das costas dos dois com os dizeres SUA MARCA AQUI. Mais abaixo, o convite complementava: "Estamos abertos a colaborações para encontrar o vestido ideal (ou as passagens aéreas, ou as lembrancinhas do casamento, ou o vinho). Envie a confirmação se não quiser perder essa oportunidade única de sinergia entre marcas".

Virei a página e vi o projeto da cama que tinha sido montada na praia na noite anterior, e uma foto de um casal genérico em um penhasco acima do mar, trocando votos matrimoniais ao pôr do sol.

SUA HASHTAG AQUI, o texto sugeria, com mais etiquetas em branco e setas apontando para a cama, os tapetes, o vestido da noiva, o relógio do noivo.

— É um *pitch deck* — expliquei para o detetive.
— Um o quê?
— Um *pitch deck*. — Eu me ajeitei na cadeira, cruzando as pernas e tentando pensar com mais nitidez. — Uma apresentação destinada a empresas com interesse em virar anunciantes nas redes sociais de Drue e Stuart.

Comecei a folhear o documento. Tinha quatro páginas e deixava bem nítido o que estava sendo oferecido: dois influenciadores digitais jovens e bonitos, ambos com centenas de milhares de fãs e seguidores, iam se casar; e as marcas, como companhias aéreas, hotéis, varejistas e lojas de produto para a casa, estavam sendo convidadas a participar do evento. *Ponha a mão no bolso*, dizia o texto, *e veja sua marca aparecer e ser mencionada em associação* AO CASAMENTO DO ANO NA ALTA SOCIEDADE. "Em uma belíssima praia particular no exclusivo Cabo Cod, em Massachusetts, Drue Lathrop Cavanaugh, da Cavanaugh Corp., dirá 'sim' a Stuart Edward Lowe, que ganhou fama no programa *Solteiras à procura*", li. "Milhões de millenials, um público-alvo cobiçado, seguirão seus feeds e verão as fotografias e os vídeos da cerimônia, da festa, do pós-festa com o DJ 7en, radicado na Holanda, e do casal desfrutando de uma lua de mel inesquecível. O glamour e a presença de celebridades são garantidos, e talvez uma surpresa ou duas! E esses consumidores podem ver sua marca enquanto acompanham tudo!"

— Então, o que isso quer dizer? — questionou o detetive.

Eu estava sem fôlego, como se tivesse caído de uma grande altura e batido com força no chão.

— Drue e Stuart estavam tentando conseguir patrocinadores para o casamento.

O detetive McMichaels franziu a testa.

— Patrocinadores?
— Isso mesmo. Empresas que pagariam para aparecer nas redes sociais de Drue e Stuart.

Passei para a terceira página, na qual havia a programação de eventos, com espaços de divulgação para o perfil no Twitter e hashtags para fornecedores dos vinhos, da comida e até para o DJ, e eu imaginava que alguns deles tivessem aberto mão de receber por serviços e produtos para conseguirem a exposição que o casamento proporcionaria. A última página trazia as biografias de Drue e Stuart, junto com o número de seguidores de cada um no Twitter, Facebook, Instagram e Snapchat. Convidados do casamento estavam listados mais abaixo, com mais fotos e estatísticas. "Essa festa inclusiva contará com a participação da esteticista facial das celebridades Minerva dos Santos", li, "e da influenciadora e afrofuturista em ascensão Natalie Johnson." Prendi a respiração quando, debaixo da foto de Natalie com óculos escuros de armação metálica e uma coroa de flores, vi meu próprio rosto. "A influenciadora *plus-size* Daphne Berg terá uma participação de destaque na cerimônia", afirmava o texto. Na fotografia exibida, tirada de meu perfil no Instagram, eu vestia uma das roupas de Leela, posando diante de um muro de tijolos que, em algum momento, todos os influenciadores dos cinco distritos de Nova York haviam usado como cenário para fotos.

Fiquei olhando para aquele documento, com a boca seca e os olhos úmidos. *Ela estava só me usando*, pensei, sentindo algo dentro de mim desmoronar. *Mas é óbvio. Ela não tinha o menor interesse em voltar a ser minha amiga.* Só podia ter segundas intenções mesmo. Queria gordas por perto também, para nos fazer sentir incluídas sem precisar fazer nenhum trabalho sério nesse sentido. E eu fora a isca, a bandeira que ela poderia hastear diante das minhas irmãs *plus-size* e convencê-las de que estava do lado delas.

Senti vergonha ao me lembrar de certas partes da festa, de coisas que Drue tinha dito, me dando conta de que deveria ter percebido tudo isso muito, muito antes. Eu me lembrei da equipe de filmagem circulando pela praia, com Drue segurando o drinque feito especialmente para o evento em uma entrevista que deveria estar sendo transmitida ao vivo em seu feed. E me lembrei também de ter visto a hashtag da marca de colchão, em um cartão ao lado da cama na areia, e da forma casual como Drue falara a respeito. "Algumas marcas fizeram umas propostas, e nós pensamos, ora, por que não?"

Naquele momento, eu devia parecer tão chocada quanto me sentia, porque o tom de McMichaels foi quase gentil ao me perguntar:

— Você não sabia disso?

Neguei com a cabeça e fiquei esperando que ele dissesse "pelo jeito você estava bem desinformada", ou "não esperava que ela fosse fazer isso com uma amiga", ou "uau, você estava iludida mesmo, hein, sua tonta?". Em vez disso, ele questionou:

— Quanto a srta. Cavanaugh e o sr. Lowe poderiam esperar ganhar em uma ação como essa?

Fiz algumas contas rápidas, levando em conta meu patamar de valores e o que tinha ouvido falar que as celebridades de verdade movimentavam.

— Depende. Para alguém como eu, são cem dólares para cada dez mil seguidores. Então, se eu tiver trinta mil seguidores, a empresa me paga trezentos dólares para uma foto usando seu tapete de ioga, ou seus petiscos para pets, ou o que seja. Mas, com celebridades, a história é outra. Os famosos de verdade ganham milhões de dólares por uma postagem. Às vezes até mais.

As sobrancelhas grossas dele se ergueram.

— Só por uma simples foto?

Confirmei com a cabeça. Combinados, Drue e Stuart tinham por volta de um milhão de seguidores. Se tivessem conseguido todos os patrocinadores que queriam, desde a companhia aérea que bancaria a ida à lua de mel e ao hotel em que se hospedariam, passando pelo serviço de bufê e a confeitaria responsável pelo bolo, além da empresa que forneceria as toalhas de mesa e os guardanapos para o jantar de casamento, os designers dos três vestidos de noiva de Drue... Depois de repassar tudo isso em minha calculadora mental, respondi por fim:

— Se tudo saiu como eles queriam, pode ter sido o suficiente para bancar o evento inteiro. E mais para a frente... — Imaginei as possibilidades, as marcas de roupas para gestantes e bebês com as quais Drue poderia ter trabalhado quando engravidasse, e as de equipamento esportivo e academias quando chegasse a hora de perder o peso depois que a criança nascesse. — Não consigo nem imaginar.

— Mas muita grana.

Assenti, e McMichaels apontou um dedo grosso para meu nome na apresentação.

— Você é uma influenciadora. — Ele falou isso como uma afirmação, mas ouvi como uma pergunta.

Fazia sentido. Como considerar que eu fazia parte do mesmo mundo de uma mulher linda e glamourosa como Drue?

— Sim, mas não uma muito influente.

Ignorando minha piadinha sem graça, perguntou:

— Você aconselhou Drue a como ganhar dinheiro com as redes sociais?

Fiz que não com a cabeça.

— Existem empresas de assessoria que se pode contratar para fazer esse tipo de trabalho. Profissionais do ramo. — Apontei para a apresentação. — Isto aqui foi feito por profissionais.

— Então você não fazia ideia de que isso estava acontecendo?

Pensei na festa da noite anterior, na quantidade de fotógrafos, na equipe de filmagem. *Ela devia estar transmitindo tudo nos stories*, pensei, e me repreendi por não ter reparado nisso na hora. Pensei em Drue em seu quarto, me dizendo que havia prometido ao pai que o reembolsaria, por mais caro que o casamento fosse.

— Não — respondi com a voz fraca. — Não fazia a menor ideia.

O detetive ficou de pé. Sob a luminosidade intensa do verão, tinha menos aspecto de avô. Parecia um homem sério, irritado e determinado.

— Não temos uma morte suspeita nesta região do Cabo desde 1994 — contou ele. — Um crime que ficou anos sem solução. Uma vergonha. — Ele pronunciou cada sílaba da última palavra de forma muito bem articulada, dando a cada uma o mesmo peso. — Nós não sabemos como sua amiga morreu. Mas eu garanto o seguinte: nós não vamos fazer papel de ridículos de novo, não.

— Ótimo — murmurei. De repente, senti a boca muito seca. — Isso é ótimo.

— Só mais uma coisa — complementou ele, sem levantar o tom de voz e com uma expressão tranquila enquanto olhava no caderno de anotações. — A coordenadora do evento me passou uma lista com todos os convidados de ontem à noite. — Ele ergueu os olhos. — Não tem nenhum Nick Andros lá.

Fiquei sem reação.

— Como é?

— O homem que você conheceu ontem à noite. O nome dele não estava na lista de convidados.

— Mas... — Fechei os olhos e uni as mãos trêmulas. — Ele me disse que era um amigo de longa data de Drue. Eles passavam as férias em Cabo Cod. Aprenderam a velejar juntos. Será que ele se esqueceu de confirmar presença?

Enquanto procurava uma resposta, me lembrei de Drue me dizendo que não sabia quem era Nick. Nem quando pediu para ele tirar nossa foto, nem no quarto, quando citei seu nome.

McMichaels me encarava sem nenhum indício de solidariedade no rosto, batucando na tela do tablet e o virando para mim para me mostrar o que tinha acabado de encontrar no Google: "Nick Andros é um dos heróis do thriller apocalíptico *A dança da morte*, de Stephen King".

Tentei manter a calma, ou pelo menos parecer calma, apesar do frio na barriga e o aperto no peito que senti. Minhas coxas ainda estavam doloridas e marcadas por causa de tudo o que Nick e eu tínhamos feito na noite anterior.

— Ele me falou que trabalhava no sistema de escolas públicas em Boston, e que tinha crescido passando as férias aqui no Cabo. E disse também que estava trabalhando em um barco de pesca de aluguel neste verão — adicionei. O detetive continuou a me encarar, com o rosto inexpressivo. — Pode ser que Nick seja seu nome do meio!

Eu sabia que já estava apelando para o desespero, mas foi o máximo que consegui pensar, e talvez fosse até verdade.

— Alguém na festa viu você com esse cavalheiro? — McMichaels fez uma pausa discretíssima antes de se referir a ele como "cavalheiro", mas percebi muito bem.

Fiz que não com a cabeça, sentindo a boca bem seca. As lembranças da noite anterior se reprisavam em minha mente, coisas que na hora pareceram românticas, mas que em retrospecto soavam sinistras: Nick me perguntando se eu era amiga da noiva, se estava hospedada na mansão; Nick com a mão em minha lombar, dizendo "Vamos nos sentar ali, onde está mais tranquilo"; Nick me afastando dos demais convidados, para as mesas mais distantes, ou cantos escondidos, e eu, estúpida, me sentindo toda lisonjeada, pensando que ele me queria só para si; Nick me empurrando contra o vidro, dizendo "Não faça barulho. Ninguém pode saber que estamos aqui".

McMichaels estava me encarando, bem sério.

— Mais alguma coisa que você tenha lembrado?

Fechei os olhos, tentando vasculhar a memória.

— Ele me falou que trabalhava em um barco chamado *Lady Lu*. Disse que sabia que as pessoas costumavam aprontar em casamentos, porque duas primas suas brigaram feio uma vez. E contou que não tinha nenhuma rede social.

Meu rosto parecia congelado, e minha língua, áspera e desajeitada.

— Você consegue pensar em alguém que quisesse fazer mal a Drue Cavanaugh? — perguntou McMichaels.

A lista não é pequena, pensei. E, para minha desolação, me dei conta de que, se alguém tivesse me feito essa pergunta seis meses antes, meu nome estaria no topo da lista.

Onze

Fui cambaleando até o quarto, sentindo que as pernas pareciam troncos congelados. Queria ligar para meus pais, e para Darshi, e até para os Snitzer, mas, antes que pudesse fazer isso, meu celular começou a tocar.

— Daphne — disse Leela, desembestando a falar logo em seguida, sempre enfatizando pelo menos uma palavra em cada frase. — Então, *como* estão as coisas por aí? Aimeudeus, fiquei besta de ver como esse lugar é *lindo*, sua sortuda! E você *viu* que sua foto de ontem à noite teve mais de duas mil...

— Leela — interrompi. Minha voz estava embargada. Ainda estava apenas começando a absorver os acontecimentos; tudo aquilo ainda me parecia irreal. — Drue morreu.

Houve uma pausa do outro lado da linha. E um arfar.

— Morreu? — sussurrou Leela.

— Acordei hoje de manhã e ela estava em nossa banheira de hidromassagem privativa...

Engoli em seco. Ainda conseguia sentir a rigidez do corpo de Drue contra o meu, o quanto aquilo não parecia fazer sentido. Ela jamais sorriria de novo, jamais tomaria outro drinque, jamais beijaria outro alguém. Jamais se casaria, jamais teria a lua de mel que planejou, jamais teria filhos. As lágrimas escorreram por meu rosto.

— Ai, meu Deus — comentou Leela. — Isso é *surreal*. Não consigo acreditar.

— Pois é — respondi. — Eu também não.

— Mas o que aconteceu? Eu posso fazer alguma coisa para ajudar?

— Ninguém sabe ainda. Eu a encontrei agora de manhã, poucas horas atrás. Não está mais aqui. Uma ambulância veio e levou o corpo embora.

— *Você a encontrou? Minha nossa. Que tristeza.* — A voz de Leela exalava solidariedade. — Vocês tinham bebido muito?

— Não. Pelo menos não eu. Drue eu não sei.

Mesmo enquanto falava, eu já estava balançando a cabeça. Drogas e álcool faziam as pessoas perderem o controle, e Drue era, acima de tudo, uma controladora.

— Daphne, eu sinto muito, muito mesmo. Não consigo nem imaginar como você está se sentindo. Se tiver *qualquer* coisa que eu puder fazer por você, por favor... — Leela baixou o tom de voz: — Quer que eu mande alguma coisa para você vestir no funeral?

Senti os olhos se encherem de lágrimas, e um nó se formar na garganta. *O funeral.* No dia anterior, eu estivera pensando no casamento de Drue, e agora os pais dela teriam que organizar um funeral em vez disso. Era de partir o coração, uma coisa tremendamente injusta.

— Obrigada, Leela. Acho que não precisa.

— Se cuida. Sério mesmo, Daphne, se eu puder fazer alguma coisa para ajudar, seja o que for, vou ficar com o celular aqui comigo o tempo todo.

Eu a agradeci pela consideração. Assim que ela desligou, telefonei para casa. Minha mãe atendeu logo após começar a tocar.

— Daphne? Ai, meu Deus!

— Oi, mãe.

Não havia necessidade de perguntar se ela já sabia da notícia. A tristeza em sua voz me dizia que ela estava muito bem inteirada da situação.

— Acabei de receber um alerta de notícia no celular. Meu Deus, coitada da Drue — disse ela, fungando. — E dos pais dela. Perder a filha no dia do casamento.

Houve uma breve pausa com um ruído abafado, e em seguida ouvi a voz do meu pai.

— Daffy, você está bem?

— Estou, sim — respondi, enxugando o rosto enquanto mais lágrimas escorriam ao ouvir meu apelido de infância, que meu pai não usava desde que eu tinha 7 ou 8 anos. — Só não sei se posso ir para casa. A polícia... Fui eu quem a encontrou, e a polícia não quer que ninguém vá embora ainda.

— *Você* a encontrou? — ouvi minha mãe gritar com uma voz chorosa.

— Judy, se acalme — pediu meu pai. Para mim, ele disse: — Por que não querem que você vá embora?

— Sei lá. Acho que querem fazer mais algumas perguntas para mim, só isso.

De jeito nenhum eu entraria em detalhes sobre o cara com quem eu estivera enquanto minha melhor amiga era assassinada e que depois simplesmente desaparecera. Minha mãe não parava de chorar, e meu pai queria entrar no primeiro avião, levando consigo todos os advogados que conseguisse encontrar.

— Eles já têm alguma ideia do que aconteceu? — perguntou meu pai.

— Ainda não. Acho que não sabem nem como ela morreu.

— A história explodiu no noticiário há uma meia hora — contou ele. — Você sabe como é. "Herdeira é encontrada morta no dia do casamento." — Ele baixou o tom de voz. — Você é citada em algumas matérias.

Meu coração disparou de ansiedade.

— Como assim? Mas por quê?

— Não é nada ruim. Só seu nome. Alguns lugares estão usando a foto de vocês duas juntas no Instagram. Aquela em que vocês estão na água, dando risada.

Aquela que Nick tirou, pensei, sentindo um nó na garganta. Eu me lembrei de ter sentido que Drue estava trêmula quando a tocara. E em seguida ela começou a rir, fazendo a dancinha e espirrando água em mim. E depois me abraçou no quarto, falando: "Obrigada por ser minha amiga". Fiquei me perguntando quantas pessoas desconhecidas deviam ter visto aquela imagem e, naquele exato momento, a quantidade de gente que estava fuçando meu perfil no Instagram, vasculhando tudo em busca do que eu poderia ter postado sobre Drue.

— Tem certeza de que está tudo certo?

— Eu estou bem — respondi, ouvindo a voz falhar.

Percebi que minha vontade era pedir para ele ir me buscar, como se eu fosse uma criança saindo mais cedo da escola. Só que isso não aconteceria, porque eu não podia ir embora.

— Só um minutinho — pediu ele.

Ouvi o som de passos, seguidos do barulho de uma porta sendo aberta e fechada. Imaginei que meu pai estivesse saindo da sala, para longe dos ouvidos de minha mãe, provavelmente se fechando no quarto. Até conseguia imaginá-lo, com a roupa de fim de semana, uma camisa xadrez com a gola puída, e que por isso havia sido excluída da rotação de roupa de trabalho, e uma calça jeans folgada clara, do tipo que aparentemente só era usada por homens de meia-idade.

— Eu não quis perguntar na frente de sua mãe — explicou ele —, mas a polícia está tratando o caso como uma morte suspeita?

— Eu não sei. O detetive ficou me interrogando por um tempão. Perguntou um monte de coisas sobre Drue, e os pais dela, e o noivo, e... e tudo mais. Mas eu não sei nem como ela morreu.

Houve uma pausa do outro lado da linha.

— Eu vi o pai de Drue uma vez. Deve ter sido há uns doze ou treze anos.

— Onde ele estava?

— No Midtown, perto do Central Park. Eu estava adiantado e passei naquele lugar na rua 57, sabe, onde vendem *bialys*.

Eu sabia que lugar era aquele, e era diferente do lugar dos melhores bagels, e da melhor salada de peixe branco.

— Deviam ser umas seis da manhã. Só o que vi foi Robert Cavanaugh de sobretudo e terno. Todo arrumado, com uma mulher de casaco de pele. — Meu pai fez outra pausa. — E não era a sra. Cavanaugh.

— Ah, nossa — murmurei.

Uma amizade de verão, pensei. Uma de suas namoradinhas secretas, levada de Cabo Cod ou dos Hamptons para a cidade.

— Ele viu você?

— Acho que não. E, mesmo se tivesse visto, não sei se me reconheceria. A mãe dela talvez, mas acho que só falei com o pai duas vezes nesse tempo todo que vocês foram amigas. — A voz de meu pai se tornou mais ácida quando disse: — Robert Cavanaugh não era do tipo que comparecia às reuniões com professores ou às boas-vindas de volta as aulas. Não era do tipo que aparecia para ajudar a encaixotar as coisas depois da feira de livros. Eu o conhecia mais pelos jornais mesmo.

— Drue me disse que os pais dela não estavam felizes juntos fazia tempo. Contou que na época do colégio descobriu as traições dele e que, se não se divorciaram, foi por medo do que os outros diriam. Além disso, não havia um acordo pré-nupcial. Eles brigaram feio ontem à noite na festa. Antes de... — Engoli em seco. — Antes de Drue morrer.

— Se cuida — disse meu pai. — E volte para casa assim que puder.

— Obrigada. Vou, sim. Te amo, pai.

— Eu também te amo.

As lágrimas rolavam por meu rosto, escorrendo pelo queixo. Estava pensando no pai de Drue, na noite anterior na praia, berrando com a filha e depois lhe virando as costas. Eu o imaginei passeando às seis da manhã com outra mulher, com a maior cara de pau do mundo, como minha avó diria. Pensei em meus pais, dançando na cozinha, e me ocorreu pela primeira vez que, entre nós duas, Drue podia pensar que a sortuda era eu.

— Preciso desligar.

— Tudo bem — respondeu meu pai. — E, por favor, transmita meus pêsames aos Cavanaugh.

Depois de prometer que faria isso, fiz a outra ligação. Darshi atendeu ainda mais rápido que minha mãe.

— Daphne!

Era possível ouvir vozes ao fundo. Imaginei minha amiga no congresso acadêmico, tomando um café com croissant em um agradável hotel três estrelas no qual ninguém havia morrido tragicamente na noite anterior.

— O que aconteceu? Eu li as notícias. Você está bem?
— Estou, sim. Mas… — Engoli em seco. — Drue morreu.
— Eu sei. Está em todos os sites.
— Fui eu quem a encontrou. — Eu me forcei a respirar. — E, Darshi, eu estava com um cara ontem de noite, o que mencionei na mensagem para você, e ele sumiu. Acordei hoje de manhã, e ele não estava no banheiro nem em lugar nenhum, tinha desaparecido, além de ter me passado um nome falso e…
— Daphne. Vá com calma. Não estou nem conseguindo entender direito o que você está falando! Respira. Vou subir para o quarto. Ligo para você daqui a pouco.

Encerrei a ligação e me sentei, tentando me controlar, esperando o celular vibrar em minha mão, tentando esquecer do aviso que Darshi tinha me dado: "Se ela foder sua cabeça de novo, eu não vou mais ficar do seu lado para juntar os cacos". Talvez minha amiga abrisse uma exceção para um caso de morte, em que não fora exatamente Drue quem fodera minha cabeça. *Cite cinco coisas que consegue ver*, pensei comigo mesma, e olhei ao redor do quarto. Mas só o que conseguia ver era o corpo de Drue, rígido e sem vida, com o cabelo boiando ao redor, de bruços com o rosto enfiado na água. Quando o celular tocou, berrei e dei um pulo na cama. Meu coração estava a mil quando atendi.

— Alô.
— Certo, agora eu posso falar. Comece pelo início da história — pediu Darshi.
— Drue morreu. Ninguém sabe o que aconteceu, e a pessoa que é meu álibi sumiu. O cara com quem eu estava, fosse quem fosse, me deu um nome falso. E você lembra das mensagens que trocamos ontem de noite? — murmurei, fazendo uma pausa que torci para que soasse como um "você me mandou mensagens com emojis de faca".

Houve um instante de silêncio, e Darshi respirou fundo.
— Ela deve ter bebido demais, passado mal, desmaiado e se afogado na banheira. Ou morrido engasgada com o próprio vômito. — Soltei um choramingo horrorizado. A voz de Darshi estava bem impassível. — Acontece — concluiu ela.

— Pois é. Mas e se dessa vez não tiver sido isso? — Baixei o tom de voz para um sussurro: — Eu apaguei tudo, mas não sei se eles têm como achar as mensagens.

— Tenho testemunhas que podem dizer à polícia onde eu estava ontem à noite — revelou Darshi.

— Que bom para você! Eu não! — esbravejei. — A não ser que encontre esse cara!

— Certo. Vamos pensar. Na improvável hipótese de que não tenha sido só um acidente, quem ia querer ver Drue morta?

Balancei a cabeça ao ouvir "todo mundo" em minha mente tão nitidamente quanto se uma de nós tivesse falado.

— O que você precisa fazer é o seguinte. — A voz de Darshi continuava firme. — Pode ter sido uma morte acidental. Se não foi, você precisa fazer uma lista. Escreva o nome de todo mundo que você acha que fosse querer fazer mal a ela. Ex-namorados. Ex-namoradas de Stuart. A polícia está investigando Corina?

— Se assistirem ao Lifetime, com certeza.

— Eu faria isso. E, Daphne, você precisa encontrar esse cara com quem estava ontem.

— Sei disso — resmunguei. — Você acha que eu não sei?

— Onde ele pode ter se enfiado?

— Não faço ideia. Darshi, eu não sei nem o nome de verdade dele.

— E o que você sabe?

— Sei que ele é um local. Pelo menos, foi o que me falou. Ele pode estar em qualquer lugar.

— Você disse que ele se chamava como mesmo?

— Nick Andros. Eu sabia que já tinha ouvido em algum lugar.

— O cara surdo-mudo de *A dança da morte* — declarou Darshi. — Hum. Você acha que tem alguma pista escondida aí?

Minha cabeça estava começando a latejar, bem entre as sobrancelhas, e parecia ter uma bala de canhão alojada em minha barriga.

— Não faço ideia.

— O que mais ele disse?

— Que conheceu Drue quando estava aprendendo a velejar, e que trabalhava em um barco chamado *Lady Lu*.

— Vou dar uma fuçada na internet — comunicou Darshi. — Enquanto isso, tente ficar calma. Escreva tudo o que lembrar desse cara. E, quando terminar, comece a levantar informações por aí.

Quando abri a boca para contrapor, Darshi complementou:

— Se foi uma morte suspeita, a polícia deve estar investigando todo mundo que tinha alguma coisa contra Drue. Você precisa sair dessa lista, e a melhor maneira de fazer isso é apresentando a sua.

Doze

Encontrei um caderno na cesta de presentes, feito de couro decorado à mão, com a data do casamento gravada na capa na mesma fonte dos convites, da programação e da carta com os dizeres BEM-VINDOS A CABO COD que vinha com os brindes. Eu tinha ajudado Drue a encontrar uma artesã no Etsy para fazê-los. A garota ficara tão empolgada em participar de um evento da dimensão do casamento de Drue que dera vinte por cento de desconto no preço sem nem precisarmos pedir. Escrevi "INIMIGOS DE DRUE" na primeira página. Então, em vez de listá-los, virei a página e comecei a anotar tudo o que conseguia me lembrar de Nick.

Cabelo cacheado e castanho. Olhos cor de avelã. Um pouco mais alto que eu... Um e setenta e cinco? Um e oitenta? Bronzeado. Mãos calejadas. Barriga tanquinho. Nenhuma tatuagem, pelo menos não que eu tivesse notado, e achava que tinha dado uma boa olhada em todo seu corpo. O que ele tinha era uma cicatriz no tornozelo e uma marca de nascença no quadril esquerdo. Anotei isso e fiquei vermelha ao lembrar exatamente o que eu estivera fazendo quando notara esses detalhes. Depois escrevi "ensina técnicas de respiração/ioga/controle emocional em Boston". E também "Universidade de Vermont", "Iate Clube de Provincetown" e "Lady Lu". Eu me esforcei para lembrar do nome das primas que brigaram por causa de um casamento. Annie e Emma? Alguma coisa assim. Percebi que em nenhum momento ele mencionara os pais. Tinha falado de um tio, uma tia e uma avó, e se referido a uma casa da família no Cabo... e depois me feito perguntas, para me manter falando enquanto dizia pouquíssimo de si mesmo.

Anotei tudo. Depois fiz uma pesquisa no Google sobre o Iate Clube de Provincetown, que tinha um site bem obsoleto com uma linda foto de um veleiro navegando na capa. O telefone de lá estava na seção de contatos. Apertei o botão para fazer a chamada.

A ligação chamou e chamou. Quando eu estava prestes a desistir, uma voz feminina grave e áspera falou:

— Oi.

— Ah, oi! Alô. É do Iate Clube de Provincetown?

— É.

— Meu nome é Daphne Berg. Espero que você possa me ajudar. — Aquela era uma estratégia sobre a qual eu tinha lido a respeito e usava quando conversava com atendentes de telemarketing. Começar pedindo ajuda fazia as pessoas pensarem que nós estávamos do mesmo lado. — Estou tentando descobrir o nome de um antigo aluno de vocês.

— Ah, é?

— Vou fazer uma festa surpresa para minha melhor amiga, e ela passava o verão em Truro, então estou tentando reunir sua antiga turma. Sei que era amiga de um garoto, mas, se me falou o nome dele, eu já esqueci.

— Quando teria sido isso?

— Uns treze ou catorze anos atrás.

— Hã.

— Você já estava aí? — perguntei. — No clube?

— Eu sou a fundadora. — Tive a impressão de ter detectado um levíssimo tom de divertimento na voz da mulher. — Dora Fitzsimmons. Estou aqui desde que começamos. — O sotaque dela ficou mais pronunciado na última palavra. — Se sua amiga veio aqui, ela me conhece. Acho que me lembro de todos os meus marujos.

— Legal. Que ótimo.

— Quem você disse mesmo que era sua amiga?

— Eu não disse. Mas o nome dela é Drue Cavanaugh e...

Clique. A ligação foi interrompida.

Olhei para o celular e liguei de volta, mas dessa vez só chamou e ninguém atendeu. Merda. A mulher devia ter achado que eu era uma repórter ou coisa do tipo. Merda, merda, merda. Fui em frente em minha pesquisa e descobri que o *Lady Lu* existia de verdade, e não tinha só um número de telefone, mas um site adequado. "Passeios de pesca de manhã ou o dia todo! Robalos e anchovas! É peixe na mão ou seu dinheiro de volta!" E, graças a Deus, havia uma galeria de fotos clicáveis cheia de homens, mulheres e crianças sorridentes exibindo seus pescados. Mas, depois de dez minutos, cheguei ao fim da galeria e só o que consegui foi uma dor de cabeça. Nada de Nick. Quando telefonei para lá, a ligação caiu na caixa postal. "Se não atendermos é porque estamos ocupados fisgando uns grandões, mas, se deixar seu nome e número, além das datas e dos horários em que tem interesse, nós retornamos assim que estivermos em terra firme", disse uma voz que não era a de Nick. Digitar "ioga", "técnicas de respiração", "escolas primárias em Boston" e "Nick" no Google deu como resultado um instrutor chamado Nick formado na Universidade de Boston. Era bonitinho, mas não quem eu estava procurando.

O que fazer, então?

Guardei o caderno e decidi ir até a casa ao lado, a Brisa do Mar, e bisbilhotar a conversa dos outros convidados. Talvez escutasse alguma coisa que estimulasse minha memória, me ajudasse a encontrar meu acompanhante desaparecido, ou pelo menos me desse alguns nomes para acrescentar à lista de suspeitos.

Cinco minutos depois, eu estava diante da entrada da casa ao lado, fazendo um esforço para me recompor. Quando bati, encontrei a porta destrancada. Entrei em uma sala que parecia um frigorífico. O ar-condicionado estava no máximo, criando um clima glacial, o que fazia sentido, aliás. A essa altura, a casa devia estar cheia de dezenas de pessoas se vestindo, disputando um lugar na frente dos espelhos, vaporizando os amarrotados nos vestidos, secando os cabelos. Mas a sala estava semivazia, com alguns convidados sentados nos sofás de linho, outros acomodados à mesa de jantar, remexendo nos minimuffins e nas frutas nos pratos, parecendo desolados, angustiados, de ressaca ou simplesmente entediados. Para piorar, percebi tarde demais que meu look (a camisa branca da Leef, chamada Jill, e uma saia preta de cintura alta, a Tasha) fazia parecer que eu era uma garçonete.

Mas talvez isso pudesse funcionar a meu favor, pensei, quando vi a mulher de coque que tinha puxado Drue de lado na noite anterior e levado Lily Cavanaugh para o SUV naquela manhã. Considerando sua semelhança com Lily Lathrop Cavanaugh, presumi que fosse a avó de Drue. Ao ver uma bandeja vazia, coloquei um prato em cima e levei para o canto onde a avó Lathrop estava em uma conversa intensa e sussurrada com uma mulher tão parecida com ela que devia ser sua irmã... talvez até a tia-avó cujo cachorro morto tinha ido parar em um cooler de cerveja. As duas tinham o mesmo cabelo grisalho, a mesma silhueta magra e o rosto em forma de coração, mas a avó Lathrop estava bebendo café em uma xícara de porcelana, enquanto a tia-avó Lathrop tinha um copo comprido de Bloody Mary entre as mãos, como se temesse que a bebida fosse sair voando se não a segurasse bem.

— Você vai? — Ouvi a tia-avó perguntar quando me aproximei com a bandeja.

A avó sacudiu a cabeça.

— Não adianta. Você sabe que Lily tem essa propensão à histeria. Ela vai ser sedada e mandada de volta para cá.

— E imagino que Robert esteja com ela — disse a tia-avó, elevando um pouco o tom de voz ao falar e transformando a afirmação em pergunta.

A suposição resultou em um muxoxo audível por parte da avó.

— Imagino que pelo menos ele tenha ido para lá. Já deve ter saído para ver uma de suas amiguinhas agora, acho.

— Que vergonha — murmurou a tia-avó.

A avó levantou a mão imperiosa, atravessada por veias inchadas. Um anel de sinete de ouro pesado parecia meio frouxo em um dedo nodoso; havia uma esmeralda grande de lapidação quadrada no dedo ao lado.

— Esse homem já é motivo de vergonha há anos. E eu, pelo menos, estou gostando da ideia de finalmente podermos parar de fingir que não é o caso.

Eu me afastei um pouco delas, me inclinando sobre uma mesinha de centro e fingindo estar ocupada recolhendo xícaras e guardanapos amassados.

— Ainda bem que conseguimos convencer Drue a registrar o testamento dela — prosseguiu a avó. — Ainda bem que ela tem um testamento, aliás. Pelo menos aquele... — ela contorceu os lábios —... aquele rapaz da TV não vai ficar com tudo.

A tia-avó murmurou alguma coisa que não consegui ouvir.

— Ah, sim — concordou a avó. — Nosso advogado insistiu. Drue tinha vários pedidos ridículos. Queria deixar metade para Robert — com uma bufada, ela deixou evidente o que achava disso, e dele também — e um milhão de dólares para uma instituição de caridade para crianças de Boston.

— Foi muita gentileza dela — comentou a tia.

A avó bufou.

— Meio milhão de dólares para não sei quem da época de escola, assim como para cada um dos bastardos que Robert fez por aí.

Ao ouvir isso, a tia-avó pareceu ficar em choque.

— Drue sabia disso? — questionou ela.

A avó balançou a cabeça, com uma expressão sinistra.

— Não sei como ela descobriu. Eu não duvidaria nem que aquele estúpido tenha contado para ela. Senhorita? — chamou ela, elevando o tom de voz.

Endireitei a postura e fiquei paralisada quando ela me olhou.

— Mais café? — perguntei, com a voz fraca.

— E menos bisbilhotice — respondeu ela, ácida, me entregando a xícara vazia e manchada de batom.

— Desculpe — murmurei.

Meu coração estava disparado, e eu me sentia zonza. "Dinheiro para não sei quem da época de escola." Poderia ser eu? Em circunstâncias normais, uma herança inesperada teria sido uma coisa boa, mas, se Drue não tivesse morrido de causas naturais, uma eventual bolada em dinheiro poderia parecer um motivo bastante plausível pesando contra mim.

— E eu vou querer mais um desses — pediu a tia-avó Lathrop, virando o que restava do drinque e me entregando o copo vazio, a não ser pelo talo de salsão.

Meu coração batia ainda mais forte, meus pensamentos a mil. Eu precisava descobrir o que dizia aquele testamento e, se eu era a sortuda não-sei-quem da época de colégio. Precisava descobrir quem eram os bastardos do sr. Cavanaugh, e se Drue conhecera algum deles.

— Agora mesmo — falei.

— E sua gorjeta — continuou a tia-avó. Ela complementou em meio a um soluço: — Faça questão de sempre ser paga em dinheiro vivo.

Assenti e saí às pressas, com as pernas moles e a pulsação descontrolada, para me livrar das louças sujas e arranjar um Bloody Mary. *E se os Cavanaugh estivessem na pior*, pensei. E se Drue estivesse se casando com Stuart por dinheiro ou, mais provavelmente, pelo que faturariam juntos tratando o casamento e a lua de mel, e talvez até a vida, como uma ação publicitária. Quem ia querê-la morta? Stuart? Corina Bailey? Alguma influenciadora peso-pesado que tinha como público-alvo noivas e ficara furiosa por ter sido jogada para escanteio?

Na cozinha, fui até uma cafeteira enorme e enchi a xícara, depois encontrei um jarrinho com leite e me dirigi ao balcão.

— Preciso de um Bloody Mary — falei para o barman.

— Uma escolha bastante popular hoje — comentou ele enquanto preparava a bebida.

Levei as bebidas de volta para as senhoras Lathrop e dei uma olhada ao redor. Lainey, amiga de Drue da pós-graduação, usava um moletom com o monograma bordado de "Drue & Stuart", o que me pareceu uma escolha de mau gosto. Ela estava sentada à mesa da sala de jantar, digitando no laptop. Natalie, assistente de Drue, estava deitada de lado sob um cobertor, aparentemente dormindo na namoradeira. A prima grávida, Pat, havia puxado uma poltrona para um canto e estava debruçada sobre o celular.

— Não. — Eu a ouvi dizer quando me aproximei o bastante. — Ninguém pode ir embora até a polícia pegar o depoimento de todo mundo.

Abri as portas de vidro e saí para o deque. O vento estava mais forte do que parecia lá de dentro. O ar estava frio e fresco, com cheiro de sal e pinheiros. Uma brisa mais forte deixava as ondas mais espumadas. Respirei fundo e me virei, me preparando para voltar e continuar bisbilhotando o que podia quando uma voz familiar me chamou pelo nome.

— Ei, Daphne.

Eu me virei e vi Arden Lowe, a irmã daquele que seria o noivo, de calça de ginástica e top, revelando os braços finos e todo o contorno das clavículas.

— Posso falar com você um minutinho?

Arden me conduziu pela sala de estar, descendo um lance de escadas, até chegarmos à piscina do outro lado da casa, onde quase não havia sinal de brisa. A superfície da água estava imaculada, sem uma única folha seca ou ramo de pinheiro para estragar sua aparente perfeição. A hidromassagem ao lado (engoli em seco ao ver aquilo) estava ligada, borbulhando à toa, com nuvens de vapor se desprendendo da água. O ar tinha cheiro de cloro e produtos químicos. Eu me sentei em uma das quatro cadeiras posicionadas ao redor de uma mesa coberta por um guarda-sol. Arden se empoleirou na beirada da mesa.

— Como você está? — perguntou ela. — Isso deve ter sido horrível para você.

Arden tinha o mesmo tipo de corpo compacto e sob medida para a TV do irmão, como se começasse normal e então se condensasse a sete oitavos do tamanho original. O nariz largo que parecia perfeito no rosto do irmão era um pouco grande demais para o seu, e o rabo de cavalo revelava orelhas ligeiramente protuberantes.

— Estou bem — respondi, alisando a camisa. — Quer dizer, acho que ainda estou em choque.

Em choque pela morte de Drue, mas também por tudo o que descobrira depois de encontrar seu corpo.

— Deve ter sido horrível — repetiu Arden.

Olhei para a banheira, como se seu borbulhar de repente tivesse se tornado interessante, e calculei o risco e o potencial benefício de contar a ela o que Nick havia me dito. Por fim, resolvi arriscar.

— Não sei se você ficou sabendo e, se não sabia, lamento dar a má notícia. Mas tem um boato circulando por aí sobre seu irmão.

Arden não pareceu muito surpresa. Ela levantou o queixo, apertou os lábios e estreitou os olhos.

— Que boato é esse?

— Ele foi visto na praia ontem com outra mulher.

Se eu estivesse esperando por um grande impacto, pedidos sussurrados por meu silêncio ou negativas exaltadas, teria ficado decepcionada.

— Ele estava com Corina — respondeu Arden sem se alterar. — Eles são amigos, Daphne. Amigos conversam.

— Segundo disseram, eles fizeram mais que conversar.

— Da boca de quem você ouviu isso? — questionou Arden com um tom de voz mais alto.

Dei de ombros. Ela estreitou os olhos de novo.

— Mas é um relato vindo de terceiros?

Confirmei com a cabeça.

— Pois então, está vendo? — Ela balançou a cabeça, jogando o rabo de cavalo de um lado ao outro. — É só fofoca. E das mais maldosas. Acho que você não sabe, mas Corina acabou de terminar um relacionamento lá em Los Angeles. Stuart devia estar só oferecendo um ombro amigo. Se é que alguém viu alguma coisa, provavelmente foi isso.

— Entendi.

Arden ficou me olhando em silêncio por um bom tempo.

— Que merda — disse ela por fim, depois puxou uma cadeira, sentou-se, apoiou os cotovelos na mesa e segurou a cabeça entre as mãos. — Eu falei para Stuart não levar isso adiante. Avisei que Drue não prestava. — Ela me olhou, como se esperasse ser contestada. — Desculpe. Eu sei que ela era sua amiga.

— Nós fomos bem próximas uns anos atrás, na época de colégio, mas não convivemos muito depois disso.

— Certo, vou tentar adivinhar: ela aprontou alguma coisa horrível com você.

Apertei os lábios, porque não queria falar mal de uma pessoa morta. Arden não demonstrou o mesmo decoro.

— Eu saquei quem ela era só de bater o olho. Foi tão falsa comigo. — Arden torceu o nariz. — Era como se tivesse pesquisado no Google "como agradar à irmã mais nova de seu namorado" cinco minutos antes de me conhecer. — Ela soltou um suspiro e passou a mão no cabelo. — Drue era linda. Isso eu admito. E Stuart estava apaixonadíssimo. Pensou que conseguiria domar aquela fera.

Não me parece uma forma muito generosa de falar sobre a noiva recém-falecida de seu irmão, que por muito pouco não virou sua cunhada, pensei. Mas Arden continuou falando:

— Fui eu quem tentou avisar sobre ela. Quando eles estavam namorando fazia uns seis meses, da segunda vez, ele apareceu em casa e pediu para minha mãe a aliança da vovó Frances. Eu avisei ele. Falei: ela vai te sacanear como fez da outra vez. Como ela sacaneou todo mundo, e não é como se fosse novidade para você. Ele não me deu ouvidos. — Ela balançou a cabeça, parecendo amargurada. — Drue devia ser sensacional na cama. Essa é a única explicação.

— Isso eu não tenho como saber. E, como falei, não convivi muito com ela depois de adulta, mas torcia para que Drue tivesse amadurecido e mudado.

— Acho que essa era a esperança de Stuart também. Ele disse: "Você não pode julgar uma pessoa por como ela era na época do colégio". — Arden revirou os olhos. — E o que eu respondi foi que o lobo perde o pelo, mas não perde o vício.

— Mas o que aconteceu? — questionei, mantendo um tom de voz baixo e tranquilo, tentando soar como todos os terapeutas que já tinha visto na TV. — Comigo eu sei o que ela fez. Mas não com seu irmão.

Arden levantou as mãos, com os cotovelos apontando para o céu, enquanto apertava ainda mais o rabo de cavalo.

— Acho que Stuart é um bom partido. Não só por ser meu irmão, estou sendo objetiva aqui. Ele é bonito, inteligente, criativo e esforçado. Tem um bom coração. Seria de se esperar que isso bastasse para Drue, né? — Arden não esperou por minha resposta antes de começar a balançar a cabeça. — Na primeira vez que namoraram, eles foram a um jogo de futebol americano juntos. E Drue encontrou um outro cara lá, que tinha estudado junto com o irmão mais velho dela. Um cara inteligente e boa-pinta, e que por acaso também era filho de Michael Leavitt.

Michael Leavitt, como eu bem sabia, era um bilionário da indústria tecnológica, um dos homens mais ricos do mundo, o que tornava seu filho um dos solteiros mais cobiçados do mundo.

— E Drue foi atrás dele.

— Como um cão de caça atrás de um coelho. — Os olhos de Arden se fixaram na água. — Stuart disse que dava para ver a cabeça dela funcionando assim que pôs os olhos nele. Tipo: "como eu vou conseguir fisgar esse?"

— E o que aconteceu?

— Ela conseguiu o que queria. Por um tempo. Eles saíram juntos por alguns meses, e então Jeremy terminou tudo. Disse que não tinha como proporcionar o que ela merecia. Que bela desculpa, né?

— Talvez ela tivesse se apaixonado por ele de verdade — especulei.

Arden fez uma expressão de ceticismo que a fez parecer ter muito mais que seus 24 anos.

— Não sei se Drue já amou alguém na vida. Acho que algumas pessoas simplesmente querem sempre mais. Nunca se contentam com nada. — Ela deu de ombros outra vez. — Quem sabe? Talvez, se houvesse se casado com Jeremy, tivesse dado um pé na bunda dele para tentar a sorte com o príncipe Harry.

Uma coisa parecia estar martelando em minha cabeça, querendo vir à tona. Fechei os olhos, repassando mentalmente nossa conversa.

— Quando isso aconteceu? Quando Drue largou Stuart para ir atrás de Jeremy Leavitt?

— Ah, isso foi no primeiro round — falou Arden, esticando a coluna e alongando os braços acima da cabeça. — É assim que meu pai e eu chamamos a primeira vez que eles se envolveram.

— Foi na faculdade, certo?

Arden negou com a cabeça, balançando o rabo de cavalo de novo.

— Não. Na época de colégio. No Croft.

Croft?

— Drue estudou no Lathrop — respondi. — Em Nova York. Comigo.

— Até o terceiro ano do ensino médio, sim, lógico. Estou falando de depois disso. Ela conheceu Stuart no Croft. Um colégio interno na Califórnia. Stuart já estudava lá. Drue apareceu depois de se formar no Lathrop, para fazer um ano de escola preparatória.

Quando fiquei sem reação, Arden abriu um sorrisinho cínico.

— Pois é, eu sei que ela fez parecer que estava tirando um ano sabático. Também vi isso no Instagram. Fotos na Austrália, ou trabalhando para a Habitat para a Humanidade, ou sei lá o quê. Mas a verdade é que ela foi para o Croft depois de sair do Lathrop, para melhorar o histórico escolar e a pontuação no Teste de Avaliação Acadêmica e poder entrar em Harvard.

— Então, aquelas viagens... — Tentei me lembrar das fotos que tinha visto no site do Lathrop, tentando conciliar aquela revelação com o que eu acreditava antes. — Ela forjou tudo aquilo?

— Não. Ela foi mesmo, só que nas férias. Nos períodos de folga do programa de tutoria que precisou fazer para chegar a Harvard. Teve até um burburinho no Croft que os pais dela pagaram para ela refazer os testes avaliativos que já tinha feito no último ano de Lathrop. O colégio silenciou o caso. E deu certo. Ela entrou. Pronto, um final feliz.

Percebi que estava de queixo caído, incrédula, e fechei a boca. Eu procurara evitar as redes sociais de Drue o quanto possível, então não podia confiar muito em minha memória. Ela teria afirmado com todas as letras que fizera um ano sabático ou só feito parecer que era isso e presumido, com razão, que seria o que quase todo mundo pensaria?

Balancei a cabeça.

— Uau. Eu sempre achei que ela tivesse entrado em Harvard pelo modo tradicional. Boas notas, boa pontuação nos testes acadêmicos e uma grande doação do papai e da mamãe.

Arden abriu um sorrisinho.

— Mesmo com o pai dela colocando o dinheiro na mesa, ela ainda precisou provar que ia dar conta das exigências acadêmicas de Harvard. Acho que precisou de um ano extra para preencher os requisitos.

Interessante, pensei. Obviamente, não era surpresa que Drue não tivesse anunciado por aí que precisara de ajuda extra e mais tempo para entrar na faculdade. Ela era inteligente... poderia ter sido uma das melhores alunas de nossa turma, caso tivesse se esforçado, mas não fizera isso. Preferira sair, fazer compras, ou transar. "Só se é jovem uma vez", ela dizia. Isso significava que era relapsa na maior parte do semestre e deixava para fazer todas as leituras obrigatórias em uma única noite, movida a litros de café e remédios de emagrecer da mãe. Também contara comigo como sua arma secreta sempre disposta a ajudá-la a escrever os trabalhos, digitar tudo, revisar e às vezes, quando ela estava com muita preguiça, aproveitar apenas sua ideia inicial e redigir tudo.

Portanto, o fato de Drue ter precisado de ajuda extra e mais tempo não chegava a ser surpreendente. Nem que ela tivesse ido para o outro lado do país para isso. Muitas das melhores escolas preparatórias do país ficavam na Nova Inglaterra, mas, se Drue tivesse aparecido em uma delas com certeza teria encontrado pessoas que a conheciam, ou que conheciam gente de sua família, e seu segredo teria sido exposto.

Decidi deixar de lado o mistério desse ano pós-Lathrop e pré--Harvard para me concentrar na questão de sua vida amorosa.

— Então Drue e Stuart namoraram quando estavam no Croft e depois de novo na faculdade?

Arden se levantou e começou a dar pequenos saltos, como se estivesse se aquecendo para correr uns dez quilômetros.

— Isso. E aconteceu a mesma coisa. Drue estava satisfeita com Stuart até um cara que saiu da faculdade depois do primeiro ano para trabalhar em um aplicativo qualquer ganhar uma fortuna e voltar ao campus para dar uma palestra. — Arden alisou o rabo de cavalo, penteando as mechas castanhas com os dedos. — Primeiro Drue falou para Stuart que queria tomar um café com o cara para firmar um bom contato profissional e pedir conselhos sobre o mundo dos negócios. Depois saíram para jantar e *aprofundar a conversa*. E no fim foi: "Ah, desculpa, Stuart, mas Devon é minha alma gêmea".

— Nossa.

— Pois é. Então, quando ela e Stuart começaram a sair de novo...
— A voz de Arden passou a demonstrar nitidamente sua irritação. — Ninguém da família quis saber. Errar uma vez é humano, mas duas... Enfim, você sabe. Meus pais e eu não queríamos que ele passasse por tudo aquilo de novo, mas Stuart não deu ouvidos. Ela sempre conseguia o que queria com ele. Era só estalar os dedos que ele ia correndo. — Seu tom se tornou ainda mais tenso na última frase. Olhei para baixo e vi que ela estava com os punhos cerrados. — Nós nunca entendemos isso. E ele não fazia questão de explicar. "Drue é especial", ele dizia. "Nós nos divertimos muito juntos".

Balancei a cabeça, sentindo uma identificação total e absoluta com Stuart Lowe. Eu também não saberia explicar, mas sabia como era estar no centro do universo de Drue Cavanaugh, como receber sua atenção fazia a pessoa se sentir a versão mais brilhante, carismática, interessante e perfeita de si mesma, e como ela era capaz de transformar qualquer dia em uma aventura. Eu me lembrei de um trecho de uma música de John Henry: *And I don't miss you half as much/ As who you made me think I was.** Essa era sua magia, o que nunca consegui fazer Darshi entender muito bem: quando alguém era tratado por Drue como se fosse uma pessoa incrível, passava a sentir que realmente era.

— Mas e Corina?

— Corina era ótima. — O tom de Arden era saudoso. — Pode não ser brilhante, mas é uma fofa. Fácil de conviver. Era apaixonada por ele, e adorada por todos nós. Nossa família teria ficado muito feliz se eles tivessem continuado juntos.

Preciso contar isso para McMichaels, pensei quando Arden se virou para ir embora. Mas, embora aquela revelação tivesse abalado minhas estruturas, um detetive de polícia com a informação de que Drue frequentara uma escola preparatória em segredo por um ano e já havia namorado Stuart duas vezes antes não seria um divisor de águas. E, se eu falasse sobre o testamento, seria obrigada a revelar que estivera bisbilhotando a conversa de pessoas enlutadas para conseguir a informação.

Eu manteria a boca fechada, decidi. Pelo menos até descobrir mais coisas.

— Ei — chamei.

Arden estava com a mão no portão que dava acesso à piscina, e a ouvi suspirar quando se virou para mim.

— Você sabia que Stuart e Drue fizeram uma ação nas redes sociais para o casamento?

Ela franziu a testa.

— Hã?

— Tipo um *pitch deck*? — completei. Seu rosto inexpressivo me mostrou que ela não fazia ideia do que se tratava. — Que eles estavam

---

* Em tradução livre: "E muito mais que de você/ Sinto saudade de quem você me fazia acreditar que eu era". (N. T.)

entrando em contato com empresas interessadas em fazer uma parceria para patrocinar o casamento e a lua de mel?

Arden ficou me olhando por um tempo.

— Como assim, vendendo anúncios?

— Não, não são anúncios... Quer dizer, mais ou menos. É uma permuta. Tipo, procurar a American Airlines e dizer: "Se vocês derem as passagens para nossa lua de mel, nós fazemos uma postagem no Instagram exibindo a marca de vocês". Ou prometendo postar uma foto no avião, com o logo da companhia aérea bem visível.

Arden pareceu confusa de verdade.

— Por que eles precisariam fazer isso? Drue não tinha dinheiro até não poder mais?

— Que eu saiba, sim.

— Essa era a única coisa no relacionamento deles que fazia sentido para mim — revelou Arden. — Meu palpite foi que ela prometeu usar a fortuna da família para ajudar a financiar a startup do meu irmão.

— Você acha que eles se amavam? — perguntei.

A pergunta pareceu pegá-la desprevenida.

— Ele ia se casar com ela.

O que não era exatamente uma resposta. Continuei esperando, olhando bem para ela, observando se começaria a retorcer os dedos ou ajeitar o rabo de cavalo de novo.

— Olha só. Stuart é meu irmão mais velho, e ele já tinha saído do colégio interno quando eu tinha 8 anos. Nós nunca fomos próximos. Se quiser minha opinião, era pelo mundo de Drue que ele se sentia atraído. Isso e a maneira como se sentia quando estava com ela — contou Arden, dando de ombros. — E, pelo que vi, eles tinham interesses em comum: dinheiro e poder. Existem pessoas que constroem uma vida inteira juntas por muito menos que isso.

Enquanto pensava no que mais poderia perguntar, escutei o som de pneus triturando o caminho de cascalho. Um Toyota sem nenhum tipo de identificação parou diante da garagem. A porta da frente se abriu, e Darshini Shah apareceu. Com uma calça social preta e blazer da mesma cor, e a alça da bolsa do laptop atravessada na frente do peito, foi a visão mais linda que eu poderia ter conjurado.

Treze

— **M**e conte tudo o que descobriu até agora.
Darshi se sentou no banco no pé de minha cama, e desabei junto à cabeceira. Tinha aberto as portas de vidro para deixar entrar a brisa, e ouvíamos as ondas avançarem e recuarem na praia abaixo de nós. De tempos em tempos, algum tipo de ave marinha guinchava e passava pela janela, em pleno voo e quase imóvel, planando em meio à corrente de ar. Darshi havia entrado em meu quarto, olhado pelas janelas para o deque (a essa altura decorado com fitas demarcatórias de cena de crime) e o mar mais adiante e se limitara a proferir uma única palavra: "Legal". Minha colega de apartamento não era muito interessada em detalhes estéticos, nem mesmo nas melhores circunstâncias, mas sua presença, o som de sua voz, o cheiro de seu condicionador de coco e perfume de sândalo... tudo isso me acalmava.

— Para início de conversa — comecei —, você sabia que Drue fez um ano extra no colégio Croft, na Califórnia, antes de entrar em Harvard?

Fiquei satisfeita ao ver os olhos de Darshi se arregalando.

— Uau — comentou ela.

— Pois é! Quer dizer, você imaginava que ela houvesse tido dificuldade para entrar na faculdade?

Darshi negou com a cabeça. Então dobrou as mangas do blazer para logo em seguida as desdobrar. Além do coco e do sândalo, senti um cheiro diferente, e fiquei curiosa para saber se Carmen também estivera nesse congresso e se Darshi a havia mandado para casa para vir me ajudar.

— Pensei que os pais dela tivessem dado dinheiro para a universidade e pronto — contou ela.

— É! Eu também! — Minha voz soou um pouco esganiçada. Tratei de respirar um pouco. — Além disso, ouvi a avó de Drue falando do testamento dela. Do testamento de Drue, não da própria avó. E ao que parece Drue deixou dinheiro para não-sei-quem da época de colégio.

Darshi ficou me encarando.

— Você?

— Não sei.

A ideia de que eu poderia acabar ganhando uma quantia substancial ao final de tudo aquilo me provocou um calafrio, primeiro quente e depois gelado, como se estivesse ficando gripada.

— E o seu carinha misterioso? — questionou Darshi.

Contei para Darshi que ninguém atendia no telefone de *Lady Lu*, que a mulher do clube desligara assim que mencionei o nome de Drue e que no Google apareceram vários instrutores de ioga bonitões, mas nenhum deles era o que eu conhecera na noite anterior.

— Anotei tudo o que consegui lembrar dele — contei, mostrando o caderno.

Darshi foi erguendo as sobrancelhas pouco a pouco.

— Incrível na cama? Sério mesmo? — Ela fechou o caderno, com uma expressão um tanto dúbia. — Enfim, bom para você, eu acho.

— Pois é. Se no fim Drue tiver sido assassinada e eu for parar na cadeia, pelo menos vou ter boas lembranças. — Suspirei antes de voltar a olhar para ela. — Se quiser dizer "eu avisei", agora é o momento certo.

Darshi balançou a cabeça.

— Eu sinto muito — disse ela com a voz baixa e um tom difícil de decifrar. — De verdade. Não gostava muito de Drue, mas sinto muito por ela. E pela família. E por você.

Assenti, com lágrimas nos olhos.

— Obrigada por ter vindo.

Darshi confirmou com a cabeça e voltou a pegar o caderno.

— Seu acompanhante mencionou uma tia, um tio e primas, mas não pais ou irmãos. Cicatriz no tornozelo. Sem tatuagens. — Ela sacudiu a cabeça, com uma mistura de humor e irritação no rosto. — Trabalho de profissional. Certo, pegue a bolsa.

— Como é?

— Nós vamos dar uma volta.

Olhei ao redor, como se alguém a tivesse ouvido.

— Eu não posso sair!

— Não vi nenhum guarda parado na porta do quarto.

Peguei a bolsa e fiquei de cabeça baixa enquanto saía, descia a escada e atravessava o ruidoso caminho de cascalho até o carro alugado de Darshi. Só quando ela entrou na rodovia consegui relaxar um pouco, convicta de que não estávamos sendo seguidas e que eu não estava prestes a ser presa por ter abandonado a cena do crime.

— Para onde estamos indo?

— Para o iate clube. Se nós perguntarmos pessoalmente para a pessoa com quem você falou, talvez ela decida ser mais prestativa.

～～～

O Iate Clube de Provincetown era exatamente como Nick havia descrito: uma biboca na rua do Comércio, principal via da cidadezinha. Era um clube pequeno, cuja sede ocupava o que parecia ser uma casinha de madeira ao lado de uma delicatéssen toda chique chamada Deleite. Em uma placa de madeira entalhada e antiga sobre a porta liam-se os dizeres IATE CLUBE DE REGATAS; uma cartolina quadrada colada abaixo tinha uma mensagem escrita à mão: "Números de rifa e camisetas à venda. Favor bater à porta!". Darshi se colocou atrás de mim enquanto eu batia. Ninguém atendeu, então seguimos as vozes que ouvíamos nos fundos. Era uma casa mais comprida do que larga, com os fundos para o mar e duas portas de garagem abertas revelando a presença de dois atracadouros. Olhei ao redor, para o teto alto e escuro, o chão de cimento e as fileiras de raques de madeira nos quais ficavam os veleiros e caiaques. Entre os barcos e acima deles, viam-se dezenas de coletes salva-vidas coloridos secando em varais que atravessavam o cômodo de um lado ao outro. As velas estavam enroladas e empilhadas junto às paredes.

Havia um chuveiro conectado a um canto da casa. Logo em seguida, um lance de escadas externas levava ao segundo andar. Mais além, uma rampa curta de areia dava acesso a uma pequena praia em formato de meia-lua e às docas. A água brilhava à luz do sol, e mais de dez veleiros circulavam entre a praia e um banco de areia. Enquanto faziam curvas, as crianças a bordo riam e gritavam coisas como "cuidado com a cabeça" ou "passando!".

— Olá!

Olhei para cima. Uma mulher de mais idade estava no segundo patamar, inclinada sobre o gradil, voltada para nós. Fiquei com a sensação de que era a mesma voz feminina áspera que eu ouvira ao telefone de manhã. Tinha a pele bem clara e cabelo branco e grosso escapando de um coque e emoldurando o rosto com algumas mechas. Óculos de leitura pendiam da correntinha com pequenas pérolas e descansava sobre o busto largo.

— Querem bilhete para a rifa? — gritou ela.

— Oi! — gritei de volta, protegendo os olhos com a mão. — Nós estamos, hã, conhecendo o Cabo. Podemos conversar um pouquinho?

Ela deu de ombros, se virou e voltou para dentro. Darshi e eu trocamos um olhar antes de subirmos a escada de madeira. No segundo andar, encontramos um pequeno escritório de teto baixo, vigas de madeira expostas e paredes do mesmo tipo de madeira sem pintura do depósito no andar de baixo. O ar tinha o cheiro dos chalés de acampamento de férias no Maine: o mofo da baixa temporada, madeira molhada, bolor, inseticida, protetor solar, calor do sol e crianças suadas. A essência do verão.

Um cachorro branco, grande e peludo estava deitado em um tapete oval azul e verde, com os olhos fechados e a língua cor-de-rosa para fora. A mulher grisalha estava sentada atrás de uma mesa de metal lotada de papéis, pastas e um pequeno ventilador elétrico que girava com um zumbido. Ela vestia uma camiseta verde larga com os dizeres IATE CLUBE DE PROVINCETOWN em letras pretas, calça capri de algodão marrom e Crocs laranja nos pés enormes. O cachorro abriu um olho quando entramos, para avaliar se éramos uma ameaça, e logo em seguida suspirou e voltou a dormir.

— Ah, que cachorro lindo! — falei, na tentativa de criar uma conexão com ela, de uma dona de cachorro para outra. — Quem é esse menino bonzinho?

— Lance — respondeu ela no mesmo tom rabugento e azedo.

— Oi, Lance! — falei para o cachorro, que não abriu o olho, mas balançou o rabo duas vezes, levantando poeira do tapete. — Posso fazer um carinho nele?

— Eu não faria isso — avisou ela.

Darshi pigarreou e endireitou a postura.

— Obrigada por nos receber — comecei. — Sou Daphne Berg, e essa é Darshi Shah. Somos de Nova York.

— Dora Fitzsimmons — apresentou-se a mulher, confirmando que fora com ela mesmo que eu havia conversado de manhã. Não estendeu a mão para mim, mas apontou com o queixo para as cadeiras. — Podem se sentar. — Darshi e eu nos acomodamos diante delas. — Querem trazer um filho, é isso?

Seu sotaque de Massachusetts era tão forte que parecia que estava perguntando se Darshi e eu queríamos fazer um filho. Mordi o lábio, e uma risadinha nervosa me escapou.

— Quê? Ah, não! Só fazer umas perguntas. Eu, hã, liguei hoje mais cedo...

Ela estreitou os olhos e apertou os lábios.

— Eu não sou da imprensa, juro! — falei, levantando as mãos. — É que conheci um cara ontem de noite e preciso falar com ele de novo. Ele disse que foi aluno daqui...

— Marujo — interrompeu ela.

— Oi?

— Aqui nós chamamos as crianças de marujos. Ou pilotos, se passarem no teste.

— Ah, desculpe. Marujo. Enfim, ele tem mais ou menos minha idade, 25 ou 26 anos, e passou por aqui uns dezesseis anos atrás. Seu nome, pelo menos o que ele me disse, é Nick Andros.

— Não conheço.

Dora pegou uma das pastas da mesa, nos dispensando sem precisar dizer que estávamos dispensadas.

— Posso falar como ele é? Cabelo castanho cacheado, com uma cicatriz no tornozelo.

— Não conheço — repetiu ela.

— A senhora conhece Drue Cavanaugh? — perguntou Darshi.

A mulher se inclinou para a frente, fazendo a cadeira ranger. O cachorro abriu um olho de novo, que manteve grudado em mim e Darshi enquanto sua dona nos encarava.

Engolindo em seco, falei:

— Eu estava na casa da Drue ontem à noite quando conheci esse cara. E ele me falou que a conhecia também.

— Na casa dos Lathrop — corrigiu a mulher. — Os Cavanaugh venderam a deles. Já faz anos.

— Isso mesmo — concordei. — Mas na verdade acho que a casa era dos Weinberg. Foi o que Nick me disse. A família de Drue alugou para o fim de semana. Para o casamento.

Uma expressão apareceu no rosto da mulher, mas foi rápido demais para que eu pudesse decifrar. Tristeza, me pareceu, mas também desdém.

— Drue foi uma maruja minha, sim.

Fiquei esperando por mais informações, que não vieram.

— Drue era uma boa maruja? — perguntou Darshi.

Dora piscou os olhos devagar.

— Razoável.

— A senhora se lembra de mais alguma coisa dela?

— Eu não vou falar mal de quem morreu.

Depois de um novo silêncio, ficou evidente que ela já havia dito tudo o que pretendia sobre Drue.

Olhei para Darshi, torcendo para que continuasse seu interrogatório, mas ela estava olhando para os cantos escuros da construção, aparentemente perdida em pensamentos.

Eu me virei para Dora.

— A senhora conhece um barco de pesca chamado *Lady Lu*? — perguntei.

Ela deu de ombros.

— Eu conheço a maioria dos barcos de aluguel, lógico.

— Esse cara, o Nick, me falou que trabalhava em um barco chamado *Lady Lu*. A senhora conhece alguém desse barco? Um capitão ou alguém do tipo.

— Piloto — retrucou Dora.

Ouvi, ou pensei ter ouvido, um toque de humor em sua voz. *Que maravilha*, pensei. Ficava feliz que as duas meninas da cidade estivessem proporcionando um bom divertimento para ela.

— O nome dele é Dan Brannigan. Mas se ele estiver no mar, não dá para falar com ele.

— Não tem um rádio? — questionou Darshi com um tom frio. — As embarcações não são obrigadas a ter rádios, para receber mensagens da Guarda Costeira?

— Em caso de emergência, lógico. — Ela nos olhou quase com desprezo. — Vocês duas não me parecem ser uma emergência.

— Sra. Fitzsimmons, Drue morreu — insisti. — Isso a senhora já sabe. E a polícia precisa interrogar esse Nick, ou seja lá quem for. Ele entrou de penetra na festa, me falou um nome falso, e a polícia está à sua procura. — Engoli em seco, me lembrando de respirar e tentar me acalmar. — Só estamos querendo fazer um favor a ele.

Ela nos encarou com firmeza.

— Ah, é mesmo?

— Eu estou. — Levei a mão ao coração. — Juro.

Naquele momento, mais um fragmento de memória veio à tona.

— Ele me contou que Drue o trancava no depósito. E pregava peças nele. E inventava mareamentos.

— Mareações — corrigiu Dora. Ela nos encarou pelo que pareceu ser um bom tempo. — Olha. Eu ajudaria vocês, se pudesse, mas não tenho como.

Desesperada, perguntei:

— Tem alguém na cidade que pode conhecer esse cara? Alguém que teria como ajudar?

Ela deu de ombros.

— Acho que vocês podem ir até as docas. Perguntem se viram o sujeito no *Lady Lu*. Mas todos os barcos de pesca ficam no mar o dia todo em um dia como hoje. Só voltam ao anoitecer. — Ela nos olhou por mais um tempo antes de dizer por fim: — Tem um sujeito na esquina da Bradford com a rua do Comércio, sabe? Vestido de peregrino, balançando um sino. Ele pode ajudar bastante.

Fantástico, pensei. Um guarda de trânsito vestido de peregrino. Que sorte nós termos chegado bem no dia de aplicar trotes nos turistas.

— Obrigada — falei, me colocando de pé.

O cachorro abriu o olho de novo e soltou um peido longo e preguiçoso antes de rolar para o outro lado.

— Digam que Dora mandou vocês lá — adicionou ela.

~~~~~

Murmurei para Darshi que precisávamos andar bem devagar, voltar ao carro sem a menor pressa, na esperança de que Dora pensasse melhor, que fosse correndo atrás de nós e nos passasse o nome do cara, com o endereço e o telefone. No entanto, só o que ouvimos enquanto Darshi destrancava as portas foi o som das vozes das crianças, agudas e alegres, que vinham da água.

— Ela sabe quem ele é — comentou Darshi quando entramos no carro.

— Também fiquei com essa impressão.

— Ela o conhece e está dando cobertura para ele. Mas por quê?

Ela franziu a testa, estreitando os olhos por causa do sol. Darshi era notívaga, não nadava bem e não era fã de praia. Somando a isso a questão da população esmagadoramente branca, pelo menos até onde tínhamos visto, era possível dizer que minha colega de apartamento era imune aos encantos de Cabo Cod.

— Procurar um agente de trânsito vestido de peregrino. Peloamor.

— Você acha que não vale a pena verificar? — perguntei.

Darshi deu ré para voltar à rua do Comércio, quase acertando um homem vestido com uma sunga prateada e nada mais, pedalando uma bicicleta cruiser antiga pintada de rosa-choque.

— Tem alguma coisa nesse… nesse Nick, ou seja lá qual for seu nome. — Ela balançou a cabeça, frustrada. — Parece que está na ponta da língua, mas não consigo lembrar.

— Então você não acha que devemos ir procurar o agente de trânsito peregrino?

Darshi arrancou com o carro, mas enfiou o pé no freio logo em seguida. Daquela vez, o obstáculo era uma drag queen de vestido curto amarelo-néon e uma peruca rosa enorme, andando em triciclo bem no meio da rua. Os cartazes pendurados em ambos os lados das rodas traseiras anunciavam sua apresentação naquela noite em um lugar chamado Crown & Anchor.

— Sei lá — disse ela. — Se bobear, pode até não ser tão esquisito quanto o resto dessa história.

O guarda de trânsito com fantasia de peregrino existia mesmo. Entre o badalar do sino de bronze que empunhava e as piruetas quase de balé que executava com os sapatos de fivela, ele disse que Dan Brannigan estava com um novo imediato naquele verão ("Tim O'Rilley está com cobreiro, sabe"), mas infelizmente não se lembrava do nome do "jovenzinho". Ele achava que o barco atracaria às cinco da tarde, cinco e meia, no máximo. Mal havia dado meio-dia, ainda fazia menos de sete horas desde que Drue havia sido encontrada. Parecia que uma semana havia se passado, se não um mês inteiro.

— Podemos voltar mais tarde — falou Darshi.

O peregrino do trânsito indicou a padaria portuguesa para fazer um lanche.

— Peguem umas *malassadas*, estão fresquinhas — recomendou ele.

Estavam mesmo, e nós as compramos. Apesar de tudo, aquela iguaria frita e coberta de açúcar estava deliciosa, um casamento perfeito do bolinho com a massa frita. Infelizmente, os atendentes não sabiam o nome do novo imediato de Dan Brannigan. Nem os caras da bicicletaria ao lado, apesar de essa visita ter me feito lembrar que Nick me contara que havia trabalhado em uma bicicletaria em algum lugar do Cabo, mas não consegui me recordar do nome da cidade, caso ele tenha me dito. Darshi e eu passamos os vinte minutos seguintes sentadas em um banco diante da prefeitura, vendo as drag queens entregarem folhetos dos shows e ligando para todas as bicicletarias da região que conseguimos encontrar. Ninguém se lembrava de nenhum Nick, ou de um cara que se encaixasse na descrição dele, que tivesse passado por lá no verão anterior.

— De repente podemos levar umas *malassadas* para Dora — sugeriu Darshi. — Uma espécie de suborno. Com carboidratos e gordura.

Balancei a cabeça. A essa altura, eu estava ficando apreensiva. Quando fechava os olhos, via o detetive McMichaels batendo à porta do meu quarto, entrando e, ao constatar minha ausência, concluindo que eu era responsável pela morte de Drue, porque só uma pessoa com participação no crime fugiria daquela maneira. Eu daria qualquer coisa para estar em Nova York, fazendo feltragem com agulha no presépio que eu prometera a uma cliente. Já tinha acabado a ovelha, os burros, os Reis Magos e encomendado a lã azul para a roupa da Virgem Maria. Eu poderia preparar um chá, comer os biscoitos de fubá de que gostava e me sentar no sofá com Bingo enroladinha ao meu lado, sabendo que tinha ali tudo o que precisava para ser feliz.

— Acho melhor nós irmos — falei.

Darshi e eu pegamos o carro e começamos o trajeto lento e perigoso de volta à rodovia. As ruas eram estreitas e estavam cheias de gente, pessoas em duplas ou grupos, casais exaustos carregando toalhas ou cadeiras de praia, empurrando carrinhos de bebês ou levando crianças em *slings* ou nos ombros.

Enquanto Darshi parava para deixar mais um grupo de homens seminus passar, resmungando algo como "Ninguém nessa cidade usa camisa?", fechei os olhos e imaginei Nick: o cabelo despenteado, o sorriso torto, o cheiro, a maciez de sua pele, seu corpo na hidromassagem quando me puxara para seu colo. Balancei a cabeça, pois não queria acelerar essa fita, e a rebobinei em vez disso. Seu visual na festa, o braço bronzeado e de musculatura bem definida na mesa. A maneira como, sentado no deque, ele inclinara a cabeça para observar a mansão.

Então me dei conta.

— Que foi? — Darshi perguntou quando tive um sobressalto. — O que aconteceu? Você está bem?

— Puta merda. Darshi, precisamos voltar.

— Por quê?
— Eu sei onde ele está!
— Onde?
Darshi me olhou, boquiaberta. Eu me inclinei sobre o console e apertei a buzina, o que me rendeu uma encarada dos últimos dois caras sem camisa atravessando a rua enquanto carregavam as pranchas de bodyboard.
— De volta para a casa! Vamos lá!
— Quê? Como você sabe?
— Você não tem como ir mais depressa, não?
— Há, não exatamente — respondeu Darshi, apontando para o sinal vermelho em que estávamos paradas. — Calma. Me conte o que você lembrou.
Neguei com a cabeça, com medo de acabar azarando a coisa ou parecer estúpida dizendo aquilo em voz alta, então fiquei em silêncio enquanto Darshi dirigia, com os dedos cruzados, rezando para estar certa.

Na casa dos Weinberg, não havia policiais à nossa espera na entrada, e o andar de baixo estava vazio. O quarto transformado em salão de beleza havia sido desocupado e, no de Minerva, só restavam duas malas rígidas com laterais prateadas.

Apontei para a porta entre os quartos e acenei com a cabeça. Darshi enfiou a mão na bolsa e pegou o canivete suíço. Levei o dedo aos lábios enquanto punha a mão na maçaneta. Estava trancada. Isso não foi surpresa. Pedi para Darshi se aproximar… mas, antes que ela pudesse começar a mexer na fechadura, a porta se abriu. Uma mão surgiu da escuridão e me segurou pelo pulso, com força, me puxando para dentro.

— Ei! — gritei, quando a porta foi batida atrás de mim.

Fiquei com a impressão de que havia um peito firme contra minhas costas e um hálito quente em meu pescoço.

— Shh — murmurou o homem que havia se apresentado para mim como Nick Andros, com os lábios colados a minha orelha. — Shhh! Não grita. Eu não vou machucar você. Só quero me explicar.

Enquanto isso, Darshi tinha conseguido abrir a porta.

— Pode soltá-la agora mesmo! — ordenou ela, brandindo a faca do canivete... que, com desolação, vi que estava aberto na tesourinha de unha, em vez de na lâmina.

Nick me largou de imediato. Darshi o olhou de cima a baixo, ainda apontando a tesourinha em sua direção.

— É ele? — perguntou ela.

— Ele mesmo.

— Shh! — insistiu Nick. — Por favor. Vocês duas. Fechem a porta. Eu vou explicar tudo.

— Pode se explicar lá fora mesmo — contrapôs Darshi. Ela cruzou os braços e deu um sorrisinho. — Por sorte, uma de nós é imune ao seu charme.

— Por favor — repetiu Nick, com os olhos fixos em meu rosto. — Não era minha intenção fugir de você. Só preciso de cinco minutos. Prometo que vou explicar tudo.

Olhei para atrás de Nick, investigando o pequeno cômodo. Havia uma geladeira, pilhas de caixas de papelão, uma caixa de transporte de animais de estimação, algumas malas, um abajur sem cúpula. O ar estava frio, com um leve cheiro de mofo e poeira. Uma única lâmpada no teto projetava uma luz fraca nas paredes com material de isolamento cor-de-rosa e no contrapiso de cimento. Um saco de dormir estava desenrolado em um colchão inflável; uma luz de leitura estava conectada a uma tomada perto do rodapé. O celular de Nick também estava carregando ali, e ele trouxera também uma garrafa de água sem gás, além de um livro, uma velha edição em brochura de *O leão, a feiticeira e o guarda-roupa*, o que me deixou um pouco mais aliviada. Provavelmente existiam assassinos psicóticos que gostavam de passar um tempo em Nárnia, mas eu duvidava que fossem muitos.

— Ao que parece, você está se sentindo em casa — comentei.

O rosto dele pareceu se contorcer. Com um esforço, ele fez uma expressão neutra.

— Eu morava nesta casa — contou ele. — Quando era pequeno.

Senti as sobrancelhas se erguerem.

— Quê?

— Quando eu era menino, morava aqui com minha mãe. — Ele engoliu em seco. — Foi por isso que entrei de penetra na festa. Queria ver como estavam as coisas por aqui.

— Bater na porta e pedir permissão daria muito trabalho? — questionou Darshi.

Nick, ou quem quer que fosse, começou a se balançar sobre os calcanhares. Com a cabeça baixa, e os olhos voltados para o chão, ele disse:

— Para ser bem sincero, não foi nada planejado. Eu estava em uma festa ontem à tarde na praia de Corn Hill. Saí para dar uma volta, vi o pessoal do bufê e das tendas preparando tudo e pensei em procurar alguém para perguntar se tinha algum jeito de me deixar entrar para dar uma olhada.

Respirei o ar frio e estagnado e me lembrei de uma das primeiras coisas que Nick havia me perguntado: "Está ficando lá na mansão?". Senti o rosto esquentar.

— Então você me usou para entrar aqui — falei.

Mas é óbvio, pensei. Óbvio que eu fora só um meio para atingir um fim. Óbvio que esse cara gatinho, com o rosto vermelho por causa do vento, não estaria a fim de mim. Óbvio que só queria uma forma de entrar na casa.

— Então por que simplesmente não pediu? Eu teria mostrado para você.

Parecendo envergonhado, Nick respondeu:

— Provavelmente teria sido uma ideia melhor mesmo. Sinto muito por não ter feito isso.

Ele estendeu o braço para pegar minha mão. Darshi olhou feio para ele, o que o fez desistir do gesto.

— Eu juro que, hã, tipo, não foi nada premeditado. — Com as orelhas vermelhas, ele voltou a se balançar de novo. — Simplesmente aconteceu. Eu estava andando pela praia, vi você e Drue descendo a escada, e no começo pensei que ela fosse me reconhecer, mas não...

— Então você conhecia mesmo Drue — falei.

Ele assentiu.

— Nós aprendemos a velejar juntos, como eu falei. — Ele olhou para Darshini. — Você é a colega de apartamento de Daphne?

Eu tinha contado sobre Darshi na noite anterior, que ela havia estudado no Lathrop com Drue e comigo, e que mais tarde tínhamos ido morar juntas.

— Quem eu sou não interessa. Que tal falar seu nome? — sugeriu Darshi. — O verdadeiro.

— Nick Carvalho — falou ele, sem hesitação, sem erguer os olhos, sem mexer nas orelhas, sem ficar brincando com a camiseta nem enfiando as mãos nos bolsos.

Se estivesse mentindo, era bom nisso. Com o canto do olho, vi Darshi pegar o celular.

— Morei aqui com minha mãe até os 4 anos — contou Nick. — Não tenho recordações muito nítidas, mas lembro que... — Ele respirou fundo e esfregou os olhos. — Minha mãe marcava minha altura naquela parede ali — continuou ele, apontando para a lateral da porta, onde vi uma série de linhas desbotadas feitas a lápis. — Queria ver se ainda estavam aqui.

— Aidan — disse Darshi.

Nick fez uma careta.

Quando me virei, vi que ela o estava encarando, com o celular aceso na mão.

— Você é Aidan Killian, não? — falou ela. — O filho de Christina Killian.

Aqueles nomes me eram vagamente familiares. Ainda não queriam dizer nada para mim, mas sem dúvida eram importantes para Nick. Ou Aidan. Ou fosse quem fosse. Sua pele bronzeada pareceu empalidecer sob a luz fraca da lâmpada, e seu corpo pareceu se encolher, com o peito afundando. Ele abaixou a cabeça, assentindo devagar, se dando por vencido.

— Sou — respondeu ele. — É isso mesmo.

— Eu não entendo — falei. — Por que a mentira? Por que não me disse seu nome de verdade?

— Porque... — Nick começou a falar, mas Darshi o interrompeu.

— Porque esse não é mais o nome dele. — Ela apontou com o queixo para Nick. — Você deve ter mudado. Depois. Não é isso?

Ele assentiu outra vez.

— Nicholas é meu nome do meio. Foi assim que meus tios começaram a me chamar depois... — Ele engoliu em seco de novo. — Depois que fui morar com eles. Carvalho é o sobrenome dos dois. Eles mudaram meu nome depois de me adotarem. — Ele esfregou as mãos na bermuda, levantando a cabeça, e seus olhos encontraram os meus. — Depois que minha mãe foi assassinada.

A lembrança surgiu em minha mente de forma repentina. Ouvi meu suspiro de susto e senti a pele se arrepiar enquanto me recordava da história. Enquanto eu ficava lá, paralisada, Nick encontrou duas cadeiras brancas de vime com almofadas cor-de-rosa e verde (deixadas de lado, imaginei eu, porque não se encaixavam na paleta nupcial de Drue) e as puxou para o centro do cômodo.

— Por favor — disse ele.

Darshi e eu nos entreolhamos. Quando dei de ombros e me sentei, ela fez o mesmo, e Nick começou a falar, esfregando o rosto e passando as mãos pelo cabelo.

— Minha mãe foi criada em Boston, e passava as férias de verão aqui. Era a filha mais nova da família. Tinha 38 anos quando nasci. Nunca contou para ninguém quem era meu pai. Só falou que o bebê, no caso eu, seria dela e de mais ninguém. A família tinha algumas casas aqui, e ela convenceu o pai a deixá-la morar na menor delas. Esta aqui. — Ele abriu um sorriso torto. — Sei que é difícil de acreditar, mas um milhão de dólares atrás isto aqui era só um chalé de quatro cômodos.

— Então você morou aqui com sua mãe — repeti.

Ele confirmou com a cabeça.

— Ela era jornalista freelance. Antes de engravidar, ela morava em Nova York e escrevia sobre arte e moda. Fez uns trabalhos daqui também, depois que eu nasci.

Mais lembranças começaram a vir à tona: Drue chegando à escola em uma segunda-feira cheia de novidades, dizendo: "Vocês não vão acreditar no que aconteceu! Prenderam um homem que matou uma mulher na mesma cidade onde eu passo férias".

Na hora do almoço, ela contara para mim, Ainsley e Avery todos os detalhes sórdidos do caso: dez anos antes, uma mãe solo tinha sido encontrada morta em sua cozinha, com o filhinho pequeno abraçado a seu corpo.

"Ele trouxe um travesseiro e um cobertor do quarto e ajeitou a mãe como se estivesse dormindo", contara ela, falando tão de perto que eu sentira o cheiro de cereal matinal em seu hálito. Eu me lembrava também da maneira que seu rosto parecia se iluminar de alegria ao contar uma história chocante. "Ninguém sabe por quanto tempo o corpo ficou lá. Podem ter sido *dias*."

— Eu sinto muito — falei para Nick.

Quase conseguia ouvir a voz de Drue, explodindo de empolgação enquanto me contava que o cenário do crime era a mesma duna em que seus avós moravam, mostrando para nós a matéria sobre o julgamento no *New York Times*.

"Aposto que já passei por essa casa um monte de vezes", revelara ela, com um estremecimento exagerado. "Posso até ter cruzado com o assassino."

Nick engoliu em seco.

— A polícia demorou dez anos para descobrir quem foi. Isso porque interrogaram todos os homens com quem minha mãe saiu, ou com quem tinha amizade, ou que cumprimentou na agência de correio. — Ele estremeceu. — Antes de acharem o assassino, escreveram um livro sobre o caso, que virou um filme no Lifetime.

Eu me lembrava do filme. Drue convidara Ainsley, Avery e eu para assistirmos. Abigay estourara pipoca com levedura, em vez de manteiga, porque Drue estava de dieta. Uma atriz de novela fizera o papel da vítima, um cantor pop que estava se lançando como ator fora seu namorado, considerado o principal suspeito, e algumas partes foram filmadas em Cabo Cod.

"Essa é a nossa casa!", exclamara Drue quando a mansão de seus avós surgira na tela. "Essa é a agência dos correios! E essa é a praia!"

Nick continuou o relato com a voz suave:

— Depois de tudo isso, no fim o homem que matou minha mãe nunca a tinha visto antes na vida. Trabalhava para a empresa que ela contratou para limpar as calhas de casa. Ele veio aqui, viu que ela estava sozinha e... — Nick esfregou o rosto com as mãos. — A morte dela não teve nada a ver com sua vida pessoal. Ela não foi morta por alguém que conhecia. Foi só uma coisa aleatória e horrível. — Ele balançou a cabeça, respirando devagar. — Enfim, depois que minha mãe morreu, a irmã e o cunhado dela me adotaram. Passei a usar o sobrenome deles e ser chamado pelo nome do meio. — Olhando bem para mim, ele disse: — Desculpa ter mentido para você. E, aliás, todo o resto do que falei é verdade. Eu trabalho com crianças em Boston durante o ano letivo, e sou o imediato em um barco de pesca agora no verão. — Ele fez uma careta. — Ou pelo menos era. Não sei se ainda estou empregado depois de ter dado o cano hoje, mas eu não podia sair daqui. — Nick suspirou. — E eu conhecia Drue. Pelo menos por um verão.

— Então por que usar um sobrenome falso? Eu não saberia que você não estava na lista de convidados.

Ele baixou os olhos, com uma expressão amargurada.

— Porque o pessoal daqui conhece meus tios e sabe minha história. Podem não me reconhecer, mas teriam lembrado do meu sobrenome. Foi mais de vinte anos atrás, mas por aqui é como se fosse ontem. Essa parte do Cabo é como uma cidadezinha do interior. As pessoas comentam.

— Mas e ontem de noite? — interrompeu Darshi. — Por que você se mandou?

Nick passou a mão pelo cabelo. Pela forma como ficou ouriçado, supus que ele havia passado a manhã toda puxando os fios.

— Certo. Depois que nós... — Ele olhou para mim e esfregou o rosto de novo. — Hã...

— Eu sei que vocês transaram — interveio Darshi. — Vamos direto ao assunto.

Ele assentiu.

— Depois que você dormiu... eu quis dar uma volta pela casa, para ver se ainda tinha alguma coisa do jeito que eu lembrava. Eu me vesti, subi a escada e ouvi um homem e uma mulher na sala de estar, no sofá lá perto da parede mais distante. Eles estavam discutindo.

— Sobre? — perguntou Darshi.

— O homem estava falando umas coisas do tipo: "É só ter paciência e fazer tudo de acordo com o plano", e a mulher respondia: "Cansei de esperar, já esperei demais".
Estremeci e envolvi os próprios ombros com os braços.
— Quem eram?
— Acho que o homem era o pai de Drue. Não consegui dar uma boa olhada nele durante a festa, mas ouvi sua voz, e depois pesquisei a seu respeito. — Ele apontou com o queixo para o celular, ligado na tomada perto do rodapé. — A mulher, eu não tenho certeza.
— Não era Drue? — perguntei.
Nick negou com a cabeça.
— Nem a mãe dela? — questionou Darshi.
Mais uma negativa com a cabeça.
— Pela voz, ela parecia ser mais jovem.
Pensei a respeito. Talvez a mulher misteriosa fosse amante do sr. Cavanaugh, um casinho que aparecera no casamento para tentar marcar território ou arrumar encrenca. "Cansei de esperar, já esperei demais."
— E depois? — perguntei.
— Eu fiquei lá no escuro, prendendo a respiração, pensando em um jeito de descer sem chamar atenção, e eles me ouviram.
Tentei imaginar a cena. Nick de bermuda vermelha desbotada e camisa branca. Os vultos ocultos no sofá perto das janelas com vista para a praia. O homem estreitando os olhos, perguntando: "Quem está aí?".
— O sr. Cavanaugh ficou de pé. Não veio para cima de mim, só se levantou e disse: "Fora daqui". — Nick me lançou um olhar que era meio corajoso, meio suplicante. — E o que eu pensei foi, sabe, né, se ele pegasse um cara desconhecido dentro da casa...
— Eu entendo. E depois? — questionei.
— Saí correndo. — Nick parecia enojado consigo mesmo. — Desci a escada e saí porta afora. Eu precisava dar a volta para pegar o sapato, que ainda estava em seu deque. Então voltei para a praia e comecei a andar. — Ele passou a mão pelo cabelo outra vez e deu uma risadinha.
— A correr, na verdade. Estava quase no alto da colina quando me dei conta de que, mesmo se corresse três horas seguidas, ainda estaria em algum lugar da U.S. 6 quando o sol nascesse. Não era nem perto de

onde eu precisava estar para o trabalho, e eu não tinha para onde ir. Então pensei... Bem... — Ele apontou com o queixo para o colchão inflável, o celular e o livro. — Eu me lembrei deste cômodo. Às vezes me escondia aqui quando era criança. Imaginei que, se alguém tivesse me reconhecido e estivesse tentando me encontrar, não viria procurar dentro da casa. Pensei em ficar aqui, esperar todo mundo ir embora e depois procuraria você para me explicar. Pelo menos deixaria um bilhete.

Darshi soltou um risinho de deboche. Revirei os olhos. Nick devia ter percebido, porque se agachou e pegou uma folha que parecia ter sido arrancada do livro, a qual entregou para mim. Fui até debaixo da lâmpada para conseguir ler o que ele tinha escrito.

Querida Daphne, me diverti muito com você ontem, e adorei ter te conhecido. Peço desculpas por sumir, e ainda mais por não ter sido totalmente sincero. Eu falei que era um conhecido de Drue das aulas de vela, o que é verdade. Mas eu também dei a entender que era um convidado do casamento, o que não é. Gostaria de poder contar a história toda, e me explicar, se você estiver disposta a ouvir. Sei que não foi um começo dos mais promissores, mas eu gostaria de ver você de novo. Se não quiser, eu entendo, e agradeço pela noite memorável que tivemos.

Ele assinara apenas "Nick", e deixara um número de telefone.

Li duas vezes, sentindo o corpo vibrar de empolgação, apesar de todo o medo. "Gostei muito de sua companhia. Adorei ter te conhecido. Gostaria de ver você de novo."

— Sua família ainda tem casa por aqui?

Não era uma pergunta das mais importantes, porém foi a única que me ocorreu fazer.

Ele fez que não com a cabeça.

— Meus avós venderam esta aqui e a casa maior, depois que minha mãe morreu. Meus tios venderam a deles anos atrás. Eles enfiaram a... ganharam uma bolada — contou ele, se interrompendo para não dizer "enfiaram a faca". — Eu estou ficando em um apartamento em Wellfleet, dividindo com outros três caras pelo verão.

— Há quanto tempo você vinha planejando isso? — questionou Darshi com um tom firme que não chegava a ser grosseiro, mas também não era nada simpático.

— Não planejei nada, eu juro. Fiz tudo isso num... num impulso.

— Eu não acredito nisso — decretou Darshi.

Nick deu de ombros.

— É a verdade.

Coloquei as mãos na cintura.

— E quando foi que você percebeu que tinha me deixado sozinha com um cadáver na banheira?

Nick suspirou.

— Quando voltei para o deque para buscar o sapato, não tinha ninguém lá. Depois que desci para cá, devo ter pegado no sono. Foram as sirenes que me acordaram. Dava para ouvir que tinha alguma coisa acontecendo. — Ele pareceu desolado ao continuar: — Eu ouvi seus gritos. Achei que não seria um bom momento para sair daqui, com policiais pela casa toda. Depois ouvi as pessoas comentando que Drue tinha morrido. — Nick respirou fundo e soltou o ar bem devagar. — Você precisa entender que a polícia fez uma tremenda ca... uma tremenda lambança na investigação da morte da minha mãe. Interrogaram todos os namorados que ela teve, todo mundo com quem saiu. Todos os homens que conheceu. O nome deles foi jogado na lama. E esses caras foram encarados como suspeitos por anos, porque a polícia insistia na ideia de que devia ser alguém com quem, sabe, ela havia se envolvido. — Dessa vez, depois de passar a mão pelo cabelo, ele puxou de leve as raízes antes de soltar. — Imagine se eu saio de um quartinho de depósito dizendo: "Ah, oi, eu sou filho da mulher que foi assassinada aqui vinte e um anos atrás, mas só estou aqui para avisar que entrei de penetra na festa ontem, dei um nome falso para as pessoas e passei a noite toda escondido aqui, mas não tive nenhum envolvimento com a morte dela". Como você acha que isso teria terminado?

— Nós ainda nem sabemos como Drue morreu. E você tinha um álibi — argumentei.

— Não para a noite toda — retrucou ele, olhando para Darshi, depois para mim. — Se eu subisse lá, eles iam me prender. Não iam querer nem saber se eu tinha estado, hã, ocupado pelo resto da noite. Os policiais daqui passaram por incompetentes no último assassinato que tiveram nas mãos. Para eles, é uma questão de seguir o caminho mais fácil. Se alguém parece suspeito, precisa ser preso, para eles mostrarem que têm alguém para indiciar e não serem acusados de estragarem tudo de novo.

Eu me virei para Darshi, tentando pensar no que fazer, quando ouvi o som de gritos e passos descendo a escada. Darshi abriu uma fresta da porta do quartinho de depósito. Fiquei atrás dela, olhando para o hall de entrada, e Nick atrás de mim. Duas viaturas chegaram em alta velocidade. Atrás de nós, vinha uma falange de policiais uniformizados, liderados por McMichaels, conduzindo uma jovem algemada pela escada até a porta.

— Não fui eu — disse a moça, com a voz baixa e comovente. Parecia uma adolescente, com cabelo escuro e curto, sobrancelhas arqueadas e silhueta estreita. Tive um rápido vislumbre de uma camisa branca bem passada, uma calça preta e um avental da mesma cor. — Eu não fiz nada!

Havia algo de familiar nela, achei, mas a polícia a arrastou para fora e para o banco traseiro de uma viatura antes que eu identificasse o que poderia ser.

— Ai, meu Deus — falei.

Os convidados do casamento começaram a descer a escada, se aglomerando no hall ou se enfileirando pelos degraus, debruçados sobre o corrimão para ver o que acontecia. Saí para o hall e procurei por alguém que pudesse me informar melhor.

— O que aconteceu?

— Prenderam alguém — informou Arden Lowe. Ela não tinha nada da beleza de Drue, mas seu rosto estava iluminado pelo mesmo brilho sobrenatural que me lembrei de ter visto nas feições de minha amiga tantos anos antes ao contar a história do assassinato. — Ou pelo menos estão detendo alguém para interrogar.

— Quem?

— Uma pessoa da equipe do bufê. Encontraram uma arma no porta-luvas dela. E um monte de fotos de Drue, além de recortes de jornal sobre o casamento e mapas explicando como chegar à casa.

— Uma arma? — perguntei. — Drue não foi baleada. Eu teria notado um ferimento a bala, caso houvesse um.

Arden deu de ombros.

— Só sei o que me disseram.

As viaturas, com as luzes piscando, estavam dando ré para ir embora. McMichaels ficou para trás e estava na entrada de cimento da garagem, falando com um homem vestindo um dólmã de chef, que gesticulava, sacudindo os braços, levantando-os acima da cabeça e por fim abrindo-os com as palmas para cima, em uma postura universal de "como eu poderia saber?".

Senti um tapinha no ombro. Quando me virei, Nick me pegou pela mão e me puxou para dentro da semipenumbra do quartinho de depósito.

— Era aquela lá — disse ele com a voz bem baixa, próxima de meu ouvido.

Meu corpo estremeceu de prazer, apesar de meu cérebro me lembrar que ele podia muito bem ser o assassino.

— Quê? — perguntei. — Aquela era quem?

— A garota de ontem à noite. A que estava conversando com o sr. Cavanaugh. Era ela.

Parte Três

Pau que nasce torto

Catorze

Até onde eu sabia, Drue Lathrop Cavanaugh fora cristã, mas descobri que alguém do lado da família do pai dela era judeu e praticante o suficiente para requisitar os serviços de um tal rabino Howard Medloff, um dos três clérigos convidados para celebrar o casamento. E no fim o rabino Medloff acabara se tornando o responsável pelo funeral.

— Estou no hospital com a família — informara ele, com o tom refinado de um homem que ganhava a vida falando em público e gostava do som da própria voz.

Darshi e eu estávamos em meu quarto quando o telefone tocou. Eu atendi e Darshi saiu para tomar ar fresco e fazer algumas ligações enquanto olhava com desconfiança para o mar. Nick também estava lá fora. Tinha tirado os sapatos e andava descalço de um lado para outro pelo deque, evitando se aproximar muito da cerca-viva que escondia a hidromassagem e estava isolada pela fita amarela que demarcava a cena do crime. Um homem de terno e uma jovem policial uniformizada estavam do outro lado da fita, conversando em tons quase silenciosos e de cabeça baixa.

— Sei que você deve estar se preparando para voltar para casa, mas teria um tempinho de dar uma passada aqui? — perguntou o rabino. — Estou tentando descobrir o máximo possível sobre Drue. Para o discurso fúnebre.

Discurso fúnebre. Não era fácil ouvir aquilo.

— Lógico. Vou assim que possível — respondi.

Darshi entrou e se sentou ao meu lado.

— Tem certeza de que você está bem? — perguntou ela.

Assenti.

— Na medida do possível.

— E quanto a Nick, está segura em relação a ele? — Não respondi. Darshi ajeitou os cachos sobre os ombros e disse: — Olha só, eu não quero cortar seu barato nem nada. Mas esse cara mentiu até o nome dele para você, e se passou por um convidado do casamento, e deu no pé quando tinha um cadáver na banheira do seu quarto...

— Na hidromassagem externa — corrigi. — E, só para constar, não tinha cadáver nenhum lá quando ele foi embora.

— Segundo ele — rebateu Darshi. Em um tom mais gentil, perguntou: — Você acha mesmo que ele ia voltar?

Fiz uma careta. Darshi tinha acabado de expressar meu maior medo: ter sido vítima de uma manobra clássica de pente e rala. Talvez Nick tivesse acordado ao meu lado, bem mais sóbrio do que estivera quando dormira, olhado para mim e pensado: *Sério mesmo que tracei isso?* Talvez sua saída de cena abrupta não tivesse tido nada a ver com o desejo de ver a casa em que morara quando pequeno. Talvez só tivesse se afastado de mim o mais depressa que conseguira.

Ajeitei os ombros e reuni toda a autoconfiança.

— Quer saber? Eu prefiro acreditar que ele queria, sim, ficar comigo.

Darshi franziu a testa.

— Eu não quis dizer que...

— E que pretendia voltar, sim — completei num tom de voz cada vez mais alto.

— Eu não estava insinuando nada sobre você — explicou Darshi. — Só não sei se consigo confiar nele.

Fechei os olhos e balancei a cabeça, tentando me recompor, sentindo o estresse e a privação de sono da noite anterior começarem a bater.

Darshi olhou bem para mim.

— Você acredita mesmo que ele não teve nada a ver com isso?

— A polícia detém uma pessoa para interrogatório.

— A polícia, segundo ele mesmo, é mais do que incompetente.

— Ah, então agora você acredita nele?

Em vez de responder, Darshi tocou na tela do celular e o entregou para mim.

— Enquanto você estava no telefone, pesquisei tudo o que consegui encontrar sobre o assassinato de Christina Killian. Eu me lembrei de já ter lido a respeito... Foi por isso que tive aquela impressão de já ter ouvido falar de Nick, lá em Provincetown. Ele não estava errado quando disse que a polícia interrogou todos os homens que a mãe dele conhecia.

Ela foi rolando a tela, mostrando as frases e manchetes que apareciam: "Pescador local já mordeu isca da mulher assassinada"; "Vizinhos: 'Ela era bem atiradinha'"; "O assassinato da mãe solteira: quando uma jornalista de moda tirou sua carreira dos trilhos para criar sozinha um filho que teve fora do casamento, estava em busca de sua própria destruição?". Termos como "turbulenta", "dramática" e "festeira" apareceram também, entre matérias de tabloides e blogs cheios de suposições que criaram uma narrativa de uma mulher rica que estava em Cabo Cod se divertindo com os locais, até que um deles acabou perdendo a cabeça. A insinuação era que, se não estivesse ativamente cortejando a morte, Christina Killian era pelo menos em parte responsável por seu triste fim.

— O costume por aqui pelo jeito é difamar vítima — murmurei.

— Pois é — concordou Darshi. — E acredito que Nick tenha sofrido por causa disso. Mas você não acha que é estranho ele ter decidido por um simples impulso voltar aqui pela primeira vez desde o assassinato da mãe justamente na noite do casamento de Drue, que agora está morta também?

— Por que ele ia querer fazer alguma coisa contra Drue? — questionei. — O que ela tem a ver com a história?

Darshi levou a mão ao cabelo de novo.

— Sei lá. E se Drue o tratou da mesma forma que tratava a imensa maioria das outras pessoas? E se fez alguma coisa terrível com ele, e ele passou todos esses anos tramando para se vingar?

— Isso é absurdo.

Mas, apesar de negar, pensei nas noites que já tinha passado em claro com a cabeça cheia de fantasias de revanche contra Drue.

— E por que ele não tem nenhum perfil na internet? — questionou ela. — Qual é o lance?

Suspirei quando me dei conta do que ela estivera fazendo no deque: usando o Wi-Fi para procurar detalhes sobre Nick no Google.

— Darshi, você também quase não tem perfil nenhum.

— Quase não é o mesmo que nenhum. Estou no LinkedIn, e tenho uma página no Facebook para meus alunos perguntarem se o que falei em aula vai cair na prova... e a resposta, aliás, é sempre sim. E estou no Instagram para poder seguir você.

— E a Bingo — murmurei.

Eu já tinha reparado que Darshi deixava muito mais comentários e curtidas na página de minha cadela do que na minha.

— Mesmo sem postar nada, estou lá. Acho isso realmente estranho — insistiu ela. — É como se ele tivesse alguma coisa a esconder.

Senti vontade de responder que mesmo pessoas com coisas sérias a esconder estavam por toda parte na internet, talvez principalmente essas. Pensei em argumentar que a própria Darshini, na época da faculdade, postara dezenas de fotos de si mesma em eventos da Associação de Estudantes do Sudeste Asiático, mas nada nos da Associação de LGBTQIAPN+ e Aliados, da qual era vice-presidente, e que postara uma foto linda de *roti* com *dal* e *chutney* de coco, mas sem mencionar que fora eu a preparar tudo ("*Beti*, você cozinhou!", ouvi a dra. Shah exclamar no viva-voz, e Darshi responder que "ficou perfeito", antes de me lançar um olhar culpado e fechar a porta do quarto).

Decidi me concentrar só em Nick.

— Eu entendo completamente por que ele não quer estar nas redes. A mãe dele foi assassinada. Ele pode não querer esses chatos das teorias de conspiração o tempo todo amolando o juízo.

Mas ele poderia ter usado um nome falso ou criado perfis que não dessem nenhuma indicação de sua relação com Cabo Cod. Havia muita coisa que Nick poderia fazer se quisesse ter alguma presença online, e ele não movera uma palha para isso, pelo que sabíamos.

A expressão no rosto de Darshi era de incômodo. Havia uma linha vertical no meio de suas sobrancelhas, sua testa estava enrugada e o lado esquerdo da regata de seda cor de ameixa que usava sob o blazer estava ficando cada vez menos alinhado do que o lado direito. Em seu caso, isso era um nível de desalinho justificável somente por um furacão.

— Estar na casa em que sua própria mãe foi assassinada... depois de ficar sozinho com o cadáver vários dias... depois de ler todo tipo de teoria absurda dizendo que ela morreu por ser solteira e ter uma vida sexual ativa... Você acha que isso não tem nenhum efeito sobre a pessoa? Nenhum impacto?

— Óbvio que tem. Com certeza. Só não sei se transforma a pessoa em um maníaco homicida que esperaria vinte e cinco anos para matar uma noiva no dia do casamento.

— Talvez não fosse a intenção dele matar a noiva — retrucou Darshi com um tom de voz firme.

Demorei certo tempo para entender o que ela estava insinuando e, quando finalmente entendi, meu corpo estremeceu incontrolavelmente.

— Você acha que ele queria me matar? — questionei, tentando soar indignada, mas minha voz saiu tão esganiçada que parecia um dos brinquedos de morder de Bingo. — Por quê? Você acha que eu sou tão ruim de cama assim?

— Hashtag autoestima — murmurou Darshi. — E se no fim Drue tiver sido envenenada? — continuou ela. — E se quem a matou pôs veneno em uma bebida, que deixou ao lado da hidromassagem? Quem tem acesso a essa banheira além de Drue? Nesse caso, para quem seria a bebida? — Darshi mal fez uma pausa antes de responder à própria pergunta. — Você, óbvio.

Fiz uma careta, sentindo um calafrio percorrer o corpo todo, ouvindo o eco da voz de Drue enquanto me mostrava meu quarto. "Quero ver você feliz. Que bom que você está aqui."

— Certo, mas qual seria o motivo? Se Nick é o assassino, por que ele ia querer me matar? — questionei, fazendo uma careta e tentando manter um tom leve. — Eu não sou ninguém.

Darshi não achou graça. Pegou meu celular, abriu o aplicativo de fotos e deu uma olhada nas fotos que Nick tinha tirado de mim e de Drue na noite anterior.

— Dê só uma olhada — disse ela, me mostrando a tela.

Mesmo depois de tantos anos, e de tanto me autoencorajar, e de ter lido tanto e postado tantas fotos, às vezes ainda era difícil para mim ver minha própria imagem em uma tela. Eu me forcei a fazer isso, para entender o que Darshi queria dizer. Nick havia me colocado no centro do enquadramento de todas as fotos, e não Drue. Em algumas imagens, ela aparecia com os olhos meio fechados ou a boca aberta de um jeito estranho, mas não eu. Nenhuma vez. Em uma eu estava sorrindo, em outra, rindo; atrás de mim, uma coroa de luz, como se tivesse sido borrifada com pólen dourado. Eu estava bonita.

— Acho que ele gosta de você — comentou Darshi.

Minimizei aquelas palavras com um gesto, me sentindo contente e incomodada ao mesmo tempo.

— Então se decida. Ele está a fim de mim ou quer me ver morta?

— Ele pode estar confuso. — Ela se levantou da cama e ajeitou a camisa dentro da calça. — Talvez dormir com uma mulher na casa onde a mãe dele foi assassinada tenha o feito perder o controle de alguma forma. Talvez ele associe uma coisa à outra, a morte ao sexo.

— Darshi, Nick não é um psicopata — afirmei. — Não tem ninguém querendo me matar. E não sabemos nem se alguém queria matar Drue. Tenho certeza de que tudo isso é um grande… mal-entendido.

Pelo menos era o que eu torcia que fosse. Não conseguia conceber a ideia de que alguém quisesse me fazer mal, a não ser que aquele cara do bar tivesse guardado ressentimento por quatro anos e resolvido ir atrás de mim.

— E, de novo, a polícia já prendeu alguém.

— Por falar nisso. — Darshi estendeu a mão para que eu devolvesse o celular. — A mulher que eles levaram é Emma Vincent, de Eastham, Massachusetts, a uns vinte e cinco quilômetros daqui. Tem 26 anos, e é estudante de meio período em uma faculdade comunitária. Faz trabalhos como garçonete para bufês e para a Chatham Bars Inn. Não tem antecedentes criminais, pelo que vi, e não é muito fã de redes sociais. — Darshi soltou uma bufada audível de frustração ao mencionar essa parte. — O pessoal lá em cima está dizendo que a mãe de Drue ainda está no hospital em Hyannis. — Ela baixou o tom de voz: — E também que o pai dela sumiu.

Também baixei o tom de voz para contar o que ouvi da família Lathrop, e de meu próprio pai, sobre as finanças e as infidelidades do sr. Cavanaugh.

— Talvez seja isso — admitiu Darshi. — Talvez Emma seja uma namorada.

Fiquei chocada.

— Ela tem a idade da filha dele!

Darshi me lançou um olhar de pena.

— Ah, sim, que horror. Nunca na história um homem rico e poderoso transou com uma mulher com idade para ser filha dele.

Balancei a cabeça, fiquei de pé e voltei a colocar na mala as roupas que tinha tirado de lá no dia anterior. Darshi me lançou mais um olhar antes de sair. Verifiquei no closet se tinha pegado todos os vestidos, me sentei na cama e abri o Instagram. A foto que eu havia postado de mim e de Drue, com todas as hashtags de casamento, tinha milhares de curtidas e centenas de comentários que não consegui criar coragem para ler. Em vez disso, acionei o comando de editar a publicação e comecei a escrever. Digitei: "A essa altura, muita gente já deve ter visto a notícia", mas apaguei logo em seguida. Recomecei a digitar: "Ainda estou sem reação. Não consigo acreditar que uma noite tão linda tenha terminado em tragédia". Apaguei de novo. Desabei encostada na cabeceira da cama, mordendo o lábio. Qualquer um que já tivesse passado dez minutos no Instagram conseguia entender que a autenticidade era a alma do negócio, que as pessoas queriam estabelecer uma conexão sincera e sem filtros; queriam sentir que os homens e as mulheres que viam nas telas eram gente de carne e osso, assim como elas; queriam saber que éramos de verdade. Mas o que seria possível escrever honestamente sobre minha amiga e o que aconteceu com ela, e sobre o medo que sentia de que a polícia concluísse que eu, ou o homem com quem eu passara a noite, tinha envolvimento com sua morte?

Fiquei olhando para a tela por um bom tempo, tentando pensar em uma forma de ser autêntica. Descanse em paz, menina linda, digitei por fim. Tinha acabado de publicar a legenda quando Nick enfiou a cabeça dentro do quarto.

— Posso conversar com você?

— Lógico — respondi, me levantando e subindo a escada atrás dele.

No terceiro andar, a sala de estar e a cozinha estavam quase vazias. Alguns funcionários do bufê ajeitavam as pilhas de guardanapos e repunham os jarros com água. Na mesa estavam os canapés, os sanduíches de almôndegas e os mini-hambúrgueres, acompanhados de toda uma variedade de sobremesas em miniatura. Havia também donuts e éclairs minúsculos frescos, além de pequenos cones com fritas brilhando de gordura alinhados em um carrinho de metal.

— Esse foi o lanchinho da madrugada. — Tentei me lembrar da fala de *Hamlet* sobre as comidas de funeral servidas à mesa de casamento. Só que daquela vez era o contrário, um banquete de casamento servido para pessoas enlutadas. — Eu ajudei Drue a elaborar o cardápio.

Drue tinha vetado coisas como ceviche e *brie en croute* e priorizado comida de lanchonete. "Carboidrato e gordura. É isso o que as pessoas vão querer comer quando estiverem bêbadas e alegres às duas da manhã." Outra coisa me ocorreu quando eu estava lá, sentindo o cheiro de fritura, sal e almôndegas. Drue nunca mais se empanturraria de batata-frita no meio da noite. E nunca mais ficaria bêbada, nem alegre.

Nick me levou para um sofá em um canto, ao lado das janelas com vista para a praia.

— Então aquela é sua colega de apartamento?

Fiz que sim com a cabeça.

— Darshini. Uma de minhas melhores amigas.

— Ela era amiga de Drue também?

— Ha!

Nick ficou me olhando com uma expressão de expectativa no rosto. Respirei fundo. *Trate de se controlar*, repreendi a mim mesma.

— Quer dizer, não. Darshi… — *Detestava Drue*, era o que estava na ponta da língua, mas no fim acabei dizendo apenas: — Darshi não era muito fã dela.

— E o que ela estava fazendo em Boston?

— Participando de um congresso. Ela está concluindo o ph.D. em economia, e um especialista em teoria do lado da oferta foi dar uma palestra em Harvard.

Ele franziu a testa enquanto me encarava.

— E você não achou isso meio estranho?

— Como assim?

— Alguém que detestava Drue e mora em Nova York estar em Boston justamente no fim de semana em que ela morreu?

Fiquei só olhando para ele. Então imaginei Darshini, com seu um metro e cinquenta e sete de altura; Darshi, cujos pais ainda estavam decepcionados por ela ter escolhido fazer ph.D. na Columbia e não a faculdade de medicina, e que por isso jamais seria uma doutora "de verdade" segundo os parâmetros deles.

— Não existe a menor chance de que ela esteja envolvida nisso.

Nick estava com os ombros encurvados, falando num tom de voz bem tenso.

— Ela chegou bem depressa. E estava aqui do lado.

Dei uma encarada nele.

— Então você acha que Darshi saiu de Boston, dirigiu até aqui, matou Drue ontem à noite, voltou para Boston para ser vista tomando o café da manhã no hotel e depois veio para cá de novo para me consolar?

— Eu já ouvi falar de coisas mais estranhas do que essa. — Por um momento, pareceu que Nick fez menção de segurar minha mão. Em vez disso, se inclinou para a frente, apoiando os cotovelos nas coxas. — Minha mãe tinha um amigo chamado Lars. Era artista plástico. Ilustrador de livros infantis. Lembro que ele me trazia balões e os enchia no formato de espadas. Ou chapéus. Ou bichos. — Ele balançou a cabeça de leve. — E foi considerado um dos suspeitos por um tempo. Porque tinha ido à casa na noite anterior. E porque ele e minha mãe tinham saído juntos. As pessoas achavam que talvez ele fosse meu pai.

Fiz uma expressão de solidariedade e me perguntei se, depois da morte da mãe, ele descobriu quem era seu pai.

— Ele não chegou a ser preso — continuou Nick —, mas foi levado para ser interrogado várias e várias vezes. Durante anos, viveu com essa nuvem de suspeita em cima dele. Todo mundo achava que o cara tinha matado minha mãe. — Notei que as rugas ao redor dos olhos de Nick pareciam ter se aprofundado desde a noite anterior, e seu bronzeado desbotado. — Eu só quero que essa investigação seja feita direito. Porque, caso contrário, vai causar um grande estrago na vida de um monte de gente.

— Eu entendo — respondi. — Mas Darshini... — Fiz uma pausa, tentando pensar nos diversos motivos que tornavam impossível para mim imaginá-la como alguém capaz de matar alguém. — Darshi é vegetariana.

Obviamente, isso não servia como prova de que ela era incapaz de matar, mas foi o que consegui pensar naquele momento para refutar a ideia. E, enquanto dizia isso, me lembrei das mensagens que ela me mandara, e de quando ela me contara sobre o congresso, dizendo que era uma tremenda sorte a data coincidir com o casamento de Drue.

— Por que você está me perguntando isso? — questionei. — Darshi por acaso parece culpada para você?

— Só estou dizendo que é conveniente, isso de ela estar em Boston neste fim de semana. E ela não gostava de Drue. Você mesma disse.

— Um monte de gente não gostava de Drue. Isso não significa que seja todo mundo suspeito.

— Eu só quero garantir que nós estejamos tomando todas as precauções.

Assenti, mas então me dei conta do que ele falou.

— Nós?

— Eu não quero deixar você sozinha.

A parte do "com ela" ficou subentendida. E, assim como Nick não me queria sozinha com Darshi, com certeza Darshi não queria me deixar sozinha com Nick, o que fazia de mim uma das pernas do triângulo mais esquisito do mundo.

— Eu posso ir com vocês até o hospital — ofereceu Nick. — E depois pego um ônibus de Hyannis de volta para Wellfleet.

— Não precisa fazer isso.

— Eu sei, mas... — Ele parou de falar, ficou de pé e começou a andar de um lado para outro de novo. — Quero ter certeza de que você está em segurança.

— Eu conheço Darshi desde os tempos de colégio!

— E conhecia Drue também.

Olhei para Nick, para aqueles olhos preocupados, o rosto vermelho por causa do vento, e me perguntei o quanto ele queria me proteger, o quanto queria se certificar de que o crime tivesse mesmo uma solução, para que Drue pudesse ter a justiça que sua mãe não pudera ter. Eu sabia que não era uma boa ideia sair sozinha com alguém que tinha acabado de conhecer (apesar de ter ido até para a cama com ele), mas seria mesmo possível existir um mundo em que Darshi pudesse fazer algo tão violento contra Drue Cavanaugh?

Balancei a cabeça e voltei para meu quarto. Cinco minutos depois, estava arrastando as malas pela entrada de cascalho da casa, considerando tudo. Nick desconfiava de Darshi, que por sua vez alimentava suspeitas em relação a ele. E nada me garantia que os dois não pensassem em segredo que eu tivesse alguma coisa a ver com a morte de Drue, fosse motivada pela inveja, ou por um sentimento reprimido de atração, ou alguma coisa nesse sentido. *Essa vai ser a viagem de carro mais constrangedora que já fiz na vida*, pensei assim que saí da casa, e não demorou muito para minha impressão se revelar verdadeira.

— Me conte mais sobre como você e Drue se conheceram — pediu Nick.

Darshi estava dirigindo, com as costas curvadas e os olhos fixos na estrada enquanto segurava o volante. Eu estava sentada ao seu lado. Tinha oferecido o banco do passageiro para Nick, mas ele educadamente recusara.

— Ah, sim, Daphne — reforçou Darshi, com um tom de voz aparentemente tranquilo que só quem a conhecia muito bem sabia o quanto era perigoso. — Conte mais.

— Não tem muito o que contar. — Eu ainda me lembrava de estar na frente da turma, prendendo a respiração, torcendo para que aquelas pessoas me aceitassem, gostassem de mim e quisessem ser minhas amigas. — Nós nos conhecemos no sexto ano, quando fui estudar no Lathrop. Continuamos amigas até terminarmos o colégio. E depois deixamos de ser.

— Por quê?

Foi como sentir um dedo gelado comprimindo meu coração.

— Por uma bobagem — murmurei. — Drama de adolescente.

— Mas me conte — insistiu ele.

— É, Daphne. — A voz de Darshi soava venenosamente doce. — Conte a ele.

Suspirei, lembrando que já tinha contado a ele sobre ter aparecido em um vídeo que viralizara um pouco. Estava na hora de explicar melhor e contar toda aquela história lamentável.

— Quando voltei para casa no recesso de primavera do segundo ano de faculdade, saí uma noite com Drue, para ir a um bar — comecei. Esbocei os contornos da história da forma mais breve possível: o cara que eu não sabia que tinha sido designado para ficar comigo, as reclamações que ouvi da boca dele e nosso acerto de contas na pista de dança. — Drue ficou furiosa. Achou que eu estava sendo ingrata.

— Sério mesmo? — O tom de Nick era de incredulidade.

— Sério mesmo — confirmou Darshi, antes que eu pudesse responder. — Achar que as outras pessoas deveriam se sentir gratas por tudo o que ela fizesse era a configuração básica do modo de pensar de Drue.

Abri a boca para contrapor, para argumentar que talvez Drue só estivesse tentando me ajudar, ainda que de um jeito condescendente e insensível, mas antes de falar acabei ouvindo na mente um eco do que ela gritara para mim naquela noite: "Nós ficamos com dó de você!".

— Isso foi muito tempo atrás — falei por fim. Minha voz saiu rouca, e minha cabeça latejava de dor. — E, quando Drue voltou a me procurar, senti que nós duas éramos adultas e podíamos deixar isso passar. — Tentando sorrir, complementei: — Acho que Drue sabia apreciar muitas qualidades minhas. E eu conseguia vê-la como realmente era.

— E como seria? — A voz de Darshi era fria.

Pensei por um momento antes de responder:

— Uma pessoa que não era invicta — falei. — Alguém que tinha seus defeitos, e suas carências também. Na época do colégio, jamais imaginei que Drue pudesse ser carente do que quer que fosse, ou que sentisse inveja de alguma coisa que eu tinha.

Pensei na festa, na forma como o pai de Drue gritara com ela, e em sua mãe, mais preocupada com as aparências do que com a filha, e com seu noivo, que nem se preocupara em ir oferecer algum consolo.

— E agora? — questionou Nick.

— Agora — repeti. — Agora acho possível.

Quinze

O rabino Medloff estava à minha espera em uma sala de reuniões no terceiro andar do hospital, no mesmo corredor onde estava Lily Lathrop Cavanaugh.

— Obrigada por ter tirado um tempinho para vir — disse ele, me servindo um copo de água da jarra plástica deixada no centro da mesa.

— Imagina.

O rabino ainda era jovem, com seus 30 e poucos anos, cabelo escuro e curto, e barba bem aparada. Seu rosto era pálido e franco, com olhos azuis acinzentados atrás de óculos com armação dourada. Uma aliança de ouro brilhava em sua mão esquerda, e ele usava um terno azul bem passado e uma gravata de seda azul-clara. O terno que tinha levado, pensei, para celebrar o casamento de Drue e Stuart.

— Obrigado mesmo por ter vindo. É uma tragédia inacreditável, uma jovem perder a vida no dia do casamento. Quero garantir que ela seja lembrada e celebrada como merece. — Ele estava com um bloco de papel e uma caneta na mesa e o abriu em uma página em branco. — O que você pode me contar sobre Drue?

Que ela não merecia morrer, pensei. Não importava o que tivesse feito, nem com quem, o castigo que merecia não era aquele. Senti um nó na garganta enquanto o rabino me observava, à espera.

— Ela era engraçada — falei. — Cheia de vida. Com um espírito aventureiro. Sabia transformar qualquer dia em um grande acontecimento. Se é que isso faz sentido.

O rabino assentiu e, enquanto ele anotava, falei tudo o que considerei que pudesse ser útil. Contei que Drue adorava piadas, mas deixando de lado o fato de que na maioria das vezes os alvos foram eu e meus colegas de sala. Contei que ela adorava pregar peças e se divertir, mas não mencionei suas imitações cruéis da perna manca do professor de matemática ou da gagueira de um colega nosso. Contei que era popular, tinha muitos amigos e namorados, mas sem citar seu hábito de começar a sair com um carinha novo antes de terminar tudo com o anterior, deixando para mim a tarefa de dar explicações e pretextos para o que fora deixado na mão. Contei que ela adorava música e arte, e que tinha um senso de estilo incrível. Contei que ela era linda, mas não revelei que tinha feito plásticas no nariz e nos seios, nem que flertara com a bulimia durante todo o ensino médio. Ainda me lembrava nitidamente de quando eu a encontrara no banheiro pós-almoço, depois de uma das poucas vezes em que tinha almoçado de verdade. Ela estava debruçada sobre o vaso sanitário, segurando o cabelo para não cair no rosto, e não precisara nem enfiar o dedo na garganta. Simplesmente se agachara, abrira a boca e mandara de volta o queijo quente que tinha comido no refeitório. "Está vendo", falara ela. "É fácil!"

— O que mais pode me contar? — perguntou o rabino. Diante de minha hesitação, ele complementou: — Não precisa ser só elogios. Quero sentir como se eu a conhecesse de fato. Obviamente vou escolher com cautela as histórias que vou contar, mas quero saber como ela era de verdade, na medida do possível.

Senti a garganta doer, e os olhos arderem. Pensei no trecho de *O grande Gatsby* no qual é dito que Tom e Daisy Buchanan "destruíam coisas e criaturas e, em seguida, escondiam-se atrás da riqueza ou da vasta falta de consideração (...) e deixavam os outros limparem a bagunça que haviam feito". Pensei nas vezes em que Drue havia sido cruel, insensivelmente cruel, e mesmo assim eu a amara, e me sentira impotente diante de seu charme; que, assim que ouvira a cadência familiar de sua voz, assim que sentira sua atenção, seu olhar, tudo isso concentrado em mim, eu me senti disposta a perdoá-la, a perdoar tudo, só para tê-la de novo em minha vida, porque a vida com Drue era sempre ótima, memorável. Com ela, a qualquer momento, qualquer coisa poderia se tornar uma aventura. Ela fizera com que eu me sentisse inteligente e bonita só por estar ao seu lado. Fizera eu me sentir especial.

Quando me senti pronta para falar, pigarreei.

— Quando ela me convidou para o casamento, acho que foi a primeira vez que me perguntou sobre mim, o que eu estava fazendo, e escutou de verdade minha resposta. Foi a primeira vez que não me viu como uma… ah, sei lá. Uma coadjuvante. Alguém inferior a ela. Ou uma espécie de consolo. Alguém para quem olhar e pensar: "Pelo menos sou mais magra e bonita que ela. Pelo menos sei que nunca vou ficar assim". — Meus olhos arderam de novo, e minha garganta se fechou. — Acho que ela se sentia mal por ter me magoado e queria corrigir isso. — Funguei e dei um gole na água. — É nisso que vou acreditar, porque é assim que quero me lembrar dela.

O rabino Medloff pôs a mão sobre a minha.

— Na tradição judaica, quando alguém morre, nós dizemos "*baruch dayan ha'emet*", que significa "bendito seja o verdadeiro juiz". — Ele me olhou com bastante atenção. — Deus conhece sua amiga, conhece o coração dela. Quem ela era, e quem estava tentando se tornar. — Ele apertou minha mão. — Existe um verdadeiro juiz, e eu acredito que vai vê-la exatamente como é.

Assenti, fungando e secando o rosto.

— Você tem amigos aqui? — O tom de voz dele era bem gentil. — Parentes? Alguém para te fazer companhia?

Senti a gratidão tomar conta de mim, por Darshi estar ali, e Nick também, e meus pais estarem a postos para me ouvir, me ajudar. Então voltei a pensar em Drue, cujos olhos estiveram o tempo todo à procura do pai na festa de noivado, e cujos pais tinham brigado por causa dos gastos com o casamento, e cujo noivo nem aparecera para reconfortá-la. Fiquei me perguntando se, em seus últimos momentos, ela percebeu que morreria, se sofreu ou teve medo, e me dei conta de que, apesar de todas as diferenças entre nós, Drue passara a maior parte da vida se sentindo sozinha… assim como eu.

Dezesseis

A lanchonete do hospital tinha cheiro de café requentado e desinfetante industrial. O piso tinha cor de sopa de ervilha, as paredes eram de um bege sem graça. Vi um balão cor-de-rosa e prateado com as palavras "É UMA MENINA!", já meio murcho, amarrado a uma cadeira com uma fita rosa. Em uma mesa para quatro, três mulheres de calça jeans estavam sentadas nas cadeiras com pernas de metal, com a cabeça bem próxima uma da outra e falando baixinho. Um faxineiro de fone de ouvido passava o esfregão atrás de um carrinho de produtos de limpeza amarelo feito de um plástico gasto, balançando a cabeça ao som de uma música que só ele ouvia. Vi Darshini e Nick em uma das mesas. Nick parecia mais bronzeado e saudável com a bermuda salmão e a camisa branca. Darshi tinha deixado de lado o blazer, e sua camisa reluzente de seda cor de ameixa combinava com o batom. Senti algo doloroso e familiar no peito. Ela era bonita, e ele também. Pareciam combinar um com o outro, de um jeito que Nick e eu jamais combinaríamos.

Eu me virei para encher um copo de papel com café, acrescentando açúcar e leite e, com o canto do olho, vi uma figura familiar atravessando o corredor. Ainda tive de tempo de ter um vislumbre do cabelo platinado de Corina Bailey quando ela entrou por uma porta com os dizeres SALA DE REUNIÕES.

— E a trama vai se tornando mais complexa — murmurei.

Deixando o café na mesa, contei a Darshi e Nick o que vira e fui andando na ponta dos pés pelo corredor, seguindo no encalço do noivo que não se casou e sua antiga noiva. Quando cheguei à sala de reuniões, esperei um pouco, bati uma vez à porta e abri antes que alguém respondesse.

Lá dentro, sentado em um sofá com almofadas de vinil, estava Stuart, com seu uniforme de cara branco de férias no verão: sapato Docksiders, bermuda cáqui e uma camisa de botão xadrez azul e branca de manga curta. Corina, com uma camiseta branca apertada e uma calça capri rosa-claro, estava recostada nele, com a cabeça em seu peito, acariciando seu rosto. Não estavam se beijando, mas aquela não era a forma que uma mulher tocaria em um simples amigo.

Pigarreei. Nenhum dos dois reparou em minha presença.

— Com licença — falei.

Isso chamou a atenção deles. Stuart corrigiu a postura, se afastando de Corina e colocando uns bons trinta centímetros de vinil entre eles. Corina se moveu mais devagar, desdobrando as pernas sem pressa e estendendo os braços acima da cabeça. A camiseta subiu, revelando seu abdome firme e bronzeado. Seus movimentos eram lânguidos, como os de uma mulher que acabou de sair da cama.

— Daphne — disse Stuart, com a voz soando mais fina. Ele pigarreou. — Isso não... não é o que você está pensando.

Corina revirou os olhos e falou:

— Na verdade, Daphne, é exatamente o que você está pensando.

— Sua voz soou absolutamente normal.

Em vez do jeito afetado de menininha, ela falou como uma pessoa adulta, e me lembrei de quando Drue me disse: "Ela não é o que as pessoas pensam".

— Corina... — contrapôs Stuart.

Ela revirou os olhos para ele.

— De que adianta continuar escondendo agora? Nós não precisamos mais mentir! O tempo de martírio ficou para trás!

A voz sussurrada, os gestos de mocinha, a afetação feminina, nada daquilo estava mais lá. Talvez aquela mulher lúcida e incisiva fosse a verdadeira Corina. Ou talvez não existisse uma verdadeira Corina, só diferentes versões, uma Corina para cada ocasião.

Stuart pôs a mão em seu ombro. Ela a afastou.

— Não, nem tente me calar. Já estou cansada. Chega de mentiras.
— Ela se virou para mim, com uma expressão presunçosa que tornava seu rosto bonito bem menos agradável aos olhos. — Stuart e eu nos amamos, nunca deixamos de nos amar. E agora vamos ficar juntos. O amor venceu.

Corina abriu um sorriso que exibiu todos os dentes. Stuart, enquanto isso, estava com a expressão de alguém prestes a expelir uma pedra nos rins. Pensei na mulher cuja voz Nick tinha ouvido na escuridão, a mulher que dissera "cansei de esperar" e "já esperei demais".

— Drue sabia que você e Corina ainda estavam juntos?

Os ombros de Stuart penderam para baixo. Corina se empertigou toda.

— Óbvio que sabia — confirmou ela.

Em algum momento, ela havia encontrado tempo para fazer uma maquiagem completa, com direito a base, delineador labial e cílios postiços. Seus mamilos estavam rígidos sob a camiseta, e ela se aproximara de Stuart até sua coxa tocar a dele.

— Escuta — continuou ela. — Eu sei que Drue era sua amiga, então me desculpe, mas ela era uma péssima pessoa. Tratava Stuart como um empregado. Faça isso, faça aquilo. Viaje para lá, fique aqui. Vamos nos casar em junho em Cabo Cod, para o mundo todo poder ver, e trate de... Ai!

Quando olhei, Stuart estava segurando o punho dela e beliscando. Com força.

— Já chega — declarou ele.

Corina se afastou dele. No reality show, suas unhas eram curtas e pintadas de rosa clarinho, e sem nada adornando os dedos. Agora ostentavam um vermelho tão escuro que poderia ser o mesmo esmalte que Tinsley, a vilã do programa, usara.

— Nós não devemos nenhuma explicação para você — disse ela.

— Não mesmo — concordei. — Mas se Drue tiver sido assassinada e a moça que foi detida for inocente, vocês são os próximos da lista. Eu não sou nenhuma Angela Lansbury, mas isso não me parece nada bom — retruquei, fazendo um gesto com a mão abrangendo os dois e me referindo ao que, eu esperava, eles tivessem feito na noite anterior.

— Nós temos álibis — rebateu Corina, presunçosa.

— Ah, é mesmo? Vão contar para a polícia que estavam juntos ontem à noite? — questionei, deixando bem nítido o ceticismo em meu tom de voz.

Talvez Corina tivesse se esquecido, mas Stuart evidentemente entendia que era uma péssima ideia.

— Corrie... — pediu ele.

Ela o ignorou.

— É a verdade. E a verdade liberta. — Virando-se para mim, balançando o cabelo platinado, ela completou: — Eles nunca foram apaixonados um pelo outro. E nem teria casamento nenhum. Era só para manter as aparências.

Eu a encarei antes de me virar para Stuart, que estava curvado, com os cotovelos apoiados nas coxas e segurando a cabeça entre as mãos.

— O que está acontecendo aqui? — questionei.

— Drue precisava de dinheiro — contou ele, sem levantar a cabeça. — Os negócios da família estavam em risco, e ela queria salvar a empresa, mas não podia ter acesso à herança antes dos 30 anos, a não ser que se casasse.

Assenti, me lembrando que Drue tinha me contado isso também.

— Certo, então ela precisava se casar. Mas Corina não acabou de me dizer que não teria casamento nenhum hoje?

Stuart Lowe pelo menos teve a decência de parecer envergonhado. Não conseguia nem me olhar nos olhos, e continuou dirigindo as palavras ao chão.

— Drue e eu nos casamos no civil seis meses atrás. Ela conseguiu resgatar o fundo de herança. E depois nós começamos planejar essa coisa toda. — Ele apontou com o queixo para a porta, na direção de Truro, das mansões alugadas, da festa na praia, do serviço do bufê, dos DJs, dos tapetes de seda feitos à mão sobre a areia. — O plano era...

Ele olhou para Corina, com uma expressão de total infelicidade. Ela assentiu, apertando os lábios.

— Vá em frente — incentivou ela. — Pode desabafar.

Ele suspirou.

— Certo, o plano era que eu abandonasse Drue no altar. Em vez de "sim", eu diria "não". Diria que ainda amava Corina.

Ao ouvir isso, Corina abriu um sorriso presunçoso e se aninhou junto a ele. Fiquei só olhando para os dois, me lembrando do pitch deck que o detetive McMichaels me mostrara: "O glamour e a presença de celebridades são garantidos, e talvez uma surpresa ou duas!".

Ora, ora, ora, pensei. Aquilo sem dúvida seria uma surpresa. E também explicava a indiferença de Drue em relação ao noivo, a maneira como revirara os olhos e dissera "meh" quando fora embora no meio da festa de noivado. E, óbvio, o comportamento deles na noite anterior.

— Então foi isso o que vocês prometeram no *pitch deck* que estavam vendendo. Era essa a grande surpresa.

Ele assentiu de leve, com uma expressão amargurada.

— Nós achamos que, se o casamento não acontecesse, isso seria notícia, e nós três ganharíamos um monte de seguidores nas redes sociais. Queríamos ter acordos assinados antes que tudo acontecesse, para nós podermos, sabe...

— Monetizar o escândalo — complementei.

— Essa parte foi ideia minha — anunciou Corina, orgulhosa.

Se ela sentia algum arrependimento do que ela e Stuart vinham tramando, uma pontinha de culpa que fosse, não havia sinal algum disso no rosto bonito.

— E o que aconteceria depois disso? — perguntei.

Corina ajeitou o cabelo.

— Stuart e eu voltaríamos a ficar juntos. Ele diria que nunca deixou de me amar. Em um ano, mais ou menos, eles assinariam o divórcio, e nós estaríamos livres para nos casar. Conforme o planejado desde o início. Mas a essa altura estaríamos ainda mais famosos. Teríamos uma fama de verdade, não só uma coisa passageira de reality show.

— Mas e Drue?

— Pelo que eu sei, ela estava conversando com a produção para ter sua própria temporada do *Solteiras à procura* — contou Stuart. — Mas não sei se chegou a assinar alguma coisa.

Essa parte, pelo menos, fazia sentido. Eu conseguia até imaginar as capas da revista *People*, com uma foto de Drue na capa, olhando para o nada, linda e melancólica, com uma manchete ao estilo HERDEIRA DESOLADA. E então, alguns meses depois, Drue toda sorridente, segurando as gravatas-borboleta coloridas que as solteiras que participavam de *Solteiras à procura* distribuíam para os pretendentes. DRUE DÁ A VOLTA POR CIMA!!! Pensei até nas hashtags (#solteirasaprocura, #embuscadeamor, #vidadesolteira e #amorpróprioemprimeirolugar). Pensei em todas as mulheres solteiras à procura de um namorado que teriam acompanhado sua história, na TV e nas redes sociais, e em todas as empresas que gostariam de pegar carona no sucesso. Talvez ela até acabasse se tornando a garota-propaganda de um aplicativo de encontros, caso não encontrasse um noivo no programa.

— E Stuart teria dinheiro para fazer a empresa dele decolar — complementou Corina.

Diante da revelação, Stuart se afundou ainda mais no sofá, como se quisesse que o espaço entre as almofadas o engolisse.

— Dinheiro do fundo de herança? — especulei. Ele assentiu, amargurado, e perguntei: — Os smoothies para o cérebro?

— Você acha que é uma ideia ridícula. — Era possível ver as veias saltando no pescoço de Corina. Seu rosto estava marcado por manchas rosas nada atraentes. — Nós vamos ser um tremendo sucesso. É só esperar para ver.

— Então Stuart abriria a empresa dele. Ganharia muito dinheiro — continuei. — Vocês três ficariam famosos. E vocês dois continuariam juntos, e todos apareceriam à vontade na TV. Estou me esquecendo de algum detalhe?

— Está, sim, mas não é só um detalhe. Você está tentando fazer parecer que Drue era a vítima. — Corina repuxou os lábios, mostrando os dentes. — Como se nós tivéssemos tramado contra ela, quando na verdade planejamos tudo juntos. Drue sabia de tudo. — Ergueu o queixo e continuou em um tom baixo e furioso: — E merecia isso. Ser abandonada no altar. Ela era uma escrota. Uma escrota absoluta, de marca maior. E eu garanto que a única razão para ter procurado você era conseguir um monte de seguidoras gordas.

Senti o estômago se revirar, e o corpo todo ficar paralisado. *Isso não é verdade*, senti vontade de dizer, enquanto Corina continuava o discurso:

— Quer saber como sua amiga era, de verdade? Como tudo começou?

Stuart continuou olhando para o chão enquanto Corina se levantava e ia até mim, balançando o cabelo, com cuspe voando dos lábios pintados e manchas vermelhas no rosto.

— Ela viu Stuart na TV quando o programa começou a ser exibido. E decidiu que o queria de volta.

Fiquei imóvel, por acreditar que isso era possível, e talvez até provável.

— Depois dos primeiros, tipo, três episódios, quando Stuart estava no auge, ela ligou para ele. No começo, foi só uma conversinha melosa. — Corina prendeu o cabelo atrás da orelha e começou a falar em falsete: — "Ai, foi um erro terrível terminar com você, que sempre foi o único homem que eu quis, eu te amo demais." — Corina revirou os olhos. — Bem assim. Como Stuart não caiu na dela e disse que me amava, que estava em outra, foi só então que surgiu a conversa do dinheiro.

Olhei para Stuart.

— E só o que você precisava fazer era... o quê? Se casar com ela em segredo, fingir que estava noivo por um tempo e largá-la no altar?

— Ah, não, ela fez toda uma lista de exigências — informou Corina, sentando-se ao lado de Stuart de novo e cruzando as pernas. — Ela queria um casamento em junho em Cabo Cod. Queria que saísse nos jornais e nas revistas. Queria quinhentos mil seguidores no Instagram e cinco grandes patrocínios. Queria sair por cima. Pelo menos por um tempo. Tudo era uma disputa para Drue, e ela sempre precisava sair por cima.

Minha cabeça estava latejando, e meu rosto, ainda paralisado e dormente.

— E Drue topou essa história de ser abandonada no altar?

Stuart pigarreou.

— Minha impressão era que ela também tinha outra pessoa — contou ele. — Não ficaria sozinha.

— Então por que ela não se casou com esse cara? Assim poderia ficar com alguém que amava e com o dinheiro.

— Porque ela queria estar sempre por cima — repetiu Corina. — Nesse caso, não seria uma vitória. Ela não podia se casar com um cara qualquer, tinha que ser Stuart, e roubá-lo de outra pessoa era, tipo, a cereja no bolo.

Ela voltou a se aninhar em Stuart, que acariciou sua cabeça e murmurou alguma coisa que não consegui ouvir.

— Você chegou a amá-la em algum momento? — perguntei para ele. — Pelo menos gostava dela?

Stuart ficou em silêncio por um bom tempo.

— Drue era divertida. Quando nos conhecemos no Croft, ela estava sempre a fim de curtir a vida, sabe. Mas no fim das contas... — A voz dele ficou mais baixa. — Ela tinha um objetivo, e eu era só um meio para ela o alcançar.

Nós três nos viramos quando ouvimos a porta se abrir. Lily Cavanaugh apareceu, com uma expressão impassível e os olhos fundos em meio às olheiras, que se arregalaram ao ver Stuart e Corina juntos no sofá. Então seu corpo pendeu contra o batente, e seus olhos se reviraram para cima até as escleras ficarem bem visíveis. Stuart atravessou a sala correndo, rápido o bastante para segurá-la pelos ombros um instante antes que caísse desmaiada no chão.

Dezessete

— Alguém ajude aqui! — gritei enquanto Stuart colocava a mãe de Drue no sofá.

Ouvi passos se afastando às pressas... os de Corina, esperava eu.

— Você pode pegar uma água para ela? — pediu Stuart.

Eu estava saindo pela porta quando os olhos da sra. Cavanaugh se abriram devagar. Ela olhou para Stuart, depois para mim, e seus lábios começaram a tremer.

— Meu bebê — murmurou ela.

Eu me ajoelhei ao seu lado e segurei sua mão.

— Sra. Cavanaugh, eu sinto muito — falei, sentindo seus ossos finos e frágeis sob a pele. — Vamos voltar para seu quarto.

Ela assentiu, e Stuart e eu a ajudamos a se levantar e ir para o quarto do outro lado do corredor. Quando a ajeitamos na cama, ela encarou Stuart com aqueles olhos assombrados e se sentou.

— Quero você fora daqui — falou ela com a voz aristocrática soando como um estalo de chicote. — Fora deste quarto, fora deste hospital. Nunca mais quero ver você de novo.

Stuart arregalou os olhos, mas não respondeu. Ele se retirou, fechando a porta devagar. A sra. Cavanaugh despencou sobre os travesseiros, voltando a parecer velha e doente.

Procurei por um copo d'água. A mesinha de cabeceira e o parapeito da janela que atravessava todo o quarto estavam repletos de flores brancas: esporinhas e rosas, crânios-de-dragão e lírios. Eu me perguntei se alguma delas era originalmente destinada ao buquê de Drue.

Finalmente localizei uma jarra entre as folhas e flores e servi um copo d'água. A sra. Cavanaugh deu um gole, segurando o copo entre as mãos. Eu me sentei na beira da cama. De perto, conseguia ver melhor seu cabelo, com mechas loiras, cor de mel e caramelo, além das pequenas cicatrizes nas orelhas e sob o queixo. Foi quando me lembrei que, em minha época de ensino médio, ela havia passado alguns dias no hospital. Drue me contara que ela estivera esticando o rosto e aspirando os culotes, além de algum outro procedimento lá nas partes íntimas. "Cara, bunda e perereca", foram as palavras de Drue. "Mentira sua", eu retrucara. Ela sorrira, falando: "O nome disso é rejuvenescimento vaginal. Pode pesquisar". Na festa, Lily Cavanaugh estava toda chique, com o cabelo, a pele e os dentes com um brilho saudável graças aos melhores produtos e tratamentos que o dinheiro podia comprar, como se pudesse ter qualquer idade entre os 47 e os 70 anos. Naquele momento, porém, parecia mais velha do que era de fato.

Ela deu outro gole na água e pôs o copo de lado. A porta se abriu, e Darshini apareceu com outra jarra plástica com água. Nick vinha logo atrás.

— O médico está vindo — avisou ele.

— Daphne — murmurou a sra. Cavanaugh, segurando minha mão.

— Eu sinto muito — falei, me sentindo impotente.

Quando me virei para Darshi, fiz com a boca: "E o sr. Cavanaugh?". Ela negou com a cabeça.

— Aquele Stuart — murmurou tão baixinho que quase não consegui ouvir. — Eu sabia muito bem o que ele era. — Ela balançou a cabeça de novo. — Mas Drue queria… — A mão dela saiu de cima do peito, onde estivera apoiada, e se moveu tremulamente, desenhando um círculo no ar. — Um casamento grandioso. Com imprensa. E tudo a que tinha direito. E me dizia o tempo todo que no final valeria a pena. — O peito dela se inflou quando ela respirou fundo. — E o pai dela…

Uma lágrima escorreu pelo canto de seu olho e desceu até o queixo, acentuando cada mancha de idade e rugas enquanto rolava pelo rosto.

— Ele ficou com raiva de mim por ter gastado tanto, mas era ele que queria fazer parecer que era um casamento de um milhão de dólares. Apesar de não ter esse dinheiro. — A sra. Cavanaugh soltou um ruído seco que demorei um tempinho para perceber que era uma risada. — Drue queria salvá-lo. Queria ser amada por ele.

— Não estou entendendo — respondi.

A sra. Cavanaugh suspirou e despencou no travesseiro.

— Durante toda a vida, tudo o que ela quis foi o amor do pai. Mas ele estava sempre ocupado. Ou distraído. Com o trabalho. Com todas aquelas mulheres. — Ela comprimiu os lábios. — Foi por isso que precisamos deixar de frequentar o lugar onde minha família passava as férias de verão fazia seis gerações. Meu lugar favorito no mundo. Ele estragou tudo. — Segurou com mais força o cobertor. — Quando Drue tinha 5 anos, ele engravidou duas *au pairs*. Precisamos pagar por dois abortos. — Ela fechou os olhos, desmoronando nos travesseiros outra vez. — Eu deveria ter me separado dele. Parte de mim queria isso. Mas eu também queria que Drue e Trip tivessem um pai, mesmo que fosse um que não prestava para nada. E eu sabia que ele jamais me deixaria. Por causa do dinheiro — explicou, respondendo a uma pergunta que nem havia sido feita. — Antes de ele perder tudo.

— Enfim, a boa notícia é que a polícia está interrogando uma pessoa suspeita — falou Darshi num tom de voz alto demais para o quarto fechado e abafado. — Pelo menos vamos descobrir o que aconteceu com Drue.

A sra. Cavanaugh abriu os olhos. Com uma voz que não expressava muita curiosidade, perguntou:

— Quem?

— Uma mulher chamada Emma Vincent — respondeu Darshi. — Ela era da equipe do bufê.

Percebi quando Lily Cavanaugh fez uma careta.

— Deus do céu — murmurou ela, soltando uma risada que parecia um engasgo e fechando os olhos de novo. — Essa polícia. Minha nossa. Não foi Emma.

Fiquei sem reação.

— A senhora sabe quem é ela?

Lily Cavanaugh assentiu com um gesto breve.

— E acha que não foi ela?

Abrindo os olhos, ela deu um sorriso tristíssimo.

— Emma não tinha motivo para fazer nada contra Drue.

— Uma pessoa que estava na festa ouviu Emma conversando com o sr. Cavanaugh na noite em que Drue morreu. Ela estava dizendo que estava cansada de esperar, que já tinha esperado demais.

A sra. Cavanaugh balançou a cabeça, não parecendo nem um pouco surpresa. Mais uma lágrima escorreu por seu rosto, mas ela não disse nada.

— Drue sabia... — Como eu poderia fazer aquela pergunta? — Drue sabia do envolvimento do pai dela com Emma Vincent?

Lily Cavanaugh me lançou um olhar curioso antes de fazer que não.

— Ah. Ah, querida, nada disso. Emma não é uma namorada de Robert. — Ela fechou os olhos quando uma enfermeira entrou apressada no quarto, fechando a cara quando viu nós três lá dentro. — Emma é filha de Robert.

Dezoito

De acordo com a internet, existiam duas pessoas com o sobrenome Vincent que moravam naquela região de Cabo Cod: uma era E. Vincent, em um apartamento em Hyannis; a outra era B. Vincent, em uma casa em estilo rancho a mais ou menos um quilômetro e meio do mar, em Brewster. Nick tinha se oferecido para ficar conosco, e Darshi e eu aceitamos a companhia de bom grado, para nos orientar e nos colocar a par dos aspectos geográficos e socioeconômicos do Cabo. Ou, pelo menos, eu ficara contente com sua companhia, e Darshi se mostrara disposta a tolerá-la. Batemos à porta do apartamento de E. Vincent, não tivemos resposta e fomos em frente.

— E. Vincent era Emma, então B. deve ser a mãe dela.

Eu estava pesquisando no Google para confirmar se a casa de B. Vincent que encontramos era a mesma que o TMZ tinha mostrado como o lugar onde Emma havia sido criada pela mãe solo.

— Deve ser isso mesmo — concordou Darshi.

Ela pegou uma ruazinha lateral, onde havia três furgões de emissoras de TV, cada uma com uma antena para links via satélite no teto, estacionadas no meio-fio. Uma aglomeração de homens e mulheres, vestidos com roupas casuais, bermudas, calças jeans ou vestidos de verão, estava encostada na lataria quente de uma das vans, conversando, bebendo café ou olhando no celular, enquanto uma jovem com cabelo loiro ondulado, trajando um vestido justo verde-azulado e um incoerente tênis esportivo, usava a câmera do celular para verificar a maquiagem. Senti seus olhares sobre nós assim que seguimos pela entrada revestida de tijolos vermelhos até a porta da frente.

— Amigos da família? — perguntou uma voz.

Ficamos em silêncio. Darshi bateu à porta. Um instante depois, uma mulher baixinha e grisalha espiou pela janela.

Fiz um aceno que esperava parecer amistoso e abri um sorriso simpático.

— Nós não somos jornalistas! — gritei.

A mulher ficou olhando para nós, então abriu uma fresta da porta. Estava usando um moletom de zíper com capuz e calça jeans. Seu cabelo grisalho era curto e desfiado para dar mais volume. Dois terriers com orelhas enormes começaram a pular e latir aos seus pés pequenos e descalços. Um basset hound estava atrás deles, imóvel como um transatlântico, nos encarando com olhos avermelhados e com as orelhas se arrastando no chão.

— Senhora Vincent? — perguntei, falando depressa antes que ela pudesse fechar a porta. — Meu nome é Daphne Berg. Sou amiga de Drue Cavanaugh, a mulher que morreu em Truro ontem à noite. Esses são meus amigos Darshini e Nick. Queríamos falar com a senhora.

A sra. Vincent não parecia ter me ouvido. Estava olhando por cima de meu ombro, observando Nick. Ela levou as mãos ao rosto. Seus lábios começaram a tremer, e os olhos se encheram de lágrimas.

— Você é o filho de Christina, não? — perguntou ela num tom baixinho.

Ao meu lado, ouvi Nick suspirar, e me lembrei de sua explicação por ter adotado o nome do meio. "Essa parte do Cabo é como uma cidadezinha do interior. As pessoas comentam."

Ele respondeu com um aceno breve de cabeça. Decidi redirecionar a conversa ao que interessava.

— Desculpe o incômodo. Nós queríamos falar com sua filha.

— Ah — sussurrou a mulher, levando as mãos ao peito. Ainda estava olhando para Nick, como se fosse ele que tivesse falado. — Veja só você!

Darshini e eu nos entreolhamos. Ela arregalou os olhos, como quem dizia "O que está acontecendo aqui?", e dei de ombros em um "Não faço a menor ideia".

— Entrem — orientou ela, abrindo a porta.

Os cachorros ficaram em silêncio. Os três se voltaram para Nick com o mesmo olhar fixo da dona.

A voz da sra. Vincent soou ofegante:

— Eu sabia que esse dia ia chegar, mas acho que é impossível estar preparada para uma coisa como essa. Entrem.

Nós três nos acomodamos no pequeno hall de entrada, onde havia um espelho pendurado na parede sobre um vaso de palha. Pensei que ela fosse começar a defender de imediato a inocência da filha, citando um álibi, uma desculpa, ou uma racionalização: "Emma não mataria de forma alguma sua própria meia-irmã". Em vez disso, ela parecia ignorar a questão da detenção da filha. Só tinha olhos para Nick. Suas mãos tremeram diante do peito antes de ela estender o braço e alisar as sobrancelhas dele com o polegar, primeiro a esquerda, depois a direita.

— Me desculpe — falou Nick, olhando para a mulher. — Nós já nos conhecemos?

Ela sorriu.

— Muito tempo atrás. Você não tem como se lembrar, mas... — A mulher engoliu em seco e levou a mão ao coração. — Não sei nem como dizer isso. — Ela respirou fundo e, olhando bem nos olhos de Nick, falou: — Você é meio-irmão de Emma.

— Como é?

— Robert Cavanaugh é o pai de minha filha. E o seu também.

~~~~~~

A sra. Vincent ("Podem me chamar de Barb", pediu ela) nos levou para uma sala de estar pequena e ensolarada, com um sofá de cetim e uma namoradeira diante de uma lareira e sobre o piso recém-aspirado. Darshi e eu nos acomodamos no sofá. Nick se sentou sozinho na namoradeira, retorcendo as mãos, com a boca ligeiramente entreaberta e os olhos arregalados no rosto pálido. Como diria minha avó, parecia que ele tinha levado um choque nos testículos.

— Você já teve notícias de sua filha? — perguntou Darshi.

Barbara Vincent assentiu.

— Emma ainda está na delegacia, mas com certeza volta para casa em breve. — Diante do olhar de Darshi, ela complementou: — É impossível Emma ter matado Drue ontem de noite. Ela chegou em casa umas duas da manhã e passou a noite no quarto, bem ali no fim do corredor, e se levantou um pouco depois das seis da manhã. Ela fica aqui quando tem um serviço em Truro ou no centrinho. Isso economiza um trajeto de uma hora e meia de carro.

— Você acha que só sua palavra vai bastar? — questionou Darshi.

— Não sou só eu. Ela abasteceu o carro enquanto vinha para cá, então foi vista pelo funcionário da Cumberland Farms, e depois comprou uma rosquinha na Hole in One no caminho, então falou com Maisie por lá também.

Olhei ao redor da salinha ensolarada. Havia troncos de bétula na lareira superlimpa. Logo acima havia um aparador com fotos de Barbara e da filha. Na mais próxima de mim, pude observar que Emma tinha o rosto ovalado, cabelo castanho-claro e sobrancelhas castanho-escuras que formavam picos no centro, como as de Nick. E também as de Drue.

— E quanto ao sr. Cavanaugh? Alguma notícia dele? — perguntei.

Barbara confirmou com a cabeça.

— Ele passou aqui depois de sair do hospital e foi para o aeroporto. — Ajeitando-se no assento, ela completou: — Ele mandou trazer de avião um advogado figurão de Nova York para ajudar Emma.

— Que gentil da parte dele — comentou Darshini, num tom um tanto ácido.

Se Barbara percebeu, preferiu ignorar. Só tinha olhos para Nick. Enquanto isso, o objeto de sua atenção continuava olhando para o nada, com o rosto inexpressivo, como um GPS recalculando a rota depois que o motorista saíra de repente do caminho determinado. Eu queria me sentar ao lado dele e segurar sua mão. Não conseguia imaginar como seria, depois de passar a vida sem saber quem era seu pai, descobrir a identidade do homem depois da morte de uma meia-irmã que mal conhecera e a detenção de outra.

— Nick — chamei —, quer um copo d'água? Ou um chá ou coisa assim?

— Um chá! — exclamou a sra. Vincent, ficando de pé.

Eu a segui até a cozinha, um corredor estreito com armários de madeira escura e bancadas de fórmica branca que tinham cheiro de alecrim e detergente. Havia panelas e tachos de cobre, bem enfileirados, pendurados em ganchos na parede. Uma grande tábua de corte ficava perto do fogão, com uma tigela de laranjas e limões ao lado. "A cozinha precisa de uma reforma", um corretor de imóveis provavelmente teria dito, mas, apesar da falta de bancadas de granito modernas ou eletrodomésticos de aço inox, era um cômodo agradável; tinha bastante luz natural graças à janela grande sobre a pia, e era aconchegante, com uma mesa para dois em um dos cantos. Letras de madeira que formavam a palavra COMER ficavam penduradas sobre a despensa, e uma placa com os dizeres "Abençoe-nos com comida boa, com o dom da conversa e da gargalhada. Que a alegria amorosa que compartilhamos esteja sempre conosco" havia sido colocada na parede ao lado da mesa.

— Foi Emma que fez para mim, como um trabalho de artes no sexto ano.

A sra. Vincent encheu uma chaleira com água, pôs no fogão e pegou canecas, saquinhos de chá, um açucareiro e um bule de vaquinha nos armários. Seus movimentos eram rápidos e seguros enquanto punha os saquinhos de chá nas quatro canecas e despejava o leite da embalagem plástica em um buraco nas costas da vaca de cerâmica.

— Foi ela que fez isso também.

Ela me mostrou duas canecas com arco-íris pintados com a mão não muito firme de criança e uma com a frase EU TE AMO, MÃE, com a palavra "amo" em forma de coração.

— São muito bonitas.

Isso me valeu um sorriso.

— Emma é uma boa menina. Está estudando na Faculdade Comunitária de Cabo. Só não sabe ainda o que quer ser quando crescer.

Quando a chaleira apitou, Barbara despejou a água fervente nas canecas e as colocou em uma bandeja azul e branca.

— Eu não consigo acreditar — murmurou ela enquanto levava a bandeja para a sala de estar. — O filho de Christina. Depois de tantos anos.

Ela voltou ao assento e entregou as canecas, deixando a de Nick por último.

— Você conhecia minha mãe? — perguntou Nick.

Barbara Vincent balançou a cabeça.

— Eu posso contar tudo. Ou pelo menos as partes que sei. — Ela abriu um leve sorriso e continuou: — Foi quase vinte e sete anos atrás. Eu estava trabalhando no Red Inn, lá no centrinho. Robert foi jantar lá uma noite. Ia viajar para Boston e de lá para Nova York, mas caiu uma tempestade. Nenhum avião decolou, e o mar estava tão agitado que as balsas também pararam de circular. Então, em vez de ir para casa, ele entrou e se sentou junto ao balcão, para ficar mais perto do aeroporto quando o tempo melhorasse e os aviões voltassem a decolar. — Sua expressão se suavizou enquanto ela se lembrava. — Servi para ele ostras e cerveja. Começamos a conversar. E o resto é história.

Ela levou a caneca à boca, passou os dedos pela própria bochecha seca e sardenta e se remexeu na poltrona. Tentei imaginar seu cabelo grisalho mais comprido, de um loiro escuro ou um castanho-claro, preso em rabo de cavalo. Na mente, apaguei as rugas e considerei bochechas coradas, um batom rosa na boca. Em vez do corpo quadrado sob o moletom e a calça de cintura alta, pensei em uma silhueta miudinha e curvilínea, acentuada pela camisa branca de malha e o avental preto amarrado na cintura, com um laço nas costas. Tentei visualizá-la rindo, com os olhos azuis brilhando, a cabeça inclinada para trás e o pescoço ruborizado.

— Eu sabia que ele era casado — explicou Barbara, olhando para baixo, contornando com o polegar a borda da caneca. — Não tinha nenhuma desculpa nesse sentido. Ele não usava aliança, mas, naquela primeira noite, me levou de carro para casa e vi uma cadeirinha de bebê no banco traseiro do carro. Então eu sabia, sim. Mas só tinha 19 anos, e o lugar mais distante do Cabo que eu estive tinha sido em uma excursão escolar para Washington. — Ela bebeu o chá, então abaixou a caneca com cuidado. — Quando se tem 19 anos e escuta de um homem mais velho, um homem bonito, rico e poderoso, que somos a coisa mais linda que ele já viu, e que a esposa dele não o entende, e que vai se divorciar, a vontade é acreditar em tudo. — Barbara suspirou. — Preferimos acreditar que somos especiais o suficiente para chamar a atenção de um homem como ele. — Então contorceu a boca. — Quando engravidei, ele disse que a escolha era minha e, se quisesse ter o bebê, tudo bem. Jurou que já estaria divorciado quando a criança nascesse e que ficaríamos juntos. — Ela voltou a se dirigir a Nick. — Foi só quando vi você e sua mãe no Stop & Shop que finalmente percebi que estava sendo enganada.

Ao ouvir as palavras "você e sua mãe", Nick engoliu em seco. Barbara estendeu o braço sobre a mesinha de centro, segurou a mão dele e a apertou.

— As pessoas desta região do Cabo conheciam Christina. Ou melhor, a família dela. Quando sua mãe, que Deus a tenha, apareceu grávida em Truro, sem marido, sem namorado, as pessoas começaram a comentar. Mas eu não sabia que Robert tinha sido... — Ela fez uma pausa para mais um gole de chá. — Tinha sido namorado dela também, até que um dia, quando Emma era bebê, fui fazer minhas compras. Você devia ter 2 ou 3 anos, e Emma só 6 meses, mas eu vi.

Barbara se inclinou na direção de Nick, estendendo o braço e, com um dos polegares, tocou a sobrancelha dele com suavidade outra vez.

— É igual à de Emma. Até as mãos de vocês têm a mesma forma! — A expressão dela se tornou amena e triste, perdida em lembranças. — A essa altura, eu já achava que ele não ia se divorciar nunca. E então, quando vi você, tive certeza. Eu era só mais uma das garotas dele.

Nick parecia pálido, e se manteve imóvel.

— E você tem certeza de que o sr. Cavanaugh... tem certeza de que ele é meu pai?

Barbara confirmou com a cabeça.

— Depois que vi Christina no supermercado, consegui o telefone dela com a amiga de uma amiga. Liguei para ela e me apresentei. No fim, ela até sabia quem eu era. "Você é a nova garota", foi o que ela disse. Não com raiva, ou com tristeza. Mais com... resignação. E talvez até um pouco de satisfação por ter com quem conversar a respeito. Por ter alguém que a entendia. — Barbara fechou os olhos e balançou a cabeça. — Eu era muito jovem quando tudo aconteceu, mas, quando se vira mãe solo, se amadurece rápido. Falei para Robert que estava tudo acabado entre nós. Ele agiu como se tivesse ficado arrasado, mas com certeza estava aliviado, porque já tinha dois bebês aqui no Cabo e mais uma em casa. Disse que me ajudaria como pudesse, e que sempre estaria presente para Emma. Na semana seguinte, tomei um café com Christina. Nós nos encontramos em Wellfleet, no Flying Fish, e conversamos um tempão. Depois disso, começamos a sair juntas de vez em quando. — Ela sorriu para Nick, e seu rosto se iluminou. — Nós íamos com as crianças à praia em Corn Hill e deixávamos vocês brincarem no mar. Christina levava um cooler com suco, frutas cortadinhas e vinho.

Ela levou a mão ao cabelo antes de continuar:

— Eu me sentia tão sem graça perto de sua mãe. Como uma garricha-cinza perto de um pavão. — Ela abriu um sorrisinho, olhando para o nada. — Christina era toda glamourosa. Havia morado em Nova York, onde conheceu Robert, e tinha viajado o mundo todo. Tinha o cabelo quase até aqui a cintura — descreveu, gesticulando com a mão para indicar o comprimento — e usava umas saias longas coloridas, com franjas ou costuras espelhadas nas bainhas. — As mãos de Barbara foram em seguida até as orelhas e deslizaram pelo pescoço. — Brincos grandes, pulseiras e contas, âmbar, opal e turquesa, ela ficava com os braços cobertos dos punhos até os cotovelos. Parecia aquela moça do Fleetwood Mac.

— Stevie Nicks — falou Nick com a voz rouca. — Como foi que ela conheceu... — Ele foi trabalhando nas palavras que queria até por fim conseguir pronunciar o nome: — Robert Cavanaugh.

— Em um café em Nova York. Ela estava na fila para pegar um latte. Ele se ofereceu para pagar um café, e ela respondeu que já tinha pagado e estava com pressa, porque ia a uma entrevista. Robert pediu seu cartão de visitas e no dia seguinte mandou uma máquina chiquérrima de capuccino para o apartamento dela, com um bilhete dizendo: "Para você nunca mais precisar pegar fila". — Ela sorriu. — Ele sabia como deixar uma garota encantada, sem dúvida.

— Eu me lembro dessa máquina. Uma coisa enorme, de metal. Ocupava metade do espaço da bancada da cozinha.

Nick ainda parecia atordoado, mas pelo menos estava falando.

Barbara abriu um sorriso para ele.

— Sua mãe me contou que, depois que fez 35 anos, desistiu de procurar o cara ideal e passou a buscar uma espécie de doador de esperma, por assim dizer. Um homem com uma genética boa e dinheiro no banco. — Olhando para baixo, ela murmurou: — Acho que Robert se encaixava na descrição. Era bonito e bem-sucedido. Não poderia se casar com ela, mas pelo menos era capaz de ajudar a sustentá-la enquanto estivesse em casa com você. E, para ser justa, ele até tentou ser pai. Visitava os bebês quando podia. — Ela abriu um sorriso irônico e acenou com a cabeça para Nick. — As noites de terça-feira eram de Emma. As de quarta eram suas.

— Então ele ia me visitar? E ficava um tempo comigo? — Nick balançou a cabeça e pareceu quase irritado quando falou: — Eu não me lembro de nada disso.

— Bom, você era bem pequeno. Mas aconteceu. Eu garanto que sim.

Barbara contou sobre os passeios à praia com Christina e as crianças. Que elas se revezavam nos cuidados aos bebês para que as duas pudessem cochilar sob o sol ("Como mães solo que trabalhavam e ficavam acordadas de madrugada com bebês na fase de nascer os dentinhos, nós precisávamos mais de sono do que de sexo", explicou Barb, levando a mão à boca, corando). Ela contou que as duas serviam de babá uma para a outra quando Barbara precisava cobrir o turno de outra garçonete à noite, ou Christina tinha um prazo para entregar uma matéria, ou para algum outro projeto de que fazia parte.

— Mas eu sei que não é sobre isso que vocês vieram falar. — Ela se inclinou para a frente, juntando as mãos ao coração. — A filha dele... Meu Deus, que horror. — Olhando para Nick, continuou: — Acho que sua mãe estava certa. Ela nunca quis falar nada de seu pai com você.

— Ela não viveu o suficiente para podermos conversar sobre isso — respondeu Nick.

— Não, mas comigo ela conversou. Eu me lembro de falar que queria que Emmie conhecesse o pai, e Christina respondeu que achava que Robert perdia o interesse nas pessoas em um ano ou dois, e jamais mencionaria o nome dele para você. "Nada de bom pode sair disso", falou. E tinha razão. — O rosto de Barbara perdeu a animação, e seu corpo quadrado se curvou em desânimo. — Emma cresceu sabendo exatamente quem era o pai, e isso não lhe rendeu nada além de um coração partido. — Barbara apertou os lábios. — E Christina tinha razão. Quando Emma tinha 10, 11 anos, ele parou de aparecer.

— Por quê? — perguntou Darshi.

Barbara deu de ombros.

— Perdeu o interesse, acho. Ou talvez tenha tido outro bebê nessa época.

— Então como Emma acabou indo trabalhar no casamento de Drue? — perguntei.

Barbara Vincent de repente pareceu bem interessada nos cordões do capuz da blusa, primeiro o esquerdo, esticando-o até o máximo, depois o direito.

— Ela trabalha para a Angel Foods. Faz parte da equipe de verão deles há anos. Quando aparece evento grande, ela é chamada.

— Ela fazia ideia de quem era a noiva quando foi chamada para trabalhar nesse casamento? — perguntei.

Barbara assentiu com certa relutância.

— Vocês chegaram a conversar sobre isso? Tipo, "Essa é minha grande chance de finalmente conhecer minha meia-irmã"?

O pescoço de Barbara ficou vermelho. Ela comprimiu os lábios, e um dos terriers sentados a seus pés soltou um rosnado grave de alerta.

— Ela não foi lá para fazer mal a ninguém — contou Barbara. — Agora, se pretendia conhecer Drue por lá, eu não sei.

— A polícia encontrou fotos de Drue no carro de Emma — contou Darshi. — E uma arma.

Barbara ergueu o queixo e fixou os olhos na parede, acima da cabeça de Darshi.

— Quando Emma tinha 13 anos e descobriu que tinha uma irmã quase da mesma idade, ficou afoita para conhecer Drue. Eu avisei que isso não aconteceria. Tinha prometido para Robert. Dei minha palavra que nenhuma de nós ia incomodá-lo nem constrangê-lo. Só que, com a internet, não dava para impedir que Em descobrisse mais sobre ele e sua verdadeira família. Ela sabia onde Drue estudava, onde passava férias, que tipo de roupa usava... — Barbara balançou a cabeça. — Seria mais fácil se a família de Robert não fosse tão conhecida. Não teria tanta coisa para Emma descobrir — completou, outra vez balançando a cabeça, pegando a caneca e a baixando de novo. — Robert nos deu um dinheiro. O suficiente para que eu desse entrada nesta casa e começasse a trabalhar só meio período, para poder ficar com Emma. Mas, para ela, não ia ter nada de estudar na escolinha Lathrop.

Tive um sobressalto ao ouvir o nome de meu colégio ser citado por aquela desconhecida.

— Não ia ter casa nos Hamptons, nem baile de debutante no clube não sei das contas, e muito menos Harvard — prosseguiu Barbara. — Só escolas públicas e a Faculdade Comunitária de Cabo Cod. Robert dizia que o dinheiro estava apertado desde que o mercado entrou em colapso em 2008. A essa altura, eu já não o via há muitos anos. — Ela abriu um leve sorriso. — Christina e eu dizíamos que ele gostava das crianças mais do que das mães. Ele continuava vindo ver as crianças, mesmo depois de não estar mais... sabe, né, interessado em nós daquele jeito. Ele trazia brinquedos, bonecas e vestidos das lojas chiques do centrinho para Emmie. Nos aniversários, saía com ela para tomar um chá elegantíssimo na Chatham Bars Inn. Mas, lá para os 10 ou 11 anos dela, ele perdeu o interesse, acho. — A mulher pressionou as mãos nas coxas e alisou o tecido. — Emma se sentiu traída. Sentia que era ela quem deveria morar com o pai, e trabalhar com ele, e sair nos jornais e viajar o mundo todo. — Mais um suspiro. — Ela acompanhava tudo o que aparecia a respeito de Drue. As redes sociais, as fotos. Comprou anuários dos colégios onde Drue estudou pelo eBay. Revistas em que ela aparecia. Tudo.

— Então Emma nunca conheceu Drue pessoalmente — comentei.

— Não. Pelo menos, não que eu saiba. Sei que ela foi a Nova York uma vez, uma viagem com as amigas, pelo que me contou. Elas viram um espetáculo na Broadway, apareceram com cartazes no cenário do *Today Show*. Pelo menos, foi o que Emma me disse. — Os ombros de Barbara penderam para baixo. — Se ela tentou encontrar Drue? Se foi ao trabalho de Robert, ou à casa dele? Duvido que fossem deixá-la entrar. E, se tivesse conhecido Drue, ela por acaso acreditaria em Emma quando dissesse quem era?

Tentei imaginar Drue sendo abordada por uma estranha, uma desconhecida com cabelo claro e os mesmos olhos de seu pai, afirmando ser sua meia-irmã. Era impossível que uma conversa desse tipo terminasse bem.

— E Emma poderia tentar fazer alguma coisa contra Drue? — questionou Darshi.

— Acho que foi isso o que a polícia pensou — respondeu Barbara, amargurada. — Quando a arma foi encontrada. Mas eu juro que Emma só andava armada porque era a responsável por fechar o Blackfish, o restaurante em que trabalhou por um tempo em Truro. Ela trancava tudo e levava o malote de dinheiro para o banco, sozinha, no meio da noite. Não se sentia segura, então o chefe sugeriu a arma. Ela fez aulas de autodefesa e no estande de tiro, e conseguiu a licença para portar a arma, mas acho que ficava só trancada no porta-luvas. Aposto que nem se tocou disso quando estava indo trabalhar no casamento. Aposto que ela nem se lembrava da arma.

Barbara começou a retorcer os dedos no colo. Ela fez uma pausa e, olhando bem nos meus olhos, disse:

— Emma devia saber que Drue estava noiva, e que o casamento seria em Cabo Cod. Não seria difícil para ela descobrir os detalhes. Não seria difícil para ela se aproximar do evento. — Ela suspirou, com os ombros pendendo ainda mais para baixo e se recostando na cadeira como se quisesse sumir. — Pelo que eu sei, ela estava planejando alguma coisa. Talvez estivesse em contato com Robert. Talvez fosse tirar satisfações com ele. Exigir ser reconhecida como filha, na frente da esposa e toda aquela gente. Sei lá.

Eu me lembrei da conversa que Nick tinha ouvido, com a voz de uma jovem dizendo que tinha esperado demais, que estava cansada de esperar. Barbara Vincent olhou para mim como se fosse capaz de ler meus pensamentos. Ela levantou a cabeça, com as bochechas ruborizadas, então olhou para Darshi e depois para mim.

— Não sei se Emma planejou alguma coisa, mas conheço bem minha filha. Sei o que ela queria. Se estava furiosa, era com o pai, mas não faria nada contra Drue.

— Por que não?

— Porque se ela quisesse alguma coisa de Drue, era ser reconhecida como da família. Talvez fazer parte da vida de Drue, mas sei que não ia querer acabar com ela. — Suas bochechas estavam manchadas de vermelho, mas os olhos continuavam firmes. — Eu conheço minha filha. Disso tenho certeza.

~~~~~~

Fomos até a cozinha para pegar mais chá e para Barbara checar as mensagens de sua caixa postal. Os cães foram junto, com os terriers ágeis e atentos, sempre aos pés da dona, e o basset hound atrás com seu passo majestoso.

— Posso usar o banheiro? — pediu Darshi, e foi direcionada à primeira porta à esquerda no corredor.

Inquieto, Nick pigarreou. Finalmente, perguntou se Barbara ainda tinha alguma foto da mãe dele.

Barbara pareceu pensativa.

— Sabe de uma coisa, acho que sim. Quando vocês eram bebês, os celulares não tinham câmera, então não era tão comum tirar foto, mas vamos dar uma olhada.

Ela estava nos conduzindo de volta à sala de estar quando meu celular vibrou. Olhei para a tela e vi uma mensagem de Darshi: "Venha andando pelo corredor como se fosse ao banheiro e dê uma olhada no quarto à direita".

Pedi licença e segui as instruções de Darshi, passando pelo lavabo azul-claro bem arrumado e entrando no pequeno quarto. Havia uma cama de solteiro encostada em uma parede; uma estante de livros em outra; uma escrivaninha sob uma janela. Em vez de pôsteres, as paredes estavam cobertas de mapas. Havia um bem detalhado de Cabo Cod; um maior dos Estados Unidos, sobre a cama; um mapa-múndi sobre a escrivaninha, com cidades e países marcados com estrelas douradas e círculos vermelhos: Manhattan, Miami, El Paso, Albuquerque, Perth, Peru, Islândia, Copenhague.

Eu tinha prendido a respiração, imaginando que talvez tivesse descoberto a parede de uma assassina em série, com dezenas de fotos com linhas vermelhas e setas apontadas para Drue e alvos desenhados em seu rosto. Para meu alívio, só vi os mapas e um quadro de cortiça cheio de fotos tiradas em máquinas automáticas e festas, presas com tachinhas: Emma com uma garrafa de champanhe, usando uns óculos enormes do Ano-Novo de 2016; Emma de moletom com capuz com os braços enlaçando o pescoço de um moço sorridente de cabelo ruivo curto em um boliche; Emma e os amigos vestidos para o baile de formatura do colégio, divididos em parzinhos no jardim da frente da casa.

Na escrivaninha havia pilhas organizadas de livros universitários: *Introdução aos princípios da economia*; *O governo americano de Magruders*; *Literatura mundial* e uma cópia bem gasta e com orelhas de *Retrato de uma senhora*. Na prateleira de baixo havia pistas sobre seu interesse por Drue: uma pilha de anuários do colégio Lathrop e um do colégio Croft; um prospecto acetinado da Cavanaugh Corporation (CONSTRUINDO O FUTURO, era o título estampado na capa, com uma foto de Robert e Drue no alto de um prédio, sorrindo). Em um porta-retratos, no centro da escrivaninha, encontrei o que Darshi devia ter me alertado para ver. Era uma foto emoldurada de uma garotinha, com o cabelo claro preso em marias-chiquinhas, sentada nos ombros de um homem sem camisa no mar, no momento em que uma onda quebrava perto deles. O homem tinha ombros largos e um pouco curvados, além de pelos escuros e enrolados no peito. Usava um boné do Boston Red Sox, calção de banho azul e um sorrisão no rosto. Demorei um momento para acrescentar alguns quilos, subtrair alguns cabelos e reconhecer o pai de Drue, mais jovem, bronzeado e feliz.

Peguei a foto para observá-la. Ele e a garotinha em seus ombros pareciam tão cheios de vida naquela água azul-esverdeada com o céu azul se estendendo atrás dos dois. Quase era possível sentir o cheiro do protetor solar que Barbara Vincent teria passado nas costas e nos ombros da filha; era possível imaginar os gritos e os risos das crianças brincando com um Frisbee ou construindo castelos de areia para serem devorados pelas ondas. Emma estreitava os olhos por causa do sol forte; sua boca estava aberta, aos risos, e as mãozinhas seguravam a cabeça do pai.

Um barulhinho me provocou um sobressalto, e derrubei o porta-retratos na mesa com um "plaft". Quando me virei, vi Barbara Vincent parada na porta, com um pedaço de papel na mão.

— É meu telefone. Quer levar com você? — Antes que eu pudesse responder, ela acrescentou: — Emma amava o pai. Foi de partir o coração quando ele parou de vir vê-la. Mesmo se ficasse só com as migalhas de Drue, seria melhor do que nada.

Assenti, apesar de achar possível que talvez tivesse sido Emma quem ficara com o melhor que Robert Cavanaugh tinha a oferecer; poderia ter sido Drue a ficar só com as migalhas. O pai de Drue alguma vez a levara à praia? Drue havia tido alguma lembrança feliz, uma recordação de um dia que passaram juntos, uma imagem mental do pai sorrindo?

Barbara Vincent segurou e apertou meu braço, colocando o papel em minha mão.

— Por favor — pediu ela. — Por favor, ajude a descobrir quem fez isso. Não deixe colocarem minha menina na cadeia.

Senti vontade de dizer que não era detetive, que era só uma babá e uma influenciadora digital não muito influente e não fazia ideia de como solucionar aquele crime. Mas, por algum motivo, as palavras que saíram de minha boca foram:

— Vou dar meu melhor. Eu prometo.

Dezenove

Meu pai me mandou meu peixe defumado favorito e *bialys* da Russ & Daughters. Minha mãe me enviou seus brincos prediletos, de rubis trançados em fios de ouro. Os colegas de Lathrop que viram minhas fotos com Drue em Cabo Cod mandaram seus pêsames em mensagens de celular, e-mails e também pelo Twitter, Facebook e Instagram, prestando solidariedade e, em alguns casos, de forma não muito discreta, buscando descobrir os detalhes que não tinham saído nos jornais. E, apesar de eu ter garantido que estava bem, Leela Thakoon enviara um macacão preto de jérsei. "Experimente com as sandálias que você usou com o vestido Amelie", era o que dizia o bilhete. Imaginei que ela, além de minhas outras clientes, deviam ser as pessoas que conseguiam ver o outro lado daquela tragédia. Dias depois da morte de Drue, a polícia anunciara que ela havia sido envenenada. Emma Vincent fora liberada após interrogatório. E eu ganhara trinta mil novos seguidores em minhas plataformas. A maioria eram pessoas com um fascínio pelo mórbido, abutres da internet vasculhando meu feed em busca de mais fotos ou informações privilegiadas sobre Drue. Mas talvez algumas delas tivessem se inspirado a comprar tapetes de ioga ou petiscos para cachorros também. *Assim todo mundo sai ganhando*, pensei, antes de começar a chorar.

Na terça-feira de manhã, eu acordara cedo para fazer uma aula de ioga de noventa minutos, imaginando que precisaria de toda a vibe zen possível. Em casa, arrumei o cabelo, passei maquiagem e me olhei bem no espelho, ensaiando um discurso gentil e positivo para mim mesma. *Meus olhos têm uma cor bonita. Eu me bronzeei um pouco lá no Cabo*. Às nove e meia, vesti o macacão e as sandálias Anabela. Às quinze para as dez, chamei um Uber e no frescor do ar-condicionado fiz o trajeto de trinta quarteirões até o colégio Lathrop, onde minha amiga estava sendo homenageada.

— Casamento? — perguntou o motorista quando entrou na rua 33 Leste e viu a aglomeração de jornalistas e fotógrafos na calçada, em ambos os lados da escadaria de mármore.

Alguns policiais mantinham a imprensa e os curiosos fora do caminho dos enlutados que subiam a escadaria e entravam no colégio.

— Funeral — respondi, colocando os óculos escuros, abaixando a cabeça e andando o mais depressa que podia até a porta da escola.

— Aquela é a amiga? — ouvi uma voz masculina gritar.

Não olhei para ver o que estava acontecendo, mas senti a pressão do ar mudar quando toda aquela atenção de repente se concentrou sobre mim.

— Daphne, alguma novidade?

— O que você pode contar sobre a briga na véspera do casamento?

— Daphne! Emma Vincent confessou o crime?

Ignorando todos os eles, levei a mão à maçaneta curvada da porta. Senti a maçaneta de bronze pesada, aquecida pelo sol da manhã. Essa sensação me transportou diretamente para os tempos de colégio e me preparei para ver os cubículos de madeira clara e o piso de lajotas verdes e brancas, o cheiro de canja de galinha quente no corredor, o rangido que eu sabia que meus sapatos fariam no piso da sala multiuso, que nos dias de escola religiosa do Lathrop havia sido uma capela.

— Daphne, é verdade que Stuart Lowe e Corina Bailey estão juntos de novo? — perguntou uma mulher, segurando o celular para me filmar.

Mantive a cabeça baixa e a boca fechada. Ninguém me perguntou se eu sabia alguma coisa sobre a relação da recém-libertada Emma Vincent com a família Cavanaugh, então ao que parecia essa notícia ainda não tinha chegado à internet.

Abri a porta e atravessei o corredor, reconhecendo sons e cheiros familiares, e os velhos fantasmas renascerem; as antigas inseguranças rondavam minha cabeça, me infernizando. *Você é feia. Você é gorda. Ninguém gosta de você. Ninguém nunca vai gostar.* Eu conseguia ver o rosto de Drue, contorcido de raiva, conseguia ouvi-la dizendo: "Nós ficamos com dó de você, só isso". Passei pela sala em que meu pai lecionava na época, pelo Lounge dos Formandos, um cantinho embaixo de uma escada com dois bancos de madeira estofados. Uma vez, durante as provas finais, eu fora até lá e encontrara Drue com o celular diante do rosto. "Shh!", fizera ela para mim, apontando com o queixo para o banco no qual Darshi tinha cochilado, recostada à parede e roncando alto, com a cabeça caída sobre o ombro, a boca aberta e um fio de baba escorrendo pelo queixo e caindo no cardigã.

"Drue", eu repreendera, batendo na mão dela.

Tarde demais. Com uma risadinha e um clique, o ronco e a baba de Darshi estavam postados na página da Turma dos Formandos de 2010 da Lathrop no Facebook, registrados para a eternidade. Como representante da turma, Drue só permitia que quatro pessoas postassem na página. Na teoria, sua função era mantê-la atualizada sobre coisas como datas de provas e eventos do colégio. Na prática, Drue postava todos os momentos constrangedores e humilhantes que conseguia capturar. Gente com dedo no nariz, pagadas de peitinho e looks mal pensados, garotas que foram pegas desprevenidas quando a menstruação desceu, ou garotos que tiveram ereções em momentos inoportunos. Drue postava isso e, assim que algum administrador via, logo derrubava, mas a essa altura todos os sessenta e sete membros da turma já tinham visto... se não a postagem original, no mínimo uma captura de tela.

Respirei fundo, lembrando a mim mesma que o ensino médio tinha acabado e que éramos todos adultos, que Darshi estava bem e que Drue não tinha mais como atormentar ninguém. Na antiga capela, um ambiente com pé-direito alto, bancos de madeira e janelas com arcos e vitrais doados por ex-alunos mortos havia tempo; fiquei emocionada ao ver que os Snitzer estavam ali para expressar suas condolências. Cumprimentei meus patrões e me abaixei para murmurar um "oi" para Ian e Izzie.

— Eu sinto muito que sua amiga morreu — falou Ian.

Apertei sua mão.

— Obrigada — respondi. — Eu também sinto muito.

Encontrei o assento que meus pais tinham reservado para mim, na terceira fileira. Havia um púlpito entre dois jarros enormes, que chegavam até a cintura, cheios de lírios brancos, com o aroma fortíssimo sobrepujando os perfumes elegantes de cem damas da alta sociedade, todas vestidas com os melhores trajes da moda fúnebre. Vi saias pretas e paletós pretos impecáveis, vestidos feito sob medida e saltos finos altíssimos, óculos escuros de grife, e até, aqui e ali, um chapéu preto de palha. Era em parte um funeral, em parte um desfile de moda, e fiquei contente com o presente de Leela, que me deixava estilosa o bastante para não destoar das demais, porém ainda confortável, com bolsos para guardar os óculos escuros e os lenços de papel.

Um minuto antes do início da cerimônia, Darshi chegou e foi se sentar ao meu lado, com um terninho preto, uma camisa branca e sapatos de salto alto. Seus cachos estavam presos em um coque bem feito, e seus olhos, destacados com delineadores. Ela cumprimentou minha mãe com um aceno de cabeça, sorriu diante do "namastê" de meu pai e respondeu a meu "olá" com um "oi" baixinho. Darshi não quisera ir à cerimônia.

"Já faz tempo que não sou amiga de Drue", argumentara ela. "Por que ir ao funeral dela?"

"Porque eu preciso de você", eu respondera. "Por favor."

Por fim, ela concordou em tirar a manhã de folga na universidade.

— Que horas vai começar? — murmurou ela quando passou das dez horas e nada.

O ambiente estava ficando abafado; as pessoas já começavam a se inquietar. Quando o rabino Medloff apareceu, atravessando um dos corredores, ouvi uma voz familiar murmurar um pedido de licença. Quando levantei a cabeça, vi Nick Carvalho se acomodando em um assento no centro de uma fileira bem atrás de nós.

— Nick! — murmurei com um aceno.

— Ah, não — resmungou Darshi.

— Quem é esse? — perguntou minha mãe.

Darshi arregalou os olhos como quem dizia "Como assim você não contou?". Olhei feio para ela, torcendo para que minha expressão comunicasse que eu não estava a fim de entrar em detalhes com meus pais sobre minha transa pós-festa.

— Nick! — sussurrei mais alto.

Quando chamei sua atenção, ele fez um aceno com a mão e com a cabeça. Queria perguntar o que ele estava fazendo ali, por que tinha resolvido aparecer e onde estava hospedado, mas o rabino já estava chegando à plataforma. Os presentes ficaram em silêncio. O rabino se posicionou atrás do púlpito, segurando-se nos dois lados da estrutura, antes de abaixar a cabeça.

— Amigos. Familiares. Estamos aqui reunidos em memória de Drue Lathrop Cavanaugh. Drue foi uma filha, uma irmã. Uma colega, uma amiga. Uma jovem bonita e talentosa com uma vida brilhante pela frente.

Um soluço rompeu o silêncio. Olhei para o lado e vi Ainsley Graham, a antiga puxa-saco de Drue, que não quisera ir ao casamento, chorando e com o rosto todo vermelho. Reconheci também Abigay, a cozinheira dos Cavanaugh, algumas fileiras atrás, segurando com força um lenço. A mãe de Drue estava na primeira fileira, com o rosto coberto por um véu e o corpo tão imóvel que me deu a impressão de estar sob o efeito de sedativos. A mulher não parecia estar chorando. Nem respirando, aliás. O pai de Drue estava sentado ao lado dela, elegante e impassível com um terno azul-marinho e uma camisa branquíssima. Já devia ter resolvido o assunto em Cabo Cod com a filha secreta e agora estava livre para velar aquela que assumia publicamente. Trip, o irmão de Drue, estava do outro lado da mãe, com o cabelo loiro meio comprido e bagunçado e o rosto murcho, a expressão vazia de choque.

— Nós lamentamos pelo que ela poderia sido — disse o rabino, o que considerei um comentário inteligente, uma vez que o que Drue *havia sido* não era das melhores.

Ela basicamente deixara só destruição em seu rastro: ações irreparáveis, amizades desfeitas e mágoas. Isso sem contar o marido que não amava e meio que comprara. Era melhor mesmo se concentrar no que ela poderia ter feito, ou talvez pudesse ter sido: a esposa que nunca seria, o trabalho que nunca executaria, os filhos que nunca colocaria no mundo nem cuidaria. Talvez os bebês pudessem ter amolecido um pouco seu coração. Talvez ela e Stuart pudessem ter se apaixonado de verdade, ou talvez ela tivesse pedido divórcio e tido uma vida feliz com algum outro homem. Talvez Drue tivesse erguido arranha-céus incríveis, ou moradias inovadoras e acessíveis. Talvez pudesse ter sido uma mulher maravilhosa. Talvez pudesse ter mudado o mundo.

— O irmão de Drue vai compartilhar algumas lembranças conosco primeiro — avisou o rabino.

Trip foi até o púlpito com uma folha de papel na mão.

— Se vocês conheceram minha irmã, sabem que ela era o tipo de pessoa capaz de transformar uma ida ao mercadinho de esquina em uma aventura — começou ele, com a voz firme e monótona, os olhos voltados apenas para o discurso já preparado. — Quando éramos pequenos, ela inventava brincadeiras. Dizia que a sala era o Polo Norte, e fingíamos ser exploradores tentando atravessar os blocos de gelo. Ou dizia que a cozinha era o deserto de Gobi e que precisávamos de suprimentos. Em geral, isso envolvia passarmos escondidos por Abigay para pegar chips de batata na despensa.

Vi os sorrisos que a frase gerou e ouvi algumas risadas. Na primeira fileira, Lily Cavanaugh continuava imóvel, como se estivesse congelada ali. Seu marido acariciava suas costas com movimentos regulares como os de um metrônomo.

A voz de Trip se tornou menos tensa e um pouco mais carinhosa quando ele voltou a falar:

— Eu devo estar citando errado Oscar Wilde, que disse que preservou seu maior talento para a vida, que sua vida era sua obra de arte. Drue era assim. Ela tinha talento para viver.

— Boa sacada — murmurou Darshi.

Concordei. Afirmar que alguém tinha talento para viver servia como desculpa para todas as coisas em que deixara a desejar. Nunca terminou sua dissertação, nem se comprometeu com um relacionamento duradouro, ou algum trabalho? Sem problemas! Sua vida era sua arte!

— Minha irmã tinha um futuro brilhante. É uma tragédia que sua vida tenha sido interrompida. — Ele engoliu em seco, e seu pomo-de-adão subiu e desceu. — Eu sinto sua falta, maninha — sussurrou.

Quando foi se sentar, sua mãe começou a chorar. O rabino voltou ao púlpito.

— E agora quem vai falar é Daphne Berg, amiga de Drue.

Meu pai apertou minha mão. Minha mãe me deu um tapinha no ombro. Darshi comprimiu bem os lábios. Fiquei de pé, ajeitei o macacão e caminhei até lá na frente, com os olhares de todos sobre mim. Devia ser um trajeto de menos de dez metros, mas pareceu durar uma eternidade. Desdobrei o papel que tinha guardado no bolso e alisei sobre o púlpito.

— Drue e eu estudamos juntas, bem aqui no Lathrop — comecei. — Nós nos conhecemos no sexto ano. Eu me lembro de duvidar que alguém tão linda e glamourosa como Drue pudesse reparar em mim. Ela era sempre a estrela do recinto, mesmo no sexto ano.

Isso provocou algumas risadas, e consegui relaxar um pouquinho.

— Drue era tudo o que as pessoas diziam. Engraçada, esperta, inteligente, linda e às vezes impetuosa. — Isso arrancou mais algumas risadas. — Como seu irmão disse, Drue tinha talento para a vida. Com ela, você sentia ser a melhor versão de si mesma. Qualquer festa a que ela comparecia ficava mais divertida. Qualquer dia poderia virar um feriado, ou uma festa, ou um passeio de última hora nos Hamptons.

Ouvi uma mulher fungar, e um homem assoando o nariz bem alto. Desdobrei o papel que tinha impresso naquela manhã, um poema que eu lera no ensino médio, chamado "To Keep the Memory of Charlotte Forten Grimké". "Em memória de Charlotte Forten Grimké".

— Isto é para Drue — anunciei antes de começar a ler:

O sol continua a nascer e a noite a cair;
A discreta estridência das coisas murmuradas na escuridão,
Tão minúsculas sob o infinito céu estrelado;
A paz, um sonho frágil, mas perfeito quando sobre a imensidão
É banhada suavemente por um dia ensolarado.
Isso existe, e ainda existirá
Fadado a se eternizar;
Mas ela que tanto amava tudo isso já não aqui está.

O amanhecer, mesmo com um véu de névoa para o encobrir,
Os pássaros em sua janela a despertar e cantar;
E à distância, todo dia, uma cotovia
Sei que ela está cantando entre as relvas a oscilar
E um tordo a chamar noite e dia.
Isso existe, e ainda existirá
Fadado a se eternizar;
Mas ela que tanto amava tudo isso já não aqui está.

As flores selvagens que ela adorava ver colorindo aqui e ali;
As roseiras e seus botões a brotar ao amanhecer,
Porém não mais para quem lhe eram mais amados;
Apenas os amores-perfeitos se deram a evanescer,
Alguns ainda suavemente sobre seu peito deitados.
O botão ainda brota, e ainda se abrirá
Fadado a se eternizar;
Mas ela que tanto amava tudo isso já não aqui está.

Para onde foi ela? Quem entre nós é capaz de descobrir?
Mas uma certeza há: segue entre nós seu espírito gentil
Em um lugar onde a beleza é sempre ascendente,
Talvez em outros bosques, à beira de outro rio
E para nós, ah! ela segue presente
Uma lembrança que não se apagará
Fadada a se eternizar
Ela surgiu entre nós, ela amou, e então daqui partiu.

Na noite anterior, eu estivera escrevendo o discurso e pedira um conselho a meu pai. "Se não tem nada de bom para dizer", sugeriu ele, "recite um poema." Sei que o que eu escolhera não se encaixava perfeitamente; Drue podia ser muitas coisas, mas "espírito gentil" não era uma delas. Mesmo assim, esse poema tinha a vantagem de ser mais sobre o mundo deixado para trás (as flores, a névoa, o luar) do que sobre a falecida em si. Além disso, eu adorava o verso sobre a "discreta estridência das coisas murmuradas na escuridão". E gostava da ideia de

Drue como "uma lembrança que não se apagará, fadada a se eternizar". Entre tantas promessas, nenhuma seria cumprida.

Olhei para os presentes. Minha mãe fungava. O pai de Drue continuava impassível e imóvel. Trip Cavanaugh chorava. Enquanto eu dobrava o papel, Lily Cavanaugh começou a tremer. Primeiro o pescoço, a cabeça, depois os ombros, e por fim o tronco inteiro; todas essas partes estremecendo como se ela tivesse sido mergulhada em gelo. Seu marido pareceu não notar, se limitando a mover a mão para cima e para baixo em suas costas enquanto ela desmoronava sob seu toque. Uma carícia após a outra. Então, enquanto eu ainda olhava, a sra. Cavanaugh se inclinou para a frente, abriu a boca e soltou um grito terrível, um barulho que me lembrava o som que um gato da vizinhança fizera quando fora atropelado na rua; um uivo animalesco de agonia, que se estendia ao infinito, como se a sra. Cavanaugh não precisasse mais respirar, até que por fim Trip Cavanaugh a segurou por um ombro, Robert Cavanaugh pelo outro, e os dois a puseram sentada direito de novo. Eu deveria voltar para meu lugar, mas não conseguia me mover, com o peso do olhar de Robert Cavanaugh em mim. Por um momento que pareceu eterno, ele segurou a esposa e me encarou, antes de ajudar o filho a retirar Lily Cavanaugh do recinto, meio andando, meio carregada.

Atravessei de novo o corredor e desabei no assento, ouvindo a voz de minha avó na cabeça. "Fecha a boca, senão entra mosca." Em meu bolso, o celular vibrava e vibrava e vibrava. Darshi ergueu a sobrancelha. Peguei o aparelho para pôr no modo "não perturbe" e vi uma foto minha, que devia ter sido tirada vinte minutos antes, enquanto eu entrava na escola. O tecido do macacão fluía sobre meu corpo, com as pernas largas da calça fazendo minha cintura parecer estreita e o decote realçando meu busto. Com o batom vermelho e óculos escuros, eu parecia glamourosa como nunca estivera. Eu me odiei pela pequena euforia que senti, admirando a mim mesma enquanto minha amiga estava morta e a mãe dela uivava de tristeza. "Aguente firme", Leela tinha escrito. Ela acrescentara também um emoji de batom, de uma mão com as unhas feitas e dois corações vermelhos, um inteiro e o outro partido. Guardei o celular no bolso quando o rabino Medloff voltou à plataforma.

— Por favor, todos de pé para se juntarem a mim no Kadish — pediu ele.

O recinto inteiro se encheu de som e movimento, com todos de pé e o rabino entoando, em hebraico, a prece dedicada aos falecidos.

~~~

Quando a cerimônia terminou, saí junto com meus pais. Havia grupos de pessoas conversando nos corredores, impedindo que chegássemos à porta e bloqueando a vista que eu esperava ter de Nick. Fui abrindo espaço aos empurrões e pedindo licença até o lado de fora, acompanhei meus pais até o Uber e voltei para buscar Darshi. Tinha acabado de passar por um grupo de casais mais velhos que planejava um almoço no La Goulue quando esbarrei em um homem de cabelo e pele escuras, usando um terno que mal lhe servia e tênis.

— Perdão — disse ele baixinho, com uma voz que me pareceu familiar.

Senti os cabelos da nuca se arrepiarem.

— Ei — chamei. — Oi!

Seus olhos se arregalaram atrás dos óculos quando ele me viu.

— Só um minutinho. Preciso falar com você!

Ele se virou e foi abrindo caminho, se esgueirando entre os grupos de pessoas em uma velocidade impressionante.

— Ei! — Eu estava tentando alcançá-lo, mas havia gente por toda parte, e seus tênis lhe davam uma vantagem sobre meus saltos. — Espere!

Ele lançou um olhar como quem pedia desculpas por cima do ombro e passou por um grupo de pessoas bastante abaladas, saindo pelas portas duplas. Eu pretendia segui-lo, mas senti um toque no ombro e ouvi outra voz familiar.

— Daphne? Posso falar com você?

O detetive McMichaels usava um terno cinza sóbrio, com uma gravata azul-marinho. Suas olheiras eram visíveis, e no rosto e no queixo antes bem barbeados era possível notar uma barba grisalha por fazer.

— Graças a Deus — falei. — Aquele era o cara! O que vi do lado de fora do quarto de Drue! O que foi levar a água!

Ele sacou o celular, apertou um botão, murmurou alguma coisa e o guardou de novo.

— Você não vai querer interrogá-lo?

Eu me sentia inquieta, frenética, com os olhos arregalados.

— No momento, prefiro falar com você. — Ele olhou bem para mim, levantando as sobrancelhas. — Quer fazer isso aqui mesmo ou encontrar um lugar mais reservado?

Eu o conduzi até a sala de francês, que tinha as paredes cobertas de cartazes de agências de turismo com paisagens de Paris e do Quebec. Havia uma mesa de madeira na frente da sala e três fileiras de seis carteiras cada, com grades abaixo para colocar os livros durante as aulas. O detetive McMichaels se recostou na mesa do professor. Até pensei em me sentar em uma daquelas carteiras, o mesmo tipo que usava na época de estudante, mas preferi ficar de pé.

— Em que posso ajudar? — perguntei. — O que traz você a Nova York?

— Nós descobrimos algumas coisas.

Fiquei calada e imóvel, só à espera.

— Emma Vincent foi descartada como suspeita do assassinato de Drue Cavanaugh — informou ele.

Tentei manter uma expressão neutra no rosto enquanto meu coração disparava. Então era oficial. Drue tinha sido assassinada. E não fora Emma a culpada.

— Ah, é?

— Ela apresentou um álibi — contou ele.

Como ele não comentou qual era, também não perguntei.

— Vocês têm outros suspeitos? — questionei.

— Estamos analisando várias possibilidades. É por isso que estou aqui.

— Aqui na cerimônia ou aqui em Nova York?

— As duas coisas. — Enquanto ajeitava a gravata, ele perguntou: — Quer saber como sua amiga morreu?

Senti a boca ficar seca.

— Se você puder contar.

— Alguém pôs cianureto em alguma coisa que ela comeu ou bebeu pouco antes de morrer.

Ele me encarou e imediatamente me veio a imagem de mim mesma, com um copo de água gelada em uma das mãos e duas doses de bebida na outra, subindo a escada externa até o quarto de Drue.

— Ela sofreu? — Minha voz soou estranha a meus ouvidos. — Ela... sabe... sentiu alguma coisa?

— Foi bem rápido — garantiu o detetive. — Foi o que o legista me disse. Rápido, mas desagradável.

Ele enfiou as mãos nos bolsos. Seus sapatos guincharam quando ele se virou, fazendo questão de analisar a sala.

— Lugar bacana. Quanto custa estudar aqui?

— Na minha época de aluna, uns cinquenta mil por ano. Eu tinha bolsa. E eles facilitavam as coisas para minha família porque meu pai é professor.

— Uma bolsista. — Com dois dedos da mão direita, ele acariciou o bigode volumoso; a imagem de um homem pensativo. — Quando alguém morre, sabe, a primeira pergunta que mandam você fazer é *Cui bono*. — Ele olhou para mim. — Você sabe o que isso quer dizer?

— Este colégio tem aulas de latim. É o tipo de coisa que cinquenta mil por ano conseguem comprar. Então sim. Significa "a quem é bom". Ou, para simplificar, "quem se beneficia".

Ele assentiu.

— Isso mesmo. E é nisso que venho pensando, desde a morte de sua amiga. Para quem poderia ser bom?

Meus joelhos ameaçaram começar a tremer. Não permiti, e enrijeci com força os músculos das pernas.

— Então, já encontrou uma resposta?

Em vez de responder, ele fez outra pergunta:

— Você sabia que Drue e Stuart Lowe já estavam casados?

Mais uma vez, tentei conter a expressão, torcendo para não parecer surpresa com a descoberta.

— Stuart só me contou isso alguns dias atrás.

Se ele sabia do casamento, poderia saber de todo o esquema: o plano de Stuart de abandonar Drue no altar, as negociações de Drue com os produtores de *Solteiras à procura*, os planos dos dois, junto com Corina Bailey, de faturar alto com tudo.

Ele assentiu de leve.

— Você sabia que Drue tinha um fundo de herança?

— Eu... sim, ouvi falar disso também.

— Vinte milhões de dólares — continuou o detetive. Seu tom era seco, quase impassível. Era como se estivesse me contando que Drue herdaria um móvel, ou um casaco de pele antigo, em vez de uma fortuna na casa dos oito dígitos. — Isso veio da parte materna da família, os Lathrop. Segundo os termos do documento, ela receberia os dez primeiros milhões ao se casar ou completar 30 anos, o saldo restante viria depois do nascimento do primeiro bebê, ou de seu aniversário de 35 anos, o que acontecesse primeiro.

Ele levou a mão à orelha, coçando uma cicatriz no lóbulo onde antes devia usar um brinco.

— É muito dinheiro.

— Exatamente.

Afastando-se da mesa, ele foi caminhando devagar pela sala, parando para observar um cartaz de "Visite Paris" que mostrava uma Torre Eiffel estilizada sob a lua cheia.

— Então, quem se beneficia? — questionou ele, de costas para mim. — O marido parecia a escolha mais óbvia. Se ela morresse antes do casamento, sem deixar um testamento, ele ficaria com tudo. Só que Drue já havia transferido dois milhões para a conta da empresa dele. Por que matar a galinha dos ovos de ouro?

— Boa pergunta — comentei.

— O pai era outra possibilidade — continuou ele. — Gritou com ela na noite de sua morte. Diversas testemunhas o viram acusá-la de tentar levá-lo à falência. Mas Drue já tinha injetado cinco milhões nos negócios da família no mês anterior. Só para cobrir os juros dos empréstimos bancários do mês seguinte. — Ele se afastou do cartaz da Torre Eiffel e passou a analisar um da catedral de Notre Dame. — O pai está descartado. O marido também. Então me resta quem?

Fiquei em silêncio, me perguntando se ele estava esperando que eu levantasse a mão para oferecer uma resposta.

— Como eu disse, Stuart Lowe herdaria tudo se ela não tivesse um testamento. Mas o testamento existia. Por insistência dos advogados dela, aliás. Antes de receber tanto dinheiro, era preciso designar para onde essa fortuna iria no caso improvável de acontecer alguma coisa com ela. O que foi bom. Porque, seis meses depois, aconteceu mesmo. E aqui estamos nós.

— Aqui estamos nós — repeti.

McMichaels inclinou a cabeça.

— Algum palpite?

— Não.

Ele curvou os lábios em um sorriso desagradável e sem humor.

— Ora, vamos! Um palpite. As pessoas vivem dizendo que você é uma mulher inteligente. E conhecia a vítima. Talvez melhor do que ninguém. — Ele caminhou em minha direção até ficar perto o suficiente para eu sentir o cheiro de sua loção pós-barba, cítrica e almiscarada. — Arrisque um palpite.

Senti o cheiro de café em seu hálito e notei as veias vermelhas atravessando as partes brancas de seus olhos.

— Diga o que você acha que o testamento estabelece. Quem você acha que se beneficia.

— Algum outro namorado, talvez?

Ele negou com a cabeça. Tentei me lembrar do que tinha ouvido naquela conversa em Cabo Cod.

— Uma instituição de caridade?

Ele nem se dignou a dar uma resposta a isso.

— A mãe? O irmão?

Ele fez que não com a cabeça.

— Ela deixou as joias para a mãe. E o irmão tem o próprio fundo de herança. Então, quem mais pode ter sido incluído no testamento?

Tentei fazer uma cara de surpresa.

— Eu?

— Bingo! — Ele apontou para mim. — Deem o prêmio à moça! Melhor ainda, entreguem para ela meio milhão de dólares.

Eu me senti até zonza.

— Eu não sabia — falei, o que era um tanto mentiroso. — Drue nunca me contou.

Isso, sim, era verdade.

— Me pergunto sobre isso — respondeu McMichaels, com uma voz pensativa. — É uma grande pergunta. E ainda tem mais.

Ele sacou o celular, olhou para a tela e começou a ler:

— "Eu, Drummond Cavanaugh Lowe, deixo em testamento a qualquer pessoa maior de idade que comprove ter Robert John Cavanaugh como pai biológico por meio da Quest Diagnostics ou empresa similar em um teste de DNA um décimo da totalidade de meu espólio." — Ele guardou o aparelho no bolso e olhou para mim. — Você sabia que Emma Vincent era uma filha que Robert Cavanaugh teve fora do casamento?

— Eu... eu... a mãe dela talvez tenha mencionado algo a respeito — respondi, gaguejando.

— Isso não importa. A verdadeira questão é: Emma sabia? Não sobre a paternidade, disso ela tinha conhecimento, sem dúvidas, mas sobre o dinheiro.

— E como poderia? A não ser que Drue tivesse contado. E acho que elas nunca se conheceram.

Nesse momento, eu não estava pensando em Emma, e sim em Nick. Segundo Barbara Vincent, a mãe de Nick nunca contara para ninguém quem era o pai de seu bebê. Mas quantos segredos duravam para sempre? "Essa parte do Cabo é como uma cidadezinha do interior", eu me lembrava de ouvir Nick falando. "As pessoas comentam."

— Aliás — continuou o detetive, com um tom bem casual —, você já descobriu quem era o sujeito que conheceu naquela noite na festa?

Ele me encarou, olhando bem nos meus olhos.

Com certeza ele já sabia a resposta, mas eu disse mesmo assim:

— O nome dele é Nick, mas não Andros. Nick Carvalho.

Decidi não complicar as coisas mencionando que Nick também era filho de Robert Cavanaugh. Ou que sua mãe era Christina Killian, assassinada na casa onde Drue também morrera. Ou que Nick também estava em Nova York, provavelmente ainda ali no colégio.

O detetive fez um breve aceno de confirmação com a cabeça:

— O filho de Christina Killian. — Quando se virou para olhar outro cartaz, percebi que sua nuca tinha ficado bem vermelha. — Sou capaz de jurar que aquela mulher continua me assombrando depois de morta. — Ele começou a andar de um lado ao outro pela sala. — A polícia interrogou todos os homens com quem ela teve contato, sabe. Ninguém nunca descobriu quem era o pai do bebê. — McMichaels se virou para mim. — Mas agora eu tenho um bom palpite. O problema é que uma outra jovem morta caiu em minhas mãos. E aqui estou eu, pagando trezentos dólares por noite por um quarto de hotel do tamanho do meu closet e que não tem nem cama, só um futon no chão.

Ele balançou a cabeça, indignado.

— Nick não fez nada — respondi. — Ele não tinha nenhum motivo para matar Drue.

— Se ele for meio-irmão dela, tinha quinhentos mil motivos — retrucou McMichaels. — E, a não ser que você estivesse acordada e tenha ficado de olho no rapaz durante toda a madrugada, não tem como saber onde ele estava e o que estava aprontando no meio da noite.

— Não foi ele que matou Drue!

O detetive McMichaels apoiou as mãos na mesa.

— Você não sabe o que ele fez ou deixou de fazer. Nem o que sabia ou não. E se eu descobrir que você estava envolvida nisso…

Com movimentos lentos e deliberados, ele contornou a mesa para se colocar bem diante de mim, tão próximo que suas lapelas roçaram meu peito. Quando falou, sua voz saiu quase como um grunhido:

— Eu garanto que as consequências vão ser desagradáveis.

Vinte

Assim que minhas pernas pararam de tremer e me senti mais ou menos segura de que não vomitaria, saí para aquele dia perfeito e ensolarado de início de verão. O céu era azul anil, o sol estava quente sem ser insuportável, e uma leve brisa circulava pelo ar. Na calçada do lado de fora, os que compareceram à cerimônia entravam nos carros ou caminhavam no sentido leste, rumo à estação de metrô a duas quadras dali. Darshi e Nick me esperavam na base da escada.

— Precisamos sair daqui — avisei sem diminuir o passo.

— O que aconteceu? — perguntou Darshi, enquanto eu seguia caminhando e remexendo na bolsa, em busca dos óculos escuros. — O que ele queria?

Minhas mãos tremiam tanto que acabei derrubando a bolsa. Nick a pegou do chão e entregou para mim. Estava de calça jeans preta com um paletó esportivo de tweed, uma camisa de botão com uma gravata vermelha e dourada, levava uma mochila preta nas costas e havia uma bolsa de laptop apoiada em seu pé. Passei a língua pelos lábios ressecados e tentei organizar os pensamentos.

— Drue foi envenenada — comecei. — Foi assim que ela morreu. Alguém pôs cianureto na comida ou na bebida dela. Essa foi a primeira descoberta.

— E o que mais? — perguntou Darshi.

— Emma Vincent foi liberada. Ela tinha um álibi. Então agora eles estão em busca de suspeitos. — Engoli em seco e continuei falando: — Drue herdou metade do fundo de herança quando se casou com Stuart. Dez milhões de dólares. E já tinha distribuído sete. Uma parte para Stuart, e o grosso do dinheiro ao pai.

— Então eles são suspeitos agora? — questionou Darshi.

Neguei com a cabeça.

— McMichaels disse que eles não matariam Drue, a galinha dos ovos de ouro deles.

— Então quem faria isso? — perguntou Nick.

Eu me virei para ele, ciente de que meu rosto expressava toda minha aflição.

— Ela me deixou meio milhão de dólares. E para você também.

— Para mim? — questionou Nick, com a voz trêmula. — Por quê? Ela nem me conhecia!

— Ela deixou para qualquer um que pudesse provar, com um teste de DNA, que Robert Cavanaugh era seu pai. Então imagino que seja para você mesmo. — Passei a língua pela boca de novo. — Acho que ela sabia que havia outros, e queria dividir a riqueza.

Finalmente lembrei que os óculos escuros estavam no bolso, então os peguei e coloquei sem jeito no rosto.

— Além disso, vi o cara que estava na frente do quarto na noite em que ela morreu. Aquele que fugiu. Ele estava lá dentro, mas sumiu quando me viu.

Darshi me segurou pelo pulso para me fazer parar de andar.

— Daphne. Escuta. Que bom que você ganhou esse dinheiro, fico feliz por você. Mas talvez seja melhor para nós todos mantermos distância disso tudo.

Respirei fundo, tentando me acalmar, antes de negar com a cabeça.

— Eu não posso.

— Por que não?

— Drue morreu. E merece justiça, por pior que fosse sua opinião sobre ela. — Comecei a respirar mais devagar. — Além disso, se a polícia não conseguir descobrir quem cometeu o crime, vão partir para evidências circunstanciais. Apontar para alguém que tinha um motivo e uma oportunidade. Como eu.

— Ou eu, ao que parece — falou Nick com a voz desolada.

Darshi se virou para ele.

— O que você está fazendo aqui?

— Em parte, eu queria dar uma boa olhada em meu pai. E Drue era minha... meia-irmã — respondeu ele, gaguejando ao chegar à palavra "irmã". — Eu também queria vir à cerimônia. — Ele ficou inquieto, mudando o peso de um pé para o outro. — Eu quero que Drue tenha justiça. E quero ajudar. Encontrei um Airbnb. — Nick sacou o celular do bolso e estreitou os olhos para ler. — Fica em, hã, Bushwick? No Brooklyn. Tomara que não seja muito longe daqui.

— Ai, ai — murmurou Darshi.

— Perto não é — falei. — Mas, vendo pelo lado bom, é um lugar super na moda.

Nick deu de ombros.

— Espero não ter que ficar muito por lá. Nem por muitos dias.

— Vamos para a casa dos meus pais — sugeri, porque queria a companhia deles. A tranquilidade de meu pai, sua voz calma e sua presença reconfortante. Mesmo se minha mãe estivesse surtando, ou talvez especialmente por isso, ela ficaria feliz em me ver. E haveria o que comer. — Nós podemos montar um centro de operações por lá.

Darshi consultou as horas no celular.

— Eu preciso de um tempinho para terminar algumas coisas no campus. Encontro vocês por lá mais tarde.

— Eu vou com você — afirmou Nick.

— Você se incomoda de ir andando? São um pouco mais de três quilômetros.

Eu não estava vestida para uma caminhada, mas precisava me mexer, precisava dissipar um pouco da ansiedade de descobrir que tinha ganhado uma bolada e me tornado suspeita de um assassinato no mesmo dia.

Ele pendurou a bolsa transversal do laptop no peito e a mochila nos ombros.

— É só mostrar o caminho.

Paramos para deixar Darshi no metrô e seguimos em frente, percorrendo a Quinta Avenida.

— Podemos cortar caminho pelo parque perto da lagoa lá na rua 96 — sugeri.

— Tudo bem — disse ele. — Dar uma andada é bom. A viagem de ônibus foi bem longa. — Depois de um instante, ele comentou: — Você anda depressa.

— Por que a surpresa? — resmunguei.

Isso me fez lembrar de um cara que eu conhecera em uma festa na faculdade, que me falara: "Você tem o passo bem ligeiro", o que entendi como uma forma disfarçada de dizer: "Para uma gorda, você é bem ágil, hein". Mas talvez não fosse isso o que Nick queria dizer.

— Desculpa a grosseria. — Apontei para o restante dos transeuntes, com passo apressado pela faixa de pedestres antes que o sinal ficasse vermelho. — Quem mora aqui é meio que obrigado a andar depressa.

Nick soou meio pesaroso quando respondeu:

— Parece que todo mundo aqui está com pressa.

— Você já veio a Nova York antes? — perguntei.

Nick contorceu a boca, como se estivesse sentindo um gosto ruim na língua.

— Uma vez. No ensino médio, em uma excursão da escola. Nós viemos ver *Cats*.

— Não acredito.

— Eu juro para você! — Ele levantou a mão direita. — Agora e para sempre.

— Que horror.

— Nós vimos a Estátua da Liberdade e o Empire State. Andamos de metrô. Foi um passeio e tanto. Mas o que me chamou atenção mesmo foi que tudo estava sempre lotado. — Ele olhou ao redor, para o parque verdejante, os prédios residenciais bem conservados, os bancos espalhados a intervalos regulares. — Minha mãe adorava morar aqui. Pelo menos, foi isso o que meus avós me contaram. Mas eu me lembro de ter pensado que, se tivesse que pegar o metrô para ir e voltar do trabalho todo dia, ia querer morrer.

— O metrô não é fácil mesmo.

Eu me lembrei de um dezembro em que minha mãe e eu fomos a uma das grandes lojas de departamentos olhar as vitrines e comprar algumas coisas para as festas de fim de ano. Meu pai era judeu, e minha mãe foi criada como unitarista. Nenhum dos dois era muito religioso, mas ela adorava o Natal. Colecionava enfeites de vidro e guardava pedaços de papel de presente, papel de parede e calendários descartados o ano todo para fazer guirlandas coloridas e cartões. Nossos presentes eram tão bem embrulhados que meu pai e eu ficávamos com dó de abrir.

Depois de um dia de compras em Manhattan, com dor nos pés, cansadas e carregadas de sacolas, minha mãe e eu tínhamos entrado em um vagão de metrô lotado na rua 42. O único lugar vazio era entre dois adolescentes, os dois com as pernas abertas, ocupando um espação. Minha mãe diminuiu o passo, mostrando que queria se sentar ali. Os dois levantaram a cabeça. Um deles deu uma boa olhada em minha mãe, passando por suas coxas, seus quadris e seu busto antes de focar bem em seu rosto e dizer: "Ah, nem ferrando!". Ele e o amigo caíram na risada. A expressão no rosto de minha mãe mudou. Senti que ela estava com vergonha enquanto me levava para o fundo do vagão e ficava lá de pé, se segurando no poste de ferro até chegarmos a nossa estação. Como se ela, e não aqueles dois, tivesse feito alguma coisa errada.

Nick devia ter percebido alguma coisa, e pôs a mão em meu braço.
— Está tudo bem? — perguntou ele. — Quer parar um pouco?
— Uhum.

Ele me conduziu até um banco. Vimos as pessoas que praticavam corrida na pista que circundava a lagoa, com os mais lentos saindo do caminho para não serem atropelados pelos mais velozes. O vento agitava a superfície escura da água. Vi uma família passar, conversando em um idioma que parecia ser holandês, seguida por criancinhas em idade pré-escolar segurando uma corda com as professoras posicionadas no início e no fim da fila. Eu me sentei e, automaticamente, peguei o celular.

Nick pôs a mão em meu braço.
— Ei — falou ele. Seu toque era gentil, mas sua voz foi incisiva. — Você pode deixar isso de lado, por favor?

Olhei para ele, surpresa.
— Desculpa. Sei que é seu trabalho — prosseguiu ele. Antes que eu pudesse me desculpar, Nick acrescentou: — É que eu detesto quando as pessoas fazem isso.

— Isso o quê? Olhar no celular?

— *Viver* no celular — explicou ele, suspirando. — Sei que é um clichê. Tipo aquela pintura de Ação de Graças do Norman Rockwell, só que com a mãe, o pai, Bobby e Sally vidrados nas telas do celular ou do iPad, sem nem olhar um para o outro. Mas isso me incomoda de verdade. Penso muito nisso, principalmente no caso das crianças. Como elas vão aprender a ter relacionamentos de verdade se a maior parte das interações acontece na internet? Como vão conseguir suportar os dissabores da vida se podem sempre usar o celular para se desligar do mundo?

— Ah, bem-vindo ao século XXI — respondi em um tom de voz um tanto rabugento. — Mas você tem razão. É meu trabalho. Se eu não interagir, se não for vista, se minhas postagens não forem visualizadas, não ganho dinheiro nenhum.

— Eu sei. — A voz de Nick ficou bem baixa, e ele olhou para o chão. — É que isso não é o meu lance.

— Por que não? — rebati. Ele não respondeu, então insisti: — É a internet como um todo? Ou as redes sociais, especificamente? Ou só o Instagram?

— É tudo isso. — Seus ombros estavam curvados, e os punhos, cerrados. — Quando tinha 12 anos, entrei na internet e fui ver o que as pessoas falaram da minha mãe depois que ela morreu. Pessoas que nem sabiam quem ela era dizendo que era uma vagabunda. Dizendo que ela ia para a cama com qualquer um e que teve o que merecia. Aquela gente toda abocanhando o que restou de uma pessoa que não tinha mais como se defender. Como um bando de zumbis devorando um cadáver.

Pensei no Nick de 12 anos, entrando na internet e vendo todo aquele desprezo e rancor, todo aquele ódio, que ficou lá, preservado e à sua espera, porque o que estava na rede continuava lá para sempre. Eu me lembrei de uma coisa que meu pai me falara sobre os comentários que eu vira depois que o vídeo da briga no bar fora divulgado: "Quando você é um martelo, tudo parece um prego. Quando você está com raiva, qualquer coisa pode ser um alvo. Existem muitas pessoas raivosas no mundo. E, ultimamente, estão todas na internet".

— Essas pessoas nem conheciam sua mãe — comentei. — Você sabe disso, né? Não estavam pensando especificamente nela. E com certeza nem passou pela cabeça de ninguém que o filho dela leria aquilo. Estavam falando com base em uma ideia que tinham dela, ou o que essa figura representava para sua vida. Uma mãe solo, ou uma ex-esposa, ou uma garota que tinha dado um fora na pessoa.

— Eu sei — respondeu ele, ainda melancólico.

— E não existem só coisas ruins. — Tentei me lembrar do que eu falara para meus próprios pais na época. — As redes sociais são uma chance de ouvirmos diferentes vozes. Não só os mesmos homens brancos poderosos que se formaram todos na mesma faculdade. Todo mundo tem a chance de falar. E, se você tem alguma coisa importante a dizer, pode encontrar pessoas que ouçam.

Ele não olhou para mim.

— E quando aparece gente te atacando? — perguntou ele.

Por um momento, fiquei em silêncio, me perguntando o quanto ele poderia ter se envolvido nas redes sociais nos dias depois do assassinato, o quanto poderia ter visto.

— Sinceramente, eu tento nem saber de nada. — Dei de ombros de uma forma que torci para parecer casual. — Digo para mim mesma que um clique é só um clique, e que mesmo as pessoas que aparecem só para despejar coisas horríveis também estão engajando com meu conteúdo.

— Que dureza viver assim.

— Às vezes é mesmo — admiti. — Mas não são só coisas ruins...

— Eu sei que não.

— Eu formei uma comunidade online.

— Eu entendo. — Suas palavras pareciam sinceras, mas também um pouco condescendentes. — É que, em minha opinião, a internet é um lugar onde as pessoas acabam vendo coisas que as deixam infelizes, ou acabam magoando umas às outras. E o fingimento rola solto. — Seu pomo-de-adão subiu e desceu depressa. — Todo mundo coloca lá só a melhor versão de si mesmo. Para fingirem ser o que não são. E, quando não estão fazendo isso, as pessoas se sentam diante da tela para emitir julgamentos e se sentir superiores a quem quer que achem que tenha sido sexista ou racista naquele dia.

Engoli em seco, me perguntando qual seria a inclinação política de Nick. Se estivesse nas redes sociais, seria um daqueles caras com a bandeira dos Estados Unidos no perfil, insistindo na ideia de que só havia dois gêneros?

— Você não está errado, não totalmente. Sim, as pessoas fingem, e sim, elas se juntam para promover linchamentos virtuais e deixam de fora tudo o que existe de ruim nas próprias vidas. Mas não é só isso. As pessoas mais jovens, principalmente as mulheres, podem contar suas histórias e encontrar quem as escute.

Enquanto falava, eu pensava na garota que me perguntara: "Como faço para ser corajosa como você?". Até então, a melhor resposta na qual conseguira pensar fora aconselhá-la a fingir que tinha coragem até ter coragem de verdade; assim como tinha dito a Ian Snitzer que as redes sociais eram um lugar em que todo mundo podia fingir ser o que quisesse. Apertei as mãos com força, imaginando que, se Nick e eu por algum motivo acabássemos juntos, eu precisaria encontrar outro trabalho.

— Eu vi seu Instagram na viagem de ônibus para cá — contou ele.

Isso não me deixou feliz. Olhei para ele de canto de olho.

— Ah, é?

Comecei a me preparar para uma conversa sobre o vídeo da briga no bar, ou uma crítica às postagens que na prática eram anúncios (meu conteúdo patrocinado), mas Nick me surpreendeu.

— Gostei do que você escreveu sobre sair para comer com seu pai. Como era mesmo o nome? Gastronomia de domingo?

— Jantarzinho de domingo! — revelei, me sentindo um pouco menos incomodada.

Durante o ano anterior, a cada domingo, eu postava sobre um lugar que meu pai e eu visitamos juntos, fosse um tempo antes ou naquele dia mesmo. Escrevia sobre o que tínhamos comido, o caminho que pegáramos ou algum aspecto histórico ou atual da região da qual a refeição era proveniente.

— Você sai com seu pai todo domingo mesmo?

— Saía, quando era criança. Hoje em dia são só uma ou duas vezes por mês.

Pensei em nossas refeições: os vapores aromáticos que saíam de um bolinho de carne de porco macia; meus lábios latejando por causa da pimenta dos pratos tailandeses que deixavam meu pai e eu até ofegantes; a crocância do açúcar em meu brioche favorito; a picância sutil dos rissóis jamaicanos, com a massa fininha e dourada.

— Você gosta de cozinhar?

— Gosto. Tem novaiorquino que não gosta, que diz que é um desperdício, em um lugar em que existem restaurantes de todas as culinárias que você possa imaginar, e com pratos melhores que os feitos em casa, mas eu gosto de cozinhar mesmo assim. Meu pai adora. Tem uma coleção enorme de livros de culinária. Você vai ver.

Era fácil conversar com Nick. Estar com ele. A atração que eu sentira em Cabo Cod continuava viva. Obviamente, um pouco moderada por seu desprezo pelo que eu fazia nas redes, além do pavor diante da ideia de que ele pudesse ter matado minha amiga. Fiquei me perguntando por que ele estava em Nova York, o quanto aquela viagem tinha a ver com o pai que nunca conhecera e a meia-irmã que jamais poderia conhecer, e o quanto seria por minha causa.

— Como vão seus tios? — perguntei.

— Estão bem — respondeu ele, baixando os olhos.

— Bem? — provoquei. — É só isso que você tem a dizer?

Ele puxou o nó da gravata.

— Bem, vamos ver. Meu tio era dono de uma oficina de funilaria. Minha tia era avaliadora de sinistros em uma seguradora. Os dois estão aposentados agora. E estão bem. Gente boa e trabalhadora, sabe. — Ele ficou em silêncio por um tempo. — O que você sabe dele? De Robert Cavanaugh? — perguntou Nick, acrescentando o nome para elucidar quem era o "ele" em questão.

— Quase nada — respondi. — Na época de ensino médio, eu frequentava bastante a casa de Drue, mas ele nunca estava lá. Passava a maior parte do tempo viajando.

Nick ergueu os cantos dos lábios em um sorriso azedo.

— Imagino.

Naquele momento, senti uma imensa compaixão por ele, uma tristeza tão penetrante e absoluta que ficou difícil até respirar. Sério mesmo que eu tinha passado tantos anos infeliz porque era maior que as outras meninas, enquanto havia gente sendo criada sem os pais? Sério mesmo que eu sentira pena de mim mesma porque não me adaptara ao programa dos Vigilantes do Peso e porque tinha brigado com uma amiga da época de colégio, enquanto havia gente que encontrara o cadáver da própria mãe caído no chão? Sério mesmo que eu me martirizara por nunca ter me apaixonado, e por ter desperdiçado dois anos da vida com Reles Ron, quando tinha uma mãe e um pai que me amavam, que me apoiariam no que fosse preciso, que não queriam nada além de minha felicidade?

Senti vontade de abraçá-lo, de chorar e de dizer a ele que o assassinato de sua mãe tinha sido uma coisa horrorosa, assim como a ausência absoluta do pai, um homem que, além de ser um desnaturado, era um bruto que traía a esposa e dormia com um monte de outras mulheres por aí. E, obviamente, queria dizer que sentia muitíssimo por ele ter se tornado um suspeito de assassinato. Só que isso eu também era.

Em vez de falar, segurei sua mão. A princípio, Nick pareceu levar um susto, mas depois, felizmente, segurou a minha também. Apesar da tristeza e da ansiedade, me senti reconfortada por estar com ele, por sentir seu ombro roçando o meu, sua mão segurando a minha, o calor de outro corpo ao lado do meu.

— Vamos lá — falei. Dessa vez, fui eu que o coloquei de pé. — Está na hora de conhecer meus pais.

~~~~~

Senti o coração bater mais feliz, como sempre acontecia, quando viramos a esquina daquele quarteirão arborizado e vi o prédio onde cresci, com a fachada com tijolinhos aparentes e portas duplas, janelas grandes e retangulares, com quatro vidros de cada lado, e os bordos japoneses. Um deles tinha crescido até a janela de meu quarto, tingindo a luminosidade do ambiente de verde, fazendo parecer que eu morava em uma casa na árvore. Aos domingos, eu acordava com os chamados dos sinos da Igreja Presbiteriana do West End, na esquina da rua 105 com a avenida Amsterdam.

— Vamos subir — chamei, conduzindo Nick lá para cima, onde meus pais estavam à espera.

Minha mãe me deu um abraço apertado, que retribuí. Quando nos afastamos, eu me virei para Nick, que parecia achar graça da cena.

— Nick, esses são meus pais, Jerry e Judy. Mãe, pai, esse é Nick... — Acabei empacando e não conseguindo me lembrar de seu sobrenome.

— Nick Carvalho — completou ele, estendendo a mão.

— Nick é um velho amigo de Drue.

A parte de ele ser meio-irmão dela eu poderia deixar para contar depois.

— Nós ficamos sabendo que a garota que estava sendo interrogada foi liberada — comentou minha mãe, fungando e tirando um lencinho de papel do bolso da frente de sua túnica favorita. — Você sabe se a polícia já tem outros suspeitos?

Fiz que não com a cabeça.

— É por isso que estamos aqui. Nick, Darshi e eu vamos tentar desvendar isso.

— Desvendar o quê? — perguntou minha mãe.

— Quem matou Drue — respondi.

Antes que minha mãe fizesse mais perguntas, fomos para a cozinha, onde a geladeira ainda estava coberta de desenhos meus, desde as pinturas a dedo da educação infantil até o retrato aquarelado que eu fizera de minha mãe como um projeto de artes em meu último ano de Lathrop. Ponderei se conseguiria ir de fininho à sala de estar e tirar a representação em tamanho real de Bingo feita em papel machê do aparador em cima da lareira e a esconder no closet ou jogar no lixo.

Meu pai, pelo que vi, tinha feito compras para a ocasião. Já havia servido na mesa um prato com azeitonas, uma tigela com pretzels, um pires de homus com um pouco de azeite, pão pita, nozes, uma tábua de frios, mostarda *a l'ancienne* e bolachinhas salgadas, além de um pratinho de biscoitos de amêndoas de sua padaria italiana predileta no Brooklyn.

— Quer uma cerveja? — ofereceu ele para Nick, rearranjando as coisas na mesa para acrescentar uma pilha de guardanapos de linho.

— Vinho tinto? Vinho branco? Café? Chá? Eu posso preparar uma sangria, ou uma jarra de Manhattans...

— Pai, ainda é uma hora da tarde — falei.

— Mas em algum lugar já são cinco — rebateu ele, como previ que faria.

Nick puxou uma cadeira para mim. Vi que meus pais perceberam e trocaram olhares de aprovação.

Minha mãe se sentou no lugar de sempre ao pé da mesa. Meu pai, de calça jeans e a camiseta mais antiga da universidade Purchase, se acomodou na cadeira apenas por alguns segundos antes de se levantar de novo para servir um pouco de queijo Stilton, damasco em calda, mais um pratinho de ervilhas torradas com wasabi e bolachas água e sal.

— Um café seria ótimo — disse Nick.

Fiz com a boca a palavra "obrigada" para ele. Se meu pai se ocupasse da prensa francesa, pararia de colocar na mesa tudo o que havia na geladeira e na despensa. Meu celular vibrou.

— Ah, Darshi chegou!

Fui abrir a porta para ela, que cumprimentou meus pais antes de se juntar a nós quatro à mesa.

— Então, por onde começamos? — perguntei.

Meus pais se entreolharam de novo.

— Daphne — disse minha mãe —, nós não achamos uma boa ideia você se envolver nisso.

Darshi assentiu de forma enfática. Eu a ignorei.

— Eu entendo. Mas a questão é a seguinte: eu levei uma bebida para Drue no quarto na noite em que ela morreu. A polícia disse que ela foi envenenada. Eles vão investigar todo mundo que pôs a mão em qualquer coisa que ela comeu ou bebeu.

Minha mãe soltou um leve gemido e levou a mão aos lábios. Meu pai apoiou os cotovelos na mesa e o queixo na mão, franzindo a testa.

— Muito bem — disse ele. — Drue tinha inimigos? Algum ex--namorado vingativo? O noivo tinha alguma ex desequilibrada? Essas seriam as perguntas mais óbvias para começar.

Eu ainda não tinha contado sobre o casamento verdadeiro e o noivado falso de Drue.

— No hospital, Stuart me falou que ela pode ter tido outro namorado em algum momento. Mas eu não sei quem é.

— E tinha também aquele cara — acrescentou Nick. — O que apareceu na porta do quarto dela na festa. E estava no funeral. Você acha que...

— Não — interrompi, lembrando do cabelo desgrenhado, da roupa barata e de mau caimento, da ausência de qualquer semelhança com outros homens que faziam o tipo de Drue. — Ele podia até ser um stalker, mas namorado dela de jeito nenhum.

— E quem poderia saber quem é?

Suspirei, balançando a cabeça.

— Mesmo se encontrarmos o cara, ele pode se revelar mais uma pista falsa.

— E os amigos de Drue? — questionou minha mãe.

Nós três nos viramos para ela, que retorceu os dedos, mas não baixou os olhos.

— Aposto que Drue magoou outras pessoas.

O restante da frase, "assim como fez com você", ficou subentendido, mas ainda assim ressoou alto no ar.

— E, não sei, mas se ela foi envenenada... — continuou minha mãe. — Bem, isso me diz que foi uma mulher. Homens usam armas de fogo e facas. O veneno é uma coisa mais feminina.

Nick me olhou. Dei de ombros.

— Eu não sei muita coisa dos amigos de Drue, nem de sua vida, depois que saiu do Lathrop. Só sei que ela fez um ano de escola preparatória na Califórnia. Depois entrou em Harvard, se formou e voltou para cá. E, quando veio me procurar, disse que não tinha muita gente que pudesse considerar próxima dela.

Eu me lembrei do que ela me dissera na cozinha dos Snitzer: "Não tenho mais ninguém" e "Você era a única pessoa que gostava de mim sem nenhum outro interesse".

Peguei o celular e digitei no Google: "Colegas de quarto de Drue Lathrop Cavanaugh em Harvard", e alguns nomes apareceram. Quando troquei "Harvard" por "Croft", apareceram mais alguns. Li os nomes, considerando a hipótese de ligar do nada para Madison Silver, Deepti

Patel ou Lily Crain e começar a fazer perguntas aleatórias sobre a falecida ex-colega de quarto. Se tivessem algum juízo, elas já deviam ter deixado o celular no silencioso e recrutado amigos para ajudar a fazer uma triagem em suas redes sociais e evitar o assédio da imprensa, assim como eu tinha feito. Em voz alta, declarei:

— Precisamos de alguém que a conhecesse nessa época. No Croft, ou em Harvard. De preferência, nos dois.

— Alguém do Lathrop estudou em Harvard com ela? — perguntou Nick.

— Tim Agrawal — respondeu Darshi. — Mas eles nunca foram amigos.

— Tim conhece alguém que tivesse amizade com ela? — questionei.

Darshi deu de ombros.

— Eu posso perguntar, mas é melhor não criar expectativas. Acho que eles frequentavam círculos sociais bem diferentes.

Mesmo que seus caminhos tivessem se cruzado em Cambridge, Drue provavelmente havia ignorado Tim, como sempre fizera.

— Quem mais a conhecia bem? — perguntou minha mãe. — A mãe? O irmão? Quem mais poderia saber quem eram seus amigos?

Batuquei os dedos no tampo da mesa.

— Vamos começar pelas colegas de quarto. E depois dar uma procurada nos perfis dela nas redes sociais — sugeri. — Podemos dividir a lista e começar a ligar para os amigos delas.

— Nas redes sociais, ela tinha um monte de amigos — comentou Darshi.

— Bom, óbvio que não vamos tentar ligar para quinhentos mil seguidores. Mas talvez dê para entrar em contato com os perfis que ela seguia. Quantos são?

Darshi verificou.

— 1296. — Ela aproximou o celular dos óculos. — Mas alguns são de celebridades. Ou será que ela realmente conhecia Chrissy Teigen?

Dei de ombros, sentindo um aperto no coração.

— Sei lá. Talvez. É possível.

— E Abigay? — perguntou minha mãe.

Nós três nos viramos para ela, que parecia sobressaltada, mas, de novo, não baixou os olhos.

— Daphne, eu sei que você me disse que Drue não tinha muita consideração pelas pessoas que trabalhavam para a família. Se ela simplesmente ignorava a presença dessas pessoas, talvez Abigay tenha visto ou ouvido alguma coisa, ou então ela pode saber de alguma coisa... — Ela parou de falar.

Meu pai deu um beijo em sua testa e a abraçou, murmurando algo baixo demais para que eu pudesse ouvir. Em seguida, se virou para mim.

— O telefone dela está nos registros do Lathrop.

Abigay, no fim das contas, era um dos contatos de emergência de Drue na agenda telefônica do colégio.

Ela atendeu depois de dois toques.

— Daphne, que prazer! Me desculpe por não ter cumprimentado você hoje de manhã. — Sua voz ensolarada e musical soou mais sombria. — Que horror, tudo isso.

Contei a ela o que precisávamos.

— Não sei se vou conseguir ajudar, mas posso tentar.

Abigay entrava no trabalho em uma hora, mas tinha um tempinho sobrando. Combinamos de nos encontrar no Ladurée da avenida Madison, perto da casa de seus novos empregadores no Upper East Side.

— Podem ir vocês — disse Darshi. — Vou ficar por aqui, assim já começamos a ligar para os amigos de Drue.

Dei um abraço nela e chamei um carro, que levou Nick e eu ao Ladurée, um local de paredes verdes com detalhes em dourado e um piso em mosaico preto e branco, mostradores de vidro cheios de macarons em tons de rosa, lavanda e framboesa, além de croissants e folhados *kouign-amann*. Era um lugar que ainda não existia quando Drue e eu estávamos no colégio, mas tinha o mesmo clima familiar dos cafés que frequentávamos para tomar latte e comer *biscotti* crocante e duro enquanto conversávamos sobre as provas, os meninos, as faculdades e o que Drue usaria em seu baile de debutante.

Nick me olhou.

— Está tudo bem? — perguntou ele.

— Parece que estou voltando no tempo — expliquei. — Primeiro a escola. Agora este lugar. Acho que, no fim da noite, corremos o risco de estar no meu jardim de infância ou coisa do tipo.

— Não se preocupe — disse ele, com um sorriso. — Eu prometo que divido minha caixinha de suco com você.

~~~~~

O café tinha algumas mesas nos fundos, com cadeiras de laca branca e estofamento verde. Tinha cheiro de açúcar, manteiga e café e era um espaço silencioso, a não ser pelos assobios da máquina de capuccino. Encontramos um lugar para nos sentar e, sem pensar, já fui pegando o celular.

— Desculpa — falei quando me dei conta do que tinha feito.

Nick levantou as mãos.

— Tudo bem.

— É que eu não postei nada desde... enfim, desde... e tenho contratos a cumprir com essas empresas, e...

— Daphne — interrompeu Nick —, não precisa se desculpar. É seu trabalho. Eu entendo. Está tudo certo.

Assenti e me debrucei sobre o celular, me preparando mentalmente antes de abrir o e-mail. Alguns clientes já tinham entrado em contato, misturando pêsames com lembretes de que eu precisava voltar a postar. Comecei a programar conteúdos para o dia seguinte e depois para a semana seguinte: posts para a Alpine Yum-Yums, para a Leef, para a Yoga for All. Só tirei uma mísera foto do tapete de ioga em Cabo Cod, desenrolado no meu deque, antes que se transformasse em uma cena de crime. E o que poderia escrever? "Ótimo tapete; péssimo fim de semana?". No fim, decidi por: "Espero que essa linda foto de um tapete de ioga fabuloso diante de uma linda praia inspire o lindo e ativo dia de vocês". Acrescentei os links e as hashtags de costume (#fitnessplussize, #iogaplussize, #iogaparatodososcorpos) e programei a postagem para ir ao ar em quatro horas, quando a pesquisa feita pela empresa indicava que a maioria do público interessado em tapetes de ioga estava online.

Estava começando a cuidar dos petiscos quando Abigay entrou pela porta, vestindo uma saia cinza de pregas e uma camisa preta de seda. Seu rosto largo estava um pouco mais marcado e enrugado, mas seu sorriso, quando me viu, era tão acolhedor quanto eu me lembrava, desde a primeira vez que eu fora à casa de Drue e pedira manteiga de amendoim e maçã na hora do lanche.

— Que horror, isso. — Abigay me abraçou com força e depois estendeu os braços para me olhar. — Que bom ver você. Está passando bem?

Respondi que sim e apresentei Nick. Ela sorriu quando falei que Nick era um amigo da família. Abigay se sentou depois de olhar as horas no reloginho retangular dourado que levava no pulso.

— Um presente de despedida dos Cavanaugh — contou ela. — Quer ver?

Ela o tirou do pulso e o passou para o outro lado da mesa. Senti o metal ainda quente quando vi as palavras gravadas na parte de trás. *Para nossa Abigay, que fez parte da família, com amor e gratidão.*

— É muito bonito — respondi.

Fiquei me perguntando como ela se sentia sobre essa conversa de "nossa Abigay" e "parte da família", considerando as horas que passara longe de sua verdadeira família, de seus próprios filhos, para servir os filhos dos Cavanaugh.

— É mesmo — concordou ela, com uma expressão ainda neutra.

— O que vocês vão querer? — perguntou Nick.

Depois de insistirmos um pouco, ela pediu um latte, e eu, um chá Earl Grey. Nick foi ao balcão pedir. Abigay se recostou na cadeira com um suspiro.

— Fico feliz de ver você, mas não sei se tenho como ajudar. Não trabalho mais para os Cavanaugh há três anos. Com os dois filhos fora de casa, e a madame só tomando aqueles sucos de dieta, eles não precisavam mais de mim para muita coisa.

Nick voltou com as bebidas e um pratinho de doces.

— Parecia tudo tão gostoso — comentou ele.

Quando Nick serviu o latte de Abigay, ela deu um gole e pôs a xícara de volta no pires com uma expressão que deixava nítido que ela teria preparado uma bebida melhor.

— Você e Drue continuaram em contato depois que você saiu de lá? — perguntei.

Abigay fez uma cara que era quase um sorrisinho de deboche.

— O que você acha?

— Acho que prefiro não falar mal de quem já morreu — respondi com um suspiro.

— Ora, vamos lá — retrucou Abigay. Sua voz ainda tinha a mesma musicalidade, com cada frase modulada como um verso de canção. — Quem diz a verdade castiga o diabo, era isso o que minha mãe costumava dizer.

Pigarreei.

— Pelo que eu pude ver, ela não tratava você muito bem.

Abigay estalou a língua, pensativa.

— Bom. Não era uma questão de tratar bem ou tratar mal. A srta. Drue simplesmente não me tratava de jeito nenhum. Nem Flor, que fazia a faxina, nem Delia e Helen, que cuidavam das flores, nem Ernesto e Carl, que trabalhavam no saguão do prédio. Ela ignorava todos nós. — Abigay juntou as mãos sobre a mesa. — O que, aliás, não era nenhuma surpresa. Pau que nasce torto morre torto. Drue e o irmão viam como os pais tratavam os empregados e faziam a mesma coisa.

— Eu lembro que ela pedia umas coisas absurdas para comer.

Um leve sorriso apareceu no rosto de Abigay.

— Isso começou como uma brincadeira, de quando Drue era pequena. Ela dizia: "Abigay, me faça um castelo", e eu fazia, com cubinhos de abacaxi e marshmallows. Ou: "Me faça uma árvore com neve em cima", e eu servia brócolis com queixo parmesão ralado. — Abigay soltou um suspiro, depois mordeu o mini *biscotti* que veio com a bebida. — Drue era uma graça de menina. Muito tempo atrás. — Ela deu mais um gole. — Talvez fosse por isso que eu não me incomodava com seus pedidos absurdos. Eu ainda via aquela garotinha dentro dela.

— O que aconteceu?

— Ela cresceu. Ficou maior, mais bonita e entendeu que era rica. Isso, e o que via seus pais fazerem.

Misturei o açúcar no chá e segurei a caneca para aquecer as mãos.

— Você tem ideia de quem poderia querer fazer mal a ela?

Abigay negou com a cabeça.

— Provavelmente existe uma longa lista de pessoas a quem ela fez mal.

— Poderia ser por causa da Cavanaugh Corporation? Ouvi dizer que a empresa está mal das pernas.

Ela assentiu.

— Eu também. Mas matar uma jovem no dia do casamento? Isso não me parece ter nada a ver com negócios. Foi uma coisa pessoal.

— Também ficamos sabendo que o pai dela pode ter sido infiel — acrescentei. — E que pode ter tido filhos fora do casamento.

Abigay soltou um suspiro de lamento. Em um tom de voz mais baixo, ela falou:

— Ele levava algumas dessas crianças para casa. Quando a madame estava viajando, naquele lugar de ioga nos Berkshires. — Ela alisou o guardanapo de papel com os dedos. — Ora, se alguém tivesse matado o patrão, eu diria que foi uma mulher enganada. Mas por que alguém ia querer matar Drue?

— Você conheceu algum namorado dela? — perguntou Nick.

Abigay olhou para ele, arregalando os olhos.

— Ah! Ele sabe falar!

Nick sorriu.

— Ele até canta, dependendo de quanta cerveja tiver tomado.

— Hum — murmurou ela, dobrando e desdobrando o guardanapo. Eu esperava uma negativa imediata, que não veio. Em vez disso, Abigay respondeu: — Teve uma coisa, mas foi há muito tempo. Eu fui até lá em um sábado em que estava de folga porque precisava de uma panela de ferro que tinha deixado na cozinha dos Cavanaugh. Não esperava encontrar ninguém por lá. O patrão estava viajando, a madame estava na ioga, Trip já estava casado e Drue deveria estar na faculdade. Mas, quando subi, lá estava a srta. Drue com um sujeito.

— E não era Stuart Lowe — falei.

— Não, não mesmo — confirmou Abigay. — Era alguém que eu não conhecia. Parecia ser estrangeiro. Pele escura, cabelo escuro. Alguns anos mais velho que Drue. Entrei na cozinha, e lá estavam eles. Cozinhando. — Ela pareceu achar graça da lembrança. — Ou melhor, ele estava cozinhando. E ela, ajudando.

— Então era um namorado dela? — perguntei.

— Ela me disse que era um amigo. Mas, pelo jeito como se olhavam, eu diria que era um namorado, sim. Ah, certeza. Só não me pergunte o nome dele — avisou ela, levantando uma das mãos lisas antes que eu pudesse de fato questionar. — Eu não me lembro. E já tentei. — Ela deu mais um gole no latte, mais uma vez fazendo aquela cara de "eu sei fazer melhor". — Só lembro que ela parecia feliz com ele. Estava radiante. Só sorrisos. "Abigay, esse é meu amigo!" — Abigay balançou a cabeça. — Ela até me ajudou a procurar a panela. Pôs em uma sacola para mim e tudo mais.

— E como era a interação dela com ele? — perguntei.

— Tranquila — respondeu Abigay depois de um breve silêncio. — Eu me lembro de ter pensado que ela estava finalmente começando a amadurecer. Parecia que eu estava vendo os primeiros sinais da mulher que ela seria. Quer dizer, se desse tudo certo. Às vezes um pau que nasce torto acaba se endireitando, né? Nunca é tarde demais.

Até que de fato seja tarde, pensei.

Abigay bateu de leve nos lábios com um guardanapo de papel e se levantou.

— Agora eu preciso ir.

— Obrigada pela ajuda.

— Eu ajudei? — Ela inclinou a cabeça ao olhar para mim. — Espero que sim.

Pedi para ela me ligar caso se lembrasse de mais alguma coisa. Abigay prometeu que faria isso e me deu um abraço, murmurando:

— E você se cuide.

Quando me afastei, ela continuou me olhando.

— Acho melhor avisar logo: a polícia anda perguntando de você também.

Senti um frio na barriga, e meus joelhos começaram a tremer.

— Perguntando o quê?

— Se você e Drue brigaram. Se você já ficou com raiva dela. Sobre como ela tratava os colegas de turma no Lathrop. — Abigay balançou a cabeça. — Eu falei que Drue não era nada boazinha, mas que achava impossível que alguma das meninas que conheci pudesse fazer uma coisa dessas com ela. — Ela limpou um farelo da saia. — Não consigo imaginar mesmo. Mas alguém fez isso.

A sineta da porta ressoou quando ela saiu. Nick e eu continuamos lá, pensando. Ou pelo menos era isso o que ele parecia estar fazendo. Eu estava me esforçando para não gritar de pavor, me imaginando na cadeia por um crime que não cometi.

— Tome aqui. — Nick empurrou minha xícara em minha direção. — Beba. Não vá se desidratar.

Assenti, desolada, e dei uma mordida no *kouig-amann* com recheio de geleia de framboesa, imaginando que não devia ter doces como aquele na cadeia.

— Nós precisamos encontrar esse cara — falei. — O chef misterioso.

— Pois é — concordou Nick. — Alguma ideia?

— Não — respondi, ficando de pé. — Mas não perca a fé, ainda vou pensar em algo.

Vinte e um

No apartamento de meus pais, minha mãe tinha saído para trabalhar (ela dava aula de esculturas três tardes por semana), e meu pai, depois de uma passada rápida na peixaria, estava na cozinha preparando seu famoso *cioppino*.

— Peixe é comida para o cérebro! — afirmou ele enquanto raspava a casca de um limão, enchendo a casa com um aroma cítrico.

Na sala de estar, Darshi estava com um cavalete que pegara emprestado de minha mãe, onde pusera uma cartolina branca para nós vermos. No alto, tinha escrito: OPERAÇÃO NAMORADO SECRETO.

— Nick me atualizou — disse ela. — E então, como vamos encontrar esse cara? Continuando a vasculhar as redes sociais de Drue?

— O problema é que, se o cara for um ex-namorado, eles podem ter deixado de ser amigos.

— Se ela não ia continuar casada com Stuart, não precisava romper com o sr. Misterioso — argumentou Nick.

— A não ser se quisesse encobrir seus rastros. Para fazer tudo parecer mais autêntico. — Olhei ao redor, me perguntando para onde meu pai tinha levado os tira-gostos. — Bem que podia existir um jeito de ver quem era amigo de Drue nas redes sociais cinco anos atrás.

— E existe — afirmou Nick.

Ele abriu o zíper da bolsa do laptop, levantou a tela e começou a digitar.

— Certo — disse ele, virando o computador para nós. — Que Deus abençoe o Wayback Machine. Essa é uma imagem do perfil de Drue no Facebook três anos atrás.

— Quantos amigos ela tinha? — perguntei, chegando mais perto de Nick, sentindo seu cheiro bom e calor reconfortante.

Tap, tap, tap.

— Exatamente 1267.

— Certo, mas nós podemos eliminar as mulheres — falei. — Só um minutinho.

Levei seu laptop para o escritório pequeno e atulhado em que, por vinte anos, meu pai vinha tentando escrever um livro. Imprimi a lista de seis páginas de amigos virtuais de Drue e peguei três canetões pretos quando saí, que distribuí entre eles, entregando duas páginas para Darshi e duas para Nick, ficando com as outras duas.

— Podem riscar todas as mulheres — falei. — E qualquer um que tenha o sobrenome Cavanaugh ou Lathrop.

Sobraram 96 homens desconhecidos.

— Abigay disse que ele era estrangeiro. E que tinha a pele mais escura — expliquei. — Podem riscar qualquer um que tenha um número depois do nome. Ou que seja evidentemente branco. E que tenha mais de 50 anos.

Usamos os laptops para analisar os perfis e conseguimos reduzir a lista a quatro nomes. O primeiro candidato era Stephen Chen, que trabalhava na Cavanaugh Corporation. Quando abri seu perfil, vimos um homem de 47 anos e aparência sedentária que morava em uma vizinhança residencial em Nova Jersey, era casado com uma mulher e tinha três filhos.

— Pode ser que Drue gostasse de caras mais velhos — comentou Darshi, mas com um tom de voz de quem duvidava muito.

Balancei a cabeça e fiz um X sobre o nome dele na cartolina.

— Próximo — falei.

O nome seguinte era o de Cesar Acosta, 29 anos, bonitão, ex-aluno do Lathrop, um dos jogadores do time de futebol. Nick foi o primeiro a encontrá-lo.

— Parece possível — opinou ele.

Então descobrimos que, segundo o Facebook, Cesar trabalhava como analista de câmbio e morava em Singapura.

— Isso não significa que não tenha sido ele — argumentei. — Só porque mora em Singapura não significa que não venha nunca para os Estados Unidos. Nem que não poderia contratar alguém para envenenar a bebida de Drue.

— É verdade — concordou Nick —, mas, se ele estiver por lá, e pelo jeito está, vai ser bem difícil conseguir uma conversa cara a cara.

Concordamos em não descartar Cesar ainda e continuar a busca.

O terceiro homem, Danilo Bayani, tinha a idade de Drue, e era um colega seu de Harvard. Chegava quase a ser bonito demais, com cabelo preto grosso e um sorriso aberto e radiante. Mas em sua foto de perfil estava abraçado com outro bonitão, com cabelo crespo cortado bem curto e lábios bem grossos. "Três anos hoje!", era a legenda de uma segunda foto dos dois, vestindo smoking na frente de uma autoridade clerical.

— Ele pode ser bi — especulei enquanto observava as fotos na tela. — E infiel.

Darshi olhou por cima de meu ombro, deu uma fungada e disse:

— Ele parece ter uma vida feliz. Não parece alguém que sai por aí com a intenção de matar alguém.

Isso nos levou ao último candidato.

— Não — disse Darshi assim que a fotografia apareceu no laptop.

Nick foi dar uma olhada.

— Eu... não sei, não — falou ele.

Darshi virou a tela do laptop para mim. Quando olhei, dei um grito:

— Ai, meu Deus, é ele!

— Ele quem? — perguntou Darshi.

— O cara do funeral! E que estava na frente do quarto dela em Cabo Cod! É ele! Como ele se chama? E onde mora? Me conte tudo!

Descobrimos que o nome dele era Aditya Acharya. Pelo que as fotos mostravam, tinha cabelo ralo, ombros curvados e uma barriga considerável. Os óculos eram grossos, com uma armação fora de moda. Em vez de um Rolex ou um Patek Philipe, usava um Timex que parecia barato, com uma pulseira flexível folheada a ouro. Um lado da gola da camisa polo estava torto, subindo na direção do queixo. Parecia o tipo de cara que Drue elegeria como alvo no ensino médio, alguém que ela poderia ter filmado, fotografado e ridicularizado, e não alguém por quem seria apaixonada em segredo.

— Sério mesmo?

— Ora. Pai, como era mesmo aquela coisa que o Sherlock Holmes dizia? — gritei para a cozinha, onde meu pai tinha terminado com os limões e estava limpando as lulas.

— Depois de excluir o impossível, o que restar, por mais improvável que pareça, deve ser a verdade — gritou meu pai de volta.

Darshi olhou para a foto de Aditya por um bom tempo, então balançou a cabeça.

— Acho melhor investigar melhor o cara gay.

Nick tirou uma foto da tela e começou a digitar no celular.

— O que você está fazendo?

— Mandando uma mensagem para Abigay. Vou perguntar se é esse o cara que ela conheceu.

— Você tem o telefone dela? Desde quando?

— Eu tenho meus métodos — respondeu Nick.

Um instante depois, seu celular vibrou. Ele olhou para a tela e levantou o polegar.

— Abigay disse que não tem certeza, mas acha que pode ser ele.

— Aí, pronto.

Enquanto isso, Darshi continuava olhando para a foto de Aditya, inclinando o celular de um lado para o outro.

— Estou tentando imaginá-lo com mais cabelo — falou ela. — Ou roupas melhores.

— Talvez ele tenha outros talentos — especulei.

— Ou uma fortuna no banco — complementou Nick.

— Não — retruquei. — Se o cara tivesse dinheiro, Drue teria se casado com ele.

— Não, não. — O tom de voz de Darshi era impassível. — Nem se ele fosse um galã como Hrithik Roshan e mais rico que Jeff Bezos. — Ela balançou a cabeça. — Drue jamais se casaria com um cara marrom.

— Mas e agora? — Olhei para Nick. — Você tem como conseguir o telefone dele?

Nick assentiu.

— Já consegui, e o endereço também. Ele mora em New Haven. Mas acho melhor não telefonar.

— Por que não?

— Daqui até New Haven são o quê, duas horas de viagem? Acho melhor ir até lá. Assim como fizemos com a mãe de Emma.

— Desmascarar o cara no próprio covil — constatou Darshi.

— Surpreender, na verdade — corrigiu Nick. — Para ele ser pego sem aviso, sem tempo para fugir ou inventar uma história qualquer.

— Faz sentido — concordou Darshi.

Nick estendeu a mão para me ajudar a me levantar do chão. E não só permiti como me esqueci de fazer o truque de apoiar o máximo de peso possível nas pernas.

— Vamos lá, força! — incentivei.

Nick deu risada e não pareceu ter dificuldade nenhuma para me pôr de pé. Eu me senti bem por saber que, mesmo no meio desse sofrimento todo, com minha amiga morta e eu provavelmente sendo considerada suspeita de assassinato até então, eu ainda conseguia proporcionar alguma alegria, mesmo que breve, para alguém.

Vinte e dois

Fomos com o Toyota Camry de meus pais. Nick dirigia com confiança, sem o exagero de sair como um afobado pela estrada a cento e cinquenta por hora, mas também sem ficar empacado na faixa de tráfego mais lento. Darshi e eu passamos o tempo todo no celular, vasculhando a internet em busca do homem que queríamos encontrar. De acordo com o perfil no Facebook, que Aditya embelezara com uma foto de um labrador preto com cara de bonzinho, ele era um pós-graduando do departamento de estatística e ciência de dados de Yale. Era o mais velho de três filhos, nascido em Edison, Nova Jersey, fizera a graduação na Rutgers, mestrado em Harvard e fora para Yale em busca do título de ph.D. No Twitter, retuitava comentaristas políticos alinhados à esquerda e opiniões sobre o Manchester United. No Reddit, seguia um subreddit chamado "Bobeiras de Cachorro", em que as pessoas postavam vídeos de animais de estimação fazendo coisas engraçadas, e outro sobre culinária vegetariana, em que fazia perguntas educadas e bem escritas sobre *chana dal*, fondue e hambúrgueres de plantas serem bons ou não.

— O verdadeiro amor de Drue. — O tom de voz de Darshi exalava sarcasmo. — Como será que ele é?

Enquanto percorríamos a rodovia interestadual I-95, íamos elaborando teorias. Eu apostava que a vida de doutorando de Aditya era uma farsa, e que na verdade ele era uma espécie de vilão do James Bond, com ternos caríssimos e intenções malignas, e que sua presença online era só uma fachada.

— Aposto que ele tem sotaque estrangeiro — falei, fingindo um desmaio pelo enorme encanto.

— Acho difícil de acreditar, mas talvez Drue gostasse secretamente de nerds — especulou Darshi. — As pessoas nem sempre seguem os padrões esperados, né? O pai dela não saía com nenhuma modelo. Barbara Vincent não era nada glamourosa.

— Minha mãe era — falou Nick baixinho.

— Vamos revisar as informações — sugeri, antes que Darshi começasse a fazer comentários maldosos e Nick voltasse a ficar melancólico. — O que sabemos desse cara? Ele gosta de vídeos de cachorros rolando escada abaixo — complementei, respondendo à minha própria pergunta.

— E de vídeos de cachorros tentando beber água em mangueiras — acrescentou Darshi. — Não vamos subestimar Aditya.

— Ele ama a família — comentou Nick.

— Ou pelo menos posta muitas fotos dos familiares — acrescentei, apesar de achar que as imagens pareciam bem convincentes. Eu tinha visto Aditya com um sorrisão no rosto na festa de 1 ano da sobrinha, segurando a aniversariante no colo com uma tranquilidade que sugeria familiaridade com bebês e crianças pequenas. Tinha visto Aditya de beca e capelo em Harvard. Ele tinha usado fita adesiva para escrever "AMO VOCÊS, MÃE E PAI" na parte de cima do chapéu. — Mas parece que ele ama todos eles de verdade. Será que é ele mesmo quem estamos procurando?

— Acho que só falando com ele para saber — opinou Nick.

~~~~~

Aditya morava no segundo andar de um sobrado em estilo vitoriano na rua Bradley, bem perto do campus de Yale. A pintura externa estava descascando. A entrada, atrás de uma porta de carvalho maciço, pesada e com marcas de arranhões, tinha um cheiro desagradável de umidade, e o que sobrava do carpete marrom da escada era horrível.

— Vida de doutorando é isso aí — murmurou Darshi enquanto subíamos as escadas.

Bati à porta com um número dois de metal pendurado torto, com um único prego. Um instante mais tarde, a porta se abriu.

— Pois não? — disse um homem que limpava a mão em um pano de prato preso na cintura.

O cheiro de alguma coisa cozinhando atrás dele chegou até nós, em uma nuvem de gengibre e coco. Quando olhou para mim, seus ombros estreitos penderam para baixo.

— Ah — falou ele. — Oi.

Fiquei imóvel, calada e atordoada enquanto dava a primeira boa olhada no homem que eu vira na festa. E no funeral. O cara que fugira. Estava com a barba por fazer havia alguns dias em comparação com a festa e, acrescentando mais barba e ignorando a cor da pele, eu diria que ele se parecia meu pai quando tinha 30 e poucos anos, com a mesma expressão pensativa e os mesmos olhos castanhos tristonhos por trás dos óculos. Sua barriga esticava o tecido da camiseta, fazendo uma curva suave. Estava vestido com uma camiseta azul simples, por fora da calça de corrida de nylon, e sandálias de couro. Eu até conseguia ouvir Drue zombando daqueles calçados em minha mente. Respirei fundo e tentei encontrar alguma coisa em comum entre a Drue de personalidade forte, preconceituosa e cheia de opiniões que eu conhecia e aquele homem calado, com aparência humilde e nem um pouco atraente.

— Senhor Acharya? Sou Darshini Shah — apresentou-se Darshi. — Esse é Nick Carvalho, e essa é Daphne Berg. Somos amigos de Drue.

— Lógico.

Mais de perto, pude ver que seus olhos estavam vermelhos e inchados atrás dos óculos e que ele estava retorcendo o pano de prato nas mãos, como se não soubesse o que fazer com elas e precisasse ocupá-las com alguma coisa. Seu olhar se voltou de Nick para Darshi, e ele pareceu relaxar um pouco depois de analisá-la.

— Entrem, por favor.

Na sala de estar, havia um sofá de couro surrado e poltronas que não combinavam (uma delas estava remendada com fita adesiva prateada), um tapete persa lindo, uma escrivaninha com pilhas de livros acadêmicos, com uma estátua azul do Buda da Medicina em cima.

— Por favor, por favor — convidou ele, nos conduzindo para dentro.

Em seu pulso, reconheci o relógio de aparência barata que eu vira nas fotos e um anel de formatura cafona na mão direita. Em termos de estilo, era um desastre, o tipo de cara de quem Drue tiraria sarro no Lathrop, e sua expressão, seus ombros curvados e olhos tristes mostravam que ele sabia disso, que já tinha sido objeto de zombaria mais de uma vez na vida.

— Reconheci você do vídeo — disse ele para mim quando nos acomodamos na sala de estar, que tinha também uma mesinha de centro barata de vime e um sofá velho de tweed.

— Vídeo?

— O do bar. Com aquele cara.

— Ah.

— Drue deve ter mostrado para mim pelo menos umas dez vezes. E me mostrava também todas as suas postagens no Instagram. Ela tinha muito orgulho de você. Dizia: "Essa é minha amiga!".

— Ah — murmurei, sentindo o coração disparar e os olhos se encherem de lágrimas. — Eu não sabia disso.

— Ela me dizia: "Eu nunca conseguiria ser corajosa assim". Te admirava muito. — Juntando as mãos diante de si, ele falou: — Peço desculpas por ter fugido, mas eu não fui convidado. Nem para a festa, nem para o funeral. É... uma história complicada. — Ele inclinou a cabeça e continuou, bem baixinho: — Mas eu queria estar lá. Por Drue.

Nick me deu um lenço de papel que encontrou em algum lugar. Quando Aditya foi preparar um chá, olhei ao redor, para a mobília barata, a profusão de plantas em vasos de barro na única janela voltada para o sul, uma imagem emoldurada do Senhor Shiva na parede e, em uma mesinha de canto, uma estatueta de cobre de Ganesha, com a cabeça de elefante e um camundongo a seus pés. O aparador acima da lareira tinha um único porta-retratos, com uma foto de Drue e Aditya no estádio Fenway Park. Os dois estavam usando bonés do Boston Red Sox e sorrindo nos assentos lá no alto da arquibancada.

— Ah — murmurou Aditya, voltando para a sala e acompanhando meu olhar.

— Ela parece tão feliz.

— Foi um dia maravilhoso.

Ele entregou as canecas a nós e pôs um prato de biscoitos Parle-G, do mesmo tipo que a mãe de Darshi às vezes servia, na mesinha de centro. Dei um gole no chá enquanto ele se acomodava em uma poltrona surrada, cruzava as mãos sobre a barriga e suspirava. Eu sabia que o estava encarando de forma um tanto grosseira, mas não conseguia parar. Em parte porque ele me lembrava muito meu pai, e em parte porque não conseguia imaginar Drue (a glamourosa, maravilhosa, rica e linda Drue) com um cara como aquele. Ela teria subido aquelas escadas sob o teto com a pintura descascando, respirado aquele cheiro de umidade misturado ao que parecia ser repolho cozido? Teria sentado naquele sofá, teria dormido no futon que com certeza Aditya tinha no quarto, cozinhado com ele naquele corredorzinho minúsculo que era a cozinha e visto programas com ele naquela TV miúda e velha?

— Vocês devem estar se perguntando o que ela viu em mim. — O tom de Aditya soou bem-humorado, mas seus olhos eram tristes. Darshi fez menção de dizer alguma coisa, porém parou quando Aditya balançou a cabeça. — Não precisa se desculpar, não. Eu também me perguntava a mesma coisa. Todos os dias, quando estávamos juntos, eu me sentia da mesma forma: como se aquilo não pudesse ser real.

— Como vocês se conheceram? — perguntou Darshi.

— Drue trabalhava como voluntária duas noites por semana em uma escola de ensino médio em Boston. Ela estava ajudando os alunos a escrever o ensaio para mandar às faculdades às quais queriam se candidatar, a preencher os formulários, a se preparar para os testes de avaliação. Esse tipo de coisa.

— Espere aí. Como é?

Aditya confirmou com a cabeça. Senti um aperto no coração ao ver o orgulho em seu rosto.

— Ela costumava fazer piada com isso. Dizia que, se alguém de sua época de colégio visse aquilo, teria achado que ela tinha entrado para uma seita. Mas era uma coisa que ela considerava importante, retribuir, fazer alguma coisa boa.

Antes que eu pudesse perguntar o que aquilo queria dizer, e o que Drue estava tentando compensar, ele continuou:

— Ela chamou minha atenção de imediato. Era impossível não reparar em Drue. Era linda e inteligente. Uma das mulheres que coordenava o programa de voluntariado me disse qual era seu sobrenome e quem era seu pai. Fomos instruídos a tratá-la bem, porque a empresa da família dela fazia ações filantrópicas e talvez nos concedesse alguma verba. Eu jamais tomaria a iniciativa de me aproximar dela. Já me contentaria em vê-la duas vezes por semana.

— Então o que aconteceu?

— Drue chamou você para sair — concluiu Nick.

Aditya assentiu, sorrindo com a lembrança, fosse qual fosse.

— Nós dois tínhamos ficado até mais tarde para recolocar as mesas e as cadeiras no lugar, e ela perguntou se eu queria ir ao museu Isabella Gardner. Isso foi em maio. — O olhar dele era terno. — Era uma tarde linda. O jardim estava repleto de lilases e madressilvas. Nós nos sentamos em um banco, ao lado da estátua de um sátiro, e ficamos conversando. Eu não fazia ideia de que aquilo era um encontro, lógico. Pensei que ela quisesse algum conselho ou uma referência para acrescentar à candidatura a uma vaga de pós-graduação. Foi só nisso que pensei. Nunca poderia imaginar que alguém como Drue pudesse se interessar por alguém como eu, e quando ficou nítido que ela estava... — ele pigarreou —... interessada, o que pensei foi que devia querer alguma coisa em troca. — Ele abriu um sorriso tristíssimo. — Ela falou que gostava de mim, do interesse que eu demonstrava em sua mente, não em seu dinheiro ou status. Disse que eu lembrava alguém que conheceu quando era mais nova.

Engoli em seco, comprimindo os lábios com força, sentindo a tristeza me invadir. Porque sabia como era essa sensação de não acreditar que aquela garota encantadora, linda e perfeita pudesse ter algum interesse em mim. Lembrei que Drue me disse que adorou meu pai, depois de nossa excursão gastronômica. "Que sorte você tem." Lembrei da foto no quarto de Emma, da garotinha montada nos ombros do pai, e do que Lily Cavanaugh havia dito sobre a relação de Drue com seu pai: "Ela queria ser amada por ele". Meus olhos se encheram de lágrimas quando pensei em meu pai, que sempre tivera tempo para mim, e em Drue, cujo pai nunca estivera por perto. Drue, que precisara se agarrar a um dia de bons momentos com meu pai, porque o seu havia lhe dado tão pouco. *Que sorte*, pensei. Nossa, eu tinha sorte mesmo.

— Ficamos juntos por um ano — contou ele. — Nunca pensei que fosse durar tanto tempo.

— E o que aconteceu? — perguntei.

Aditya começou a deslizar as sandálias de um lado ao outro sobre o lindo tapete.

— Às vezes eu pensava que existiam duas Drues. Duas pessoas dentro de uma. Havia a mulher que era feliz comigo, que fazia trabalho voluntário, via aos jogos dos Red Sox e se sentava nas arquibancadas, ou queria ficar em casa cozinhando. Que saía para caminhadas ou passeios de bicicleta, porque eu não tinha como bancar nada mais que isso, e também não queria que ela pagasse nada. Nós íamos aos museus de quarta-feira, quando a entrada é gratuita. Comprávamos ingressos com desconto para o teatro. Pegamos a balsa uma vez, de Boston até Provincetown. Comemos ostras no almoço, passeamos na praia e passamos a noite na casa dos pais dela em Cabo Cod.

Assenti, imaginando se, para Drue, estar com Aditya não era como interpretar uma personagem: Maria Antonieta com a roupa de pastora de rebanhos, cuidando das ovelhas perfumadas antes de voltar para Versailles.

— E havia a outra Drue. A mulher que ela fora criada para ser. O braço direito do pai. O espelho da mãe. A mulher fotografada em eventos beneficentes e que aparecia em jornais e revistas. Uma mulher que queria muito ser amada pelo pai e que por isso tinha certa imagem a manter.

— E você não se encaixava nessa imagem — completei.

Ele abriu um sorriso triste, fazendo contato visual com Darshi antes de balançar a cabeça.

— Não — disse ele, com o mesmo tom definitivo que Darshi tinha usado para responder à mesma pergunta. — Nem se tivesse todo o dinheiro do mundo.

A barriga de Aditya se mexeu quando ele soltou um suspiro.

— Então eu sabia que nós não tínhamos futuro. Um final feliz era impossível para nós. Mas eu a amei mesmo assim. Porque queria acreditar. Queria que fosse verdade. — Ele comprimiu os lábios e voltou a cruzar as mãos no colo. — Um ano atrás, Drue veio me ver. Nós fomos almoçar, e ela me disse que não podíamos mais continuar juntos. Que tinha reencontrado um antigo namorado e estava planejando se casar com ele. Foi assim mesmo que ela disse: estava planejando se casar com ele. Perguntei se ela o amava. "Não", foi o que ela disse. "Não. Eu amo você." — Ele torceu o pano de prato com força nas mãos. — Ela disse que sentia muito, mas que estava fazendo o que era preciso. Que eu era o melhor homem que já tinha conhecido e que me amaria para sempre. Prometeu que voltaria para mim quando pudesse, e então ficaríamos juntos. Mas entenderia se eu não quisesse esperar.

Nick e Darshi se viraram para mim. Imaginei o que eles deviam estar pensando: Aditya sabia que o casamento era arranjado? Deveríamos contar a ele? Seria de alguma ajuda para ele saber que Drue não amava Stuart, que o casamento fora por dinheiro, e o noivado, só para manter as aparências? Ou isso só pioraria as coisas?

— Ela deu alguma ideia de quando? — perguntei por fim. — De quando voltaria?

Ele secou as lágrimas e negou com a cabeça, a expressão resoluta.

— Eu não perguntei. Era uma fantasia. Um sonho construído sobre um sonho. Ela se casaria com alguém mais apropriado e fim da história. Eu não podia continuar mantendo esperanças por algo que nunca aconteceria. E então, ir àquela casa... àquela festa... — Ele balançou de novo a cabeça. — Foi absurdo. Mas eu precisava vê-la. E então, depois da briga, eu a vi subindo a escada e pensei... pensei que talvez...

Ele se calou. Eu me lembrei dele, na penumbra, com a camisa branca e o short vermelho, com um copo d'água na porta do quarto de Drue, esperando. Esperando que ela precisasse dele; que ela dissesse "me leve para casa".

— Eu sabia que ela nunca mudaria de ideia. Ou, no mínimo, sabia que era muito pouco provável. Só queria vê-la de novo. Talvez para convencer a mim mesmo que tudo estava mesmo acabado.

— E a cerimônia?

Ele suspirou.

— Eu queria me despedir.

— Drue mencionou alguma vez que tinha uma meia-irmã em Cabo Cod? — perguntou Darshi.

Aditya negou com a cabeça de novo, parecendo surpreso, mas não chocado.

— Por acaso era a jovem que a polícia estava interrogando?

Nick confirmou que sim, e Aditya disse:

— Drue sabia que os pais dela estavam infelizes. Sabia que o pai tinha casos extraconjugais e que tinha se relacionado com mulheres de Cabo Cod. E ela desconfiava de que pudesse haver outros filhos. Mencionou inclusive que queria fazer alguma coisa por essas pessoas, uma ajuda financeira. Disse que não era justo ela ter sido criada com tantos privilégios e eles não.

Fiquei só escutando, e pensando que aquela era uma Drue que eu nunca vira... a que era capaz de reconhecer a própria condição privilegiada. E que estava tentando ser uma pessoa melhor.

— Então quem você acha que poderia querer matá-la? — perguntei.

Aditya abriu um sorriso triste.

— Ela magoava as pessoas. Acho que vocês sabem disso. A Drue que eu conheci não. Mas a garota que ela tinha sido... ela causou muito estrago. — Ele alisou o pano de prato no colo. — Ela me contou o que fez com você, era um dos motivos para ficar tão impressionada com seu vídeo. Disse que você transformou uma fraqueza em um ponto forte. E admirou muito essa atitude. — Engoli em seco. Nick pôs a mão em meu ombro. — E ela se sentia culpada pelas coisas que tinha feito na vida, pelo mal que causara. Então distribuía dinheiro para lugares que faziam a diferença na vida das pessoas. Contribuía com o próprio tempo também. Foi por isso que estava lá no centro de tutoria. Disse que no ensino médio mandou uma outra menina fazer o Teste de Avaliação Acadêmica em seu lugar e que, quando isso foi descoberto, quem sofreu as consequências foi só a outra garota. — Eu me lembrei da irmã de Stuart mencionando um escândalo no Croft. Só podia ser esse. — Ouvi dizer que o colégio pôs panos quentes na situação.

— Você sabe se a garota que fez o teste era aluna do Croft? — perguntei. — Uma colega de sala dela?

Ele fez que não com a cabeça.

— Drue não gostava de falar disso. Só me contou essa história uma vez, no meio da noite, no escuro. Eu quis acender a luz, mas ela não deixou. Falou que... — Ele suspirou. — Ela falou que não suportaria ter que olhar para mim enquanto me contava isso. Estava com muita vergonha. A outra garota era bolsista, e o Croft era a grande chance da vida dela. Depois disso, Drue não sabia nem se a outra garota tinha conseguido fazer faculdade.

Darshi já estava digitando no Google o nome de Drue, combinado com expressões como "Colégio Croft", "Teste de Avaliação Acadêmica", "fraude" e "expulsão", mas não obteve resultados. O que não era surpreendente.

— Essas escolas preparatórias sabem como encobrir a própria sujeira — comentou Darshi.

— Vou procurar uma lista de garotas que se formaram no mesmo ano que ela — anunciou Nick. Um instante depois, leu uma breve lista de nomes. — Algum deles parece familiar?

Fiz que não com a cabeça. Darshi e Aditya também. Nós dividimos a lista e fizemos buscas por vinte minutos, vasculhando um perfil de rede social atrás do outro. As garotas do Croft àquela altura eram pós-graduandas ou estudantes de medicina e direito. Algumas tinham se casado, e duas eram mães. No Facebook e no Instagram, só o que vi foram fotos de formaturas, férias na praia, árvores de Natal, corridas de resistência, jogos de rúgbi, chás de bebê, batizados, festas de 1 ano e casais felizes e sorridentes, segurando placas de VENDIDO diante dos novos lares. Uma mulher postava receitas de dieta paleo; uma outra só postava lenga-lenga política de direita. Uma outra, Kamon Charoenthammawat, não tinha nenhum perfil nas redes sociais.

— Que irritante — murmurou Darshi.

— Certo. Vamos ter que investigar mais sobre a garota que fez o teste — concluí.

Aditya assentiu.

— Meu melhor palpite é que vai acabar aparecendo alguém assim. Alguém que ela prejudicou, deliberadamente ou não. Alguém que conheceu em Harvard, ou no colégio, ou da escola preparatória que fez depois. Alguém que conheceu em uma viagem, ou alguém da sua antiga fraternidade, ou do trabalho.

Pode ser muita gente mesmo, pensei, com um aperto no coração.

Ele nos deixou com uma lista de oito mulheres, mencionando o nome quando sabia, ou descrições das que não conhecia. Irmãs de fraternidade cujo dinheiro ou trabalhos acadêmicos ou namorados Drue tinha roubado na faculdade; uma colega de classe em cujo carro Drue batera. Havia uma ex-amiga com cujo irmão Drue fora para a cama; e outra ex-amiga cujo pai ela seduzira.

Nenhum dos nomes ou das descrições me pareceram familiares, ou relacionados a alguém que eu me lembrava de ter conhecido no casamento. Uma pesquisa no Google com palavras-chave como "Drue Cavanaugh", "acidente automobilístico", "Cambridge" e "2012" não ajudou e, obviamente, "Drue Cavanaugh" e "namorado roubado" também não deu em nada.

Darshi foi usar o banheiro. Nick se balançava para a frente e para trás enquanto usava o celular, fazendo o sofá ranger sob ele. Aditya soltou outro suspiro profundo.

— Eu deveria ter incentivado que ela fizesse as pazes com mais gente, acho, nem que fosse só para deixá-la mais aliviada.

— Ela pediu perdão para mim — contei. — E deixou dinheiro para sua instituição beneficente, e para outros filhos do pai dela. Com certeza, devia planejar fazer mais coisas.

Aditya abriu outro sorriso triste e não respondeu. Voltei a mexer no celular. Minhas têmporas latejavam; meu estômago estava revirado. Fiquei me perguntando se o detetive McMichaels teria decidido concentrar a atenção em mim, ou em Nick; se estaria nos esperando quando voltássemos à cidade.

Aditya estendeu o braço por cima da mesa de centro e segurou minha mão. Em um tom gentil, me disse:

— Ela amava você, sabe. — Assenti, sem condições de falar. — E me contou que passou um dia com você e seu pai. Eu queria impressioná-la, então perguntei o que ela considerava um dia perfeito. Tinha certeza de que seria assistir a uma ópera favorita em Viena, ou pegar um jatinho particular para Paris, mas ela me contou sobre quando vocês saíram para comer *dumplings*, e andaram de metrô, e depois foram até um café para ler. Disse que nunca tinha passado tanto tempo assim com o próprio pai e morria de inveja de você por poder fazer isso todo domingo. Esse foi um dos melhores dias da vida dela.

Balancei a cabeça. *Ai, Drue,* pensei, e caí no choro.

Vinte e três

— E agora? — questionou Nick.

Depois de uma hora e meia na I-95, finalmente chegamos à estrada West Side. Nick estava ao volante. Eu ia ao seu lado, e Darshi fizera o caminho de volta no banco de trás sem dizer uma palavra. Em meio ao silêncio e a expressão enojada em seu rosto desde que saímos de New Haven, não era muito difícil deduzir seu estado de espírito.

— Eu preciso ir para a universidade — avisou ela. — Tenho expediente por lá.

— E você, Daphne? — perguntou Nick.

— Estou pensando — respondi. Na verdade, estava tentando não pensar, deixar a mente como uma página em branco. — Minha esperança é que uma resposta venha à tona quando menos se espera, como um daqueles peixes cegos que vivem em cavernas.

— E está dando certo? — ironizou Darshi.

Abri um dos olhos para dar uma encarada nela.

— Você tem alguma ideia melhor?

— Tenho — revelou minha amiga. — Minha ideia é pararmos com isso logo de uma vez. Não foi você, e uma hora a polícia vai encontrar quem foi. Minha solidariedade com Drue já chegou ao fim. Ela fez suas escolhas de vida.

— E daí? Você acha que ela mereceu isso? — rebati.

— Eu acho — disse Darshi, articulando bem cada palavra — que se você usou as pessoas a vida toda, manipulou e abusou delas e descartou quando não precisava mais, sim, existem consequências. Coisas ruins acontecem.

Abri a boca para responder, mas fechei em seguida. Eu não tinha como dizer que Darshi estava errada; não tinha como dizer que Drue não se comportara exatamente daquela maneira. Drue usara Aditya e depois o descartara, assim como havia feito com a própria Darshi. E comigo. E o carma podia ser só uma hashtag para os ocidentais, mas Darshi fora criada de acordo com as crenças hinduístas. Ela acreditava que ações geravam consequências, naquela vida ou na próxima.

— Me desculpe — falei. — Você tem razão.

Darshi não respondeu. A tensão dentro do carro era perceptível. Finalmente, com uma voz tão baixa que mal consegui ouvir, ela falou:

— Você já correu atrás de Drue o tempo todo quando estava viva. Vai fazer a mesma coisa agora que ela está morta?

Pensei em como responder a isso, e o que poderia dizer.

— Todo mundo merece justiça — falei por fim.

— Você precisa desapegar dela — aconselhou Darshi.

— Eu sei.

Darshi evidentemente não acreditou. Estalou a língua, parecendo triste e contrariada, mas não respondeu. O silêncio desconfortável prosseguiu até Nick entrar na rua 96, quando passava um pouco das sete da noite.

— Você pode me deixar aqui mesmo? — pedi.

— Aonde você vai? — perguntou Nick.

— Vou dar uma caminhada. Às vezes penso melhor em movimento. Vou andar, pensar e encontro você lá na casa dos meus pais em mais ou menos uma hora, ok?

— Tem certeza? Se esperar um pouquinho, eu posso caminhar com você.

— Não — respondi. — Eu agradeço, mas não. Acho que preciso ficar um tempo sozinha.

— Está escurecendo — argumentou Nick.

— O crepúsculo. *L'heure bleue*. Sério mesmo, eu vou ficar bem. E vou estar com o celular.

Não só estaria com o celular como precisava usá-lo para responder a algumas seguidoras e me certificar de que todos os links que postara estavam funcionando. Talvez eu finalmente escrevesse para aquela menina que me perguntara como ser corajosa. Não que eu tivesse uma resposta diferente da de quando ela fizera o questionamento, no dia em que eu conhecera Leela Thakoon.

Nick não pareceu muito contente em me deixar sozinha na rua, mas no fim parou o carro, com Darshi passando para o banco do passageiro, e combinamos de nos encontrar às oito. Quando as lanternas traseiras do carro desapareceram, prendi o cabelo em um rabo de cavalo, acionei o pedômetro do celular (um hábito dos tempos de dieta que nunca consegui abandonar) e comecei a andar. Ainda estava usando o macacão da Leef, mas havia trocado as sandálias de salto Anabela por tênis pretos. Com a cabeça erguida, segui mexendo os braços com vigor, apesar da vontade de arrastar os pés e deixar as mãos e a cabeça penderem como sacos de batatas. Já conseguia até ver a cena: o detetive McMichaels, com o cabelo grisalho de corte escovinha e o bigode que parecia uma taturana, me esperando no corredor. "Só mais algumas perguntas", ele diria, chegando perto demais de mim, me encarando. Ele teria impresso as mensagens de texto de Darshi, depois de fuçar na nuvem, e as mostraria para mim: "Por que você e sua amiga estavam falando em matar a srta. Cavanaugh? Por que estavam mandando fotos de facas?". "Você tem a chance de confessar agora", ele diria. "Com certeza o promotor público vai propor um bom acordo. Ei, você pode ter tido um motivo justo! Tome a frente da situação. Conte a verdade."

Tentei afastar os pensamentos, pensar em outra coisa, qualquer coisa. Minha mão foi automaticamente para o celular. Abri o Instagram, li os comentários da última foto que havia postado, me preparando para os pêsames, os "sinto muito" e os emojis de coração partido e, inevitavelmente, as pessoas que acabavam contando as próprias histórias de perdas, para me dizer que também tiveram uma amiga assassinada, ou uma irmã, ou uma filha, ou até a mãe. Eu precisava me lembrar de dizer a Nick que esse era mais um uso possível das redes sociais, o de proporcionar um espacinho, por menor e mais anônimo que fosse, para as pessoas contarem as próprias histórias e se reconfortarem, se sentirem reconhecidas e vistas, ainda que por pouco tempo.

Todo mundo merece justiça, pensei. Mesmo as pessoas mentirosas. E todo mundo mentia. Principalmente nas redes sociais, onde existiam mentiras por encomenda ou por omissão nos perfis de todos, e que se associavam à presença da pessoa online. Eu fingia ser corajosa, Darshi fingia ser hétero e Drue fingia ser rica e glamourosa e feliz quando, na verdade, era só rica e glamourosa. Talvez com os homens fosse diferente. Aditya parecia ser exatamente quem era em carne osso, e Nick nem sequer estava nas redes sociais.

Foco, disse para mim mesma, guardando o celular. Eu me lembrei da pergunta que o detetive tinha feito: "Quem se beneficia?". *Quer dizer, além de mim, de Nick, de Aditya e de Emma*, pensei, e soltei um suspiro enquanto desviava de um homem sem-teto largado no meio da calçada. Talvez houvesse uma vantagem em ser presa em sua própria cidade, em seu apartamento. Assim pelo menos eu poderia escolher uma roupa bonita para quando a polícia expusesse minha imagem algemada à imprensa. *Meus patrocinadores provavelmente adorariam*, pensei, amargurada. Aquele tipo de burburinho não tinha preço.

E foi então que me dei conta. Detive o passo no ato, de forma tão abrupta que a mulher que vinha andando atrás de mim com sacolas de compras do Whole Foods quase esbarrou em mim.

— Que é isso, moça? — resmungou ela, bufando.

Eu estava sem fôlego até para um pedido de desculpas. Os pensamentos (frases e afirmações recordadas, flashes de conversas lembradas pela metade) zuniam por minha cabeça como os padrões de um caleidoscópio, se moldando e remoldando até se alinharem em uma conclusão a que eu provavelmente já deveria ter chegado um bom tempo antes.

"Matar uma jovem no dia do casamento? Isso não me parece ter nada a ver com negócios. Foi uma coisa pessoal." Abigay.

"Ela me contou que a garota era bolsista, e aquela era a grande chance da vida dela. Drue não sabia mais nem se a outra garota tinha conseguido fazer faculdade." Aditya.

E, por fim, uma voz dizendo algo que eu deveria ter me lembrado logo de cara: "Para mim o ensino médio foi meio que uma época de merda. Sabe, né, aquele lance com as 'meninas malvadas'. Demorei um tempo para superar, mas sobrevivi".

— Ai, meu Deus — murmurei com a voz trêmula e esganiçada. — Ai, meu Deus, ai, meu Deus, ai, meu Deus.

Peguei o celular na bolsa e revi as ligações recentes até encontrar uma com o prefixo 508. Prendi a respiração até Barbara Vincent atender e dizer:

— Alô. Alô, Daphne, é você?

Eu disse a ela o que precisava e expliquei tudo passo a passo.

— É só tirar uma foto e abrir no aplicativo do celular. No canto esquerdo da tela, tem uma caixinha com uma seta saindo da parte de cima — falei. — Clique nela e digite meu número.

Dez segundos depois, meu celular vibrou. Meu coração pareceu parar de bater. Meus ouvidos zumbiam, como se eu estivesse debaixo d'água. Abri a mensagem de Barbara e cliquei no anexo, que mostrava uma fotografia da turma de formandos de 2011 do colégio Croft. A foto havia sido tirada do anuário que Emma comprara para se sentir mais próxima da meia-irmã que nem sabia de sua existência, a menina rica que conseguira tudo o que Emma pensara querer, que ficava com todos os prêmios e confetes. No apartamento de Aditya, Nick, Darshi e eu tínhamos levantado uma lista de nomes. E naquele momento havia rostos para associar a cada uma: dezesseis garotas de vestido branco, cada uma com uma rosa branca na mão; um número idêntico de garotos de blazer azul e calça cáqui. A foto devia ter sido tirada antes da formatura, antes de descobrirem a fraude no Teste de Avaliação Acadêmica, antes de enterrarem o assunto, expulsarem a cúmplice e mandarem Drue para Harvard. Minha antiga melhor amiga estava bem no centro da primeira fileira. Seu cabelo estava comprido e liso e ela exibia um sorriso radiante e confiante. Tinha a aparência de alguém que conquistaria o mundo, uma garota que poderia fazer e ser o que quisesse na vida. Ao seu lado estava Stuart Lloyd Lowe, com o cabelo um pouco mais longo e um físico mais franzino do que na época do reality show, mas já transmitia a mesma aura de privilégio e de uma vida sem dificuldades; o mesmo brilho de riqueza. Na fileira seguinte, logo atrás de Drue, próxima quase a ponto de tocá-la, com franjas que quase cobriam os olhos, cabelo escuro e longo, sobrancelhas grossas e um sorriso tímido no rosto redondo, estava uma menina identificada como Kamon Charoenthammawat. Uma garota que, em determinado momento da vida, tinha mudado de nome, perdido dez quilos, furado o nariz, tingido o cabelo em tons prateados e de lavanda e se transformado na mulher que eu conhecia como Leela Thakoon.

Liguei para Darshi. Como ela não atendeu, tentei falar com Nick. Ele também não atendeu, então deixei um recado. Usando a ferramenta de edição do aplicativo do celular, fiz um círculo vermelho em torno do rosto de Kamon e encaminhei a foto para os dois com um aviso: ESSA GAROTA É LEELA THAKOON, A ESTILISTA QUE ESTÁ ME PAGANDO PARA USAR AS ROUPAS DELA. ELA ESTUDOU NO CROFT COM DRUE. APOSTO QUE FOI ELA QUE FOI EXPULSA. ACHO QUE ELA É A ASSASSINA. Pronto. Se eu fosse atropelada por um ônibus, ou presa no caminho de casa, haveria fortes evidências apontando para Leela.

Mandei para McMichaels uma cópia da mensagem, acrescentando informações sobre Drue ter estudado no Croft e pagado uma pessoa para fazer o Teste de Avaliação Acadêmica em seu lugar. Meu celular deu o alerta de bateria fraca, então o guardei no bolso de novo e acelerei o passo, pensando no que havia descoberto. Já estava inclusive começando a duvidar de mim mesma, me perguntando se não era uma linha muito tênue, uma suposição frágil a que só alguém com muita boa vontade poderia chegar depois de ligar os pontos. E se eu estivesse errada? E se outra pessoa tivesse se encrencado por fazer a prova no lugar de Drue? E se fora mesmo Leela a trapacear com Drue e ser expulsa do Croft, mas quem cometera o crime fosse uma pessoa completamente diferente? Eu deveria ligar para a polícia? Ainda não, decidi. Não até haver provas concretas. Não até ter certeza absoluta.

Tirei o celular do bolso, vi que só restavam dois por cento de bateria e o guardei de novo. Queria silenciar o cérebro, parar de pensar em Drue, parar de pensar em tudo. Mas a cidade parecia mal-assombrada, cada canto de cada quarteirão era repleto de lembranças. A Zara onde eu roubara uns acessórios de cabelo a pedido de Drue; a padaria onde eu me fartava com um rocambole fofinho de canela se Drue estivesse me tratando especialmente mal naquela semana.

Decidi que, em vez de ir direto para a casa de meus pais, passaria em meu apartamento primeiro. Assim poderia carregar o celular, passear com minha cadela e levar Bingo comigo. Nick e Darshi, se ela ainda estivesse disposta a ajudar, poderiam me encontrar e me ajudar a pensar no que fazer em seguida.

Enquanto caminhava, me peguei imaginando Drue como tutora em uma escola pública de Boston, um lugar cheio de livros velhos e pisos arranhados. Eu a imaginei se debruçando sobre o livro de algum adolescente, ou mostrando como fazer a análise sintática de uma frase ou resolver uma equação de segundo grau. Pensei em Drue com Aditya em algum restaurante minúsculo, do tipo que eu frequentava com meu pai, comendo *galbi*, salada de folha de chá ou guisado de carne de porco com abóbora. Pensei nela descascando gengibre ou batata-doce, ou amassando um dente de alho e lavando arroz, lado a lado com Aditya na cozinha dele, com aquele piso de linóleo marrom e as bancadas de fórmica lascada. Pensei nos dois dividindo uma cerveja nos lugares baratos de arquibancada no Fenway Park, ou de mãos dadas no silêncio da galeria de um museu em uma quarta-feira, quando o valor da entrada era voluntário. A pessoa que ela poderia ter sido, que deveria ter sido, uma jovem sorridente, com roupas simples, rabo de cavalo e boné na cabeça, e não a criatura corporativa reluzente e polida que aparecia no material promocional da Cavanaugh Corporation. Eu correra atrás dela, e ela de seu pai, em busca de amor e atenção, sem nunca conseguir o que queria. Todo aquele esforço havia sido para tentar salvar o negócio da família e ser amada pelo pai, sem saber que nenhum dos filhos dele mantinha seu interesse por muito tempo. Eu me perguntei se em algum momento ela não teria se sentido tentada a desistir de tudo e ficar com Aditya, que evidentemente a adorava. Eles poderiam ter se mudado para Boston e voltado a frequentar Cabo Cod todo ano nas férias de verão. Poderiam ter sido felizes juntos.

Abri a porta e fui correndo escada acima, ainda pensando em como essa vida poderia ter sido. Estava na metade do corredor com as chaves na mão quando ouvi Bingo choramingar. Ergui os olhos e vi que havia de fato alguém esperando por mim, como eu imaginava. Só que não era a polícia.

— Não grite — ordenou Leela Thakoon enquanto retirava uma arma pequena e discreta da bolsa transversal e a apontava para meu peito.

Fiquei sem fôlego, e meus joelhos se enfraqueceram.

— Abra a porta, entre e me passe o celular.

Fiz o que ela mandou, entregando o aparelho, e entrei no apartamento. Lá de dentro vinha o som da água correndo na banheira. Quando Bingo veio correndo em nossa direção, toda contente, Leela lhe deu um chute rápido e certeiro que a fez rolar para longe. Bingo ganiu, com uma expressão de quem estava se sentindo traída. Ela se escondeu atrás de minhas pernas, toda encolhida.

— Se esse animal chegar perto de mim de novo, vai levar um tiro. Ponha essa coisa no closet.

— Ela não vai ficar lá.

Eu me tremia toda, os joelhos, as mãos e até a boca, sentindo cada fio de cabelo se balançar também.

— Ande logo.

Murmurei um "seja uma boa menina" no ouvido de Bingo antes de colocá-la no chão do armário de casacos e fechar a porta. De imediato, ela começou a ganir, arranhar e bater com a cabeça na porta. Leela a ignorou.

— Sente-se aí — ordenou ela, apontando com a arma para a sala de estar.

Praticamente caí em cima da poltrona no canto.

— Porfavornãomemate — falei, embaralhando as palavras.

Leela suspirou.

— Eu não quero fazer isso. Não mesmo. — Ela teve a audácia de me dar uma piscadinha e abrir o sorriso com covinhas enquanto me apontava o dedo. — Mas você! Você se recusa a parar de se intrometer nesse assunto!

— Eu... — comecei a falar, mas parei. Engoli em seco. Passei a língua nos lábios ressecados, que pareciam até um bolo de lã feltrada, e tentei disfarçar. — Não sei do que você está falando.

— Ah, qual é. Nada de mentiras. Estamos só nós aqui!

Ela exibiu as covinhas de novo e, com a mão livre, prendeu uma mecha de cabelo atrás da orelha antes de erguer um dedo.

— Em primeiro lugar, você fez uma postagem de New Haven, onde mora Aditya Acharya. E Aditya era amigo de Drue. Uma amizade colorida, pelo menos de acordo com as pessoas que paguei para ficarem de olho nela.

Um dos meus posts programados, pensei. Devia ter sido publicado enquanto estávamos em Connecticut, e eu devia ter esquecido de desativar a geolocalização, o que revelou ao mundo inteiro onde eu estava. Minha parceria com a empresa de tapetes de ioga seria responsável indiretamente por minha morte.

— Tentei me convencer de que era só uma coincidência. Talvez você tivesse amigos em Connecticut, certo? — Mais um dedo foi erguido. — Só que eu também programei um alerta no meu site para acessos de endereços de IP daquela região específica de Cabo Cod. E recebi um faz uma hora. Devia ser a polícia, imagino. — Ela estalou a língua, balançando a cabeça. — A não ser que alguém do Departamento de Polícia de Truro estivesse procurando um macacão de lycra perfeito.

Engoli em seco.

— Darshi vai chegar a qualquer momento.

— Darshi tem expediente na universidade — retrucou Leela, ainda com uma voz alegrinha. — Ela vai ficar no campus até as dez. Eu liguei lá para confirmar.

— Por favor — murmurei. — Não me mate.

— Eu não vou te matar — disse Leela. Antes que eu criasse muitas esperanças, ela continuou: — Você é que vai se matar. Está vendo, você está abalada. Tomada pela tristeza por ter assassinado a melhor amiga no dia do casamento dela. — Leela tirou do bolso um frasco de remédios cheio de comprimidos ovais. — Eu comprei estes para mim, caso as coisas saíssem de controle. — Ela sacudiu o frasco, e os comprimidos pareceram ossos chacoalhando. — Agora você vai escrever um bilhete, entrar na banheira quentinha, tomar um monte disto aqui com vodca, enfiar um saco na cabeça e adeus, mundo cruel.

Eu me tremia inteira, sentindo o corpo todo se sacudir e meus pés batendo no chão. Leela percebeu, e pareceu se entristecer.

— Desculpe. Sei que Drue magoou você também. Mas não vou para a cadeia por causa daquela vaca.

— Você... — Passei a língua nos lábios. *Apele para a vaidade dela*, pensei. Para mantê-la falando. — Uma coisa eu preciso reconhecer. Foi um plano brilhante. Quem deu o veneno para Drue?

— Um cara — respondeu ela, dando de ombros. — Um cara que precisava de vinte mil dólares e conseguiu ser contratado pela empresa responsável pelo bufê. Só o que precisou fazer foi despejar um frasquinho no drinque de Drue. Eu não sei quem é. Não sei nem o nome dele. E, obviamente, ele não sabe o meu.

Eu já tinha lido romances de mistério o suficiente para saber como deveria me sentir: mãos suadas e boca seca, tremores ou paralisia de terror. Apesar de ainda estar tremendo, o terror me abençoara ao me deixar calma e lúcida. Eu conseguia ver tudo, desde a pilha de livros infantis antigos em minha mesa de artesanato ao toque de delineador preto que Leela havia aplicado nos cantos dos cílios. Reconheci a roupa que ela usava: o vestido Anna, cintura império e com uma saia midi, em um tom que ela chamava de abrunho. Um look que era realmente de matar.

— E o veneno? Onde você conseguiu?

— Vamos parar com a enrolação.

Ela apontou com a arma para o corredor.

— Eu só quero saber — falei, fingindo interesse. — Vamos lá. Pense bem. Você nunca vai poder contar para mais ninguém, não é mesmo? Eu vou levar sua história comigo para o túmulo.

— Vai mesmo, não é? — disse Leela, parecendo gostar da ideia. — Eu consegui na *dark web*! — Sua voz era pura presunção. — No fim, existem sites que são praticamente uma Amazon para substâncias controladas. Encontrei os comprimidos, os venenos e o assassino, tudo no mesmo site! — Ela soltou uma risadinha, toda alegre. — Tudo no mesmo frete!

Ela precisa continuar falando, pensei mais uma vez. Talvez Darshi voltasse para casa mais cedo. Talvez o vizinho do apartamento da frente notasse que a porta estava destrancada. Talvez meus pais resolvessem me visitar sem ligar antes pela primeira vez. Fechei os olhos com força, e uma dor intensa me invadiu ao me dar conta de que nunca mais veria minha mãe e meu pai.

— Hora do banho — avisou Leela num tom seco.

Eu me obriguei a ficar de pé.

— Eu só queria entender. Antes de morrer. Quero saber o que ela fez de tão ruim para você para nós duas precisarmos morrer.

Leela revirou os olhos.

— Você já sabe o que ela fez.

— Fez você ser expulsa do colégio?

— Ela *roubou minha vida* — retrucou Leela, com um tom de repente escandaloso, descontrolado e raivoso. Seu peito subia e descia com força enquanto ela respirava. — Você não entende o que aquilo significou. Não é capaz nem de imaginar. Meus pais vieram para este país sem sequer falar inglês, com quinhentos dólares no bolso. Pagavam uma tia do meu pai para cuidar de mim enquanto se revezavam trabalhando vinte e quatro horas por dia em uma lojinha de conveniência. Dormindo no depósito para não precisarem pagar aluguel. — A voz dela ficou trêmula. — Eles me diziam todos os dias que tudo aquilo foi por mim, para eu poder frequentar uma boa escola preparatória e entrar em uma faculdade da Ivy League e ser bem-sucedida nos Estados Unidos. — Ela fez uma pausa, ofegante. — Você não sabe como é ser a única aluna asiática em um lugar como Croft. Ser a diferente. Nunca conseguir se enturmar.

— Eu fui bolsista também — interrompi, esperando mostrar as similaridades que havia entre nós. — E não era como Drue e as amigas dela.

— Está tentando se comparar comigo? — desdenhou Leela, apontando para minha barriga com um olhar duro e o rosto contorcido em uma careta de desprezo. — Se você perdesse uns bons quilos, seria igualzinha a ela. Eu não teria como fazer isso.

— Todos nós somos humanos — murmurei.

Leela balançou a cabeça.

— Você não entende. Jamais entenderia como é se esforçar sem descanso, e estudar sem parar, e finalmente receber a recompensa de ser aceita na faculdade que escolheu. E depois ver tudo pelo que você trabalhou simplesmente... — Ela abriu a mão e a fechou em seguida.

— Simplesmente tirado de sua mão.

Ela respirou fundo e passou a língua nos lábios.

— Eu sei, sim — falei. — Garanto para você. Talvez não exatamente da mesma maneira, mas sei como é ser diferente.

Era como se ela não conseguisse me escutar, não tivesse ouvidos para nada que não fosse a raiva que dominava sua mente.

— Pensei que Drue fosse minha amiga. Minha linda amiga americana. Aposto que você pensou também. — Ela abriu um sorrisinho de deboche. — Ela me contou de você, sabe. De como era patética. Que ficava no pé dela como... Quais foram as palavras mesmo? Um cachorrinho gorducho.

Essa doeu. Mesmo com Drue já morta, e Leela me apontando uma arma, aparentemente parte de mim ainda estava disponível para sentir aqueles tapas na cara.

— Eu achava que a amizade que existia entre nós fosse diferente. — A voz de Leela soou pensativa. — Achava que ela me contava de você porque queria mostrar que me respeitava. Que eu não era patética como você.

— E aí ela jogou você aos lobos — completei. — Como fez com todo mundo. Então você não tinha nada de especial.

Leela soltou um ruído que podia ter começado como uma risada, mas depois acabou soando mais como um soluço de choro.

— Quando fui pega, ela negou tudo — contou Leela. — Disse para o diretor e o comitê de honra que eu era maluca. Obcecada por ela. Apaixonada por ela. Que tinha sido ideia minha fazer a prova em seu nome e nem sabia desse meu plano. Falou que eu invadi seu computador, descobri seu número de Segurança Social e fiz a inscrição em seu nome. E eles acreditaram nisso. Ou no mínimo decidiram fingir que sim. — Leela fez uma pausa, com o rosto contorcido pela raiva e pela vergonha das quais se lembrava. — Ela era alguém, e eu, uma ninguém. Ela fazia diferença para o colégio, eu não. Eu era descartável. No fundo, sempre soube disso, mas foi quando eu realmente me dei conta. Foi quando vi como funciona o mundo, e que meu valor para aquelas pessoas era zero.

— E depois, o que aconteceu?

— No dia que precisamos depor para o comitê de honra, os pais de Drue chegaram acompanhados de advogados. Os meus nem estavam lá. Não podiam tirar folga do trabalho e, mesmo que pudessem, não tinham dinheiro para viajar para o outro lado do país. — A voz dela ficou embargada. — Eu não tinha ninguém ao meu lado. E eles acreditaram nela. Fui expulsa do Croft. Todas as faculdades que tinham me aceitado voltaram atrás. Harvard, Yale, Princeton. Puf. Eu perdi tudo. Meus pais... Eles ficaram morrendo de vergonha. Disseram que não me queriam de volta em casa. — Os ombros dela penderam para baixo. — E, quando apareci lá, não me deixaram passar da porta. Disseram que eu tinha desonrado nossa família. E era verdade.

Ela fez uma pausa para se recompor, ajeitando o vestido.

— Então eu fiquei sem nada — continuou. — Sem casa. Sem faculdade. Sem família. Sem lugar para ir. Sem amigos, porque Drue tinha me feito acreditar que ela era minha única amiga. Tentei me matar, e nem isso consegui fazer. — Ela puxou a manga do vestido e virou o pulso para mim, mostrando a linha fina de uma cicatriz. — Acabei internada em um hospital psiquiátrico. No mês de setembro, depois da formatura, Drue foi para Harvard, e eu para o manicômio. Por um bom tempo, senti vontade de morrer. Que motivo eu tinha para continuar viva? — Seu olhar se fixou em um ponto acima de minha cabeça. Sua mente estava longe. — E, todos os dias, eu entrava na internet e via que ela estava levando uma vida perfeita e reluzente.

Senti vontade de dizer que a vida dela não tinha nada de perfeita e reluzente, que Drue se sentia muito sozinha, havia sido rejeitada pelo pai, que precisara abrir mão de um homem que a amava e sofrera por isso, mas as palavras congelaram e se desmancharam em minha boca. Além disso, Leela não teria acreditado em mim. Como minhas palavras poderiam ter mais peso do que as evidências da felicidade, da perfeição, da riqueza e do poder de Drue, que estavam a um clique de distância, no Instagram, para Leela e o mundo inteiro verem?

Leela ajeitou o cabelo e sorriu.

— E então me dei conta de que tinha, sim, um motivo para viver. A vingança. — Ela ergueu a cabeça. — Decidi que tiraria tudo dela. E ganharia uma fortuna com isso. Simples assim, em um estalar de dedos. Mudei o cabelo. — Leela levou as mãos às mechas prateadas e cor de lavanda. — Perdi peso, coloquei alguns piercings a mais e lentes de contato em vez dos óculos. Fiquei em dúvida se ela me reconheceria, mas, no fim, nem eu mesma conseguia me reconhecer. Depois disso só o que precisei fazer foi puxar o saco de umas merdinhas ricas, uma coisa que tinha aprendido muito bem no Croft. É só convencer algumas delas de que vocês são amigas, e então elas apresentam as amigas delas, e as amigas das amigas. Quando Drue anunciou o noivado, eu já tinha tudo pronto. Só precisava comprar um monte de seguidores e pagar alguém para desenhar roupas que eu poderia vender. — Ela me olhou, de uma mulher de negócios para outra. — Gente rica e com sentimento de culpa compra qualquer porcaria, desde que alguém divulgue que é ambientalmente correto, ou reciclado, ou feito por povos nativos. E então encontrei você. — Seu sorriso se escancarou. — Foi a cereja no bolo, saber que toda vez que clicassem em uma notícia sobre o assassinato dela todos veriam você, veriam minhas roupas.

— Ela estava mudada, sabia? — arrisquei falar.

Apesar de saber que Leela jamais acreditaria, parte de mim parecia estar determinada a tentar convencê-la.

Leela fez um ruído grosseiro e revirou os olhos de um jeito muito parecido com o de Drue.

— Não, é sério, acho de verdade que ela estava tentando ser uma pessoa melhor. Sabia que tinha feito mal às pessoas e estava tentando compensar seus erros. Estava fazendo trabalho voluntário com adolescentes. Deixou dinheiro para os filhos que seu pai teve fora do casamento, apesar de nem saber quem eram. Ela se apaixonou...

— E deu um pé na bunda do cara para roubar Stuart Lowe de Corina.

— Mas não de verdade.

Enquanto Leela falava, fiquei olhando ao redor, tentando acalmar meu coração disparado. *Cite cinco coisas que consegue ver.* O piso. As paredes. Meus joelhos trêmulos. E lá estava meu estilete de precisão X-Acto, sob as amostras de papel de parede em minha mesa de artesanato. Seria como levar uma faca para um tiroteio, mas foi só nisso que consegui pensar: a única arma à vista.

Continuei falando:

— Ela só se juntou com Stuart porque precisava de dinheiro. Os negócios do pai dela estavam falindo. Drue precisava se casar para poder receber o fundo de herança. Ia tentar salvar o pai e ajudar Stuart com a empresa dele. — Leela fez uma careta que dizia "grande coisa". — Era só isso que ela estava querendo, fazer o pai gostar dela. Eu e você, nós tínhamos pais que se importavam conosco.

Minha intenção era apelar para os sentimentos de Leela, mostrando o que tínhamos em comum. Pela expressão em seu rosto, lembrá-la dos pais e do quanto havia perdido tinha sido um erro.

— E veja só você! — falei, mudando de assunto. — É um sucesso! Uma mulher que venceu sozinha. Não precisou de Drue, nem de Harvard, nem de nada disso, no fim das contas. Construiu seu próprio império sem a ajuda de ninguém.

Suas feições pareceram se amenizar, pelo menos o suficiente para me dar um fio de esperança. Então Leela sacudiu a cabeça.

— Mas não é de verdade — retrucou ela, com uma voz quase de tristeza. — As roupas não são minhas. A maioria dos seguidores são robôs. E só porque parece legal não significa que seja. — Ela balançou a cabeça, suspirando. — Era para eu ter virado médica, o que meus pais queriam. O que eu queria. E agora nunca vou ter a vida que deveria. Não dá para pôr a pasta de dente de volta no tubo. — Leela me lançou um olhar malicioso. — E sinceramente não venha me dizer que não gostou nem um pouquinho de ver a senhorita perfeitinha sofrer as consequências do que fez. — Ela deu uma risadinha, e sua expressão se tornou maligna. — Será que ela sabia que estava morrendo? Esse é meu único arrependimento: não ter estado lá para ver nem para dizer que fui eu que fiz aquilo. Pensei em mandar o cara dizer: "Kamon mandou um oi". Mas isso teria entregado todo o esquema.

Eu me esforçava para parecer o mais suplicante e assustada possível. O medo, pelo menos, não era preciso fingir.

— Por favor, Leela. Se você fizer isso, não é muito diferente dela — argumentei. — Você ainda tem muito pelo que viver! Se não está feliz fazendo... — comecei a gesticular, sem saber o que dizer por um momento —... o que está fazendo, é só tentar outra coisa! — Em uma última e desesperada tentativa, arrisquei: — Aposto que agora seus pais estão orgulhosos de você!

— Eles nunca me perdoaram — falou ela bem baixinho. — Todo ano eu mando cartas, no aniversário deles e no meu. Mando cheques. E, todo ano, os envelopes voltam com a mensagem "devolver ao remetente" escrita na frente.

Na parte distante de meu cérebro que ainda funcionava, me ocorreu que aquilo que tanto Drue como Leela mais quiseram era algo que sempre dei como favas contadas: o amor e a aprovação dos pais. Mas, antes de ter a chance de tentar convencer Leela a me poupar, dizer que dias melhores viriam, ela brandiu a arma e apontou para o corredor.

— Vamos lá. Chega de perder tempo. Escreva seu bilhete e vamos acabar logo com isso. Eu comprei um óleo de banho delicioso para você.

— Maravilha. É tudo o que uma suicida precisa.

Depois de dar o primeiro passo, percebi o quanto eu era maior que Leela. Provavelmente tinha o dobro de seu peso; também era mais alta, e muito provavelmente mais forte.

— Preciso de papel.

Fui até a mesa de artesanato e comecei a remexer nas amostras de papel de parede, procurando o estilete.

— Pensei bem — falei, afastando um pote de cola e uma caixa de pincéis com ponta de espuma. — Nós duas tínhamos o amor e o incentivo de nossos pais, ao contrário de Drue. Imagine a inveja que ela tinha de nós.

— Ah, sim, pobre menina rica — ironizou Leela.

Eu estava procurando em meio a recortes de revistas, com os dedos trêmulos, sentindo a respiração de Leela em minha nuca. *Você precisa distraí-la*, pensei. *Para surpreendê-la*. Respirei fundo e soltei o grito mais alto de que era capaz, jogando tudo da mesa para o piso: as amostras de papel de parede, os papéis de *scrapbook*, os potes de cola e de tinta, as canetas e os pincéis, as réguas e os lápis de cor, as caixas de madeira. Bingo uivou dentro do closet. Só por um instante, Leela se virou.

Não daria tempo de procurar o estilete nem sequer de pensar. Eu me arremessei sobre ela, fazendo meu corpo se chocar com o dela com a maior força possível. Ouvi todos os copos, canecas e pratos na cozinha tilintarem, e a mobília tremer quando fomos ao chão; ouvi o berro de dor de Leela e meu grunhido. A arma voou de sua mão quando caímos, com Leela com as costas no chão e eu montada em cima dela.

— Socorro! — gritei, ouvindo Bingo começar a uivar. — Alguém me ajude!

Leela estava se debatendo, erguendo os quadris, tentando desesperadamente se livrar de mim, mas meu corpo era muito mais volumoso, e eu ainda tinha a gravidade a meu favor. Agarrei uma mecha de seu cabelo, puxei com força e apoiei o joelho em suas costas. Nesse momento, ouvi vozes correndo pelo corredor. *Pode ser um vizinho*, pensei, *ou um desconhecido*. Até o detetive McMichaels, não importava.

Mas era Nick.

— Pegue a arma! — gritei.

De meu lugar no chão, vi enquanto ele a pegava e apontava para Leela.

— Não se mexa — ordenou ele, mas ela já tinha parado de resistir, estava toda mole e com os olhos fechados.

Continuei na mesma posição, segurando-a pelo cabelo enquanto ligava para o serviço de emergência e explicava, com uma voz inacreditavelmente calma, que precisava que a polícia fosse até meu endereço, porque uma mulher armada tinha tentado me matar.

Nick estendeu a mão, repetiu a ordem para Leela não se mexer e me ajudou a ficar de pé. Soltei Bingo de dentro do closet e corri para o banheiro, onde encontrei dois pares de meia-calça. Entreguei um para Nick, que habilidosamente começou amarrar os pulsos de Leela.

— O que você… Como foi que…?

O rosto dele estava todo contraído.

— Eu recebi sua mensagem, e você não estava atendendo o celular. Fiquei preocupado. Achei melhor vir até aqui e voltar andando com você.

Eu estava toda trêmula, com os joelhos latejando e os dentes batendo. Quando Leela foi imobilizada, Nick me abraçou e me puxou com força contra si. Enterrei o rosto em seu ombro quente e cheiroso e me deixei ser abraçada, permitindo que ele me acalmasse, acariciando minhas costas e dizendo coisas como "Agora você está segura" e "Não se preocupe, está tudo resolvido, eu garanto", até a polícia chegar.

~~~~~

Mais tarde, liguei para meus pais e contei o que tinha acontecido; depois de ir à delegacia, onde relatei os fatos ocorridos, primeiro para os detetives de Nova York e depois para o detetive McMichaels, quando este chegou; após eu receber os agradecimentos aos prantos da sra. Cavanaugh e de Trip, o irmão de Drue, e de trocar acenos frios com o sr. Cavanaugh, Darshi foi até mim.

— Quer ir para casa?

Estremeci, imaginando subir a escada e encontrar Leela armada no corredor, ou ficar sentada no canto com os olhos em meu estilete.

No fim das contas, Nick, Darshi, Bingo e eu acabamos voltando para a casa de meus pais. Minha mãe me abraçou com força, e meu pai fez uma jarra de sidecar e serviu seu *cioppino* com salada de grão-de-bico, palmito e fatias torradas de baguete.

Minha mãe se movimentava sem parar, agitada e retorcendo as mãos, e chorando quando achava que eu não estava vendo. Meu pai deu uma linguicinha defumada discretamente para Bingo, que ela prendeu entre as patas e devorou com um deleite ruidoso. Darshi recebeu telefonemas dos pais, dos irmãos, dos dois casais de avós, da tia-avó e, por fim, de Carmem, em uma conversa murmurada na cozinha em que achei ter ouvido um "te amo" como despedida. Nick ligou para os tios para avisar que estava bem. Por volta da meia-noite, meus pais pediram licença e foram se deitar. Alguns minutos mais tarde, Darshi se levantou e se espreguiçou toda.

— Bom, acho que vou ficar com o sofá-cama — comentou ela.

Eu lhe emprestei um pijama para usar. Na sala de estar, nós arrumamos o sofá-cama para ela dormir.

— Devo um pedido de desculpas para você — falei, estendendo o edredom sobre o colchonete fino.

Darshi me lançou um olhar de interrogação.

— Por quê?

— Você estava certa. Eu vivia correndo atrás de Drue, apesar de nunca ter sido uma boa amizade para mim. E você foi. Sempre foi.

Darshi dispensou o elogio com um gesto de mão, parecendo desconfortável.

— Eu também preciso me desculpar — disse ela. — Por mais péssima que Drue fosse, todo mundo merece justiça. E vai saber? Talvez ela estivesse mesmo tentando mudar. — Darshi tentou sorrir.

— Talvez um dia pudéssemos ter saído todos juntos. Você e eu, Drue e Aditya. E Nick.

— E Carmen? — perguntei, levantando as sobrancelhas.

O sorriso de Darshi se desfez. Em seguida, ela suspirou.

— Eles não vão morrer — falou ela, em parte para mim, em parte para si mesma.

Eu sabia que Darshi estava falando dos pais.

— Não — confirmei. — Não mesmo. Podem ficar surpresos, mas no fim vão ficar bem. Porque amam você.

Darshi suspirou de novo e assentiu.

— Durmam bem, vocês dois — gritou ela para a cozinha, pegou o pijama e a pasta de dente, levou para o banheiro e fechou a porta.

Peguei Nick pela mão e o conduzi para meu quarto; lá, ele se sentou na cadeira diante da escrivaninha, e eu, de pernas cruzadas na cama.

— Então, o que nós podemos fazer no segundo encontro? — perguntou ele. — Estou pensando em um jantar e um cinema.

Caí numa gargalhada escandalosa, que logo viraram lágrimas. Nick foi até a cama e se sentou ao meu lado.

— Desculpe — falei. — Acho que estou meio emotiva no momento.

— Não precisa se desculpar. Você tem o direito de estar triste.

Nick deixou que me encostasse nele e me abraçou até que eu parasse de chorar.

— E você? — perguntei quando consegui falar.

E nós?, foi o que pensei.

— Acho melhor eu ir para casa — respondeu ele.

Ah. Assenti. Já esperava por isso, mas ouvi-lo dizer aquilo ainda deixou um vazio dentro de mim.

— Vou sentir sua falta — falei. — Foi tudo... enfim. Foi uma experiência e tanto.

Ele me puxou para mais perto.

— Eu só vou para Cabo Cod pedir demissão oficialmente. Isso se já não tiver sido despedido. Depois vou para Boston encerrar meu contrato e me despedir. Então venho para cá.

— Para fazer o quê?

Dando de ombros, ele disse:

— Me acostumar com o metrô, ao que parece.

Senti seu corpo estremecer quando ele soltou um suspiro.

— Na viagem de ônibus para cá, tive bastante tempo para pensar. Durante minha vida toda, eu sempre escolhi o caminho que parecia mais fácil. Fui fazer faculdade em Vermont porque gostava de esquiar, aceitei o emprego em Boston porque um dos meus amigos era o coordenador do programa e dava direito a plano de saúde. Só fiz o que parecia mais simples. E provavelmente continuaria fazendo, até aparecer outra coisa, e depois mais outra, e mais outra, até ficar velho. Ou morrer. — Ele passou o polegar em minha bochecha. — Eu quero fazer a minha escolha. Era aqui que minha mãe vivia. Foi onde conheceu meu pai. Sei que ela adorava o Cabo, mas foi para lá só para se esconder. A vida dela era aqui, sua verdadeira vida. Acho que quero tentar morar aqui também. — Então deu de ombros de novo. — E talvez abrir um perfil nesse Instagram de que a garotada fala tanto. Acho que chegou a hora.

— Que engraçado — respondi. — Eu estava pensando em largar tudo e me mudar para Cabo Cod. Parar um pouco com essa coisa de influenciadora, trabalhar com minha arte por um tempo.

Eu senti ele sorrindo mais do que vi.

— Nós podemos ver — disse ele. — Tentar um pouco aqui, depois um pouco lá. Ou em qualquer outro lugar. Mas, seja qual for a decisão, quero nós dois juntos. Afinal, posso precisar salvar você de novo.

— Com licença, mas acho que me virei muito bem sozinha.

— Verdade.

Nick me puxou para mais perto dele, apoiando a testa da minha.

— Oi — murmurou ele.

— Oi — respondi.

Senti seus dedos quentes nos meus, e sua boca gentil na minha, pensando na sorte que tinha por, apesar de tudo, termos encontrado um ao outro.

Quando nos afastamos, falei:

— Escuta. Você não precisa me fazer promessa nenhuma. — Ajeitei o cabelo e tentei recuperar o fôlego. — Nós dois passamos por uma experiência traumática. Isso é só a biologia falando. Nossos corpos dizendo para fazermos uma coisa que seja uma reafirmação da vida.

Ele abriu um sorriso preguiçoso.

— E seria tão ruim assim aceitar a sugestão?

— A questão é que... — Apontei para ele, e então para a cama. — Isso não precisa significar nada.

Ele pôs um dedo sob meu queixo, inclinou meu rosto para o seu e tocou os lábios nos meus. O beijo começou suave, mas logo se aprofundou, até sua língua entrar em minha boca, e minhas mãos voarem para seu cabelo, com a textura macia entre meus dedos. Seu cheiro era de pinho e sal, limpo e agradável; seu corpo estava quente contra o meu, uma presença sólida. Senti seu coração bater forte quando ele me abraçou.

— E se eu quiser que signifique alguma coisa? — perguntou ele.

Sua testa estava colada na minha, e suas mãos, em meus braços.

— Acho que por mim tudo bem.

— Querida — murmurou em meu ouvido.

Quando Bingo tentou subir na cama e interromper o momento, ele a colocou no chão com delicadeza. E, depois de mais beijos e menos roupas, depois de eu me certificar de que tinha uma camisinha e a porta estava trancada, chegou o momento em que não havia nada além dos sentidos, nada além de lábios, quadris e a sensação deliciosa de Nick se movendo dentro de mim, com a força do repuxo da maré na areia da praia. Meu cérebro enfim se desligou, e parei de pensar em Leela, em Drue e em qualquer outra coisa.

Às quatro da manhã, Nick estava dormindo, deitado de lado, soltando assobios adoráveis de ronco a cada vez que respirava. Bingo estava encolhida junto a suas pernas, com o queixo apoiado em sua panturrilha e acrescentando seus próprios roncos ao coro. Eu me desvencilhei de seu abraço, saí andando na ponta dos pés e pulei pela janela para a escada de incêndio, o lugar aonde eu fora para chorar, tramar minha vingança, pensar: *Eu vou mudar minha vida e, quando fizer isso, vai ser tudo diferente. Vou ser magra, bonita e fazer Drue Cavanaugh pagar pelo que fez.*

Peguei o celular e, ignorando as dezenas de mensagens, pedidos de amizade e solicitações de jornalistas para me entrevistar, abri primeiro o Instagram, onde fiquei vendo fotos de Drue Lathrop Cavanaugh. Drue no Fórum Econômico Feminino, com uma camisa rosa de seda com um laço na gola, com cara de inteligente e competentíssima; Drue com uma calça jeans apertada e um suéter preto de gola alta, sentada no colo de Stuart, muito sexy; Drue me abraçando na cozinha dos Snitzer, Drue comigo no mar em Cabo Cod. *Eu e minha melhor amiga.*

Ela saiu linda em todas as fotos, e nenhuma delas revelava a verdade sobre nós duas, sobre quem era Drue, ou o que queria, ou por quem era apaixonada. Assim como meu perfil no Instagram não revelava toda minha verdade, nem o de Darshi, nem o de Leela.

Cliquei no link para a página de Leela, imaginando que já poderia ter sido apagada, mas lá estava, repleta de fotos que contavam uma história bastante conhecida de sucesso, alegria e beleza. "Aqui estou eu com minhas amigas famosas, aqui estou eu nessa festa incrível, aqui estou eu nessa praia lindíssima. Sou feliz, sou feliz, sou feliz." A cada repetição, uma mentira.

Fiquei olhando as fotos um tempão. Por fim, fui até os rascunhos no Instagram e li a pergunta que esperava encontrar lá. "Eu sou adolescente. Como faço para ser corajosa como você?"

E o que escrevi foi: "Eu não sou corajosa o tempo todo. Ninguém é. Todo mundo já se decepcionou, todo mundo já teve o coração partido e todo mundo está tentando dar seu melhor. Tenha por perto as pessoas que amam você, quem você é de verdade, e não a versão que aparece no Instagram. Se não consegue ser corajosa, tente parecer corajosa e, se não conseguir fazer isso ainda, saiba que não está sozinha. Todo mundo tem as próprias dificuldades. Ninguém tem a vida perfeitamente em ordem".

Postei a resposta, fechei o aplicativo e contemplei a escuridão. Pensei em como seria abandonar as redes sociais de vez, desistir do sonho de ser influenciadora digital. Tinha imaginado algum dia ter a mesma dimensão de pessoas como Drue ou Leela, mas então tudo isso começou a parecer vazio, como disputar uma corrida para ganhar uma medalha e descobrir que o ouro que vinha buscando era só um embrulho de papel-alumínio colorido sem nada dentro. Nick e eu podíamos viver em uma praia qualquer, em uma casa no topo de uma duna, com vista para o mar e sem conexão com internet. Eu tinha dinheiro, ou teria, e Nick também, caso o testamento de Drue fosse respeitado. Podia dar parte para meus pais, outra para a caridade e ficar com o restante para recomeçar a vida da forma que decidisse. Podia ser uma pessoa pública ou mais reservada, compartilhando só o que quisesse sobre mim mesma.

Pela janela, vi Nick rolar na cama e suspirar durante o sono. O céu estava começando a mudar de cor, com o preto dando lugar a um cinza perolado. Olhei para o celular, para as fotos que Nick havia tirado de mim e de Drue no mar, na última noite da vida dela. Nós duas estávamos rindo, com a cabeça jogada para trás, segurando as saias dos vestidos. Ela estivera jogando água em mim, e alguma gotas foram capturadas em pleno ar, reluzindo diante do céu amplo, vasto e brilhante atrás de nós. Ela parecia jovem e bonita... nós duas, aliás. Porém só uma permaneceria assim para sempre.

Pensei em todas as coisas que Drue não sabia no momento daquela foto... Que tinha um irmão e uma irmã. Que seus planos não dariam em nada, que nunca salvaria o negócio do pai, nem faria decolar o do marido; que nunca faria um programa de TV, nunca se divorciaria do homem que não amava para se casar com seu verdadeiro amor. Por mais que eu olhasse, era impossível conciliar aquela garota adorável e risonha na foto com sua ausência absoluta de minha vida, e do próprio mundo. *Uma lembrança que não se apagará/ Fadada a se eternizar/ Ela surgiu entre nós, ela amou, e então daqui partiu.*

Sentada sob o céu que clareava, sentindo o frio das barras de metal e o prédio que conhecia tão bem às minhas costas, senti um nó na garganta e os olhos se encherem de lágrimas. "Ela morria de inveja de você", Aditya havia dito. Uma semana antes, ou até um dia antes, teria parecido inacreditável, porque o que eu tinha que Drue poderia querer? Mas a essa altura eu já sabia. Era o que estava ao meu redor. Uma mãe e um pai que se amavam e me amavam. Um homem que poderia me amar também. Um emprego de que gostava, uma cachorra fiel, uma amiga de verdade. Confiança suficiente para pelo menos tentar viver a vida à minha maneira. Um corpo que havia sido minha salvação.

Sorri para minhas coxas e dei um leve tapinha de aprovação.

— Obrigada, coxas — murmurei.

Olhei para a cidade, para o céu lindo do fim da madrugada, e pensei em uma jovem que poderia ter tido quem quisesse no mundo e amara um que era como meu pai. Era quase possível ouvi-la, na porta de seu quarto, murmurando: "Obrigada por ser minha amiga". E eu era capaz de vê-la, depois do domingo que passamos juntas, com uma sacola com azeitonas, amêndoas e *baba ghanoush* pendurada no braço, novinha e linda, caminhando para um futuro brilhante, sorrindo e falando: "Foi o melhor dia da minha vida".

Agradecimentos

Sou muito grata por ser publicada pelas pessoas maravilhosas que trabalham na Simon & Schuster e na Atria Books. Meus agradecimentos a Carlyn Reidy e sua assistente, Janet Cameron, Jon Karp, Libby McGuire e sua assistente, Kitt Reckord-Mabicka. E muito obrigada a minha agente, Joanna Pulcini.

Lindsay Sagnette foi uma editora atenciosa, paciente e perspicaz, que me ajudou a explorar ao máximo o potencial desta história. Meus agradecimentos a ela e sua assistente, Fiora Elbers-Tibbitts.

Na Atria, tenho a sorte de receber o apoio de uma equipe sensacional de homens e mulheres que ajudam minhas histórias a chegarem ao mundo. Agradeço a Suzanne Donahe, sempre uma ótima companhia; a Kristin Fassler; à brilhante e criativa Dana Trocker; à maga dos direitos secundários Nicole Bond; a minha maravilhosa assessora de imprensa Ariele Fredman e sua filha Millie, que põem as coisas em perspectiva para mim e nos lembram que o amor mais puro do mundo é o de uma garotinha por um caminhão de lixo.

Obrigada a James Iacobelli e Olga Grlic, responsáveis pela maravilhosa capa, que é a cara do verão, e a Andrea Cipriani Mechi por ter feito da sessão de fotos de divulgação uma festa, em vez de uma obrigação. No departamento de áudio, sou grata a Chris Lynch, Sarah Lieberman e Elisa Shokoff. No departamento de produção, agradeço à Katie Rizzo, Dana Sloan, Vanessa Silverio, Paige Lytle, Jessie McNiel e Iris Chen.

Dhonielle Clayton e Preeti Chhibber foram leitoras inteligentes e perceptivas que me incentivaram a escrever para um mundo habitado por personagens plenamente desenvolvidos de todas as raças e etnias. Meus agradecimentos às duas.

Obrigada à Michelle Weiner (que não tem nenhum parentesco comigo... pelo menos até onde sei!) e a meus irmãos, Jake e Joe Weiner, por me ajudarem em Hollywood.

Pelos detalhes sobre a vida na internet e em Nova York, agradeço a Amber McCulloch e Katie Murray. Todo e qualquer equívoco é de responsabilidade minha.

Agradeço a meus amigos, tanto os escritores quanto os que não escrevem. Meu marido, Bill Syken, é um editor perspicaz, além de um profissional de peso nesse meio. Adam Bonin continua a ser gentil, companheiro e a melhor pessoa que eu poderia desejar para dividir a coparentalidade.

Agradeço a minhas filhas, Lucy e Phoebe, e minha cachorrinha Moochie, que com muita paciência e fineza (na maior parte do tempo) compartilham minha atenção com pessoas inventadas enquanto estou em meu mundo de faz de conta. Obrigada a minha irmã, Molly Weiner, e a minha mãe, Frances Frumin Weiner, que me levaram a Cabo Cod como criança e me ensinaram a adorar o mar.

Minha gratidão profunda a todas as minhas leitoras, que comparecem aos eventos, me seguem e interagem comigo nas redes sociais e curtem minha selfies, meus tweets, meus artigos de opinião no *New York Times*, minhas fotos da Moochie e meus vídeos que às vezes saem de cabeça para baixo. Não importa se este é o primeiro livro meu que você leu ou se me acompanha desde *Bom de cama* e foi crescendo comigo nesta jornada, estou muito feliz que esteja aqui.

Este livro é dedicado a minha fabulosa, solidária, divertida e infinitamente bem-humorada assistente Meghan Burnett. "Assistente" não chega nem perto de explicar o que Meghan fez por mim nestes quinze anos trabalhando comigo: ela é minha amiga, minha apoiadora, uma leitora atenta e observadora, faz a gentileza de não rir de mim quando, por exemplo, digo que precisamos comprar oitocentas caixas de biscoitos das escoteiras, e ainda tem a paciência necessária para fazer isso. Ela também é a pessoa com quem todo mundo que faz parte da minha vida, inclusive minha mãe, prefere lidar em vez de mim ("Meghan está aí? Passe o telefone para ela!"). Obrigada por tudo, Meghan.

Este livro foi impresso pela Vozes, em 2024, para a Harlequin.
O papel do miolo é avena 70g/m², e o da capa é cartão 250g/m².